하이
용돈만남
가능?

하용가

정미경

페미니즘 다큐소설

코린토스에서는 남자의 약한 모습을 본 여자는
반드시 대가를 치른다는 말이 있습니다.

– 크리스타 볼프, 『메데이아, 또는 악녀를 위한 변명』에서 –

제1장

초대

1

바람이 불지 않는 시월의 금요일 밤이었다. 수도권의 신도시 철주에서 가장 번화한 거리답게 무호역사거리에는 모든 것이 넘쳐났다. 위풍당당한 건물과 희고 검은 자동차, 알록달록한 사람들, 온갖 소음과 눈요깃거리, 이 모든 것의 당연한 귀결인 엄청난 양의 쓰레기까지, 거리는 위태로운 열기를 뿜으며 밤을 향해 질주하고 있었다. 그것만으로 부족했는지, 어디선가 날아든 까마귀 떼의 울음소리와 그 시커먼 조류가 얼룩처럼 남겨놓은 배설물도, 이 어지러운 정경의 일부가 되었다.

까마귀 떼는 어느 날 갑자기 찾아왔다. 머릿수를 헤아릴 수 없을 정도로 많은 개체수가 거대한 무리를 이루어 이곳 도심의 작은 공원에 터를 잡았다. 까마귀 떼는 공원에 심긴 수십 그루 소나무를 점령하더니 인근 가로수와 건물의 옥상정원, 전선 위까지 활동반경을 넓혔다. 까마귀 떼가 도심을 점령한 후에도 어둠이 내려앉으면 취기를 좇아 사람들은 이곳에 모여들었다. 바람이 불지 않는 밤의 무호역사 거리는, 시큼한 냄새를 풍기는 토사물 위에 검은 조류의 깃털과 배설물을 얹은 채, 혹은 그 반대로 배설물 위에 토사물을 얹은 채, 그렇게 깊은 밤을 향해 흘러갔다.

절정을 향해 치닫던 밤의 열기는 자정을 넘기면서 제풀에 꺾였다. 술자리의 사람들은 내일을 핑계로 혹은 가족의 염려를 전하며 또 다른 비밀스러운 밤을 향해 빠져나갔고, 이들이 미처 회수하지 못한 흥분의 잔여물들만이 쓰레기와 함께 거리에 나뒹굴었다.

2

새벽 한시가 갓 넘은 시간, 젊은 남녀가 세인트라는 술집을 나와 대로변 쪽과 반대방향으로 걷기 시작했다. 그때 어디선가 푸드득 하는 갑작스런 날갯짓 소리가 들리더니 까마귀 서너 마리가 까악까악 하고 날카롭게 울며 두 사람의 머리 위를 맴돌았다. 남자가 고개를 들어 까마귀를 바라볼 때, 진득한 것이 뚝, 하고 남자의 이마로 떨어졌다. 남자는 손으로 이마를 훔치고 나서, 씨발, 지랄 똥을 싸는구나, 라고 말했다. 그러고는 자신이 메고 있던 여자의 에코백에서 휴지를 꺼내 이마와 손을 닦은 뒤 아무데나 집어던졌다. 거리 곳곳에 널려 있는 배설물인지 토사물인지 알 수 없는 흥건한 것들을 밟지 않으려 애쓰면서, 자꾸 주저앉으려는 여자를 건사하며 걷는 남자는 버거워 보였다.

이십여 미터쯤 걸었을까, 남자가 외관이 말끔한 오층 건물을 힐끔 쳐다보고는 여자를 이끌었다. 건물 입구에는 굿모닝모텔이라고 적힌 입간판의 불이 켜져 있었다. 거의 감다시피한 눈으로 간판을 본 여자가 걸음을 멈추었다. 여자는 자신을 안고 있던 남자의 팔을 뿌리쳤다. 그 반동으로 여자의 몸이 휘청거렸다. 남자가 황급히 여자의 몸을 다시 안았다. 남자와 여자 사이에 잠시 실랑이가 벌어졌다가 이내 잠잠해졌다. 여자는 술에 취한 듯 제 몸을 가누지 못했고 취기가 더하는지 남자에게 온전히 몸을 의탁했다. 까마귀들이 다시 한번 까악, 하고 울어댔다.

남자가 여자를 데리고 건물에 들어서자 안내데스크라고 적힌 곳의 창문이 열렸다. 창문 너머로 검은 바지를 입은 누군가의 하반신이 보였다. 창문은 보통사람의 허리께에 위치해 있었고 허리를 굽히면 간신히 얼굴이 보일 만큼 작은데다 그나마도 불투명 유리로 되어 있었다. 서로 대면하지 않고 용무를 볼 수 있도록 의도한 것이 분명했다. 남자는 방 두 개를 달라고 말했다. 두 개요? 라고 묻는 목소리에 이어, 그런 쓸데없는 질문을 무마하기라도 하려는 듯, 십일만원입니다, 라는 건조한 목소리가 열쇠 두 개와 함께 창문으로 건너왔다. 남자는 어깨에 멘 여자의 에코백을 뒤져 지갑을 꺼냈다. 만원짜리 세 개와 천원짜리 두 개가 전부였다. 남자는 지갑 포켓에 꽂혀 있는 것들을 훑어보고는 BC라고 적힌 보라색 카드를 뽑아들어 창문 너머로 건넸다. 띠리릭, 하는 전자음과 함께 카드가 다시 창문으로 건너왔다.

남자는 여자를 부축해 엘리베이터를 탔다. 여자의 몸은 점점 더 무거워지고 있었다. 남자와 여자는 사층에서 내려 자주색 카펫이 깔린 어두컴컴한 복도를 천천히 걸어갔다. 남자는 이쪽저쪽 두리번거리면서 409호실을 찾았다. 손에 든 열쇠로 문을 땄다. 방에 들어서자마자 남자는 불을 켜고 여자를 침대에 뉘였다. 그런 다음 휴, 하고 큰숨을 내쉬고는 목과 어깨를 움직여 뚝뚝 소리를 내면서 침대 맞은편 창문을 열었다. 김빠진 맥주의 것인지 시커먼 조류의 배설물에서 나는 것인지 알 수 없는 불쾌한 냄새가 훅 밀려들어왔다. 남자는 인상을 찌푸리고 창문을 닫은 후 409호를 나와 410호로 들어갔다. 신발을 벗지 않은 채 불을 켜고는 방문이 닫히지 않도록 문을 살짝 열어놓고 도어스토퍼를 내렸다.

남자는 409호로 다시 들어갔다. 여자는 무거운 숨소리를 내며 잠들어 있었다. 여자의 미간에 살짝 잡힌 주름을 잠시 바라보다 남자는 여자가 입고 있는 진회색 카디건의 단추를 하나씩 풀었다. 카디건 안에 받쳐입은 흰 셔츠의 단추도 풀었다. 여자가 으음, 하는 소리를 내며 벽을 향해 돌아누웠다. 남자가 여자의 옷을 벗기기에 편한 자세가 되었다. 남자는 여자의 팔을 들어 카디건과 셔츠의 소매를 벗기고 등 뒤로 옷을 말아 다른 쪽 팔로 빼냈다. 달달한 여자의 살 냄새가 시큼한 맥주 냄새와 섞였다. 남자는 여자가 입고 있는 청바지의 지퍼를 내리고 발목부터 바지를 끌어내렸다. 꽉 끼인 스키니진이라 쉽지 않았지만 남자는 참을성 있게 바지를 벗겼다. 이제 여자는 팬티와 브래지어만 입은 상태가 되었다.

남자는 벽을 향해 누운 여자의 몸을 조심스럽게 움직여 천장을 마주하고 반듯하게 눕도록 자세를 고쳤다. 호주머니에서 핸드폰을 꺼내 카메라앱을 실행한 후 침대 위의 여자를 향했다. 여자의 전신이 다 나오도록 구도를 잡고 두 컷을 연속으로 찍었다. 남자는 방금 찍은 사진을 들여다보고 다시 여자에게 다가갔다. 여자의 긴 머리칼을 부채꼴 모양으로 베개에 흩뜨리고 오른팔을 귀 옆에 붙여 제모한 겨드랑이가 드러나도록 했다. 여자의 팬티를 살짝 내려 음부의 털이 서너 올 삐져나오도록 하는 것도 잊지 않았다. 팬티 가장자리의 흰 레이스가 장미꽃 모양을 하고 있었다. 남자는 핸드폰으로 구도를 잡은 후 연속으로 세 컷을 찍었다. 흡족한 표정으로 사진을 들여다보았다. 사진편집 앱을 실행한 후 여자의 얼굴에 모자이크 처리를 했다. 시작해볼까, 라고 남자는 말했다.

준비는 끝났다. 이제 초대를 시작할 시간이다.

3

메시지가 왔다는 카카오톡 알람소리에 지수는 노트북 모니터에서 눈을 떼고 핸드폰을 집어들었다. 친구 희준이었다. 어느새 새벽 한시가 훌쩍 넘어 있었다.

긴급. http://gall.soranet.com/listphotoid= ＊＊＊＊

이 밤에 뭐야?

들어가 봐. 헬게이트가 열릴 거야.

지금 일하고 있어. 다음 주에 중요한 발표가 있거든.

일은 내일도 하고 모레도 할 수 있어. 근데 이건 지금 꼭 봐야 돼.

방탄 사고 쳤냐?

차라리 그랬으면.

지수는 희준이 전해준 링크 주소를 타고 갔다. 어딘지 알 수 없는 사이트의 게시판에 올라와 있는 글인 것 같았다.

아, 귀찮아. 이걸 봐서 뭐 어쩌게?

보고 나서 이야기해.

일이 똥처럼 쌓였어. 어제도 팀장한테 까였단 말야.

까이고 또 까이는 게 인생이야.

지금 꼭 해야 되냐고!

응, 똥지수. 지금, 당장, 롸잇 나우.

성질 급하고 단도직입적이긴 하지만 희준이 저렇게까지 나온다면 뭔가 분명 사연이 있을 거라는 생각이 들었다. 지수는 한 장의 사진과 함께 게재된 글과 그 밑에 달린 엄청난 댓글들을 확인하기 시작했다. 지옥문이 열릴 것이다, 라고 한 희준의 말은 사실이었다.

갤러리 〉여친게시판
제목 : 초대남 모집) 철주시 무호역사거리 골뱅이 따먹으실 용자
작성자 : 이거실화다
작성일 : 2015.10.24.01:29

술 먹고 모텔방에 뻗어 계신 이분, 제 여친입니다.
술이 약해 소주 두 잔이면 기절 상태인데 오늘 무려 넉 잔을 마셨죠.
레몬소주가 달달하다고 홀짝거리더니 완전 골뱅이ㅋㅋㅋ
술 사줘, 가방 사줘, 여행 보내줘, 지극정성 다했더니
딴 놈이랑 떡치고 다니다가 딱 걸렸습니다.
걸레 중에 대걸레, 오늘 마음대로 조져보시죠.
시원하게 쏴주실 용자님, 딱 세 분 초대하겠습니다.
가까이 계신 분 우대합니다.
발기력 뿜뿜 댓글 달아주시면 이곳 위치 쪽지로 보내드립니다.

4

남자는 여자의 몸에서 떨어져 나와 옷을 입었다. 410호에서 차례를 기다리는 초대남에게 여자를 내어줄 시간이었다. '뭐든타는기사'

라는 아이디를 가진 이였다. 제가 좀 거칩니다, 라고 댓글을 달았던 게 생각나 피식 웃었다. 남자는 갑티슈를 북북 뽑아 여자의 몸에 묻은 정액을 닦아냈다. 이 정도 뒤처리는 해주는 게 초대한 사람의 예의이지 싶었다. 샤워를 하고 싶지만 시간이 많지 않았다. 여자는 아직 깨어날 기미가 없었지만 뒤의 세 남자가 차례로 일을 치르려면 자신은 이만 물러가주는 게 좋을 것 같았다.

소주 넉 잔이면 여자에게는 치명적인 주량이었다. 남자는 물론 알고 있었다. 그래서 처음부터 레몬소주로 시작한 것이 주효했다. 여자는 소주가 아니라 레몬을 먹는 것처럼 굴었다. 홀짝홀짝 연거푸 넉 잔을 마시더니 그대로 탁자에 얼굴을 꽂았다. 달달한 과일주를 왜 작업주라 부르는지 알 것 같았다. 인생의 쓴맛을 감수하려 들지 않고 달달한 것만 찾아다니는 여자들이 그 대가를 치르도록 하는 데는 딱이었다. 작업은 생각보다 쉬웠다. 망설일 것도, 위험할 것도 없었다.

여자는 시체처럼 누워 있었다. 남자가 제 몸을 타고 올라도 무감각이었다. 주량이 약해서 고맙고, 골뱅이가 되어주어 고맙고, 얼굴을 기억하지 못할 것이므로 그저 고마울 뿐이었다. 그런데, 하고 남자는 혼잣말을 했다. 얼굴을 기억하지는 못해도, 치욕스러운 일을 당했다는 건 기억해야지. 남자는 여자의 가방을 뒤져 립스틱을 찾아냈다. 상큼한 오렌지 색깔이었다. 남자는 여자의 배꼽 위에 글씨를 썼다. 이 거 실 화 다. 여자가 숨을 쉴 때마다 뱃살 위의 글자가 부풀어 올랐다가 가라앉았다. 글자에 초점을 맞추어 사진을 몇 장 더 찍었다. 그러고는 410호에서 자신의 차례를 기다리고 있을 '뭐든타는 기사'에게 쪽지를 보냈다.

오분 후에 들어오시면 됩니다. 즐거운 시간 되십쇼~

침대에서 일어서기 전, 남자는 여자의 얼굴을 한번 쓰다듬었다. 그리고 창문을 열었다. 배설물 냄새가 밀려왔고 까악, 하는 까마귀의 울음소리도 들렸다. 남자는 문이 완전히 잠기지 않도록 도어스토퍼를 내린 뒤 방을 나섰다.

5

발기력 뿜뿜 댓글 달아주시면 이곳 위치 쪽지로 보내드립니다.
ㄴ 아 아쉽당. 왜 하필 내가 철주에 없을 때?
ㄴ 이 밤에 로또라, 추천 꾹!
ㄴ 헐~ 철주에도 이렇게 쿨한 분이 계시다니. 오늘은 제가 지방에 와 있고 다음번에 꼭 함께 하겠습니다ㅎㅎ
ㄴ 무호역 근처 신시가지, 걸어서 10분 거리인데요. 제가 좀 거칩니 다. 괜찮나요?
　ㄴ 뭐든 가리지 않고 하셔도 됩니다. 후장 파셔도 되고요. 죽이지 만 않으시면ㅋㅋ

└ 이런, 걸레 응징이 제 특기인데 지금 강원도라서. 개아쉬워요~

└ 부럽당~ 저는 딸딸이 치는 중입니다. 즐거운 시간 되십쇼!

└ 하~~ 이런 횡재가? 저 무호역사거리 근처입니다. 좆 빠지게 뛰
  어가겠습니다!!!

　└ 쪽지 드렸어요~ 뒤에 기다리는 초대남 배려해서 질외사정 하
　　시는 매너ㅋㅋ

└ 혹 관전남 필요하십니까? 오늘 세번을 싸서 보기만 하렵니다.

　└ 좋은 건 함께 나눠야지요. 쪽지 드렸어요~

발이 땅에 닿지 않는 느낌이었다. 어두컴컴한 무중력의 우주 공
간을 떠도는 것처럼 지수의 몸은 자꾸 위로 붕 떠오르려고 했다. 의
자에 엉덩이를 붙이고 들숨과 날숨을 교차시키는 보통의 일이, 기를
쓰고 해야 하는 어려운 숙제 같았다. 쏟아지는 졸음을 참느라 정신
이 몽롱한 상태에서 게시글을 읽었다. 처음에는 뭐라는 건지 잘 알
아먹을 수 없었다. 골뱅이, 걸레, 초대, 횡재, 딸딸이, 질외사정, 관전
남…. 단어들의 뜻이 조합되면서 게시글의 의미가 명확해지는 순간,
지수의 입에서 비명이 흘러나왔다. 이건 도무지 현실감이 없는 이
야기였다. 사실, 실화, 실제 일어나는 일이라고 믿기 힘들었다. 2015
년 대한민국에서, 지수가 사는 철주시에서 벌어지고 있다는 걸 믿
을 수 없었다.

그러니까, 바람난 여자친구에게 술을 먹여 정신을 잃게 만든 다
음 모텔로 데려가 여자친구를 강간할 남자들을 초대한다는 거였다.

초대, 라는 말이 이렇게 공포스러운 단어였던가, 살의를 불러일으키는 단어였던가. 술 취한 여친을 모텔로 끌고 갔다는 건, 기분 더럽게 나쁘지만 있을 수 있는 일이라 치자. 그런데 팬티와 브래지어 차림으로 잠들어 있는 여자친구 사진을 게시판에 올려놓고, 알지도 못하는 남자들을 초대한다? 자기 여자친구를 강간해달라고? 후장을 파도 괜찮으니 죽이지만 말라고? 이게 정말 무슨 상황이란 말인가? 그 밑에 댓글을 단 이들은 또 누구인가? 어떤 이는 횡재했다며 그 장소로 뛰어가고 있었고, 다른 이는 여친을 조져달라는 작성자를 쿨하다고 말하고 있었다. 이번에 함께하지 못한 아쉬움과 다음번엔 함께하겠다는 기대를 남기며 열광적으로 반응하는, 이들은 대체 누구인가? 댓글로는 알 수 없었다. 회원정보를 살펴봐도 누구인지 밝히기 힘들 것 같았다. 게시된 글과 댓글들을 보며 한 가지는 분명히 알 수 있었다. 이런 일이 처음은 아니다…….

지수는 뭔가 크고 둔탁한 것으로 머리를 세차게 맞은 것처럼 명해졌다. 마우스 위에 놓인 손가락부터 시작해 온몸이 떨려왔다. 당장 무호역사거리로 달려가 이 일이 실제로 벌어지고 있는지 확인하고 싶었다. 밤참으로 먹은 라면이 입으로 쏠려 나오는 것을 느끼며 희준에게 카톡 메시지를 보냈다.

이거 실화냐? 어떻게 이럴 수 있어?
실화, 실제, 레알.
어떻게 알았어?

메두사 단톡방에 떴어. 댓글 보니 자작은 아닌 것 같아.

어떻게 해? 무호역사거리로 가봐야 되는 거 아냐?

가서 뭘 어쩌게? 그 많은 모텔들 다 뒤지게?

그렇게라도 해야 되는 거 아냐? 저건 강간이잖아. 그것도 집단강간!

일단 전화해. 무호경찰서 전화번호야.

경찰서?

응. 뭐라 대답하건 계속 해봐. 지금은 경찰을 움직이는 것 말고 방법이 없어.

그 와중에도 댓글은 계속 달리고 있었다. 무호역사거리로 가고 있다는 이들이 늘어나고 있었다. 자작극이라고 보기에 댓글의 실시간 반응은 점점 더 열광적으로 변해갔다. 그리고 작성자의 두 번째 게시글과 사진이 올라왔다. 사진 속 여자의 배에 '이거 실화다'라는 글자가 새겨 있었다.

초대남 한 분 오셨고 지금 방에 들어가셨습니다. 이제 두 분 기회 있어요~

지수는 여자의 사진을 보고 자신도 모르게 소리쳤다. 일어나, 이 등신아. 그렇게 자빠져 있을 때가 아니야. 세상 모든 남자들이 네 몸을 덮치려고 몰려가는데 너만 모르면 어떡해, 무슨 일이 일어나는지 너만 모르면 어떡하냐고, 이 등신아! 여자의 팬티 밖으로 삐져나온

털 한 올이 바람결에 살짝 움직이는 것 같았다.

6

무호경찰서의 전화기가 쉴 새 없이 울려대고 있었다. 새벽 두시, 야간근무를 하던 네 명의 경찰관은 연이어 걸려오는 전화를 받느라 부산했다. 전화를 거는 이들은 모두 똑같은 말을 하고 있었다. 무호 역사거리 근처의 모텔에서 술에 취한 여자가 집단강간을 당하고 있다는 이야기였다. 인터넷 사이트의 주소를 알려주고 확인해보라는 말까지 동일했다. 그들이 지목한 사이트는 국내 최대의 음란물 유통 사이트로 알려진 곳이었다. 아동포르노 영상이나 강간영상을 올리는 헤비업로더들이 상시 활동하고 있는 요주의 사이트라는 것쯤은 경찰관들도 이미 알고 있었다. 성매매업소와도 연관되어 있어 불법 성매매 단속을 위해 사이버수사대에서 정기적으로 모니터링을 하는 곳이기도 했다.

마지못해 한 경찰관이 사이트에 접속해 '이거실화다'라는 아이디로 작성된 게시글을 확인했다. 범죄모의에 해당되는 글이었으나 자작의 가능성이 컸다. 온라인에서 생산되는 콘텐츠의 상당수는 과도하게 부풀려진 채 사람들을 현혹시키고 있다는 것을 경찰관들은 그동안의 수사 경험으로 알고 있었다. 게다가 이 사이트는 실명인증을 하지 않아 가짜 신상정보로도 쉽게 회원가입을 할 수 있는 곳이었다. 사진을 촬영하고 글을 게시한 이가 누구인지 알 수 없었고, 사진에 찍힌 여자의 얼굴도 모자이크 처리되어 신상을 확인할 수 없었다. 장소를 특정할 수 있는 정보도 모두 제거되어 있었다. 신상도 모르고 장소도 모른 채 수사에 착수할 수는 없었다. 결정적으로 '아직 일어나지 않은' 사건에 대해 섣불리 공권력을 투입할 수는 없었다. 경찰관들로서는 이 정도의 대답이 최선이었다.

그러나 전화는 계속 울려댔고 전화를 건 이들은 막무가내였다. 분명 강간을 모의한 것이다, 범죄모의는 처벌할 수 있지 않느냐, 묻고 또 물었다. 한동안 목소리를 높여 실랑이를 벌이다 전화를 끊을 즈음에 그들은 울먹이거나 소리쳤다. 어떻게 가만히 있을 수 있습니까, 제발, 한번만이라도 좋으니 무호역의 모텔들을 순찰하라고요. 경찰관들은 대답했다. 무호역사거리의 그 많은 모텔들의 그 많은 방을 일일이 확인하는 것은 불가능할뿐더러 경찰이 할 바도 아닙니다. 그렇지 않아도 전화가 많이 와서 우리도 주시하고는 있어요. 뭐 그 여자분이 신고한다면 모를까, 어쨌든 기다려보는 수밖에요.

삼십 년 넘게 근무했지만 이런 일은 처음이라고 머리 희끗한 경찰관이 투덜거렸다. 주말이면 폭행과 기물파손을 신고하는 전화가 걸려오는 것이 경찰서의 일상이지만, 이런 신고는 처음이었다. 자작이라면 다행이었고, 실제라 하더라도 사이버 상에서 날뛰는 무리들을 잡아 처넣기에 경찰관들이 가진 무기는 별로 없었다. 전화는 새벽 세시쯤 갑자기 잠잠해졌다. 한 경찰관이 사이트에 접속했다. '오늘 초대는 마감하겠습니다'라는 세 번째 게시글이 올라와 있었다.

제목 : 오늘 초대는 마감하겠습니다

작성자 : 이거실화다

작성일 : 2015.10.24.02:58

많은 분들이 댓글 달아주셨는데 초대를 다 못 해드려 죄송합니다.

조만간 더 화끈한 이벤트를 진행하겠다고 약속드립니다~

다녀가신 초대남들이 인증샷 올려주셨네요.

뭐든타는기사님 후장 잘 파셨나요?

후기 올려주시면 다음번 초대도 예약해드립니다 ㅋㅋㅋ

    초대는 끝났다. 열광도 끝났다. 지옥의 밤은 그렇게 흘러갔다. 희준은 영원히 올 것 같지 않은 아침을 맞았다. 새벽 한시 삼십분부터 세시까지 무호경찰서에 전화를 일곱 통 걸었다. 초대남 모집글을 보고 난 후 솟구쳐 오른 분노에 비해서는 보잘 것 없이 작은 행동이었지만 그거라도 하지 않으면 이 지독한 분노를 분출할 길이 없었다. 희준의 첫 전화를 받은 경찰관은 난감한 기색이 역력했다. 그도 사이트에 들어가 게시글을 확인했다고 말했다. 하지만 수사에 돌입하기는 힘들다고 했다. 기다려보는 수밖에 없다, 라는 경찰관의 말은 여자가 서너 차례 강간을 당하고 직접 신고를 해야만 사건이 성립된다는 말이었다. 절대 흥분하지 않겠다는 희준의 결심이 흔들리는 순간이었다. 희준이 말했다. 한번만이라도 좋으니 무호역의 모텔들을 방문해주세요, 그게 힘들다면 모텔 주변 도로에서 사이렌만이라도 울리고 순찰해 주세요, 그 정도는 어려운 일 아니잖아요. 목소리가 떨려왔다. 경찰관은 묵묵부답이었다.

전화를 끊고 나서 분노는 더 뜨겁게 타올랐다. 희준은 회원등록이 되어 있는 인터넷 커뮤니티에 들어가 초대남 모집글의 주소와 무호 경찰서의 전화번호를 적은 게시글을 올렸다. 그 밤에 깨어 있는 이들이 희준의 게시글에 댓글을 달기 시작했지만, 모두 희준과 같이 실망과 좌절, 분노를 토해낼 뿐이었다. 무호역사거리의 여자를 구하기 위해 희준이 할 수 있는 일은 없었다. 그것을 확인한 오늘 밤, 희준은 헬조선의 가장 은밀한 지옥, 여자들을 향해 시커먼 아가리를 벌리고 있는 '초대'라는 이름의 생지옥을 보았다.

개새끼들.

희준은 욕실로 들어가 샤워기의 물을 틀었다. 머리 위에서 샤워기의 물이 부드럽게 쏟아졌다. 물줄기를 받으며 희준은 자기가 할 수 있는 모든 욕을 뱉었다. 여자의 몸에 쓰인 코랄오렌지의 립스틱 색깔이 자꾸 눈앞에 아른거렸다. 초대남들이 다녀간 후 여자의 몸에 닉네임을 쓴 인증사진들이 계속 올라왔다. 이거실화다, 뭐든타는기사, 좆집다내꺼, 대걸레청소. 기발할 필요 없이, 점잖을 필요는 더더욱 없이, 그저 떠오르는 대로 아무 생각 없이 지은 그 이름들은, 술에 취해 곯아떨어진 여자의 몸을 바라보는 남자들의 무의식을 그대로 보여주고 있었다. 신사도와 로맨틱한 사랑의 상징인 '기사'는 어떤 여자든 가리지 않고 '탈' 준비가 되어 있었다. 2015년 헬조선의 기사는 사랑과 명예를 위해서가 아니라 배설을 위해 돌진하고 있었다. 여러 남자 등쳐먹으며 성적 쾌감을 누리는 여성을 응징해야 한다는 남자들의 사명감이 '대걸레청소'라는 아이디를 만들어냈다. 그리고 '좆집'. 신촌의 여대에 다니는 친구는, 일군의 남자 대학생들이 여대에 다니는 학생들을 인근 남녀공학 소속 남학생들의 '좆집'이나 '좆물받이'로 칭한다고 했다. 남자의 성기가 쉬는 곳, 쾌락을 얻는 곳, 페니스에 의해 삽입당하고 정액을 받는 것이 유일한 존재 이유인 그곳, 여성의 몸.

변태새끼들.

강간범들의 닉네임이 몸 이곳저곳에 새겨진 여자의 몸은 마네킹처럼 굳어 있었다. 온기와 생기가 제거된 채 가슴과 성기만이 남은 마네킹. 여자가 정신을 차리고 제 몸을 보았을 때 휘몰아칠 그 감정들이 희준에게 와 닿았다. 간밤에 자신에게 무슨 일이 벌어졌는지를 눈치채고야 말, 지옥보다 더할 일분일초가 희준을 관통했다. 어떻게 사람에게 그런 짓을, 버젓이 살아 있는 사람에게 어떻게 그런 짓을, 그 여자는 어떻게 살라고 그런 짓을…. 차라리 모든 것을 기억하지 못한 채 아침을 맞게라도 해주지. 꿈이 뒤숭숭하고 몸이 좀 뻐근해도, 자기 몸에서 타인의 냄새가 풍기고 자신의 체액이 아닌 다른 액체가 진득하게 묻어 있어도, 그냥 과음 탓이려니, 도통 기억이 나질 않아, 라고 아무 일 없는 척, 그렇게 넘어가게라도 해주지, 주홍글씨까지 새겨놓으면 어떻게 해, 이 개자식들아. 희준은 욕을 하며 울음을 터뜨렸다. 거울 너머 지옥을 봐버린 이의 시뻘건 눈을 바라보며 빌었다. 그 여자가 제발 이 밤을 살아내기를, 죽고 싶을 만큼 고통스러워도 살아 있기를. 살아남아 자신이 아니라 세상을 증오하기를.

제2장

시선

8

지금 열차가 들어오고 있습니다. 승객 여러분께서는 한 걸음 물러서주시기 바랍니다.

지하철 안내방송은 그렇게 말했지만, 사람들은 한 걸음 물러나는 대신 출입문 쪽에 더 바짝 다가섰다. 스크린도어가 열리고 지수는 사람들에 떠밀려 열차에 올랐다. 가방을 사수하기 위해 품에 안았고 한 시간 이십 분을 버티기 위해 이어폰을 꽂았다. 피할 수 있다면 정말이지 피하고 싶은 것이 월요일 아침 출근길의 지하철이었다. 이 시간에 지하철을 탈 때마다 지수는 궁금했다. 이렇게 많은 사람들이 이렇게 좁은 공간에서 서로의 몸을 불편해한 채로 한 시간 두 시간을 어떻게 견뎌내는 것일까. 김치냄새 풍기는 옆 사람을 증오하고, 다른 사람보다 넓은 자리를 차지하는 과체중인 사람을 원망하고, 그 바쁜 시간에 지하철을 탔다는 이유만으로 허리 굽은 노인을 혐오하게 되는 시간을 어떻게 참아내는 것일까. 한 시간 이십 분 동안 지하철에서 시달리다 사무실에 들어서는 순간, 팔딱거리는 생의 의지라는 게 모두 빠져나간 느낌이 들고 어떤 일이든지 그저 네, 하고 대답하는 자신을 발견할 때면, 지수는 뭔가 음모가 있다는 혐의를 지울 수 없었다. 지하철이 그저 교통수단이 아니라 사람들을 순응하게 만드는 거대한 의지제거 훈련장이 아닐까 하는, 가장 가까이에 있는 타인을 증오하도록 원초적 감각을 학습시키는 혐오 재생산 기계가 아닐까 하는 뭐 그런 류의.

수도권에서 가장 많은 사무실이 밀집해 있는 곳으로 출근하기 위해, 철주시에 사는 지수는 늦어도 새벽 여섯시 반이면 지하철을 탔다. 출근시간은 여덟시 삼십분이고 이십분 정도 늦게 출발해도 여유가 있었지만, 출근시간의 절정을 피해 조금 일찍 나서야 그나마 타인과 덜 부대낄 수 있었다. 지수는 이어폰으로 방탄소년단의 〈쩔어〉를 들으면서 마음속으로는 오늘 있을 프레젠테이션을 시뮬레이션하기 시작했다.

대기업 계열사인 MJ 커뮤니케이션즈의 마케팅본부 제2팀 인턴사원인 지수는 오늘 강필주 팀장과 두 명의 사원, 네 명의 인턴사원 앞에서 김탁구제빵소가 내년 봄에 출시할 오렌지치즈타르트의 마케팅 기획안을 발표해야 했다. 신제품 파이 하나 출시하는 것치고는 사이즈가 큰 건이었다. 김탁구제빵소는 팥빵이나 만드는 낡은 빵집이 아니라 젊은 감각의 바게트 회사로 이미지를 전환하고자 했고,

그 출발이 이번에 출시될 오렌지치즈타르트였다. 기존 브랜드의 이미지를 바꾸는 마케팅은 시간과 돈이 많이 드는 작업이었고, 로고나 심벌, 슬로건, 패키지 등 후속 작업의 계약 가능성도 고려해야 했다. 이번 오렌지치즈타르트의 마케팅이 성공한다면, 덩치 큰 계약들이 고스란히 MJ 커뮤니케이션즈의 차지가 될 것이다. 그만큼 회사로서는 공을 들일 수밖에 없었고, 담당 팀원 뿐만 아니라 인턴사원까지 아이디어를 제출하라는 숙제가 주어진 것이다.

지난 주부터 인턴 한 사람씩 차례로 프레젠테이션을 진행하고 있었다. 제품의 네이밍부터 마케팅 컨셉, 온라인 이벤트와 예산 수립까지, 인턴 자신이 프로젝트의 담당자라 생각하고 기획하라고 강필주 팀장은 주문했었다. 이는 곧 상사의 도움은 기대하지 말라는 뜻이었다. '인턴사원의 역량강화'라는 이름을 달았지만 지수를 포함한 인턴 다섯은 그 발표가 업무능력을 파악하는 실질적인 입사면접이 될 것이라는 것 정도는 알고 있었다. 하나의 상품을 두고 각기 다른 기획안을 선보이는 만큼 인턴 간 비교는 불가피하고, 업무능력을 파악하는 자리이니만큼 발표자를 표적으로 공격적인 질문들이 날아들 것이다.

지수도 각오하고 있었지만 앞서 발표한 김민수와 이시형에게 던져진 논평과 질문들이 예상보다 훨씬 날카로워 적잖이 긴장이 되었다. 상사들보다 인턴들이 더욱 도발적인 질문으로 달려들었다. 질문할 줄 아는 능력, 장단점을 분석할 줄 아는 능력도 평가요소라는 걸 모두 의식한 탓이었다. 인턴 합격통지 문자를 받고 앞길이 탄탄대로 일 것이라 기대했던 것도 잠시, 무한경쟁의 정글 속에 놓여 있다는 것을 나날이 실감하고 있는 중이었다. 게다가 기획안을 쓸 때는 괜찮은 컨셉이라 생각했지만, 오늘 아침 다시 훑어보니 그리 새로울 것도 신선할 것도 없는, 평범하기 짝이 없는 기획안인 것 같아 지수는 급격히 위축되고 있었다. 인턴의 역량평가에 절대적인 영향력을 갖고 있는 강필주 팀장이 어떤 반응을 보일지 불안했다. 공사 분리가 분명하고 완벽한 일처리를 강조하는 상사였기에, 기획안 이외의 것으로 플러스 점수를 얻을 가능성은 1도 없었다. 이곳에서 살아남기 위해서는 살아남을 만한 인간이 되어야 했다.

열심히 말고 잘하라, 라는 게 강필주 팀장의 주문이었다. 입사 삼 년 만에 선배와 동기를 제치고 팀장 자리에 오른 전도유망한 마케터가 한 말이기에 인턴들에게는 쇳덩이만큼의 무게감으로 다가왔다. MJ 커뮤니케이션즈에서 가장 젊은 팀장은 마케팅의 이론과 실전에 능한 것은 기본이고, 무엇보다 사람들의 욕망이 흘러가는 방향을 감지하는 탁월한 능력을 갖고 있다고 평가받고 있었다. 김탁구제빵소가 강필주 팀장이 일을 맡아줬으면 좋겠다고 콕 집어 의뢰했을 정도였다. 그런 상사와 일을 하게 된 것이 큰 행운이라고 지수는 열번이고 생각했다.

열심히 하면 잘하게 되지 않을까, 잘한다는 건 열심히 했다는 뜻 아닐까, 라고 지수는 잠깐 생각했지만, 열심히만 해서는 잘하게 되지 못한다는 것도 알고 있었다. 남들과 다른, 뭔가 압도적인, 강한 인상을 남길, 그런 아이디어를 담은 기획안이어야 했다. 그런 걸 생각해내느라 지난 두 달 동안 애를 썼다. 주말이면 도서관에서 마케팅 신화를 쓴 크리에이터들의 책들을 읽었고 수도 없이 기획안을 고쳐 썼으며, 시큼하고 달달한 오렌지 특유의 맛을 활용한 획기적인 카피를 써내기 위해 오렌지를 두 박스쯤 먹어치웠다.

그렇게 애를 쓸수록 신선한 아이디어가 샘솟는 상상력의 창고 같은 건 자신에게 없다는 것만 지수는 확인할 뿐이었다. 무릎을 치게 만드는 카피다 싶으면 누군가 이미 개발했고, 재미있는 아이디어다 싶어 시장조사를 해보면 이미 몇 년 전에 유행하던 아이템이었다. 세상은 넓고 아이디어는 넘쳤으며 지수의 상상력은 빈곤했다. 그러니 씨름할 수밖에. 아무리 세상이 노오력하는 인간을 잉여 취급한다고 해도, 지수가 할 수 있는 일은 여전히 노오력밖에 없었으니까. 지수는 정말 열심히 노력했다. 그런데 결과물을 발표하는 오늘, 지수는 자신이 열심히만 했지 잘하지는 못할까봐 겁이 났다. 근래 찾아든 두통의 이유가 그것이었다. 평생 열심히만 하는 사람이 될까봐, 영원히 잘하는 사람은 되지 못할까봐 쪼그라드는 느낌, 그것이 지수를 괴롭히고 있었던 것이다.

각 팀별로 주간 업무보고를 작성하고 마케팅본부의 지시사항을 체크하며, 진행하고 있는 프로젝트의 협력업체와 미팅을 하는 등 월요일은 정신없이 지나갔다. 지수도 문서작업과 일정표 업데이트, 회의록 작성 등 떨어지는 일들을 소화해내느라 바쁘게 하루를 보냈다. 오후 네시가 되자 강필주 팀장이 팀원들을 소집했다. 마케팅본부 제2팀은 강필주 팀장과, 직급이 나뉘지 않은 다섯 명의 팀원으로 이루어져 있는데, 기획안 회의에는 디자인과 제작을 맡은 팀원들은 빠지고 이지환과 김중혁만 참여하고 있었다. 인턴직원은 동지수와 기화영, 이시형, 유상혁과 김민수, 이렇게 다섯이었다. 군필자인 유상혁과 김민수는 스물일곱과 스물여덟 살이었고, 기화영과 동지수, 군대를 면제받은 이시형 모두 스물다섯 살로 동갑이었다.

회의실은 유리벽으로 된 널찍한 공간이었고, 열 사람은 너끈히 앉을 수 있는 커다란 탁자가 놓여 있었다. 전면에는 스크린과 이동식 칠판이, 후면에는 빔프로젝터와 프레젠테이션을 위한 각종 기기들이 배치되었다. 스크린을 마주보는 위치에 강필주 팀장이 혼자 앉았고, 그 오른쪽에 이지환과 김중혁이, 왼쪽에 인턴들이 앉았다. 지수는 스크린에서 살짝 비켜선 채 PPT 파일의 첫 페이지를 띄웠다. 반으로 자른 오렌지의 말캉한 속살이 침샘을 자극할 정도로 생생했고, 한가운데 '탁타르트'라는 글자가 적혀 있었다.

9

"탁타르트, 신제품 파이의 이름입니다. 오렌지를 깨물면 속살이 탁, 하고 터지는 그 순간을 연상하게 합니다. 오렌지의 식감에 주목한 것이죠. 카피는 이렇습니다. 깨물어, 터뜨려, 너를 작아지게 하는 것! 느껴, 즐겨, 너를 너답게 하는 것!"

좌중에서 웃음소리가 들려왔다. 비웃음인가, 유쾌함인가, 애매했다. 지금은 웃음소리의 의미를 깊이 생각할 겨를이 없었다.

"오렌지의 속살을 깨물면 터집니다. 우리 청춘을 한없이 작아지게 만드는 세상을 향한 울분도 함께 터지는 겁니다. 그런 다음, 치즈타르트의 맛을 음미하면서 자기다운 것을 회복합니다. 나를 나답게 만드는 알맹이, 핵심, 코어, 이런 걸 깨닫는 거죠. 그러니까, 일상의 작은 행복을 추구하는 감성을 발랄하게 풀어보는 광고 전략이라고 할 수 있습니다."

지수는 자꾸 어디론가 도망가려는 자신감을 꽉 쥐고서 발음을 정확하게 하려고 애썼다.

"모델은 유명 연예인보다는 일반인 느낌이 나는, 젊고 당찬 이미지의 여성을 기용하는 것이 효과적일 겁니다. 이 광고와 함께 소비자들의 사연을 받는 온라인 이벤트도 연동할 계획입니다. '나를 나답게 하는 것'이라는 주제로요. 요약하자면, 저는 푸르른 봄이라기엔 너무 지쳐버린 대한민국 청춘들의 삶을 위로해주는 한 조각 파이로 이 제품을 표현하고 싶었습니다."

지수는 발표를 끝내고 좌중을 바라보며 어떤 질문이 와도 당황하지 말자고 다짐했다. 기획안이 난도질당하는 것은 당연하다, 지금의 질문은 나를 공격하는 게 아니라 나를 성장시키는 것이다, 라고 지수는 생각했다.

"그래서 탁타르트라 이름 붙인 거군요. 탁 터지니까 탁타르트. 근데 오렌지가 그렇게 탁 터지나요?"

김중혁이 물었다. 입사 이년차의 까칠한 사원이었다. 삼십대 초반인데도 벌써 정수리가 휜했다. 스트레스성 탈모는 마케팅업계에서 직업병으로 통한다는데, 그도 지금 직업적으로 병을 앓는 중인 것 같았다.

"퍽 터지기도 합니다."

유상혁이 대답했다. 그럼 퍽타르트가 되는 건가? 퍽치기도 아니고 뭐야, 탁 쳤더니 퍽 하고 엎어진 게 누구였지, 라는 말들이 오갔다. 딱히 발표자의 대답을 요구한 질문이 아니었기에 지수는 대답하지 않았다.

"일단 네이밍은 좋은 것 같습니다. 탁, 하고 발음하면 뭔가 시원하게 내뱉는 느낌이 나죠. 원래 티읕이 혀끝을 윗잇몸에 대고서 숨을 불어내다가 혀끝을 거세게 터뜨릴 때 나는 소리니까요. 연이어 티읕을 발음하는 라임이 독특하고 좋습니다. 상품의 이름을 떠올리기 쉬우니 기억회상력이 높다는 거죠."

시형이 말했다. 시형은 지수를 향해 한쪽 눈을 찡긋해 보였다. 시형은 지수와 출신학교는 달랐지만 마케팅연구회라는 연합동아리에서 함께 활동했고, 입사 전부터 스터디모임을 꾸려 취업준비를 함께 했다. 나는 네 편이야, 라는 응원이 담긴 시형의 눈짓을 지수는 모른 척했다.

"그럴까요? 제가 느끼기에는 탁, 타르트, 이렇게 발음이 안 되고, 탁타, 르트, 이렇게 되는 것 같은데요? 탁타, 르트, 주세요, 이러면 네? 뭐 달라고요? 이렇게 되묻게 될 것 같습니다. 다시 묻게 되는 이름은 재구매 빈도가 대폭 줄어든다는 연구가 있죠. 쉽게 머리에 각인되지 않는다는 겁니다."

까칠한 김중혁은 역시 까칠하게 굴었다.

"카피라이트는 성적 코드를 염두에 둔 건가요? 깨물다, 터뜨리다, 느끼다, 즐기다, 섹슈얼한 느낌이 물씬 풍깁니다. 나쁘다는 뜻은 아니에요. 성적 코드를 은밀하게 활용하는 사례는 얼마든지 있으니까요."

이지환이 말했다. 강필주 팀장과 입사동기였다. 동기가 팀장이 되어도 별로 개의치 않는 쿨한 사람으로 지수는 알고 있었다.

"남자들은 절대 안 살 것 같은데요. 작아지다니, 터뜨리다니, 치명적입니다."

김민수의 말에 남자들 모두 웃음을 터뜨렸다. 유상혁은 목젖이 드러나도록 웃어댔다. 강필주 팀장의 얼굴에도 희미하게 웃음기가 떠올랐다. 지수는 딱히 대답할 말을 찾지 못하고 있었다. 전혀 의도하지 않은 방향으로 카피를 읽어내고서 비웃는 저들에게 한방 날리고 싶었지만 이럴 때 써먹을 순발력은 노오력으로는 안 되는 것들 중 하나였다.

"나를 나답게 하는 것이라, 과연 이 주제로 누가 어떤 이야기를 응모할까요? 무슨 말인지 와닿질 않는단 말이죠. 너무 추상적이고 감상적이랄까, 상품 이벤트라기보다는 수필 공모전 주제 같달까. 컨셉은 분명해야 합니다. 밍밍한 컨셉은 백프로 망한다, 마케팅의 진리죠. 주제가 좀 더 신선하고 명확해져야 할 것 같다는 생각이 듭니다."

김민수가 지적했다. 좀 더 신선하고 산뜻하게, 그게 그렇게 쉽게 되는 거였으면 내가 여기 왜 있겠나, 라고 지수는 속으로 투덜거렸다.

"오렌지타르트가 삶의 위로가 된다, 저는 컨셉 좋은데요."

분위기를 반전시킨 것은 기화영이었다. 기획안을 긍정적으로 평가하는 발언이 나오자 반가운 마음이 드는 건 지수도 어쩔 수 없었다. 기화영이 이어 말했다.

"갓 볶은 좋은 원두로 내린 카페라테 한 잔, 눈이 즐거운 보랏빛 블루베리 요거트, 한입에 쏙 들어가는 고급스러운 수제 초콜릿, 생각만 해도 위로가 되지 않나요? 가진 게 그리 많지 않은 젊은이들이 누릴 수 있는 작은 행복, 그렇다고 아무 때나 막 살 정도로 저렴한 건 아니어서 늘 누릴 수는 없는 소박한 사치. 잠재 소비자층에게 이 상품이 그렇게 인식된다면 성공한다고 봅니다. 이 광고를 보면 타르트 먹고 싶다, 라는 생각이 들 것 같은데요."

"김치녀 컨셉으로 가자는 건가요?"

유상혁이 물었다. 옆자리의 김민수가 키득거렸다.

"김치녀라니요?"

"커피 한 잔, 요거트, 수제 초콜릿, 이런 것에 위로받을 정도의 삶이면, 인생의 피와 땀을 알기나 할까 의문이 들어서요."

"초콜릿을 좋아한다고 피땀 흘리는 인생이 아닐 건 또 뭐죠? 블루베리 요거트 좀 먹는다고 한가하게 노닥거리기나 하는 여자일 거라는 생각, 그걸 가리켜 착각 혹은 망상이라 하지요. 마케팅을 하신다는 분이 김치녀 운운하는 건 적절하지 않다고 봅니다. 여기가 일베도 아니고."

"일베라니요? 말을 좀 가려 합시다."

유상혁이 발끈했다. 기화영은 개의치 않았다.

"김치녀라는 네이밍을 가장 먼저 한 게 일베이고, 가장 많이 쓰는 곳도 일베라서 하는 말이에요. 김치녀가 뭡니까, 김치녀가. 그런 천박한 네이밍을 입에 올리는 건 마케터의 자세가 아닐듯싶은데요. 네이밍이라는 건 그것이 만들어지는 순간부터 어떤 대상을 규정하게 되니까요. 무엇을 어떻게 부를 것인가에 대해 예민해지고 조심스러워져야 한다는 게 제 생각입니다. 다른 사람은 몰라도 마케팅을 하신다는 분은 말이죠."

"이 자리에서 기화영씨의 브랜드 네이밍 강의를 듣고 싶지는 않고요. 저는 다만 김치녀에 대한 사회적 비난 여론을 무시할 수 없다는 말씀을 드리는 겁니다. 이 상품을 그런 컨셉으로 광고했을 때 비호감 지수가 높아질 수 있다는 것도 고려해야죠. 광고가 가져올 부정적 효과를 예측하는 것도 마케팅맨의 능력 아닙니까?"

"마케팅이라는 게 상품을 파는 게 아니라 그것이 채워줄 욕망과 그것을 가짐으로써 얻게 되는 가치를 파는 거지 않습니까? 저 유명한 필립 코틀러와 게리 암스트롱의 『마케팅 입문』 제1장의 제목을 혹시 모르시지는 않겠지요? '마케팅은 고객 가치의 창출과 획득이다.' 오렌지치즈타르트는 아무리 포장해도 밀가루로 만든 파이일 뿐이지요. 하지만 그것을 사는 이는 밀가루 파이가 아니라 위로와 작은 행복을 사는 겁니다. 그렇게 설득하는 게 마케팅이구요. 그런데 그걸 사는 소비자를 김치녀라 한다면 마케팅은 김치녀의 시녀란 말입니까?"

'김치녀의 시녀'라는 단어에 김민수는 다시 키득거렸고 유상혁은 얼굴을 한껏 찌푸리며 응수했다.

"마케팅은 가치를 창출한다, 동의합니다. 그런데 그 가치는 고객의 인식과 부합할 때 힘을 발휘합니다. 상품의 가치가 부정적인 인식과 결합하게 된다면 그 상품은 시장에서 선택되지 못할 겁니다. 알 리스와 잭 트리우트는 『마케팅 불변의 법칙』에서 이렇게 말했지요. '사람들은 일단 결심하고 나면 다시는 마음을 바꾸지 않는다.' 인식이나 관념은 우리의 생각보다 훨씬 강력합니다."

"그렇기 때문에 마케팅은 관점전환의 기술이기도 한 겁니다. 대중의 관점을 마케터의 관점으로 설득하는 것 말입니다. 대중의 관점에 편승하기만 한다면 그건 게으른 마케터에 지나지 않겠지요. 마지막으로 유상혁씨, 전 마케팅맨이 아니라 마케팅우먼입니다. 용어 사용에 주의해주시면 좋겠네요."

유상혁은 날카로웠고 기화영은 물러서지 않았다. 정작 발표자인 지수는 두 사람의 핑퐁 같은 대화를 그저 듣고만 있었다. 그때 회의실 문이 열리고 누군가 팀장님, 본부장님이 찾으십니다, 라고 말했다. 강필주 팀장이 이 정도로 하죠, 라고 분위기를 정리하려는데 유상혁이 내뱉었다.

"김치녀 인증을 하고야 마는군."

유상혁이 혼잣말로 내뱉은 말이지만 모두가 들을 수밖에 없었다. 분위기가 싸늘해지면서 모두 유상혁을 바라보았다. 강필주 팀장이 모른 척하고서 말했다.

"동지수씨 수고 많았습니다. 오늘 코멘트를 참고삼아 더 발전된 기획안을 만들어보도록 하세요. 저는 개인적으로 크레센도 엔딩 기법을 접목해보면 어떨까 싶은데, 한번 연구해보시구요. 모레, 수요일 이 시간에는 유상혁씨 발표를 듣기로 하죠."

10

예상대로 인턴들끼리의 술자리에서는 기화영에 대한 성토가 이어졌다. 오늘도 기화영은 팀장이 참석한 회식 자리에만 얼굴을 들이밀고는 집안에 일이 있다는 이유로 인턴들만의 술자리에는 오지 않았다. 성공에 도움 안 되는 것에는 일분도 안 쓰겠다는 거지, 라고 유상혁이 말했고, 마케팅우먼이잖아, 맨이 아니라, 라고 김민수가 받았다. 시형은 말없이 생크림 맥주를 들이켰고 지수는 포크로 치킨샐러드를 찍어 입에 넣었다. 지수도 술자리에 끼고 싶지는 않았다. 조금 친해졌다고 반말을 하고 나이가 두셋 많다고 가르치려 드는 두 사람의 태도가 갈수록 거슬렸다. 그런 지수에게 시형은 말했다. 마음에 안 든다고 사람들 쳐내기 시작하면 네 옆에 누가 남아 있을 것 같아? 사회생활은 네트워크야, 인맥이라고. 그건 거저 얻어지는 게 아니라 관리해야 되는 거거든. 두 사람한테 배울 게 아주 없지는 않 잖아. 열심히 살아왔고 노력하는 사람들이야. 너무 색안경 끼고 보지 마. 그렇게 말하는 시형이 지수는 낯설었다. 사람들의 시선에 그다지 신경 쓰지 않는 것 같던 시형이 인맥 관리의 중요성을 말하니 왠지 조금 서글퍼졌다. 열심히 살아왔다는 이유로 그 사람의 많은 것을 이해하려는 시형의 태도는 장점일 수도 있을 것이다. 그러나 유상혁과 김민수를 이해하는 건 지수로서 쉽지 않았다. 그런 노력을 포기하는 게 정신건강에 좋지 않을까 싶을 때마다 시형은 말했다. 친구를 사귀라는 게 아니잖아, 네트워킹을 하라고.

다섯 명의 인턴 중 잘해야 두 명만 정직원으로 채용될 것이었고, 작년에 남자와 여자가 각각 한 명씩 정직원으로 채용된 것으로 보아 올해도 그렇게 될 가능성이 많았다. 그렇게 된다면 기화영과 지수 둘 중 하나만 살아남을 것이다. 공식적인 경쟁자는 나머지 인턴 모두였지만 성별을 염두에 둔 직원채용이라고 볼 수밖에 없는 회사의 결정 때문에 지수는 기화영보다 뛰어나야 한다는 압박을 받고 있던 참이었다. 인턴들은 각자 경쟁자를 의식하면서 계산기를 두드리며 출퇴근을 반복하고 있겠지만 겉으로는 제법 화기애애한 분위기를 만들어내고 있었다. 첫 출근날 회식자리에서, 승부는 정정당당하게, 그리고 결과와 상관없이 동료로 지낸다는 원칙을 호기롭게 내걸었던 것이다. 그러나 기화영은 동료들과의 화합이란 것에는 도통 신경쓰지 않았다. 인턴들끼리 정보를 공유한다는 명목으로 유상혁이 만든 단톡방에 초대되자마자 나가버렸고, 인턴들끼리의 술자리에 참석하지 않음으로써 친하게 지낼 의사가 없다는 것을 분명히 드러냈다.

서로를 탐색하며 아직은 조심스럽게 굴던 초창기, 지수가 기화영에게 술자리에 참석하지 않은 이유를 물은 적이 있었다. 그때 기화영은 이렇게 대답했다. 해야 할 일이 산더미야, 토익점수 올려야 하고 중국어 레벨도 유지해야 해. 해외 마케팅 흐름도 공부해야지, 사람들 감성 바뀌는 걸 놓치지 않으려면 베스트셀러도 읽어야 해. 기획안도 가다듬어야 하고. 그걸 다 하려면 하루 이십사 시간도 모자라는데, 어떻게 술을 마셔? 그것도 유상혁 같은 인간이랑? 너는 안 바쁘니? 지수는 고개를 끄덕일 수밖에 없었다. 고등학교 시절 화장실을 갈 때도 영어단어장을 손에 들고 가는 전교 1등을 보는 기분이었다. 아무리 열심히 공부해도 따라갈 수 없는 넘사벽 앞에 선 느낌이랄까. 지수도 할 일은 많았다. 영어회화 실력도 길러야 하고 최신 마케팅이론에 관한 책도 읽어야 했다. 늘 바빴고 시간은 모자랐다. 그런데도 지수는 그들과 술을 마시고 있었다.

매일 술을 마시는 건 아니었다. 일주일에 한두 번이었고 고주망태가 되도록 마시지도 않았다. 술자리에서 노닥거리기만 한 것도 아니었다. 업무처리 방식과 문서작성 요령, 화제가 된 광고에 대한 토론 등 실질적으로 도움이 되는 이야기들도 오고갔다. 물론 그런 이야기보다 직장생활의 애환을 나누는 경우가 압도적으로 많긴 했다. 과도한 업무량에 대한 스트레스와 상사들의 각기 다른 성향 때문에 빚어지는 의사결정의 혼선에 대한 불만, 인턴이 아니라 심부름센터에서 파견된 직원인 것 같다는 열패감 같은 것 말이다. 퇴근시간이 지나 정직원들이 우르르 빠져나가 갑자기 정적이 흐르는 사무실에 인턴들만 덩그러니 남고 나면, 맥주 한잔이 다급했다. 인턴들이 술자리를 만드는 건, 자신만 버거운 것이 아니라는 동질감을 확인하고 싶어서이거나 혹은 자신은 잘하고 있다는 안도감을 갖기 위해서인지도 몰랐다. 동질감과 안도감, 그런 것 따위는 기화영에게 필요 없는 것일까. 자신과 기화영의 차이는, 성공을 위해 달리는 경주마와 성공을 위해 달리는 경주마가 되어야 한다고 생각하며 술을 마시는 사람의 차이일까.

그날 이후 지수는 경주마를 내버려두기로 했다. 바쁠 수밖에 없다는 기화영의 말에 공감했다. 그렇다고 도움 안되는 관계를 무 자르듯 하는, 이기적이라고 할 수밖에 없는 차단이 서운하지 않다면 거짓말이었다. 기화영에게 자신은 별 볼 일 없고 그래서 친해질 이유라고는 없는 사람이구나 싶어 화가 날 때도 있었다. 그렇게 지수는 기화영에 대해 한마디로 정의할 수 없는 복잡한 심경이었지만 다른 이들은 명확해 보였다. 유상혁은 기화영에게 대놓고 적대적이었고, 김민수는 대놓고는 아니지만 유상혁에게 장단을 맞추며 기화영을 씹었다.

"강필주 팀장님이 기화영 기획안을 봐주고 있다는 게 사실이야?"

유상혁이 김민수를 바라보며 물었다. 주홍색 LCD 조명 아래 유상혁의 얼굴은 유독 달아올라 있었다. 기화영을 탐색하고 겨냥하는 그의 레이더는 지독히도 일방향이다, 라고 동지수는 생각했다.

"그게, PPT 파일이 띄워져 있더라고, 팀장님 노트북에. 작성자 기화영, 이렇게 되어 있던데?"

"민수 너는 팀장님 책상에 왜 간 건데?"

"아, 씨발. 제품 설명에 모르는 단어가 있어 물어보러 갔다. 설마 팀장님 책상 닦으러 갔겠냐? 아님 커피 뽑아다 줬을까봐? 띠임자앙니임, 이러면서?"

김민수가 혀 짧은 소리를 내자 유상혁이 낄낄거렸다. 누구를 성대모사 하는지 몰라도 그 대상이 씹히고 있는 건 분명했다. 지수는 기분이 슬쩍 상해 퉁명거리는 소리로 말했다.

"그것만 봐서 도와주고 있다고 단정지을 수는 없죠."

"팀장님 노트북에 그게 왜 있냐고. 니들도 미리 보내서 코멘트 받은 거야?"

"그게 아니라, 미리 보고해야 하는 줄 알았을 수도 있으니까요."

"팀장님이 몇 번이나 말했잖아. 상사 도움 받을 생각하지 말라고. 근데 뭘 미리 보고해? 이상하잖아. 뭔가 있어. 팀장님한테 따로 접근했을 거야. 정직원 되려고 온갖 수를 다 쓰고 있을 거란 말이지. 팀장님도 팔팔한 청춘인데 여자 마다할 이유가 있겠어? 안 그래? 회사에 크나큰 비리를 저지르는 것도 아니고 인턴 하나 정직원 만드는 일이야. 팀장의 역량평가가 절대적이고 평가라는 건 주관적일 수밖에 없으니, 누가 딴지 걸 일도 없을 테고 말야. 그래도 팀장님, 공과 사는 구분하는 사람인 줄 알았는데. 이런 병맛 같으니."

"그런 식으로 말하는 거 불편합니다."

시형이 한마디 던졌다. 유상혁은 눈을 가늘게 뜨고 시형을 노려보았다.

"불편합니다, 요즘 이러는 게 유행이냐? 시형이 너도 프로불편러인지 뭔지야? 병맛이라 병맛이라고 말한 건데 뭐가 불편해? 이시형, 같은 학교 선배라고 팀장 감싸고 싶은 모양인데, 상황 파악 잘 하는 게 좋을 거야. 무조건 감싸는 게 의리는 아니거든."

"사실관계를 파악하는 게 먼저다, 이 말입니다."

"팩트, 좋지. 내가 팩트에 죽고 팩트에 사는 사람이야. 근데 이건 팩트가 너무 명백해. 다른 증거가 필요 없을 정도야. 성공에 목매는 지잡대 출신 여자애가 할 수 있는 게 뭐가 있겠어? 총각 상사한테 반반한 얼굴 들이미는 것 말고 더 있어? 여자는 얼굴과 몸매와 나이가 능력이니까. 하, 기화영 능력 있어, 능력 있다고."

"기화영이 그랬다는 증거는 없잖아요. 유상혁님의 추측일 뿐이지요. 상황을 좀 더 지켜보세요."

"상황을 지켜봐? 아, 시형은 집이 좀 사는 모양이지? 군대도 안 갔다 오고. 나 같은 놈이랑 달리 축복받은 몸이니까 그렇게 쿨할 수 있는 거구나?"

시형은 입을 다물었다. 유상혁의 성토가 어디로 튈지 몰랐다. 지수는 빨리 자리를 뜨고 싶어 핸드폰으로 시형에게 그만 일어나자, 라고 메시지를 보냈다. 유상혁은 종업원을 불러 생크림 맥주를 한 잔 더 시켰다. 시형은 핸드폰을 확인하지 않고 있었다.

"내 앞에서 불편하네 어쩌네, 그딴 소리 하지 마. 니들은 조금 불편하고 끝나지만 나는 인생이 달려 있단 말야. 이 회사에 들어오려고 얼마나 좆뺑이 쳤는지 아냐? 씨발, 빛 좋은 개살구라는 인턴 경쟁률이 칠십대 일이었어. 정직원도 아니고 인턴이 말야."

"그건 우리도 마찬가지에요. 학점에 토익점수에 자격증에, 저도 놀다가 취직한 건 아니거든요."

동지수가 한마디 했다. 종업원이 새 맥주를 가져왔다. 유상혁이 건배를 청했다. 동지수는 가만히 있었다.

"군대를 안 갔잖아, 군대를! 씨발, 훈련은 훈련대로 하고 밤잠 안 자면서 토익 공부에 자격증 준비에 그렇게 박 터지게 살았냐고? 야간 보초 서면서 영어 단어 외워봤냐고. 난 해봤어, 그걸 한 사람이야, 내가. 기화영 같은 애가 멋 부리고 데이트할 때 좆뺑이 친 게 나라고. 기화영 페북 보니까 딱 각 나오잖아. 신상 옷에 가방에 레스토랑에, 걔가 김치녀야. 기화영이 김치녀라고. 그런 애가 정직원이 된다고? 별 볼 일 없는 지잡대 출신 여자애가 거저먹는 꼴을 보라고? 어디서 듣보잡이 들어와서, 그건 아니지. 절대 안 참아, 못 참아!"

유상혁은 점점 난폭해졌다. 그의 목소리에는 섬뜩한 증오가 담겨 있었다. 그 증오의 실체가 무엇인지, 그것이 정말 기화영의 탓인지 지수는 알 수 없었다. 분명한 건 '기화영 같은 애'라는 말이 불쾌감을 준다는 것이었다. 기화영이 얄미운 건 사실이다. 자신에게 도움 되지 않는 모든 일, 말하자면 인턴 동료들과의 관계 따위는 가볍게 내칠 수 있는 사람이 얄밉지 않기는 힘들다. 하지만 '기화영 같은 애'들도 밤새 공부해 학점 관리하고 없는 시간 쪼개 알바 뛰며 자격증 따서 스펙을 만들어왔다는 걸 지수는 알고 있었다. 지수가 그랬던 것처럼 기화영도 멋 부리고 데이트 같은 것도 했겠지만 그건 '기화영 같은 애'들의 일상을 설명하는 데 한 줌밖에 되지 않는 이미지일 뿐이다. 그런 한 줌의 이미지로 '김치녀'라는 딱지를 덮어씌우고는 실제의 노력들을 깎아내리는 '후려치기'에는 아무래도 무감해지지가 않았다. 지수가 입을 열려는 순간, 시형이 고개를 저어 말하지 말라는 신호를 했다. 이 술자리에서 이들과 논쟁한다 한들 무엇이 달라지겠어, 라는 의미를 지수는 알아들었다. 지수는 생크림 맥주를 한 모금 들이켜면서 불쾌한 감정과 반박의 말을 목구멍 깊숙이 집어넣었다.

술에 취한 유상혁과 김민수는 어느새 백골부대 처소에서 만난 여자귀신 이야기와 사막 같은 한여름 연병장에서 잡초를 뽑다 실신한 이야기를 무한반복하고 있었다. 군복무 당시 고생의 강도를 경쟁하는 두 군필자들 앞에 빈 술잔이 늘어서 있었다. 저렇게 취한 상태로 집은 어떻게 찾아가는지, 다음날이면 멀쩡하게 출근하는 그들이 대단해 보이기도 했다. 그러나 지수는 문득, 저들은 저렇게 골뱅이가 되어도 안전한 귀가를 염려하지 않을 거라는 사실을 깨달았다. 술에 취해 비틀거리고 정신을 못 차릴 지경이 되어도 자기 몸을 단속해야 한다는 부담감을 느껴본 적 없을 이들이다. 두 사람은 자신들이 누리는 '별일 없음'의 축복을 알기나 할까. 지수가 시형에게 말했다. 나가자.

11

"저 사람은 기화영 닮은 여자한테 된통 당하기라도 했다니? 왜 저렇게 못 잡아먹어 안달이야?"

술집을 나서면서 지수가 물었다.

"난들 아냐. 여자한테 호되게 배신당한 적은 있다는 것 같아. 결혼까지 생각하고 사귀었는데 데이트통장 갖고 날랐다나. 세상에 긴 머리 짐승은 믿을 게 못 된다는 게 인생 철칙이라지."

"미친다. 기화영이 예쁘다고 좋아 죽을 때는 언제고. 예쁜데 똑똑하기까지 해서 두각을 드러내니 이젠 밟으려는 건가. 예쁜 여자는 머리가 비었을 거라는 생각을 기화영이 배신해서 미워하는 것 같단 말야."

"커피나 한잔 해. 오붓하게 둘이서."

"오붓하게? 나 좋아하냐?"

지수는 농담처럼 시형에게 물었다.

"그래주랴?"

"됐거든. 나도 취향이라는 게 있거든."

"취향 같은 소리하네. 정직원 되면 결혼하자니까."

"미친."

정직원 되면 결혼하자는 시형의 말은 '정규직 되면 결혼하자'는 카피로 유명한 민주노총의 포스터를 패러디한 것이었다. 오랜만에 들어보는 말이었다. 둘이 함께 활동한 마케팅연구회에서 청년실업 문제의 심각성을 알리는 공익광고를 만들 때 참고한 자료 중 하나인데, 짓궂은 장난을 칠 때면 라임처럼 우려먹었던 문구였다. 결혼이란 게 마법의 힘을 빌리는 것만큼이나 동화 속 이야기가 되어버린 친구들과 그런 장난을 치며 놀았던 것이다. 물론 그런 장난도 입사지원서를 쓸 시점이 되면서 소리 소문 없이 사라져버렸다. 농지거리도, 농담도, 유머도 없는 무채색의 공간 속에서 힘겹게 한 걸음씩 내딛으며 여기까지 온 것이다.

열시가 넘은 시간이었으나 카페에는 빈자리가 거의 없었다. 반짝하고 지나가버리는 아름다운 가을밤을 쉬이 보내고 싶지 않거나 월요일의 고단함을 견딘 이들이 향 좋은 차 한잔으로 스스로를 위로하고 싶은 건지도 모른다. 지수 또래의 젊은이들도 홀로, 혹은 짝을 지어 자리를 잡고 있는 것이 눈에 띄었다. 노트북과 책을 펴놓고 공부하는 이들도 있었고 이어폰을 켜고 핸드폰을 들여다보는 이들도 있었다. 지수는 주인의 눈치를 봐가며 카페에 죽치고 앉아 영어공부를 하고 입사지원서를 작성하던 때가 생각났다. 불과 몇 달 전이었지만 마치 오랜 시간이 경과한 것 같았다. 시형이 카페라테를 지수 앞에 놓았다. 지수가 한 모금 마시고 컵을 내려놓자 시형이 말했다.

"소라넷 알아?"

"응?"

지수는 시형의 말을 잘 알아듣지 못했다. 시형은 할 말이 많은 얼굴로 다시 물었다. 소라넷 아냐고. 소라넷? 몰라, 라고 지수는 대답하면서도 이틀 전 희준이 건네준 링크 주소에서 sora라는 영문이름을 봤다는 생각을 했다. 그날 밤의 충격이 되살아났다. 여자의 사진을 보며 이 등신아, 라고 소리를 질렀던 그 순간의 절망감이 떠올랐다. 거기가 소라넷이었을까? 그 변태새끼들이 노는 곳이? 그렇게 예쁜 이름을 지어놓고 그런 짓을 한단 말이지. 지수가 말이 없자 시형은 그럼 그렇지, 하는 표정으로 고개를 끄덕였다.

"알 리가 없지."

"잘 모르긴 한데, 빡치는 걸 보긴 했어."

"뭘?"

"초대남 모집글."

"극강 레벨을 봐버렸네."

"알고 있었어? 그런 일이 있다는 걸?"

시형은 대답 대신 살짝 눈썹을 찡그렸다. 밤마다 술 취한 골뱅이를 상대로 초대남을 모집하는 글이 올라온다는 걸 시형은 알고 있는 모양이었다. 그리고 자신이 그걸 알고 있다는 사실을 난감해하고 있었다. 신경질을 내고 있는 짙은 눈썹을 보며, 지수는 시형이 자기 취향은 아니지만 썩 괜찮은 녀석이라고 생각해왔던 것을 수정해야 할 시점이 온 것인지 헷갈렸다. 아니, 썩 괜찮은 녀석이기 때문에 저렇게 눈썹이라도 찡그리며 불편함을 내비치는 것인지도 모른다. 지수가 알기로 시형은 초식남에 가까웠다. 모태솔로인지는 모르겠으나 시형이 연애를 한다는 이야기를 들어본 적이 없었다. 혹시 남자를 좋아하는지 물어보고 싶을 정도로 시형은 여자에게 관심이 없어 보였다. 그런 시형이 알고 있다면 웬만한 남자들, 인터넷에 접속할 수 있는 남자들이라면 모를 리가 없을 것이고 그들 중 많은 이들은 벗은 여자의 사진과 동영상, 초대남 모집이라는 이벤트를 소비하고 있을 것이다. 인터넷 초창기에 PC 통신 이용자가 폭발적으로 늘어난 이유가, 모 여자연예인의 섹스 동영상을 다운로드받기 위해 몰려든 남자들 때문이라는 이야기를 들은 적이 있었다. 여자들은 남자를 모른다.

"정확히 뭐하는 데야, 거기?"

"그게, 음란물 사이트라고 생각하면 돼. 주로 사진과 동영상을 올리는 곳이야. 아주 많은 사람이, 아주 많은 이미지를 올리고 다운받고 해. 포르노 비슷한 것들."

"포르노 비슷한 것들?"

지수는 시형의 얼굴을 바라보았다. 오 년간 알고 지낸 남자사람 친구의 얼굴이 낯설게 보였다. 포르노, 시형도 포르노를 보는 거였구나, 뭐 그럴 수 있지, 스물다섯 살 남자애가 고상한 취미만 가지란 법은 없으니까, 그렇다 치지 뭐, 라고 지수는 일단 생각하기로 했다. 그런데 시형의 얼굴이 낯선 것을 넘어 아주 이상하게 보였다. 고상하달 수 없는 취미를 고백해버렸기 때문은 아닌 것 같았다. 들뜬 것도 아니고 잠긴 것도 아닌, 그 중간 어디에도 자리 잡지 못한 애매모호한 얼굴이라고 지수는 생각했다. 남자사람 친구는 왜 저런 얼굴을 하고 포르노 비슷한 것들, 이라고 말하고 있는 걸까.

"저기, 기화영을 본 것 같아, 소라넷에서."

"뭐? 누구를 봤다고?"

"정확한 건 아닌데, 혹시라도 기화영이라면, 본인이 알아야 하지 않을까 싶어서."

"포르노 비슷한 것들이 올라오는 데라며? 거기 기화영이 왜 나와?"

"그러니까, 만에 하나라도."

"젠장, 뭐라는 거야? 기화영이 투잡이라도 뛴다는 거야? 포르노 배우로?"

"그게 아니라……."

"아니면 뭐?"

"요즘 일반인 몰카가 많이 올라오거든. 동영상 말야."

"일반인 몰카?"

"섹스, 하는 영상이야."

지수는 할 말을 잃은 채 시형을 바라보았다. 남자사람 친구는 기화영이 섹스하는 장면을 담은 몰래카메라 동영상이 소라넷에 올라와 있다고 말하고 있었다. 몰래카메라라면 기화영이 알지 못하는 사이에 찍히고 유포되었다는 말이 된다. 누가? 왜? 성관계를 할 정도면 사귀는 사이이거나 최소한 친밀한 사이라 할 수 있을 텐데 왜 그런 짓을 한단 말인가?

"기화영이 확실한 거야?"

"확인, 해볼래?"

"미쳤어? 내가 그걸 왜 봐?"

"기화영, 맞는 것 같아."

"확실해? 아니면 어쩔 건데?"

"그러니까 네가 봐줘. 아니면 다행인 거잖아."

지수는 소라넷, 이라고 발음해보았다. 소라넷이란 말이지, 그곳이. 내가 엿본 지옥이, 여자 한 명 골뱅이 만들어놓고 돌아가면서 강간하던 남자들의 놀이터가. 그곳에 기화영이 던져졌다고 지금 시형은 말하고 있었다. 기화영이, 경주마처럼 성공을 향해 질주하는 그 기화영이 던져졌다. 지수는 동영상을 볼 것인지 마음을 정하지 못한 채 창밖을 바라보았다. 버스를 기다리거나 택시를 잡는 사람들로 카페 앞 정류소는 붐볐다. 동네까지 가는 심야버스가 1002번이던가, 막차가 몇 시까지 있던가, 버스앱으로 확인해야겠다고 생각했다.

"틀어봐."

시형은 핸드폰을 꺼내 잠금을 해제하고 영상을 재생했다.

"다운로드까지 해놓은 거였어?"

"너 보여주려고 했던 거야. 다른 뜻은 없어."

지수는 원래 포르노 영상이란 걸 다운로드까지 해서 반복 시청을 하는 것인지 알 수 없었고 알고 싶지도 않았다. 시형이 건네준 핸드폰을 받아들었다. 지수는 자기도 모르게 큰 숨을 들이쉬는 자신을 느꼈다. 화면은 어두웠다가 조금씩 밝아졌다. 살덩어리가 보였고 곧 그것이 사람의, 남자와 여자의 것이라는 걸 알 수 있었다. 왼쪽으로 살짝 보이는 남자의 등 밑으로 여자의 가슴이 보였다. 조용하던 화면에서 갑자기 두 사람의 신음소리와 시시덕거리는 소리가 들렸다. 지수는 서둘러 핸드폰 볼륨을 최대한 줄여 소리를 제거하고는 주위를 둘러보았다. 후방주의, 라는 말을 이럴 때 쓰는 거구나. 지수는 다시 화면으로 눈을 돌렸다. 남자가 여자를 안고 왼쪽으로 살짝 움직였다. 그 때문에 남자는 거의 보이지 않고 여자의 가슴과 얼굴이 더 크게 화면에 잡혔다. 위치를 바꾼 것은 의도적인 것일까. 핸드폰을 더 가까이 대고 여자의 얼굴을 들여다보았다. 여자는 웃고 찡그리고 뭔가 이야기하고 신음소리를 내는 듯 입을 벌렸다. 술에 취한 듯 섹스에 취한 듯 눈동자가 흔들렸고 흐려 있었다. 섹스를 하는 여자의 얼굴, 절정을 기다리는 여자의 예쁜 얼굴, 기화영이었다.

왼쪽 눈썹 밑의 점, 웃을 때 반달모양이 되는 눈꺼풀과 주름진 눈꼬리, 위로 솟은 듯한 작은 귀, 쇄골까지 내려온 긴 생머리까지, 기화영의 모습이었다. 결정적으로 몽고반점처럼 검푸른색을 띠고 있는 쇄골 밑의 작다고 할 수 없는 점이, 영상 속의 여자가 기화영임을 증명하고 있었다. 어렸을 때 오빠와 함께 야구경기를 구경하다가 타자가 친 공에 맞았어, 시퍼렇게 멍이 들었는데 없어지지 않고 계속 이래, 라고 어깨가 살짝 드러난 원피스를 입고 온 날 지수의 눈길을 의식한 기화영이 말했었다. 기화영이 아닐 확률은 없어 보였다. 남자가 여자를 일으켜 뒤로 돌려세웠다. 여자는 엎드린 상태에서 엉덩이를 들어올린 채 뒤돌아보았다. 헝클어진 머리와 출렁이는 가슴을 보고 지수는 핸드폰 화면을 꺼버렸다.

"이게 여기 왜 있는 건데!"

지수는 시형에게 화를 냈다. 영상을 올린 사람은 시형이 아니었고 기화영과 섹스하는 남자도 시형이 아니었지만 화가 났다.

"엊그제 올라왔는데, 벌써 베스트 찍었어."

"베스트? 이딴 걸 보고 좋아요, 따봉, 그런 걸 누른단 말야?"

"요즘 이런 영상들이 많이 올라와. 국산 야동이 인기가 있거든."

"이게 어떻게 야한 동영상이야? 이게 야해? 이건 그냥 불법 촬영물이야."

"보는 사람들 입장에서 그렇다는 말이야."

"미친놈들. 너도 저런 거 보고 좋아 죽는 거야?"

지수의 입에서 거친 소리가 나와도 시형은 화내지 않았다. 살짝 얼굴을 찡그릴 뿐이었다.

"소라넷에 접속해서 본 건 아니고, 친구가 베스트 영상이라고 보내준 거야. 처음엔 나도 긴가민가했는데, 맞는 것 같지?"

지수는 고개를 끄덕였다.

"아악, 미치겠다. 어떤 놈이 이런 짓을 해? 도대체 왜 그러는 건데?"

"일단은 동영상이 유포되기 전에 빨리 막아야 돼. 찍어 올린 사람도 찾아야겠지. 쉽진 않을 거야. 소라넷은 가짜 신상정보로도 가입되는 곳이니까. 하지만 파다 보면 뭐가 나오겠지. 네가 말하는 게 좋을 것 같아, 기화영에게."

"내가 왜!"

"내가 말할 수는 없잖아."

"찍어 올리는 놈이나 좋다고 보는 놈들이나, 변태새끼들."

"그게, 지수야. 사실은, 의심스러운 사람이 있어."

"누구?"

"……."

"누가 의심스러운데?"

"……강필주 선배."

12

"학생, 박카스하고 우루사 줘."

희준을 학생이라 부르는 이 남자는 매일 저녁 일곱시쯤 약국에 들러 박카스와 우루사를 달라는 오십 중반의 단골손님이었다. 건설현장에서 일하는 듯 두꺼운 검정색 점퍼를 걸치고 있었고 소매와 바짓가랑이에 시멘트가루로 보이는 회색가루가 묻어 있었다. 시월의 선선한 날씨에도 땀에 젖은 듯 머리카락이 가닥가닥 뭉쳐 있었고 옷에서 쉰내가 풍겼다. 희준은 그의 모습에서 고단한 하루를 읽을 수 있었다.

약학대학을 졸업하고 삼 개월의 견습약사 기간을 거쳐 몇 달 전 정식 약사가 되었지만 툭하면 아가씨, 학생이라 부르는 사람들이 있었다. 희준이 놀라자빠질 만큼 동안은 아니었고 키도 평균 정도 되었지만, 이십대 중반의 여성은 전문직인 약사 가운을 걸치고 있어도 약사로 받아들여지기 힘들었다. 약국에서 박카스나 우루사를 사는 일이 편의점에서 콜라를 사는 일과 별반 다르지 않다고 여기는 것이 분명해 보이는 이 남자가 언제까지 자신을 학생이라 부르는지 희준은 두고 보자는 속셈이었지만, 학생이라는 말을 들을 때마다 병아리 약사로서 위축되는 건 사실이었다.

　남자는 우루사 캡슐을 입안에 집어넣고 박카스 뚜껑을 열어 단숨에 들이켠 다음 약국을 나갔다. 그 남자와 엇갈리면서 젊은 여자가 약국으로 들어왔다. 여자가 데스크로 다가왔다. 이제 막 스물을 넘겼을까, 젊다기보다 앳되어 보이는 얼굴이었다. 여자는 어깨에 멘 가방의 지퍼를 연신 만지작거리면서 눈으로는 약국에 다른 손님이 있는지를 확인했다. 희준은 직감적으로 임신 테스트기를 사러 왔다는 것을 눈치챘다. 테스트기 주세요, 임신 테스트기요. 희준은 무감한 얼굴로 살짝 고개를 끄덕여 보이고는 약장에서 테스트기를 꺼내 건네주었다. 직사각형의 약포장지에는 갓난아이의 얼굴을 들여다보며 행복한 미소를 짓고 있는 금발의 여자가 그려져 있었다. 임신은 무조건 행복한 일이어야 한다고 주장하는 것 같았다. 그러나 지금 이 테스트기를 달라는 여자는 임신을 기대하는 게 아니라 걱정하고 있었다. 임신이 돼버렸을까봐 걱정하는 여자에게 임신이 되어 마냥 행복한 여자의 사진을 건넬 때면 희준은 무척 난감했다. 테스트기의 두 줄을 보고 행복한 미소를 짓는 이들도 있지만, 그 두 줄로 인해 죽고 싶다고 생각하는 이들도 분명 있다. 후자의 여자들은 원치 않는 임신에 대한 고민에 더해 임신을 행복한 일로 만들지 못한 죄의식까지 갖게 될 것이다. 그건 무척 부당하다고 희준은 생각했다.

　여자가 건넨 만원짜리 지폐를 받고 거스름돈을 챙겨주는데, 여자의 전화벨 소리가 울렸다. 여자는 전화를 받자마자 날카로운 소리를 냈다. 왜 내 전화 안 받아? 테스트기 샀어. 벌써 일주일이나 지났다고. 그러게 내가 몇 번을 말했어, 확실히 하라고 했잖아! 여자는 전화통화를 하면서 거스름돈을 받은 뒤 밖으로 나갔다. 희준은 여자의 뒷말을 생각했다. 질외사정은 피임이 아니라고 몇 번을 말했어. 콘돔을 끼면 감이 좋지 않다고 말하는 남자친구에게 그녀는 수십 번 말했으리라. 감 타령하며 콘돔을 쓰지 않겠다고 고집을 피웠을 그 남자친구를 희준은 실컷 두들겨주고 싶은 마음이었다. 어쩌면 그렇게 이기적일 수 있을까. 한 번의 쾌감을 위해 여자친구의 몸에 일어날지도 모를 변화들에 그렇게 무감할 수 있다니. 감도가 차이 나면 얼마나 난다고 그렇게 고집들을 피우는지, 섹스의 모든 것이 페니스의 감에 달려 있다고 여기는 그 고정관념이라는 거, 정말 후지지 않나.

저녁 여덟시가 되자 희준은 퇴근준비를 시작했다. 선배약사가 이박 삼일간 신약 관련 워크숍을 간 탓에 혼자 약국을 지키려니 하루가 무척 분주했다. 엊그제 기온이 급격히 떨어지고 찬바람이 불면서 감기 환자가 늘고 있기도 했다. 약국 문을 닫고 셔터를 내리려는데, 누군가의 기척이 느껴졌다. 뒤를 돌아보니 재민이 쭈뼛한 자세로 희준의 뒤에 서 있었다. 재민은 희준이 사는 귀족빌라 삼층에 사는 고등학생이었다.

"비염약?"

"네."

"잠깐만."

희준은 다시 셔터를 올리고 약국으로 들어갔다. 재민의 엄마는 만성 비염을 앓고 있었는데, 찬바람만 불면 감기를 동반한 비염으로 고생을 했다. 희준은 알레르기성 질환을 다소 완화해줄 약을 건넸다. 재민은 정수기에서 냉수를 받아 들이켜다 말고 약을 받았다.

"오래 드시면 안 좋다고 말씀드려."

희준은 체질을 바꿔야 비염이 치료될 거라고 재민 엄마에게 여러 번 말했지만 날씨가 궂으면 재민은 다시 비염약을 사러 왔다. 재민은 약을 주머니에 넣고 계산을 치른 후 인사를 하는 둥 마는 둥 하고는 나가버렸다. 사람과 눈을 맞추고 인사하는 법을 애초에 배우지 못한 녀석이었다.

약국을 나서자 거리에는 어둠이 깔려 있었다. 찬바람이 희준의 트렌치코트를 파고들었다. 희준은 옷깃을 여미는 대신 뭔지 모를 이물감을 떨쳐버리려는 듯 찬 공기를 힘껏 들이마셨다. 몸과 마음이 말개지는 것 같았다. 공원 근처의 포장마차에서 연탄불에 구운 닭발과 맥주를 먹고 싶어 지수에게 메시지를 보냈다. 그러나 전도유망한 인턴은 핸드폰을 확인할 시간도 없는지 묵묵부답이었다. 혹시나 지수에게 답이 올까 싶어 희준은 최대한 천천히 집 쪽으로 걸어갔다. 약국에서 집까지는 지하철로 한 정거장밖에 되지 않았다. 가게를 지나칠 때마다 치킨과 튀김과 카레 냄새가 식욕을 자극했다. 보통 때는 약국에서 김밥이나 샌드위치로 가볍게 저녁을 때우곤 했는데 오늘은 너무 바빠 이마저도 챙겨먹지 못했다. 희준은 핸드폰을 들여다

봤다. 카톡의 1자가 지워지지 않은 걸 보고 빠르게 걷기 시작했다.

희준은 집 앞 편의점에 들러 맥주 두 캔과 훈제오징어를 산 뒤 집으로 들어갔다. 약국과 가까운 동네의 방 두 칸짜리 빌라로 이사온 지 이제 육 개월이 다 되어갔다. 대학을 졸업하고 약국에 취직하면서 이 년 살았던 고시원을 벗어났다. 이 빌라는 희준이 보기에는 반지하이고, 부동산 중개업자가 말하기로는 지층이며, 집주인은 지상이라고 우기는 집이었다. 방 안에서 창문 밖을 바라보면 얼굴 바로 아래 땅바닥이 보이므로 지하라 부르는 게 맞지만, 이런 집에서 결코 살아본 적 없어 보이는 두 사람은 이곳을 결코 지하층이라 부르지 않았다. 한줌 햇빛은 너무 빨리 스러지고 장마 때마다 곰팡이가 피어오르는데다가 잊을 만하면 시궁창 냄새가 올라왔다.

그래도 고시원보다는 나았다. 이어폰을 끼지 않고도 음악을 들을 수 있었고 지수와 전화통화를 하며 웃고 떠들 수 있었다. 뜨거운 물로 샤워를 하면서 노래를 부를 수 있었고 냉장고에 냉동식품을 잔뜩 쟁여놓을 수 있었다. 고시원보다 나았다. 아무렴, 고시원보다야.

그래도 조금만 더 위로 올라가고 싶었다. 아주 먼 위는 아니고 조금만 더 위로. 희준이 지하에서 벗어나는 방법은 매달 꼬박꼬박 적금을 붓는 것밖에 없었다. 그나마 저축할 수 있을 정도의 월급을 받는 직업이라 가능했다. 생활비 육십만원 가량과 학자금 대출 상환액 삼십사만원, 월세 삼십만원, 재혼한 엄마에게 부치는 용돈 이십만원을 빼고, 월급의 절반 가까운 돈은 저축할 수 있었다. 브랜드 옷 하나 사 입는 것도 큰마음 내야 했고 뮤지컬을 보는 건 연례행사에 속했다. 그래도 희준은 불행하지 않았다. 목표가 있었고 그 목표를 이뤄줄 직업도 있었다.

이 거대한 대도시에서 햇빛 가득한 작은 집 하나를 마련하는 게 십 년 후의 목표였다. 새로운 가정을 꾸린 엄마에게 손을 벌릴 생각은 애초부터 없었고 결혼은 하지 않을 작정이었으므로 집을 마련하는 일은 온전히 희준의 몫이었다. 그건 아주 일찍부터 자연스럽게 알게 되었다. 가난 자체가 경제관념을 키워주진 않았지만 희준은 가난으로 인해 포기해야 했던 아주 많은 가능성을 역으로 알게 되었다. 돈으로 살 수 있는 가능성 중 희준에게 가장 절실한 것은 안락한 자신만의 집을 마련하는 일이었다. 누구의 시선도 받지 않고 온전히 희준 자체로 존재할 수 있는 공간, 타인의 시선에 위축된 자신을 바라보며 격앙된 몸과 마음을 홀가분하게 놓을 수 있는 곳, 자기만의 방, 희준만의 집, 그건 말하자면 이 글로벌 대도시에서 희준이 마음 놓고 숨 쉴 수 있는 작은 숨구멍이었다. 간절한, 그리고 절박한 숨구멍. 그렇다고 조급해하거나 그러진 않을 것이었다. 희준은 차근차근 해나갈 생각이었다.

집으로 들어서자 이상하게 식욕이 사라졌다. 희준은 거실소파에 앉아 캔맥주를 마시면서 핸드폰으로 페이스북에 접속했다. 페북 친구들의 새로운 게시글이 있는지 훑어보고는 포스팅을 시작했다.

병아리 약사, 오늘도 분노게이지 상승 중.
퇴근 전 마지막 손님이 들어왔다.

스물 남짓의 여자, 그녀가 찾은 건 임신 테스트기.

남친은 그녀의 전화도 씹은 모양이었다.

이런 싸튀충.

테스트기에 두 줄이 보인다면 그 여자는 어찌 될까?

남친이 그녀를 위해 해줄 수 있는 게 뭐가 있을까?

그녀는 콘돔을 안 쓰겠다고 고집부리는 남친을

왜 끝까지 거절하지 못했을까?

세상 다 끝난 얼굴로 테스트기를 찾는 여자 손님들.

정말 캠페인이라도 하고픈 심정이다.

No Condom No Sex!

콘돔은 사랑.

사랑한다면 피임할 것.

글을 포스팅하고 나자 메시지가 왔다.

하이 용돈 만남 가능?

개새끼. 희준은 메시지의 발신자가 누군지 확인하지 않고 바로 삭제했다. 어차피 발신자의 계정을 확인해도 신상정보가 드러나지 않은 가짜일 가능성이 컸다. 몇 년 전 페이스북을 시작한 지 얼마 되지 않았을 때 이 메시지를 받고서 '용돈 만남'이라는 의미를 정확히 알지 못해 답을 하지 못했었다. 검색을 해보고서야, 성매매를 제안하는 물음이라는 것을 알아차렸다. 화가 치밀었다. 용돈 만남이라니, 성매매라니, 내가 그런 여자로 보인다는 것인가, 희준은 이해할 수 없었다.

온라인 카페의 운영자로 활동하던 친구에게 '용돈 만남'이라는 제안을 받은 적이 있냐고 물었다. 친구는 말했다. 그런 메시지 숱하게 받았지. 돈 주면 만나서 섹스할래? 나는 중학교 때부터 온라인 커뮤니티 활동을 했어. 근데 거의 매일 그런 메시지를 받았다는 거 아냐. 열세 살, 열네 살짜리 여자애였는데 말야. 친구는 계속 설명했다. 애초에는 랜덤 채팅어플인 앙톡에서 미성년자 여자에게 조건만남 하자고 말을 걸 때 쓰는 말이었다지. 아예 상대에게 말을 거는 말머리로 쓰는 남자들도 많고. 열세 살, 열다섯 살로 나이를 설정해 앙톡에 접속하면 일분이 안 돼 메시지가 수십 개씩 떴다는 거야. 그거 실화냐, 라는 표정을 짓는 희준의 얼굴을 보고 친구가 씁쓸하게 웃었다. 돈만 주면 무조건 여자랑 섹스할 수 있다고 생각하는 놈들이 많아. 어린 여자라면 발기부터 하는 놈들도 천지고.

친구는 조언했다. 너무 신경 쓰지 마, 그런 거 일일이 대꾸하다보면 온라인에서 못 놀아. 신경 쓰지 말라고 친구는 말했지만 희준은 저 메시지가 올 때마다 신경이 쓰였다. 구희준이라는 이름으로 운영되는 계정에 저런 메시지를 보내다니, 익명성에 숨어 돈 줄 테니 섹스하자는 제안을, 생김새나 성격, 취향 불문하고 단지 어린 여자라는 이유만으로 저런 메시지를 보내다니, 정말이지 불쾌해서 견딜 수가 없었다.

한번은 용돈 만남 가능? 이라고 묻는 이에게 메시지를 보냈다. 처음 보는 사람한테 너무 무례한 것 아닌가요? 답이 왔다. 아니면 말고, 성질부릴 것까지야. 너 못생겼지? 가슴 절벽이지? 희준은 불쾌감을 되돌려줄 방법을 고심하다가 개새끼, 꺼져, 라고 보냈다. 답은 이렇게 왔다. 오호, 개새끼 알아보는 거 보니 너는 걸레겠구나. 그래서 용돈 만남 가능? 희준은 세상에서 가장 모멸스러운 욕을 남자에게 해주고 싶었지만, 걸레에 상응할 만큼 수치스러운 욕이 없다는 것을 깨달았다. 그래서 이렇게 쏴주었다. 고자 새끼, 발기나 되냐? 그때부터 쌍욕이 시작되었다. 이 걸레년이 어디서 고자래? 보지에 전구 넣어서 확 깨버릴 년, 삼일에 한번 패줘야 말 들을 년, 밤길 조심해라. 신상은 금방 털린다, 양아치들 불러다 집단강간 해버릴 테니까. 그날 희준은 페이스북 계정을 삭제했다. 다시 복구하기까지 석 달이 걸렸다.

용돈 만남, 이라는 단어를 보고 나니 머리가 뜨거워졌다. 캔맥주를 하나 더 딸까 하다가 희준은 옷을 벗고 욕실로 들어가 샤워기를 틀었다. 물줄기가 부드럽게 내리기 시작했다. 물을 맞으며 양치질을 하고 머리를 감았다. 페이스폼으로 거품을 내 얼굴을 문지르려는 순간 희준은 뭔가 이상한 낌새를 느꼈다. 따뜻하던 물줄기에 냉기가 서렸다. 뒷목덜미가 서늘해졌다. 등줄기가 움찔했다. 시선, 누군가의 시선이 있다고 희준의 몸이 말하고 있었다. 희준은 휙 고개를 돌렸다. 욕실의 창문 너머로 시커먼 눈동자가 있었다. 예기치 못한 시선의 맞부딪침에 희준의 피가 차가워졌다. 아주 오래전부터 거기에 있었던 듯 눈동자는 굳건했다. 희준의 눈과 마주친 순간에도 그것은 흔들림이 없었다. 아끼는 도자기라도 되는 것처럼 희준의 벗은 몸을 즐기는 시간을 아무도 침해할 수 없다는 듯 그는 움직이지 않았다.

희준은 소리를 질렀으나 목소리가 나오지 않았다. 수건걸이에 걸린 타월을 잡아채 급하게 몸을 가리려다 미끄러지고 말았다. 변기에 이마를 부딪쳤다. 그 충격이 희준을 냉정하게 했다. 무서워하지 마, 무서워할수록 저 눈동자는 더 자신만만해질 거야, 침착해, 심호흡하고 소리를 지르는 거야. 희준은 마음속 목소리를 따라 심호흡을 했다. 그리고 사람 살려, 도둑이야, 변태새끼야, 라고 소리를 질렀다. 소리가 터져 나오니 공포가 잦아들었다. 희준은 변기 옆에 세워둔 청소용 솔을 들어 방범창 너머를 쑤셔댔다. 플라스틱 솔자루가 방범창과 부딪치면서 요란한 소리가 났다. 창문들이 열리면서 누구야, 무슨 일이에요, 라는 목소리가 가을밤의 찬 공기를 갈랐다. 그제야 시커먼 눈동자가 흔들리면서 희준의 몸을 떠났다. 검은 모자와 검은 마스크를 쓴 형체가 어둠 속으로 사라졌다. 그의 손에서 형광등 불빛을 받아 반짝거리는 골드메탈 휴대폰을 보고 희준은 뭔가 불길한 느낌에 휩싸였다.

13

"학생, 박카스하고 우루사."

저녁 일곱시, 단골손님인 남자가 들어섰다. 우루사 캡슐을 입안에 집어넣고 박카스 뚜껑을 연 다음 벌컥 들이켜는 남자를, 희준은 뭐 그런 걸 먹느냐는 표정으로 바라보았다. 몇 달 동안 매일 들르는 자신을 생전 처음 보는 사람처럼 뚫어지게 쳐다보는 희준이 어색했는지 남자가 왜요, 하고 시멘트가루가 묻은 목소리로 물었다. 희준은 얼른 시선을 거두고 아, 아니에요, 라고 답한 뒤 의자에 앉았다. 남자가 박카스를 마저 들이켰을 때 핸드폰 벨소리가 울렸다. 그는 박카스병을 쓰레기통에 버린 뒤 점퍼 주머니에서 핸드폰을 꺼냈다. 검은색의 투박한 핸드폰으로 통화를 하며 문을 나서는 그를 보고, 희준은 한숨을 쉬며 의자에 앉았다.

약국에 들어오는 남자 손님들을 세세히 살피게 된 건, 희준이 그러려고 마음먹어서가 아니었다. 엊그제 밤 희준의 반지하방 화장실을 훔쳐보던 그 남자가, 우연히 그곳을 들여다보았든 희준의 동선을 파악하고 계획적으로 그랬든, 희준은 모든 남자를 의심할 수밖에 없었다. 직감은 후자였다. 정확하게 설명할 수는 없었지만, 희준이 이 약국에서 일하는 것을 그 남자가 알고 있다는 싸늘한 느낌이 희준을 습격했다. 희준과 눈이 마주칠 때조차 흔들리지 않던 눈동자, 시선의 권리를 주장하던 그 눈동자가 그렇게 말하고 있었다. 넌 내게 포획되었어, 도망치지 못할 거야.

남자 손님들의 윤곽과 눈동자를 살피고 어쩌다 운이 좋아 핸드폰까지 확인하다보면 그날 밤의 긴장과 공포가 수시로 재생되었다. 남자 손님이 들어올 때마다 몸은 수축되었고, 눈동자와 직면할 때면 손이 떨려왔다. 시커먼 마스크를 낀 남자가 감기약을 찾았을 때는 늘 두던 위치를 찾지 못해 쩔쩔매기도 했다. 입안이 바짝 말라 정수기에서 냉수를 계속 받아 들이켰고 손바닥에 배어나오는 땀 때문에 화장실을 자주 들락거렸다.

경찰에 신고는 했다. 전화를 한 지 십오분 후에 경찰관 두 명이 희준의 빌라에 왔다 갔고 방범창을 확인했으며 CCTV의 위치를 파악했다. 근래 사귀는 남자가 있느냐, 집에 남자를 '끌어들인' 적 있느냐, 원한 살 일을 했느냐는 질문을 하면서 젊은 남자 경찰관은 애매모호하게 웃었다. 희준의 빌라 근처에는 CCTV가 없다는 사실을 확인한 경찰관에게서 희준은 귀찮은 일 덜었다는 표정을 읽었다. 뭔가 단서가 나오면 연락하겠다고 심드렁하게 말하는 경찰관의 속내가 희준에게 들렸다. 누구인지 알아내기 힘들 겁니다, 큰 사고 없었으니 다행이고요, 문단속 잘하세요.

희준은 자리에서 일어나 약장의 물품을 확인하고 제약회사 대리점에 전화를 걸어 재고가 부족한 품목을 주문했다. 오후 다섯시 나른해진 정신을 깨우려고 습관대로 믹스커피 한 잔을 마시고 있을 때 희준의 핸드폰에서 카톡 알람소리가 울렸다. 희준은 핸드폰의 잠금을 해제하고 카톡을 열었다. 사진이 전송되어 있었다. 샤워기의 물줄기 아래에서 젖은 머리칼을 쓸어올리고 있는 여자였다. 카톡이나 문자메시지로 가끔 배달되는 음란사이트의 광고라고 무심히 생각했다.

화면을 닫으려다 말고 희준은 다시 사진을 들여다보았다. 샤워기

옆 선반에서 항아리 모양의 그릇이 보였다. 조개껍질에 색칠을 해서 붙인 유리그릇이었다. 희준의 화장실에 있는 것과 똑같았다. 그 그릇에 희준은 죽염을 넣어두었다. 희준은 여자의 뒷모습을 살폈다. 그리고 그 여자가 희준 자신이라는 것을 알기까지는 그리 오랜 시간이 걸리지 않았다. 희준은 커피를 삼키려다 사레들어 컥컥거렸다. 눈물까지 빼며 대여섯 번 기침을 뱉어내고서 다시 핸드폰을 보았을 때 또 다른 사진이 도착해 있었다.

사진 위로 뭔가 진득한 액체가 뿌려져 있었다. 그 진득한 것의 정체가 무엇인지는, 함께 전송된 메시지로 확인할 수 있었다. 너 생각하면서 쌌어. 언제 대줄 거야? 걸레년아. 희준은 얼어붙었다. 이게 뭐지? 무슨 소리야? 뭐라는 거냐고. 몇 개 안 되는 글자들이 간단한 문장을 이루고 있었지만, 의미를 알 수 없는 고대의 암호처럼 글자의 표식만이 희준의 눈앞에서 붕붕 떠다녔다. 그 단어들의 의미는 뇌가 아니라 몸이 먼저 알아차렸다. 희준은 자신의 몸에서 무언가 급속도로 빠져나가는 것을 느꼈다. 그것이 무엇인지 알아차릴 겨를도 없이, 빠져나가지 못하도록 애를 쓸 새도 없이, 뭔가, 아주 소중한 것이 희준의 몸을 떠나버렸다. 멍한 상태로 사진과 메시지만 들여다보다가, 사진이 놓여 있는 회색 스트라이프의 낯익은 무늬가 눈에 들어왔다. 소리가 터졌다. 악, 내 침대, 내 이불에서, 뭐 하는 거야!

조제실에 있던 선배약사가 달려왔다. 희준아, 왜 그래, 무슨 일이야, 라고 놀라는 선배에게 희준은 저, 오늘은 일찍, 퇴근할게요, 죄송합니다, 라고 말하고는 가운을 벗고 가방을 챙겼다. 황급히 약국을 나오면서 가까스로 비명을 삼켰다. 어떻게 그럴 수 있지? 그 남자가 내 침대 위에서, 내 벌거벗은 몸을 보며 사정을 했다는 거야? 그걸 찍어 사진을 보낸 거야? 나를 걸레라고 부르면서? 왜? 도대체 왜?

그때 희준은 어제 저녁 퇴근 후 집에 들어섰을 때 자신에게 스몄던, 뭔가 석연치 않던 감각의 실체를 알 것 같았다. 희준은 묘하게 낯선 느낌을 받았다. 육 개월을 살았고 코딱지만 한 집이었으니 뭔가 달라졌다면 금방 티가 날 것이었다. 그런데 확 티가 날 정도는 아니었고 딱 꼬집어서 말할 순 없었지만 뭔가가 미묘하게 달라져 있었다. 집에 들어선 순간 대중목욕탕의 수증기 냄새가 희미하게 났다. 화장실 문이 살짝 열려 있었고, 화장대 위 사진 액자가 살짝 돌려세워져 있었다. 물론 확실하지는 않았다. 출근하면서 화장실 문을 닫는 걸 깜빡 잊었을 수도 있고, 화장품을 바르면서 액자를 건드렸을 수도 있다. 희준은 남자의 시선 때문에 자신이 예민해진 것이라고 생각해버렸다. 그런데 그 기묘한 감각은 착각이 아니었다.

그 남자가 희준의 집에 들어온 것이다. 액자는, 화장실 문은, 집 안의 냄새는, 낯선 침입자의 흔적을 희준에게 알리고 있었던 것이다. 희준의 소박한 집이 위기 경보를 울리고 있었다. 그래, 그것이었다. 어떻게 들어왔을까? 방범창을 뜯은 흔적은 없었고 욕실 창문은 남자의 몸이 들락거리기에는 너무 작았다. 어떻게? 확실한 건 그 남자는 희준의 전화번호를 알고 있다는 것이다. 그 남자는 희준을 알고 있다…….

희준은 무턱대고 걸었다. 시월 오후의 거리는 눈부신 햇살로 빛

나고 있었지만 희준은 따갑다거나 하는 느낌을 감각하지 못했다. 이마 위의 머리칼이 바람결에 아래로 쏠려 눈을 가리자 희준은 손을 들어 머리카락을 쓸어올렸다. 손이 촉촉했다. 손에 묻은 투명한 것을 바라보다 희준은 자신이 울고 있다는 것을 알아차렸다. 크억크억 소리를 내고 있다는 것도 그제야 알았다. 그러나 그 눈물이, 그 소리가, 어떤 감정을 담고 있는 것인지 희준 자신도 알 수 없었다. 분노일까, 수치심일까, 두려움일까, 아니면 도망치고 싶은 것일까, 아니면 그 모두일까. 지금 자신이 느끼는 감정이 무엇인지 희준은 정확하게 이름붙일 수 없었다. 그러나 한 가지만은 분명하지, 라고 희준은 스스로에게 말했다. 그 남자가 무엇을 원하든, 그 남자의 뜻대로 되지는 않을 거야, 나는 구희준이거든, 살아남은 사람이거든. 내게 닥친 일이 내 뜻은 아니었지만 직면해야 할 거라면, 난 도망치지 않아. 꼭 살아남는 쪽을 택할 거야. 눈물은 계속 흘렀지만 크억하는 소리는 잦아들었다. 희준은 자신이 무엇을 해야 하는지 알아차렸다. 가야할 곳이 있었고 할 일이 생겼다.

14

희준은 용산전자상가로 향했다. 디지털 기기에 관한 한 없는 게 없다는 그곳에서 살 물건이 있었다. 희준은 가장 큰 건물로 들어서 일층의 가게들을 둘러보았다. 컴퓨터와 모니터, 노트북, 프린터, 스캐너, 디지털카메라, 라디오, 스피커 등 전기로 작동하는 제품이라면 없는 게 없었다. 모퉁이를 돌 때 한 젊은 남자가 주인으로 보이는 사람과 실랑이를 하는 게 보였다.

"사장님, 이만원만 깎아달라고요."

"단골이라서 싸게 준 거야. 또 깎아달라면 어떡해?"

"지난번에도 대량구매 했었잖아요."

"거 참, 젊은 사람이 너무 후려치네. 성능 기막힌 최신상인 거 몰라?"

희준은 젊은 남자가 손에 들고 깎아달라고 하는 그 물건을 보았다. 크기가 어른 주먹만 한 직육면체 모양을 한 탁상시계였다. 형광색의 디지털 숫자가 17:47이라는 시간을 알려주고 있었다. 희준은 입간판으로 세워둔 가게 이름을 확인했다. 오케이상사라는 이름 밑에 검은색으로 디지털카메라 전문이라고 적혀 있었고 그 아래에 빨간색으로 초소형 카메라 다수 구비라는 글자가 덧붙여져 있었다. 어느덧 실랑이가 끝나고 젊은 남자가 계단 쪽으로 사라졌다. 희준은 가게로 들어가 사장에게 말했다.

"저 사람이 사간 거 줘보세요."

"똑같은 거요? 잠시만요."

사장은 천장까지 쟁여진 종이박스에서 물건을 빼와 희준에게 건넸다.

"아가씨가 이런 걸 사러 오네. 어디에 쓰시려나?"

"남자들한테도 어디에 쓸 건지 물어보나요?"

희준의 말에 사장은 머쓱한 표정을 지어 보였다.

"사용법이 복잡하지는 않죠?"

"설명서만 읽을 줄 알면 되요. 요새 기계들이 워낙 잘 나와. 화질은 좋고 조작은 간편하고. 다른 것도 보여드릴까? 차키 홀더로 된 것도 있고, 액자로도 나와요. 아, 책상이나 선반에 놓고 쓰는 스탠드도 있고. 제일 잘 나가는 건 USB로 된 거. 감쪽같지, 들고 다닐 거면 이게 제일 좋아. 볼펜이나 보조배터리로 된 것도 상품평이 좋고."

"상품평이요? 그런 걸 누가 올려요?"

"사서 쓰는 사람들이 올리지. 상대가 눈치챌 수 없게 완벽히 위장한 제품이면 후기가 많이 올라오는 게 당연하잖아. 디자인에 화질까지 좋으면 날개 돋친 듯 팔린다고."

날개 돋친 듯 팔린다, 완벽하게 위장이 가능한 디자인에 선명한 화질까지 보장하는 제품이면 후기가 많이 올라온다, 희준은 이 나라가 몰카 천국임을 실감했다.

"아무나 살 수 있는 건가요?"

"돈만 주면 되지, 다른 거 뭐가 더 필요해?"

"이걸로 주세요."

희준은 탁상시계로 골랐다.

"그래요. 육만이천원인데 이천원 깎아드릴게."

희준은 형광색을 띤 시계의 시침과 분침을 바라보았다. 살아남은 자의 시간이 다시 시작되려 하고 있었다.

제3장

그런 남자

15

퇴근하고 차 한잔 할래? 할 이야기가 있어.

　기화영에게 보낼 메시지가 메신저 창에 띄워져 있었다. 지수는 아직 엔터키를 누르지 못하고 있었다. 지수가 본 영상에 대해 기화영에게 어떻게 말해야 할지 어렵기만 했다. 시형은 혹시라도 회사의 누군가 알기 전에 빨리 조처를 취해야 한다고 지수를 재촉하고 있었다. 시형이 말하는 조처란 건 이랬다. 먼저 경찰청 사이버범죄수사대에 신고하고, 방송통신심의위원회(방심위)에 음란물 삭제 요청을 한다. 사적으로도 움직여야 한다. 경찰의 수사는 특정인을 지칭할 수 없다는 이유로 지지부진할 것이 뻔하고 방심위는 영상이 '음란'한지 심의하는 데만 일주일, 삭제 요청과 답변을 듣기까지는 대략 한 달이 걸리기 때문에 동영상이 파급되는 속도를 따라잡지 못할 것이다. 당장이라도 디지털장의사에게 의뢰해 동영상을 삭제하는 작업을 진행해야 한다. 물론 그 경비는 개인이 감당해야 하지만 도리가 없다 등등. 시형은 기화영이 할 수 있는 일들에 대한 정보를 모으는 데 적잖은 시간을 할애한 듯싶었다. 시형의 말대로 이건 기화영에게는 꼭 필요한 정보일 것이나 그걸 전달해야 하는 역할을 맡게 된 지수는 난감했다. 그러나 더는 지체할 수 없었다. 지수는 엔터키를 눌렀다. 답은 바로 왔다.

오늘? 바쁜데.

지수는 기화영이 몹시 얄미워졌다. 그래, 기화영 너 바쁜 거 알아, 근데 여기 안 바쁜 사람이 어디 있어, 나는 뭐 시간이 팽팽 남아돌아서 이러고 있는 줄 알아? 지수는 화를 삭이고 키보드를 두드렸다.

중요한 일이야. 나한테가 아니라 너한테.
무슨 일인데?
만나서 이야기해.
삼십분 정도면 되지?
그럴 거야. 회사 뒤편에 있는 카페 헌드레드마일즈에서 만나. 거기 2층 스터디룸으로 와.
그래.

지수는 휴, 하고 한숨을 쉬면서 얼굴을 돌리려다가 으악, 하고 소리를 질렀다. 지수의 책상 칸막이 위에 강필주 팀장의 얼굴이 있었다.

"뭘 그렇게 놀라나요?"

"팀장님, 기척도 없이."

"기척했습니다. 똑똑, 이렇게 노크했는데요."

"그러셨어요?"

"회의 들어가야죠. 네시 다 되었습니다."

"그 이야기 하러 오신 건가요?"

"할 말이 있었는데 나중에 하죠."

지수는 강필주 팀장이 자신의 모니터 화면을 보았는지 궁금했다. 그럴 리는 없어 보였다. 그럴 사람도 아니었다. 지수는 멋진 슈트발을 자랑하며 뚜벅뚜벅 걸어가는 강필주 팀장의 뒷모습을 바라보면서 설마, 저렇게 예의 바르고 쿨한 사람이 그런 짓을 할 리 없다고 생각했다. 시형은 강필주 팀장이 의심스럽다고 한 이유에 대해 자세하게 말하지 않았다. 그건 남자들만의 비밀이라고도 했다. 볼 빨간 사춘기 소년들도 아니고 다 큰 성인 남자들이 무슨 비밀씩을 나눠가진단 말인가. 구시렁거리는 지수에게 시형은 말했다. 남자를 너무 믿지 마, 겉으로 봐서 짐작도 못 할 어떤 취향이란 걸 가진 남자들이 많아. 지수는 그 어떤 취향이란 것이 섹스 동영상을 몰래 촬영해서 올리는 것과 어떤 관련이 있는지 궁금했지만, 솔직히 너무 많은 것을 알고 싶지도 않았다. 훤칠한 외모에 능력 있고 예의 바른 강필주 팀장의 민낯을 보고 싶지 않다는 것이 솔직한 심정이었는지도 모른다.

지수는 회의실로 들어갔다. 지수의 발표는 이미 끝났으므로 한결 마음이 느긋했다. 유상혁이 스크린에 PPT 화면을 띄어놓고 팀원들을 기다리고 있었다. 언제 들어왔는지 기화영은 출입구 바로 앞쪽에 자리를 잡고 앉아 있었다.

"시작하죠."

강필주 팀장이 유상혁을 바라보며 말했다.

"저의 마케팅 전략은 왓 위민 원트, 여자는 무엇을 원하는가, 라는 질문으로 출발합니다. 단어의 첫 글자를 따서 W타르트라 이름 붙여 봤구요, 알파벳 한 글자를 이용한 네이밍입니다."

왓 위민 원트, 본래 프로이트 말이면서 유명한 영화 제목이기도 한 저 구절로 유상혁이 무슨 이야기를 할지 흥미가 돋워지긴 했다.

"그전에 3C 분석부터 시작하겠습니다. 3C란 자사 즉 컴퍼니company, 경쟁사인 컴페티터competitor, 그리고 소비자인 컨슈머consumer, 이 삼자에 대한 분석을 말하죠. 먼저 이 제품의 장점은 유기농 밀가루와 A등급 버터와 치즈, 신선한 오렌지 등 최상의 재료를 사용한다는 것입니다. 그런데 단점은 경쟁하는 제품이 많다는 거죠. 현재 메이저 프랜차이즈 3사가 경쟁적으로 타르트를 선보이고 있습니다. 뉴욕제과는 2종, 런던바게트도 2종, 바게트앤러브는 3종의 타르트를 출시하고 있습니다. 그렇다면 소비자는 언제 타르트를 선택할까요? 지난 주말 이틀 동안 경쟁사인 바게트앤러브 강남점에서 딸기

타르트를 구입하는 사람들을 인터뷰했습니다."

오호, 발표를 듣고 있던 사람들의 입에서 감탄사가 나왔다. 유상혁의 얼굴에 득의양양한 미소가 퍼져나갔다. 역시 기분을 숨길 수 없는 사람이다. 그런 면에는 투명하다고 해야 할까.

"아주 많은 수는 아닙니다. 안타깝게도 김탁구제빵소에는 이런 자료가 없더군요. 제가 만난 이들은 총 스물네 명이었는데요. 물론 여성이 대다수였고 남성은 두 명이었습니다. 이십대가 아홉, 삼십대가 열하나, 사십대가 넷. 식사 후 '디저트용'으로 샀다는 응답이 아홉, '식사대용'이 일곱이었습니다. 놀랍게도 '선물용'이라는 답이 여덟이나 되었습니다. 이 점에서 생크림빵이나 소보로, 베이글과는 다르죠. 소비자들은 타르트를 고급 빵으로 인식하고 있다는 겁니다. 지름 십오 센티미터 타르트가 이만사천원, 작은 생크림케이크 가격입니다. 아주 값비싼 건 아니지만, 누군가에게 선물로 주어도 그다지 부끄럽지 않을 음식이라는 거죠. 여기에 착안해 특별한 스토리를 만들었습니다. 이미 경쟁사 제품들이 출시된 시장에 접근해야하기 때문에, 알 리스와 잭 트라우트가 말한 '기억의 사다리'를 얼마나 효과적으로 가로챌 것인가 하는 측면에서 마케팅 전략을 짜야 한다고 판단했습니다."

유상혁은 막힘없이 술술 자신이 준비한 내용을 풀어내고 있었다. 지수는 그런 유상혁을 보고, 열심히 노력하는 사람이야, 색안경 끼고 보지 마, 라고 했던 시형의 조언을 생각했다. 과연 그의 발표내용은 충실했고 성실했다.

"자, 이제 스토리를 시작하겠습니다. 연인관계의 두 남녀가 싸웁니다. 여자는 토라지고 남자는 후회하죠. 여친과 싸우고 나서 남자들은 뭘 해야 할지 잘 모릅니다. 남들 하는 것처럼, 남자는 여자의 마음을 풀어주기 위해 여자를 데리고 백화점으로 갑니다. 가방과 원피스, 구두를 사주지만 여자의 마음은 풀어지지 않습니다. 남자는 그제야 고민합니다. 내 여자는 무엇을 원할까. 왓 위민 원트. 다음 날 남자는 여자를 집으로 초대합니다. 재료를 사다가 직접 요리한 음식이 식탁에 있습니다. 은빛 푸드커버를 연 여자는 기쁨의 눈물을 흘립니다. 오렌지치즈타르트, 가 그녀를 기다리고 있습니다. 쪽지도 있습니다. 오렌지까지 직접 만들 수는 없었어. 여자는 웃음을 터뜨립니다. 연인의 마음으로 만든 파이, 라는 컨셉이죠. 여성들은 요리하는 남자를 매력적으로 생각합니다. 그것도 나만을 위해 요리해주는 남자라면 더욱 그렇겠죠. 남자의 사랑이 타르트입니다. 타르트를 한입 먹는 순간 그 여자는 가장 로맨틱한 사랑의 주인공이 되는 것입니다."

충실한 서두에 비해 스토리가 진부하긴 하지만 아주 엉터리는 아니구나, 라고 지수는 생각했다. 자신만을 위해 자신이 좋아하는 요리를 해주는 남자친구라면 지수라도 감격할 만하다. 동시에 과연 일은 일이다, 라는 생각도 들었다. 술자리에서의 유상혁이라면 저런 건 오글거려 죽을 것 같다고 비아냥거렸을 것이다. 만약 저 기획안을 다른 여자직원이 발표했다면, 백화점에서 지갑 털린 것도 부족해 요리까지 해줘야 하는 거냐고, 마케팅이라는 게 김치녀들 정당화하는 시녀 노릇을 해야 하는 거냐고 부들부들 떨었을 것이다. 그런 유상혁이 오늘은 요리하는 남자를 매력적으로 생각하는 여성들을 위해 광고 기획안을 만들어냈다. 김중혁이 먼저 입을 열었다.

"대조효과를 노리는 듯하면서도 판타지와 현실을 모두 충족하는 광고네요. 신상 원피스를 사주는 남자와 요리하는 남자, 둘 중 누굴 남자친구로 고르겠느냐는 질문을 교묘하게 빠져나갑니다. 판타지 속에서야 요리하는 남자를 고르겠지만 현실에서는 백화점에 데려가 지갑을 여는 남자를 원할 테니까요. 그런데 광고 속의 남자는 결국 두 가지를 모두 다 해주죠. 사랑이라는 이름으로."

유상혁은 바로 그거다, 라는 표정으로 고개를 끄덕였다. 이지환이 말했다.

"로맨틱의 상투성을 벗어나지 못한다고 생각했는데, 쪽지 하나가 살리네요. 오렌지까지 직접 만들 수는 없었어, 라니 상큼합니다. 오렌지가 만들어낼 수 있는 음식이었다면 그렇게 했을 것이다, 모든 걸 직접 해주고 싶었다, 뭐 그런 마음이 전달되네요."

그러나 기화영은 그렇게 생각하지 않은 것 같았다.

"주 소비자층인 여성들이 정말 좋아할까요? 전 의문입니다. 연인끼리 싸웠을 때 여자들이 정말 바라는 게 뭘까요? 명품 백일까요? 신상 원피스일까요? 사과입니다, 진심 어린 사과. 뭘 잘못했는지도 모르고 무엇이 문제인지도 모른 채 통치자고 달려드는 건, 정말 질색입니다. 게다가 남자가 백화점에 데려가 여자에게 이것저것 사주는 장면도, 같은 여자로서 과히 유쾌하진 않습니다. 여자는 고르기만 하고 남자는 짐꾼처럼 쇼핑백을 잔뜩 들고 있는 설정이 자연스럽다고 보십니까?"

기화영은 작정한 듯 달려들고 있었다. 지난 회의 끝 무렵에 나온 유상혁의 김치녀 발언을 그냥 지나칠 기화영이 아닌 건 분명했다. 물론 유상혁도 만만치 않은 상대였다. 피 튀기는 전투가 예상되었다.

"매우 자연스러운 상황인데요. 백화점 자주 가는 기화영씨가 더 잘 아시지 않습니까? 남자들은 죄다 짐꾼들입니다. 여자들 원하는 대로 지갑이나 열고 짐이나 드는 게 현재 대한민국 남자들의 모습이란 말이죠. 이런 남자들이 얼마나 애처로워 보였으면 매출액 최고의 카드회사 사장이 페이스북에 이런 글을 남겼겠습니까? 아직도 카드 긁는 건 남자들이라고, 언제까지 그렇게 불쌍하게 살 거냐고 말입니다. 팩트가 그렇습니다, 팩트가."

"그건 유상혁씨의 팩트겠지요. 저의 팩트는 다릅니다. 남자들이 카드 좀 긁는다고 불쌍하다고 생각하지 않습니다. 이 사회에서 남자가 여자보다는 수월하게 경제적 지위를 획득할 수 있다는 게 팩트입니다. 카드 긁는 게 모두 여자를 위한 일이라고 볼 수 없다는 것도 팩트구요. 관계를 위해, 가정을 위해 지불해야 할 비용이라면 치러야 하죠. 어쨌든 이 광고는 여성들의 마음을 움직이는 데 성공할 수 없을 거라고 저는 생각해요. 왓 위민 원트라고요? 제가 보기에, 여자들이 정말 원하는 게 뭔지에 대한 유상혁씨의 답은 틀렸어요. 『팔지 마라, 사게 하라』의 저자인 장문정님이 말했죠. 내 결론과 고객의 결론이 일치되도록 유도하라. 타르트의 고객인 여자들은 요리 따위로 퉁치려는 걸 원하지 않습니다."

"기화영씨, 예의를 좀 갖추세요. 따위가 뭡니까, 따위가."

김민수가 말했다.

"말을 바꾸죠. 요리 '씩이나'를 원하는 게 아닙니다."

김민수가 기분 나쁜 표정으로 혀를 찼다. 유상혁이 반격했다.

"요리로 퉁친다고 받아들이는 기화영씨의 감수성이 전 놀랍습니다. 사랑하는 여자를 위해, 생전 해보지도 않은 요리를 서투르게 만드는 남자의 진심을 외면할 여자는 없다고 봅니다. 기화영씨 같이 독특하고 예민한 분은 불편할지 모르겠지만, 보통의 여성이라면, 그러니까 남자에게 사랑받기를 원하는 평균적인 여성이라면 충분히 호감을 가질 만하다고 생각하는데요."

김중혁 사원이 끼어들었다.

"저 같으면 죽어도 저렇게 안 하죠. 토라진 여자친구가 제풀에 지쳐 연락할 때까지 기다리면 될 일이죠. 여친이 징징댄다고 그걸 다 어떻게 받아줍니까? 하지만 여자들은 그런 걸 원하는 것 같더라고요. 뭐, 전 안 하고 못 하지만, 할 수만 있다면 오렌지까지 만들 작정이었다고 말하는 남자의 노고는 칭찬받아 마땅하지 않을까요?"

시형이 입을 열었다.

"요리하는 남자가 여성들의 로맨틱 판타지를 건드리긴 하겠네요. 그런데 제가 보기에 이 광고의 전체 분위기가 그다지 매력적이지는 않은 것 같아요. 여성을 멋지게 그려내고 아니고의 문제와는 별개로 뭐랄까, 아귀가 너무 잘 들어맞는달까요, 상상의 여지를 남겨놓지 않는달까요, 답답하고 숨 막혀요. 저런 연인 관계에 대한 로망이라는 게 안 생긴다는 거죠. 저들처럼 연애하고 싶냐고 묻는다면, 전 노땡큐입니다."

시형은 드러내놓고 기화영을 편들고 있지는 않았지만 유상혁의 기획안이 이미 후진 것이 되어버린 감성에 기대고 있다고 말하는 것은 분명했다. 유상혁이 유쾌할 리가 없었다.

"이시형씨, 저는 시형씨가 연애하고 싶은 건지 아닌지는 별로 궁금하지 않습니다. 로맨틱 판타지라는 게 어차피 단순한 겁니다. 사랑받는 느낌, 한 편이라는 느낌, 그거죠."

"그걸 느끼는 감성이 달라졌다고 말씀드리는 겁니다. 무한경쟁의 정글에서 자신 하나 건사하기도 힘들어 연애를 포기해야 하는 것이 헬조선의 현실입니다. 여친이 토라졌다고 백화점 쇼핑시켜주고 손수 근사한 요리까지 해주는 연애 각본은 헬조선에서 1%가 아니면 가능하지도 않죠. 게다가 별로 재미도 없어요. 연애에 대한 젊은이들의 로망을 자극하려면 달라야 해요. 뭔가 좀 열려 있는, 미지의 세계를 탐험하는 것 같은, 지금까지 없던 관계를 만들어가는, 그런 흥분과 설렘을 줘야 한다고 저는 생각합니다."

"예를 들면요? 연애에 대해 아주 잘 아시는 것 같은데 이시형 씨가 새로운 연애 각본의 예를 좀 들어보시죠."

"구체적인 방법론까지 터득했다면 제가 모태솔로가 아니겠죠."

좌중은 웃음을 터뜨렸다. 지수는 유머가 최고의 설득 기술이라는 말을 떠올렸다. 치고 빠지는 시형의 저런 솜씨는 타고나는 것일까. 어쨌든 저것도 능력이라고 지수는 부러운 눈빛을 보냈다.

"확실한 건, 때 되면 사랑을 확인하는 이벤트를 열고 누가 누구에게 헌신한다는 걸 과시하고, 그런 건 이제 매력 없다는 겁니다. 기화영씨의 지적도 그런 맥락이었다고 봅니다. 유상혁씨는 기화영씨가 독특하고 예민하다고 생각하시는 것 같은데 전 아닙니다. 충분히 보편적인 감수성을 갖고 있다고 생각하거든요. 그건 곧 이 광고가 성공하려면 기화영씨의 논평을 참고해야 한다는 뜻입니다."

지수는 놀라운 마음으로 시형의 마지막 말을 듣고 있었다. 편견 없는 마음으로 트렌드를 읽어내고 사람의 심리를 간파할 줄 아는 사람의 무거운 조언이었다. 앞으로 시형이 능력 있는 마케터가 될 것이라는 예감과 함께, 저렇게 대놓고 기화영을 펀드는 게 왠지 질투가 나기도 했다. 시형이 기화영을 좋아하나, 라고 생각하다가 남자와 여자가 얽힌 일이라면 덮어놓고 연애감정인지 아닌지를 따지는 자신이 약간 한심하게 느껴졌다.

"기화영씨가 보편적인 감수성을 갖고 있다니, 저 잠시 좀 웃겠습니다."

유상혁은 실제로 껄껄, 하고 웃음소리를 만들어냈다. 비웃음이 분명한 그 작위적인 웃음소리에 기화영은 입술을 앙다물었다. 그리고 잠시 강필주 팀장을 바라보았다. 지수도 기화영의 눈길을 따라갔다. 강필주는 늘 그렇듯 탁자에 오른손을 올려 턱을 받치고서는 발언하는 사람들의 말 한마디 한마디를 주의 깊게 듣고 있었다. 기획안 발표회의 때마다 벌어지는 논쟁에 강필주는 끼어들지 않았다. 누구 편을 든다는 것은 공평무사해야 한다는 철칙에 어긋나는 일이라고 생각한 모양이었다. 대신 쏟아지는 말들 속에 파묻힌 어떤 반짝이는 것을 놓치지 않으려는 것처럼 집중했다. 그리고 회의를 마무리하면서 불교의 화두 같은 걸 발표자에게 던져주곤 했다. "크레셴도 엔딩 기법을 연구해보라"는 숙제를 지수에게 던져준 것처럼. 지수는 이 순간 강필주의 머릿속에 어떤 생각들이 스쳐가고 있는지 궁금했다.

기화영이 고개를 돌려 유상혁을 바라보고 말했다.

"전 제가 특별히 독특하다고 생각하지 않습니다. 저는 이십대 중반의 평범한 여자예요. 제가 문제를 제기하는 이유를 쓸데없이 예민하기 때문이라고 치부하는 것, 그게 실패의 지름길이라는 걸 좀 아셔야 할 것 같은데요. 딴 건 몰라도 마케팅을 계속하시겠다면 말이죠."

기화영의 날선 공격에 애가 타는 건 지수였다. 지수는 기화영이 걱정되었다. 저렇게 세게 나갔다가 유상혁이 동영상을 보기라도 한다면 어떻게 될까. 잘난 척하더니 꼴좋다, 김치녀 본색이 드러난다, 벗는 게 특기였다, 라며 비아냥거리는 모습이 그려졌다. 안 그래도 유상혁은 기화영을 못마땅해했고 회의 때마다 두 사람은 의견 차이로 얼굴을 붉혔다. 오늘은 기화영이 너무 나갔다. 팀의 공식 회의에서 동료의 기획안에 대해 성공 불가능성 운운하는 건 절대로 취해서는 안 되는 태도였다. 조금만 보완하면 좋은 기획안이 될 수 있겠다, 라고 부족한 점을 지적하면서도 상대의 성공을 빌어주는 예의 바른 마무리라는 것도 있다. 그걸 잘하는 강필주이기에 선배들과 입사동기들을 제치고 지금 저 자리에 올라가 있지 않은가. 사람들은 말의 내용보다 말하는 이의 태도만을 기억하게 된다는 것을, 머리 좋은 기화영이 모를 리 없을 텐데 왜 저렇게 세게 나가는 건지 지수는 이해할 수 없었다. 그리고 지금은 기화영이 매우 취약한 상황이다. 아무리 기화영의 잘못이 아니라 해도 취약해지는 건 기화영 자신이다. 그걸 기화영은 모르고 있다. 지수의 애타는 마음에 아랑곳하지 않고 두 사람의 설전은 멈추지 않았다.

"평범한 여자라면 기화영 씨처럼 성공에 목매지는 않죠."

"로맨스에 목매는 건 더더욱 아니죠."

"로맨스에 목매지 않으니 독특한 겁니다."

"그걸 독특하다고 생각하는 게 후지다는 겁니다."

"보편적인 걸 후지다고 생각하는 게 사이코들 특성이죠."

"고정관념을 깨려는 노력을 사이코틱하다고 생각하는 이들이, 요즘 말하는 적폐죠."

"자기가 몰리면 사회 탓 하고 우매한 대중 탓 하는 게 김치녀들 본성이고요."

"자기 능력 없어서 쪽팔리는 걸 괜히 여자 탓으로 돌리는 찌질이들이 김치녀 운운하죠."

"뭐라고? 누가 능력이 없어? 누가 찌질이야?"

"논리력 떨어지면 욱박지르고 보는 것도 찌질이들 특징이고요. 짠합니다."

유상혁이 들고 있던 서류를 책상 위에 집어던지려다 가까스로 참고서 말했다.

"뭐라고? 이런 쌍, 그래 너 잘났다, 잘났어. 뭔 빽이 있는지 몰라도 그런 개소리 지껄이다가 한방에 훅 가는 수가 있어. 내가 너 가만두지 않을 거야."

"기대하겠습니다."

"밤길 조심해라, 너 같은 거…."

그만해, 라고 김민수와 이지환이 유상혁을 제지하고 나섰다. 강필주도 눈짓으로 유상혁과 기화영에게 그만하라는 신호를 보냈다.

"오늘은 이만하죠. 유상혁씨는 이거 하나 기억해둡시다. 고객은 사실이 아니라 믿음을 산다, 는 말이요. 모두들 수고하셨습니다. 금요일에 기화영씨 발표를 듣기로 하죠."

강필주 팀장이 일어서 회의실을 나갔다. 뒤이어 김민수가 유상혁의 팔을 끌고 문을 나섰다. 유상혁은 기화영의 뒤통수에 대고, 김치년, 너 가만두지 않을 거야, 라고 말했다. 기화영은 피식 웃었다. 지수는 그런 기화영을 바라보고 생각했다. 멘탈이 강철인 거냐, 노답인 거냐.

16

반투명유리 너머로 뭉툭한 실루엣이 보이는 걸로 보아 기화영이 벌써 와있는 듯싶었다. 헌드레드마일즈의 스터디룸은 사방으로 유리벽이 쳐져 있어 외부의 잡음이 차단되는 동시에 룸 안에서의 대화도 새어나갈 위험이 없었다. 지수는 한 손에 테이크아웃 커피 잔을 쥐고서 스터디룸으로 들어섰다. 핸드폰을 들여다보다가 고개를 든 기화영의 얼굴은 무척이나 피로해 보였다. 날선 전투를 치를 때의 당당함 뒤에 피로감만 남은 무표정, 저런 얼굴을 보여주기 싫어 기화영은 퇴근 후의 술자리를 거부하고 있는 것인지도 모른다는 생각이 설핏 스쳤다. 기화영은 앞에 놓인 컵에서 티백을 우려내더니 한 모금 마시고서 물었다.

"회사 이야기야?"

기화영이 경계하는 눈빛으로 물었다. 지수는 고개를 저었다. 이렇게 마주앉아 기화영의 얼굴을 정면으로 대하자 출근 첫날의 설렘이 새삼스럽게 떠올랐다. 동갑내기 여자 동료와 일하게 된다는 것을 알았을 때, 지수는 반가웠다. 기화영과 잘 지내고 싶었다. 학교가 아닌 사회에서 처음 만난 여자 동료와의 인연이, 쉽지 않을 사회생활을 그래도 할 만한 것으로 감내하는 데 힘이 되면 좋겠다고 생각했다. 남자 동료들은 알지 못하는 그런 걸 공유하면서, 두 사람 모두 능력 있는 직장인으로 잘 성장하기를 바랐다. 만약 마음까지 맞아 고등학교 시절부터 베프인 희준 같은 친구를 얻게 된다면 정말이지 더할 나위 없을 것 같았다. 그러나 기화영은 곁을 내주지 않았다. 지수가 여자 동료라는 사실이 기화영에게는 중요하지 않은 것 같았다. 기화영과 말을 섞을 기회가 그다지 많지 않기도 했다. 인턴은 회사에서 가장 낮은 직급이지만 동시에 가장 바쁜 지위이기도 했다. 프로젝트 관련 문서를 다듬는 것부터 유사상품의 광고를 분석하고 시장조사한 결과를 PPT 파일로 만들고, 협력업체와의 미팅 결과를 회의록으로 작성하는 일은 그나마 업무와 관련된 것들이니 상사들이 강조하는 '업무능력 향상'을 위해 에너지를 쏟을 만했다. 그러나 각종 회의를 위해 간식을 준비하고 회식 자리를 예약하고 탕비실의 물품을 정리하고 정수기의 물을 갈고 물티슈로 상사의 책상을 닦는 일에 자부심을 갖기는 힘들었다. 그런 일을 하느라 인턴은 늘 바빴고 어떤 날은 말 한마디 나눌 시간도 없이 하루가 지나가버리기도 했다. 그래도 마음을 내면 시간이야 만들 수 있었겠지, 라고 지수는 가라앉은 기화영의 얼굴을 보며 생각했다.

"그럼 뭔데."

지수는 한가하게 감성에 젖을 때가 아니라는 것을 깨달았다. 그리고 숨을 골랐다. 앞으로 닥칠 일의 무게감을 기화영이 잘 견디어내길 진심으로 바랐다.

"소라넷이라는 사이트, 알아?"

기화영은 대답 대신 눈썹을 살짝 찌푸렸다. 소라넷에 대해 들었거나 알고 있다는 뜻이다.

"거기, 뭐가 있어, 너와 관련된 게."

"나랑 관련된 거? 뭐?"

"섹스 동영상."

지수는 에라 모르겠다, 하는 심정으로 말을 뱉었다. 시간 끈다고 될 일도 아니고 주저한다고 일이 쉬워지는 것도 아니었다. 말을 꺼낸 김에 지수는 빠르게 이어갔다.

"누군가 말해줬어. 네가 어떤 남자와, 그러니까, 섹스하는 영상이 소라넷에 올라와 있다고. 설마 아니겠지 싶어도, 만에 하나 네가 맞다면 알아야 하는 거 아니겠냐고. 그래서 나더러 확인해달라고 영상을 보여준 거야. 얼굴에 모자이크 처리나 그런 게 전혀 안 되어 있었어. 누군지 알아볼 수 있을 정도로 선명하게 나왔다는 말이야. 게다가, 그 반점, 네 쇄골 밑에 몽고반점 같은 거, 흔한 건 아니잖아."

지수는 여기까지 단숨에 말하고 나서 큰숨을 내쉬었다. 커피를 한 모금 마시고 나서야 기화영과 눈을 맞출 수 있었다. 기화영은 소라넷이라는 단어를 들었을 때의 그 표정을 내내 짓고서 지수를 바라보았다. 기화영의 얼굴은 지금 무슨 말을 하는 거야, 라는 질문을 삼키고 있음이 역력해 보였다.

"나도 보고 싶어서 본 건 아냐. 그건 알아줬으면 해. 동영상이 더 퍼지기 전에 조처를 취해야 하지 않을까 싶은 거야. 그런 건 순식간에 퍼져버리니까, 늦으면 어떻게 손을 쓸 수 없게 돼버리니까."

기화영은 말이 없었다. 지수와 눈을 마주치지 않고 지수의 얼굴 너머 어딘가를 뚫어지게 바라보던 기화영이 입을 열었다.

"볼 수 있어?"

"링크 걸어줄게."

지수가 핸드폰으로 기화영에게 주소를 복사해 전송하는 동안, 기화영은 컵을 만지작거렸다. 손이 가늘게 떨리고 있었다.

"보냈어."

기화영은 휴대폰을 만지작거리기만 하다가 결심한 듯 손가락을 움직였다. 동영상이 재생되자마자 신음소리가 들렸다. 기화영은 황급히 휴대폰의 볼륨을 낮추고 화면을 뚫어지게 바라보았다. 지수는 창밖을 바라보았다. 떠올리지 않으려 애를 썼지만 영상 속 기화영의 벌거벗은 몸이 눈앞에 던져졌다. 쇄골의 반점이 점점 커졌고 하얀 엉덩이가 빠르게 흔들렸다.

"나, 나 맞아. 이게, 이게 왜…."

기화영은 말을 잇지 못했다.

"촬영하는 거 알고 있었어?"

"……그걸, 내가 어떻게 알아."

"남자는, 누군지 알겠어?"

"……모르겠어."

기화영은 3분 12초의 동영상을 한번 더 돌려보았다. 기화영의 눈에 벌건 것이 차오르더니 아래로 쏟아질 것만 같았다. 컵을 잡으려다 손이 떨려 내려놓았다. 기화영은 눈을 감았다. 지수는 기다렸다. 기화영이 자신에게 일어난 일을 정확히 인지할 시간을, 기화영이 알아야 할 것들을 복잡한 감정을 드러내지 않고 말해줄 시간을 기다렸다. 기화영이 눈을 떴다. 좌표를 찾지 못한 나침반의 바늘처럼 눈동자가 흔들리고 있었다.

"어떻게 해야 돼?"

그래, 그 질문을 기다렸어, 라고 생각하며 지수는 대답했다. 기화영에게 되도록이면 건조하게 들리기를 바라는 마음이었지만 목소리가 떨리는 건 어쩔 수 없었다.

"경찰청 사이버범죄수사대에 신고하고 방심위에도 신고해야 된대. 동영상 삭제는 민간업체인 디지털장의사에게 의뢰해야 하루라도 빨리 처리가 되는 모양이야. 경비가 꽤 드나봐."

"그래."

"촬영한 사람이 누구인지 알아내면 진행이 빠를 거야."

"……그래."

"혹 내가 도울 일 있으면……."

"너한테 말해준 사람이, 누구야? 회사 사람이야?"

지수는 시형이라고 말해줄까 잠시 망설였다.

"김민수야? 유상혁, 그 인간이야?"

"두 사람은 아냐. 걱정 마, 너를 해코지할 사람은 아니니까."

"이시형이구나."

"응."

기화영은 더 이상 입을 열지 않았다. 지수도 섣불리 입을 떼지 못했다. 걱정하지 마, 모든 게 다 잘될 거야, 라는 판에 박힌 위로의 말조차 건넬 수 없었다. 불편한 침묵이 몇 분간 이어졌고 지수가 말했다.

"혹 내가 도울 일 있으면 언제든 말해. 그럼 이만, 나는 일어설게."

지수가 자리에서 일어났다. 이런 상황에 처한 이를 위로하고 도움을 주는 방법을 지수가 알 리도 없었거니와, 기화영이 그런 감정적 지원을 원하는지도 알 수 없었다. 기화영은 자신의 벗은 몸을 찍은 영상을 보고서도 울거나 소리 지르거나 화내지 않았다. 울고 소리 지르고 화내고 싶겠지만, 지수 앞에서는 그러고 싶지 않은 건지도 몰랐다. 지수는 문을 닫고 잠시 서 있었다. 안에서 흐느끼는 소리가 들렸다. 지수는 기화영이 너무 오래 울지 않기를 바라면서 한참동안 문 앞에 서 있었다. 목이 마르다는 느낌이 들어 복도 옆에 비치된 유리물통으로 다가가 냉수를 받아 한 모금 마셨다. 아래층으로 이어진 계단을 내려서다 말고 다시 몸을 돌려 유리컵에 냉수를 받아 스터디룸의 문을 열었다. 기화영이 너무 오래 울지 않기 위해서는, 차가운 물과 그 물을 전해줄 누군가가 필요할지도 모른다는 생각이 들었다.

기화영은 그리 오래 흐느끼지 않았다. 그러나 기화영이 눈물 젖은 얼굴을 들었을 때, 길고 깊은 울음은 이제부터 시작일 거라 지수는 생각했다.

"걸레 같지?"

"……"

"걸레 같은 년이라고 생각하지?"

"그런 생각해본 적 없어. 네 잘못 아니잖아."

"그래, 나 몰래 이걸 찍고 이런 데다 올린 그놈 잘못이지. 그래서 뭐, 그놈이 걸레라고 욕을 먹지는 않잖아? 내가 걸레가 되는 거지."

순간 지수는 어떤 말이 갖는 치명적인 힘에 대해 생각했다. 사람이 사람에게 해서는 안 되는 말, 한번 뱉으면 영원히 주워 담을 수 없는 말, 지워버릴 수도 듣지 않은 걸로 칠 수도 없는 주홍글씨의 낙인 같은 말. 걸레라는 말.

"내 머리로 아이디어 짜내고 내 손으로 기획안 만들어도 결국은 남자 꼬셔서 성공하려는 꽃뱀이 되잖아."

"그건……."

"내가 모를 줄 알아? 내가 바보인 줄 알아? 니들이 뒤에서 나 씹는 소리 다 들려. 내가 강필주한테 들이댔다고 지껄이는 거 다 들린다고!"

"그게 아니라……."

기화영은 화를 내고 있었다. 지수는 소리 없이 울고 있는 것보다 어쩌면 저편이 더 나은지도 모르겠다고 생각했다. 그런데 분노의 과녁이 지수를 향해, 동료 인턴들을 향해 있었다. 그리고 지수는 깨달았다. 나는 아니야, 라고 단호하게 말할 수 없다는 것을. 물론 정말 기화영이 그랬을 거라고 생각한 건 아니었다. 그러나 의식의 저 한 구석에서, 기화영이 정말 그랬을지 모른다는 어떤 의심, 혐의, 의혹 같은 게 전혀 없었다고는 말할 수 없었다.

"강필주랑 자는 사이인 건 맞아. 좋은 사람이야. 단지 그것뿐이야. 상사라서 잔 게 아니라 좋아해서 잔 거라고."

"그게 언제야?"

"설마, 강필주를 의심하는 거야? 그럴 사람 아냐. 너도 알잖아? 절대 선을 넘지 않는 사람이라는 거."

"팀장님이 예의 바른 사람이라는 건 나도 알아. 근데 기화영, 나는 이제 잘 모르겠어. 남자들을 잘 모르겠어. 좋은 남자는 그저 내 머릿속에만 존재하는 게 아닐까 싶기도 해."

"강필주는, 아닐 거야, 그럴 리 없잖아. 그 사람이 무엇 때문에 그래?"

"아니면, 짚이는 사람이라도 있어?"

"몰라, 모르겠어."

기화영은 다시 울먹였다. 지수는 기화영을 다독여주고 싶었지만 의자에서 일어나지 못했다.

"어쨌든, 고마워. 신경 써줘서."

기화영은 일어서 가방을 들었다. 지수가 말했다.

"저기, 그러니까, 네 잘못 아냐. 물론 네가 어떤 심정일지 나는 잘 모르지만, 그래도 자책하거나 그러지 않았으면 해. 진심이야."

기화영은 다시 울음을 터뜨릴 뻔했지만 곧 참아냈다. 그래, 라는 말을 남기고 기화영은 스터디룸을 나갔다. 지수는 그대로 앉아 있었다. 기화영이 자신을 수치스럽게 느끼지 않기를, 지수는 진심으로 바랐다.

17

누가, 왜.

도대체, 왜.

기화영은 노트북 화면을 들여다보면서 이 질문을 수도 없이 던졌다. 화면 속 여자는 기화영이 틀림없었다. 가슴과 젖꼭지, 엉덩이, 살구색 피부와 숨구멍, 검은 털과 팔다리, 몸 전체가 기화영임을 부정할 수 없게 했다. 기화영 아닌 다른 사람일 수는 없었다. 오른쪽 쇄골에 있는 오백원짜리 동전만 한 반점이 인두로 새긴 낙인처럼 느껴졌다. 기화영은 뭐든 날카로운 것으로 그 반점을 파버리고 싶었다.

평소라면 회사 사무실에 앉아 있어야 할 시간이었지만 기화영은 오늘 출근하지 않았다. 경찰서에 다녀왔고 동영상을 방송통신심의위원회에 '음란'영상물로 신고했다. 음란 영상물이라는 표현에 분노가 치밀었지만 어쩔 수 없었다. 이건 음란한 게 아니라 촬영과 유포에 동의한 적이 없는 불법 촬영물이라고 말하고 싶었지만 누구에게 말해야 하는지 알 수 없었다. 경찰은 가해자가 누구인지 특정할 수 없으니 기다리라고 했고, 방심위는 심의만 일주일이 걸린다고 했다. 경찰관은 기화영을 위해 독립적인 방 같은 곳을 내어주지 않았다. 성범죄를 담당하는 여성경찰관이 외근중이라 남성경찰관과 진술조서를 꾸몄다. 칸막이도 없이 붙어 있는 책상 앞에서 기화영은 경찰관이 묻는 대로 질문에 대답할 수밖에 없었다. 성관계 동영상이라는 기화영의 말에 옆자리의 경찰관 몇이 힐끔거렸고 또 몇은 자기들끼리 은밀한 눈빛을 교환했다. 기화영은 또박또박, 반복해서, 경찰관의 질문에 대답했다. 잘못한 건 내가 아냐, 나는 부끄러워해야 할 짓을 하지 않았어, 나는 누군가의 죄를 물으러 온 거지 벌을 받으러 온 게 아냐. 그렇게 다짐했지만 후들거리는 다리는 진정되지 않았다. 기화영은 허벅지를 두 손으로 누른 채, 보이지 않는 커튼으로 사람들의 눈과 귀를 가리고 있다고 생각하려 애썼다.

지수는 '디지털장의사'에게 의뢰하는 것이 일을 빠르게 처리하는 방법이라고 했다. 그 말을 처음 들었을 때, '근조謹弔'라고 적힌 검은 리본이 떠올랐다. 온라인 어딘가에 남아 있는 개인의 흔적을 지워준다 해서 붙여진 이름 같은데, 장의사라는 단어에서 피어오르는 장례 식장의 향냄새가 기화영을 더욱 축축하게 만들었다. 근조라니, 장례라니, 이게 죽음과 관련된 일이란 말인가. 타인에게 노출하고 싶지 않은 개인의 기록을 삭제하는 일이, 온라인에서 그의 죽음을 집행하는 일은 아니지 않은가. 아니다. 어쩌면 죽음을 선고받는 일이, 죽음보다 더한 현시顯示의 고통을 끝내는 유일한 길일지도. 그걸 간파한 이의 작명인지는 모르겠으나 어쨌든 기화영이 보기에 이보다 더한 비호감의 네이밍은 없을 듯싶었다.

　포털사이트에서 검색된 수십 개의 디지털장의사 업체는 잊혀질 권리 전문, 국내 최초 삭제대행사이트, 평판관리전문회사 등의 홍보 문구를 달고 있었다. "당신의 잊혀질 권리를 찾아드리겠습니다"라고 광고하는 사이트를 클릭했다. '리벤지포르노'와 몰카 등은 물론 '지인능욕'으로 알려진 합성사진을 삭제해주고, 게시글과 댓글, 뉴스기사 등 모든 항목에 관한 삭제를 진행해 온라인 평판관리를 해준다고 소개하고 있었다. 특히 유출 동영상을 삭제하는 방법은 상세하게 설명되어 있었다. 국내 성인사이트에 유출된 동영상을 삭제하고 재유출 방지를 위한 추가 모니터링을 실시한다, DNA 필터링을 통해 웹하드에 업로드된 영상을 삭제한다, 명예훼손이나 허위사실 유포와 관련된 법적 증거자료를 수집·제공해 유포자에 대한 법적대응까지 가이드 해준다……. 빅데이터 마이닝, 웹 크롤링, 특허출원한 데이터분석 알고리즘, 동종 계층 간 콘텐츠 검증, 해시값 검증 등 기화영은 도저히 알아들을 수 없는 기술적 방법을 동원해 차별화된 서비스를 실현한다고 홍보하고 있었다. 글의 맨 마지막은 '동영상 유출, 골든타임을 놓치면 안 됩니다'라는 문구로 마무리되었다.

디지털장의사가 해준다는 광범위한 작업의 내용을 따질수록 기화영은 안심이 되기는커녕 더욱 불안해졌다. 온라인은 판도라의 상자 같은 곳이었다. 한번 유출된 동영상을 영원히 삭제하는 것이 과연 가능할까 싶었다. 구글과 같은 포털은 물론, 트위터와 페이스북, 인스타그램, 텀블러 등 SNS, 일베와 뽐뿌, 디시인사이드 같은 남초 커뮤니티, 그밖에도 성인사이트나 웹하드를 통해 동영상은 언제든 쉽게 유포될 수 있었고, 불특정다수의 누구에게나 동영상을 접할 기회가 열려 있었다. 결국 기화영이 할 수 있는 일은 이 모든 곳을 실시간으로 모니터링하고 끊임없이 삭제 요청을 하며, 재유출이 되었는지 점검하는 것이었다. 디지털장의사에게 의뢰한다고 해도 그들이 무한 재생과 유출이라는 판도라의 상자를 없애주지는 못할 것이다. 기화영 앞에 지옥의 문이 열린 것 같았다. 수많은 아귀들이 먹잇감을 물어뜯을 준비를 하고 있는 아귀지옥의 문이 열린 것 같았다.

기화영은 디지털장의사와 관련된 뉴스 몇 개를 읽어보았다. 맨 처음 기사는 온라인에서 몰래카메라 범죄가 폭발적으로 증가하면서 디지털장의사가 미래 유망직종으로 떠오르고 있다고 전했다. 피해자가 늘고 있지만 경찰이나 방심위의 대책은 미흡해서 민간업체를 찾기 때문이라고 했다. 그러나 피해자들이 디지털장의사들에 의해 또다시 피해를 입는 사례도 늘고 있었다. 고객과 계약한 뒤 '먹튀' 하는 장의사가 있는가 하면 이미지와 동영상 등을 삭제하도록 협조해야 할 웹하드와 오히려 유착되어 있다는 의혹을 받는 회사도 있었다. 장의사가 오히려 동영상을 유포하겠다고 고객을 협박하는 경우도 소개되었다. 기사를 읽을수록 기화영은 자신이 안전하게 도움을 받을 수 있는 곳은 세상 어디에도 없다는 생각을 뼈저리게 했다. 그러나 골든타임을 놓쳐 동영상이 유포되느니 일단은 전문가에게 일을 맡겨보는 게 나을 거라는 판단이 들었다. 기화영은 여러 회사의 홈페이지를 꼼꼼히 훑어보고는 그중 사회공헌대상을 받고 평판관리기업인증까지 받았다는 회사에 전화를 걸어 상담예약을 했다.

기화영은 인터넷뱅킹 사이트에 들어가 통장 잔액을 확인했다. 큰돈이 있을 리 없었다. 인턴 월급이라고 해봐야 교통비와 식대를 제외하면 남는 게 없었다. 중국어 인강 수강료와 토익시험비, 책 구입비 등 미래를 위해 투자해야 할 돈을 줄일 수도 없었다. 어쩔 땐 공과금이 밀려 엄마에게 손을 벌려야 할 때도 있었다. 다행히 기화영이 건사해야 할 식구가 있는 게 아니고 엄마도 아직 건강하고 돈을 벌고 있어 버틸 만했다. 그렇다고 앞으로 매달 이삼백만원의 돈을 엄마에게 부탁하기에는 면이 서지 않았다. 이미 원룸 보증금 삼천만원을 대출받아 딸에게 주고 매달 갚고 있는 엄마에게 다시 짐을 지우고 싶지 않았다. 기화영은 강필주를 떠올렸다가 이내 머리를 흔들었다. 그건 싫었다. 기화영은 긴 머리카락을 움켜쥐고는 다시 동영상으로 눈을 돌렸다.

18

영상을 게시한 이는 '핑크성애자'라는 아이디를 썼다. 핑크성애
자는 도대체 누구란 말인가. 도대체 누가, 저딴 아이디로 저런 짓을
한단 말인가. 강필주, 그 사람이 그랬을 리가 없다. 그는 좋은 사람
이다. 동영상 속에서 뒷모습만 보인 남자가 강필주가 아님은 확실했
다. 머리 스타일도 강필주의 것이 아니었다. 그렇게 생각하는 순간,
기화영은 의심스러웠다. 강필주가 가을 들어 머리 스타일을 바꿨던
것도 같고 운동을 좋아하는 그의 등이 저럴 것도 같았다. 기화영은
자기가 살던 세상이 흔들리고 있음을, 자기가 알던 모든 것을 믿을
수 없게 되었음을 깨달았다.

강필주와의 관계를 기화영이 의도한 건 아니었다. 입사한 지 얼마
되지 않았을 때, 강필주와 팀을 이루어 중국 출장을 가기로 했던 김
민수가 돌연 대사증후군으로 입원을 했다. 중국어를 구사할 줄 아는
남자직원이 없어 중문학 전공자인 기화영이 이박 삼일 동안 강필주
를 수행하게 되었다. 귀국하기 전날 밤, 계약이 차질 없이 진행된 것
을 축하하며 두 사람은 강필주의 방에서 조촐하게 술자리를 가졌다.
그날 미팅에서 중국업체 담당자가 선물한 고량주를 마셨고 생각보
다 도수가 높은 고량주가 일으키는 취기에 놀라고 있을 즈음 강필주

가 기화영에게 키스를 했다.

기습적이었다. 그런 일이 일어나리라고는 전혀 생각지 못했다. 기화영은 강필주의 입에서 나는 고량주의 매캐한 냄새를 맡으며, 이래도 되는 걸까, 라고 망설였지만 강필주의 속도는 빨랐다. 강필주는 기화영의 등을 쓰다듬고 허리에 손을 두르면서 애무를 시작했다. 강필주의 손이 셔츠 밑으로 들어와 브래지어 호크를 풀 때, 기화영은 강필주의 팔을 잡았다. 이러면 안 될 것 같아요, 라는 기화영의 말에 강필주는 다시 한번 기화영의 입술에 딥키스를 하고서 하던 일을 계속 해나갔다. 기화영은 목덜미를 파고드는 강필주의 뜨거운 김을 느끼며, 이 사람이 나를 원하고 있구나, 라고 생각했고, 그 사실에 설레는 자신을 알아챘다. 강필주는 누가 보아도 반듯한 사람이었고 능력 있는 남자였다. 첫 출근날 업무 지시를 내리는 강필주의 하얀 와이셔츠 소매가, 마치 반듯한 사람의 가지런한 치아를 보는 것 같아 기분 좋았던 것을 기억했다.

기화영은 스스로에게 물었다. 나는 이 사람을 좋아하고 있는 걸까. 마음이 그렇다고 대답했다. 그러나 좋아한다고 해서 강필주와 최초의 스킨십을 이렇게 하고 싶지는 않았다. 기화영은 아까보다 조금 더 힘을 주어 강필주의 팔을 잡았다. 잠깐만요, 라고 말했지만 강필주는 이미 빠른 속도로 기화영의 몸에 파고들고 있었다. 기화영의 가슴에 입을 맞추고 엉덩이와 다리를 쓰다듬는 그를 제지하기에는 이미 늦었는지 몰랐다. 기화영은 다시 망설였다. 그의 속도를 따라가고 싶은 마음과, 자신의 속도를 지키고 싶은 마음 사이를 헤맸다. 강필주는 어느새 옷을 모두 벗고 기화영의 옷도 벗겼다. 기화영은 그의 벗은 몸을 보고 눈을 감았다.

다음날 귀국하는 비행기 안에서도, 사무실로 가는 공항버스 안에서도, 강필주는 아무 말이 없었다. 중국업체와 맺은 계약서를 꼼꼼히 검토하고 계약사항을 정리하느라 손이 쉬지 않았다. 사무실에 복귀해서도 강필주는 출장의 성과를 윗선에 보고하느라 퇴근 무렵까지 몹시 바빴다. 사무실에서 그와 얼굴을 마주치는 건 어떤 기분일까 설레면서도 걱정이 되었던 기화영은 결국 그의 얼굴을 보지 못한 채 퇴근했다. 그리고 지하철 안에서 한 통의 메시지를 받았다. 내 잘못이다. 직장 부하에게 그러면 안 되는데 내가 실수했어. 어젯밤 일은 잊어버리길 바란다. 기화영은 납득할 수 없었다. 실수라고, 잊어버리라고? 어떻게 그렇게 말할 수가 있을까. 그저 술에 취해 하룻밤 재미 본 거였다고 말하고 싶은 건가? 기화영은 화가 났다. 메시지를 보냈다. 우리 사귀죠.

그렇게 끝내고 싶지 않았다. 사귀는 사이가 되어야 했다. 그래야 어젯밤 일을, 시작하는 연인 사이에서 일어날 수 있는 보통의 일로, 친밀한 사이라면 아무렇지 않은 평범한 일로 받아들일 수 있을 것 같았다. 자신이 강필주에게 그저 하룻밤 재미 본 상대로 남게 되는 건 참을 수 없었다. 누군가에게 그런 상대가 되도록 내버려 둔 자신을 용서할 수 없었다. 다음날 강필주는 주말에 영화 보자, 라고 기화영에게 말했다. 그렇게 두 사람은 연인이 되었다. 나중에 기화영이 물었다. 왜 그때 잊어버리라고 했어요? 강필주는 무슨 말이냐는 표정으로 기화영을 바라보았다.

강필주는 섹스 말고도 여자와 할 수 있는 일이 많다는 것을 알고 있는 남자였다. 함께 공원을 산책하며 소소한 일상에 관한 대화를 나누었고 영화를 보았으며 맛집을 검색해서 함께 밥을 먹었다. 그리고 섹스를 조르지도 않았다. 기화영의 경험상 섹스하자고 조르지 않는 남자는 흔치 않았다. 한번 섹스를 하고 나면 섹스하기 위해 만나는 사이가 되곤 했다. 어떤 남자는 약속장소를 아예 모텔로 잡기도 했다. 피곤해서 쉬고 싶다는 이유를 댔지만, 그럴 때면 기화영은 외로워졌다. 여자와 남자가 함께 쉴 수 있는 다른 일들에 관심을 두지 않는 남자의 여자친구라는 사실이 외로웠다. 그 외로움이, 강필주를 만나면서 덜해졌다. 남자와 친밀한 관계가 되고 나서, 하고 싶을 때만 해도 되는 목록에 섹스가 포함될 수 있다는 사실이, 기화영은 놀랍기까지 했다. 섹스를 어떻게 피할 수 있을까 고민하지 않아도 된다는 것, 끝까지 물고 늘어지는 남자에게 거절의사를 표현하고도 미안해하지 않아도 된다는 것, 그게 가능하도록 해준 사람이 강필주였다. 섹스를 조르지 않아서였는지, 연인이라는 확인을 하고 싶어서였는지, 기화영이 먼저 강필주와 스킨십을 시도하기도 했다. 그럴 때의 강필주는 훨씬 더 달아오르는 기색이었다. 그렇다고 서두르거나 거칠게 굴지도 않았다. 전희를 빠뜨리거나 콘돔을 생략하는 일도 없었다. 강필주와의 섹스는 섹스 이상이었다. 기화영에게는 그랬다. 그런 사람이, 그런 짓을 할 리 없다.

그렇다면 누구일까. 영상 속에 나오는 자신의 모습만 보고서 언제 일인지 도무지 가늠할 수 없었다. 긴 생머리는 고등학교 때부터 내내 해왔던 머리스타일이었고 몸이 다 크고 나서부터 살이 급격히 찌거나 빠진 적이 없었으니 시기를 가늠할 특별한 단서도 없었다. 기화영은 예전의 남자친구들을 떠올려보았다. 대학 시절부터 지금까지 서너 명의 남자친구가 있었고 그들과 섹스를 했다. 사귀지 않고 썸만 타면서 섹스했던 남자도 두셋 있었다. 남자친구와의 관계는 길어야 일 년이었다. 헤어지자는 말은 거의 기화영이 먼저 했다. 만나면 섹스하자고 달려드는 남자를 더는 견딜 수 없어 정리한 경우가 한번 있었다. 헤어지는 순간에도 그는 딱 한번만 하고 끝내자고 기화영을 졸랐다. 복수전공과 각종 스터디와 알바 때문에 바쁜 기화영을 이해하지 못하고 짜증을 부리는 남자에게 화를 냈다가 뺨을 맞아 그길로 헤어진 경우도 있었다. 남자친구가 잘못했다고 용서를 빌어 한 달쯤 더 만났지만 그의 짜증과 원망은 갈수록 더했다. 서울 강남 출신이라는 그는 인서울대학이 아니라 지방대학에 입학한 자신을 견딜 수 없어 했다. 기화영이 더 나은 미래를 꿈꾸며 노력하고 있는 그 공간이 그에게는 어서 빨리 탈출해야 하는 루저들의 유배지일 뿐이었다. 첫인상은 의젓하고 반듯해 보인 남자친구가 기화영을 만날수록 어리고 철없어지는 것을 이해할 수 없었다. 너만 힘든 거 아냐, 응석은 엄마한테 가서 부려, 라고 뒤돌아서는 기화영에게 그 남자는 말했다. 잘난 척하기는, 강남 가면 너 정도 반반한 애는 널렸어.

예전의 남자친구들이 기화영을 이해하지 못했다고 해서 나쁜 남자들은 아니었다. 그런 짓을 할 만한 이는 없었다. 그런 짓, 이라고 기화영은 소리 내어 말했다. 그런 짓을 한 사람은 소라넷에 동영상을 올리면서 이렇게 썼다. 무개념 김치년, 1991년생, 남자 등쳐먹으면서 여신 행세하는 걸레년. 그래도 좆집은 쓸 만합니다. 신상 털어오시면 다리 벌리게 해드릴게요.

김치년, 걸레년, 좆집…. 게시판에 글과 영상이 올라간 지 얼마 되지 않았지만 압도적인 조회수를 기록하고 있었고 수많은 댓글들이 달리고 있었다. 이런 호응은 '노모 국산 유출'이라는 말머리를 달았기 때문이라는 것을 기화영은 나중에 알았다. 유출, 이라는 단어가 유저들을 혹하게 했다. 누군가 숨기려는 것을 볼 수 있는 특권은 소라넷 유저들만이 누리는 것이었으니까. 누군가의 수치스러움은 곧 보는 이의 쾌락이라는 등식이 지배하는 곳이었으니까. 물론 수치스러운 건 여자였고 쾌락을 즐기는 건 남자들이었다.

동영상 속 여자가 신음소리를 냈다. 저게 과연 내가 내는 소리일까. 동영상을 반복해서 볼수록 기화영은 뭔가 묘하게 뒤틀려 있다는 느낌을 점점 강하게 받았다. 영상 속 여자는 기화영과 달랐다. 어디가 어떻게 다른지 꼭 집어 말할 수는 없었지만 영상을 처음 본 순간부터 그랬고 수십 번 돌려본 뒤에도 마찬가지였다. 여자의 눈동자는 기화영의 것이 아니었다. 텅 비어 있는 눈으로 대책 없이 입을 벌리고 있는 모습이 낯설었다. 저렇게 섹스를 한단 말이야? 내가? 낯선 것이 당연한 것인지도 몰랐다. 섹스할 때 자신의 모습을 거울로 보는 사람들은 별로 없을 것이므로 얼굴과 몸짓이 타인의 것인 양 느껴질 수도 있었다.

그걸 감안하고라도 이건 좀 달랐다. 뭔지 모르지만 광채가 사라진 눈과 묘하게 무감각한 눈동자는 기화영 자신에게서 한번도 보지 못한 것이었다. 몸에 힘을 주지 못하고 흐물거리는 모습도 그랬다. 저렇게까지 절도를 잃어버렸다면 술에 취한 게 맞았다. 물론 기화영이 술에 취해 섹스를 한 경우가 없는 건 아니었다. 하지만 저건 술에 취한 것과 뭔가 달랐다. 기화영은 저 일이 언제 어디서 일어났는지, 상대 남자가 누구인지를 생각해내려 애써보았지만 허사였다. 도통 기억이 나지 않았다. 도대체 누구냐 말야! 도대체 왜! 기화영은 흐느끼면서 핑크성애자에게 말했다. 반드시 네가 죗값을 치르도록 할 거야. 그리고 이 모든 과정을 하나도 잊지 않겠어. 동영상을 본 순간부터 네가 벌을 받을 때까지, 모든 것을 하나도 망각하지 않겠어. 사람들은 말하겠지. 그런 일은 잊어버리라고, 그런 건 기억에서 지워버리라고. 나는 그렇게 하지 않을 거야, 난 잘못한 게 없으니까. 벌을 받아야 할 사람은 너니까!

정말로 그래? 정말 잘못한 게 없어? 아니, 모든 걸 잘못했어, 모든 게 내 책임이야. 또 다른 기화영이 묻고 답했다. 동영상을 본 순간부터 기화영은 자신의 모든 것이 질문거리이고 의문투성이로 돌변하는 것을 경험하고 있었다. 자신에게 왜 이런 일이 일어났는지, 자신을 아는 누군가가 왜 이런 짓을 했는지 묻고 또 물었다. 아무리 물어도 이유 같은 건 찾을 수 없었다. 애초 이유 같은 건 없는 것인지 몰랐다. 이유 없이 벌어진 일에 이유를 찾는 노력을 그만하자고 다짐했다. 그저 운이 나빠서라고, 무작위로 던져진 꽝이 적힌 주사

위를 받았을 뿐이라고 생각하려 애썼다. 그래도 억울했다. 억울해서 미칠 것 같았다. 이런 구렁텅이로 자신을 밀어 넣은 이가 누군지 알 수 없다는 사실에 한없이 무기력해졌다. 그 상황을 기억해내지 못하는 자신도 미워 죽을 것 같았다. 눈물이 흘렀다. 울지 않으려 해도 울음이 터졌다. 네 잘못 아냐, 자책하지 마, 라고 지수는 말했지만, 모든 것이 자신의 잘못인 것 같았다. 이렇게 무기력한 사람이었다니, 이렇게 무책임한 사람이었다니, 기화영이 그런 사람이었다니…….

자신이 흐느끼는 소리와 함께, 무개념 김치년, 1991년생, 남자 등 쳐먹으면서 여신 행세하는 걸레년, 이라는 단어가 파고들었다. 그때 기화영의 마음속에 한 남자가 희미하게 떠올랐다. 스시와 사케를 좋아하고 쪽팔리는 건 죽기보다 싫어하던 남자, 김세준이었다.

19

탁상시계는 식탁 위에 놓여 있었다. 출입문과 안방을 동시에 조망할 수 있는 위치였다. 20:22. 숫자와 숫자 사이에서 규칙적으로 깜빡이는 콜론의 기계성이 희준을 냉정하게 했다. 탁상시계의 플라스틱 뚜껑을 열자, 가로세로 일 센티미터 남짓한 초소형 카메라가 보였다. 희준은 카메라를 꺼내 메모리칩을 뺀 후 노트북에 연결했다. 녹화된 속도 그대로 오분을 지켜보다가 이배속, 삼배속으로 속도를 높여 영상을 확인했다. 희준이 집을 비운 아홉 시간을 모조리 훑어보자면 시간이 꽤 걸릴 것 같았다. 다시 속도를 높였다. 영상 속의 집 안 풍경은 별다를 게 없었다. 그 남자가 희준의 방에 다시 나타나지는 않은 것 같았다.

희준은 숨을 크게 내쉬었다. 실망의 한숨인지 안도의 큰 숨인지 희준 자신도 잘 알지 못했다. 어서 빨리 그 남자가 누구인지 확인하고 벌을 주어 이 불안한 나날을 끝내고 싶은 마음이 들었지만, 한편으로는 누구도 나타나지 않아 아무 일도 일어나지 않은 것처럼 끝나기를 바랐다. 그날 이후 남자는 잠잠했다. 그러나 희준은 그 남자가 어떤 식으로든 다시 나타나리라는 것을 직감하고 있었다. 방범은 더욱 단단히 했다. 자신의 안전이 무엇보다 중요했으므로. 희준이 집에 있을 때 누구도 침범할 수 없도록 걸쇠를 새로 달았고 전기총도 구입했다. 이사를 가는 것도 생각해보았다. 그러나 당장은 그러고 싶지 않았다. 자신의 몸을 훑던 그 시선의 주인공을 반드시 잡고 싶었다. 희준을 걸레라 부르던 그 남자의 눈을 바라보며, 자기가 무슨 짓을 저질렀는지 일러주고 싶었다.

희준은 잠시 망설이다가 인터넷 주소창에 soranet이라고 적어 넣었다. 그 남자가 희준의 사진을 이곳에 게시하지 않으리라는 보장은 없었다. 사실은 그렇게 될까봐 희준은 두려웠다. 하나의 시선이 열 개가 되고 천개, 만개, 수십만개가 되는 그런 상황이 희준은 가장 두려웠다. 여자를 골뱅이로 만들고 강간할 초대남을 모집하는 이벤트를 벌이며 노는 이곳에, 여자의 벌거벗은 몸을 품평하고 누가 더 모욕적인 댓글을 다는지 경쟁하는 이곳에, 자신이 내던져진다는 것이 가장 두려웠다. 그건 정말이지 생각만 해도 끔찍한 일이었다.

이년 전, 소라넷에 처음 접속했을 때가 떠올랐다. 그곳의 글과 이미지를 잠깐 보고 난 후의 충격도 되살아났다. 이곳에 다시 접속할 거라고 상상도 하지 못했다. 화면에 빨간 모자를 쓴 단발머리 여자의 귀여운 얼굴이 소라넷이라는 이름과 함께 띄워졌다. '소라'가 여자의 이름이라면, 그 이름의 주인공이 바로 저 귀여운 얼굴의 여자일 것이다. 그사이 소라넷은 리뉴얼된 모양이었다. 음란사이트라기엔 아주 깔끔해졌고, 메뉴도 다양해진 듯했다. 며칠 전 무호역사거리의 초대남 모집글은 메두사 단톡방의 링크를 타고 가서 보게 된 것이어서 메인 화면을 거치지 않았다.

첫 화면에서 가장 눈에 띄는 것은 "모든 콘텐츠를 무료로! 모든 성인업체를 한눈에!"라는 카피였다. 그 옆에 붉은색 직육면체 공간 속에서 남녀의 검은 실루엣이 흐느적거리는 배너가 있었다. 누가 보아도 성행위를 연상시키는 모습인 걸로 보아 성매매업소와 연결되는 광고인 듯싶었다. 메뉴는 카페와 토크, 앨범, 카지노, 스포츠토토, 리얼게임으로 구분되어 있었다. 단순히 온라인상에서 음란이미지나 동영상을 유통시키는 것뿐만 아니라, 성매매업소나 불법도박 사이트와도 연계된 것 같았다. 희준은 앨범 메뉴를 클릭했다. 페티시, 인물/셀프, 몰카, 은꼴의 카테고리가 펼쳐졌다. '인물/셀프'를 선택했다. 제목이 떴다.

[직촬] 지금은 헤어진 ○○이

무조건 대주던 헤어진 여친

[국노] ○○여대 13학번 김○○ 얼굴 다나옴

[국산] 15학번 새내기 잘 돌리네

밤마다 생각나는 헤어진 섹파

[유출] 봉지 하나는 끝내주던 전여친

　게시판을 도배하고 있는 특정한 단어들이 희준의 눈앞으로 휙휙
지나갔다. 무조건 대주던, 잘 돌리네, 맛있어 보이는, 봉지, 섹파, 육
덕진, 다리 벌리고, 따먹고 싶은……. 조회수가 높은 게시글은 '국
노'나 '국산'이라는 말머리가 붙어 있거나 실명이 공개된 것, '유출'
이라는 단어가 붙은 것들이었다. 국노란 '국산 노모자이크'의 줄임
말인데, 한국의 일반여성(국산)을 찍은 것으로 모자이크 처리를 하지
않은(노모자이크) 영상을 뜻했다. 희준은 메두사 단톡방에서 이런 단
어의 뜻을 알게 되었다. 노모자이크는 줄여서 '노모'라 쓰기도 하고
'맑음'이라 표현하기도 했다. 맑음, 티가 섞이거나 흐리지 않고 깨끗
함, 이 아름다운 단어가 이렇게 추하고 더러운 용도로 쓰일 줄이야.

　이곳의 남자들은 학교와 학번, 이름까지 밝혀진 헤어진 여자친구
의 벌거벗은 몸을 찍은 '맑은' 영상에 환호했다. 그것이 '유출'이라
면 반응은 더 극적이었다. 찍히는 이가 거리낌 없이 자신을 봐달라
는 영상은 '흔하디흔한' 포르노일 뿐이어서 그다지 큰 호응이 없었
다. 포르노 배우들 연기는 어떻게 해도 인위적이고 조작된 티가 났
고, 처음부터 끝까지 지켜보는 사람을 의식하고 연기하는 것이므로

흥미를 끌지 못했다. 그보다 '일반인' 여자와 섹스하는 몰카 영상들이 훨씬 많은 조회수를 기록하고 있었다. 찍히는 이가 찍히는 줄도 모르는 영상, 설령 찍히는 것을 알고 있을지라도 불특정다수가 볼 거라는 건 상상조차 할 수 없는 은밀한 영상, 그런 영상들을 통해 유저들은 몰래 훔쳐보는 짜릿함을 맛보는 것이다.

이곳 유저들이 '리벤지포르노'라 이름 붙인 영상을 올린 이들은 이렇게 말하고 있었다. 딴 놈에게 대주고 있을 김치년을 용서할 수 없다고, 믿었던 여친에게서 배신을 당했으니 앞으로 여자를 믿지 못하겠다고, 세상의 모든 여자는 걸레일 뿐이라고. 어떤 이는 실명을 밝히는 것도 모자라 전 여자친구라는 이의 전화번호를 공개하면서 이런 부탁을 남겼다. 걸레년 버릇 좀 고치게 형님들이 능욕문자 테러를 해주십쇼.

리벤지, 복수, 앙갚음, 원수를 갚음. 그들의 복수는 여자를 걸레로 만드는 것이었다. 섹스 동영상을 올리고 신상을 공개하고 전화번호를 올려 문자테러를 청하는, 그들은 당당했다. 복수를 자초한 건 여자였다. 여자가 남자를 거절했으므로, 거절함으로써 모욕했으므로, 모욕당한 남자의 분노는 정당하므로, 그들은 당당했다. 희준은 며칠 전 읽은 뉴스 기사를 떠올렸다. 전 여자친구와의 성관계 영상을 유포시킨 죄로 검거된 남자는, 왜 그런 짓을 하느냐는 질문에 이렇게 답했다고 한다. 나를 버린 여자친구를 성적으로 모욕하는 댓글을 보면 복수했다는 통쾌함이 느껴졌다. 관심 받는 것도 짜릿했다. 추천 수가 늘어가고 댓글이 많아질수록 내가 뭔가 중요한 사람이 되는 것 같은 느낌을 받았다. 자신을 거절한 여자친구를 걸레로 만들면서, 그 남자의 자존감은 회복되었다. 여자를 능욕하는 댓글이 많아질수록 남자의 존재감은 빠르게 복구되었다. 이것이 소라넷을 지배하는 법칙이었고 소라넷 유저들을 움직이는 인과관계였다.

제목을 읽는 것만으로도 희준은 자신이 지금 어떤 곳에 와 있는지 알 수 있었다. 여친을 강간해달라며 초대남을 모집한다는 글을 올리는 남자를 그저 변태나 성도착환자쯤으로 치부할 일은 아닌 것 같았다. 초대남 모집은 강도만 조금 셀 뿐, 이곳에서 즐기는 조금 덜 센 놀이와 근본적으로 큰 차이가 없었다. 멀쩡한 남자들이 여친과 성관계한 영상을 올리며 여친을 모욕해달라 부탁하고, 멀쩡한 남자들이 그의 여친을 창녀 취급하며 열렬히 댓글을 다는 곳, 더 수치스러울수록, 더 모욕적일수록, 성적 비하가 더 강할수록 환호와 열광이 거세어지는 이곳은, 흡사 동물의 피를 보며 광란의 절정에 이르는 카니발의 현장이었다. 제물이 여자라는 것만 다를 뿐.

여자라면 누구든 이 카니발에 제물로 던져질 수 있다는 사실만큼 공포스러운 것은 세상에 없을 것이다. 자신의 벌거벗은 몸을 찍었고, 그 사진 위에 자위의 흔적을 남기며 언제 대줄 거냐고 위협하는 남자라면, 언제든 광란의 카니발이 벌어지는 이곳의 제물로 희준을 던져 넣을 수 있었다. 희준은 숨이 막혀왔다. 물속으로 한없이 가라앉는 느낌과, 참았던 숨을 토해내며 맹렬히 솟구쳐 오르는 느낌이 시소를 타면서 희준을 압박해왔다. 휴, 숨을 토해내며 희준은 다시 마음을 다잡았다. 지면 안 된다, 그 남자가 누구인지 알기도 전에 지면 안 된다.

희준은 게시판을 다시 훑기 시작했다. 게재된 사진들을 꼼꼼하게 훑어보면서 카톡으로 전송된 자신의 사진이 올라와 있는지 확인했다. 순전히 희준 자신의 일이었고 누구도 도울 수 없었다. 경찰에 신고는 했다. 카톡 메시지를 캡처해 경찰서를 찾았지만, 이번에도 경찰은 발신자를 특정할 수 없다고 대답했다. 남자가 희준의 벗은 몸을 훔쳐보아도, 벗은 몸에 사정한 사진을 보내와도, 경찰의 대답은 크게 달라지지 않았다. 희준은 염증이 났다. 도대체 경찰은, 이 사회는, 이 나라는, 위험에 빠진 여자에게 무엇을 해줄 수 있는가.

희준은 '페티시' 카테고리를 클릭하고 훔쳐보기 게시판에 들어갔다. 아내 뒤태, 지하철 화장년 팬티, 육덕진 여동생년, 다리 벌리고 자는 누나, 사춘기 딸년 잠잘 때, 와이프 털지갑 등 짤막한 제목의 게시글들이 올라와 있었다. 실제로 아내와 딸, 누나와 여동생을 촬영한 것인지는 확실하지 않았고 중요하지도 않았다. 지하철에서 마주친 이름 모를 여자에서부터 여자친구와 가족에 이르기까지, 주변의 모든 여자들이 훔쳐보기의 제물들이었다. 사춘기 여동생 가슴 발육 상태, 라는 제목을 보고 희준은 자리에서 벌떡 일어났다. 개새끼들, 다 죽여버릴 거야, 라는 소리가 튀어나왔다. 죽기 싫으면 너나 조용히 해, 미친년아, 라고 어디선가 남자 목소리가 들렸다.

희준은 문득 무호역사거리의 그 여자는 어떻게 되었을까 궁금해졌다. 소라넷의 초대남 강간 피해자 중 한 여성이 자살했다는 소문이 인터넷 커뮤니티에서 돌고 있었다. 그 여성이 누구인지, 누가 그 여성을 성폭행했는지 밝혀진 것은 아무것도 없었다. 그 무엇도 확실하지 않았고 누구도 책임지지 않았다. 동영상이 유출되어 실제로 자살에 이른 어떤 여성에게 소라넷 유저들은 이렇게 댓글을 달았다. 이 작품이 유작이었군요. 영광입니다. 어쩐지 어둠의 냄새가 쩔더라니, 덕분에 딸딸이 치는 분위기는 판타스틱.

희준은 무호역사거리의 초대남 모집글과 여자의 몸을 찍은 사진을 찾아야 한다는 생각이 들었다. 이유는 정확히 알 수 없었지만 뭔가 기분이 찜찜했다. 그날 새벽, 그런 일이 실제로 벌어지고 있다는 충격과 어쨌든 막아야 한다는 조급함으로 사진과 댓글들을 꼼꼼히 살필 여유가 없었다. 캡처도 해놓지 못했다. 사진은 총 네 장이었다. 맨 처음 초대남을 모집할 때 게시자가 찍어 올린 사진과, 게시자의 아이디가 립스틱으로 새겨진 사진, 뭐든타는기사라는 아이디가 추가된 첫 번째 초대남의 사진, 좆집다내꺼와 대걸레청소라는 아이디가 추가된 세 번째 초대남이 남긴 사진이 있었다. 좆집다내꺼라는 아이디의 두 번째 초대남은 아이디만을 남긴 채 따로 인증사진을 남기지 않은 모양이었다. 게시판을 뒤지던 희준은 '무호역사거리 골뱅이 이어달린 후기'라는 제목의 글에서 여자의 모습이 담긴 또 하나의 사진을 발견했다. 사건 당일로부터 닷새가 지난 날짜였고 아이디가 좆집다내꺼인 것으로 보아 두 번째 초대남이 찍은 사진 같았다. 희준은 서둘러 사진과 글을 캡처했다. 이런 게시글과 사진들은 언제 사라질지 몰랐다. 경찰수사가 진행된다거나 언론의 관심을 끌거나 하면 흔적도 없이 사라질 수 있었다.

갤러리 〉 여친게시판

제목 : 무호역사거리 골뱅이 이어달린 후기

작성자 : 좆집다내꺼

작성일 : 2015.10.29.23:44

그동안 현생에 힘주느라 후기를 이제야 올립니다.

정말 오랜만에 화끈한 이벤트였습니다.

회식이 있어서 저도 술이 취해 있었는데요.

여자분은 저보다 더 취하셨더군요.

코까지 골고 자는 모습이 귀엽던데요.

저는 개인적으로 너무 큰 가슴 부담되는데 사이즈가 딱 좋았습니다.

취한 김에 쇼 한번 해봤습니다.

초대해주신 분을 위한 답례라고나 할까요? 즐겁게 감상하세요~

소라넷에 게시된 글 중 가장 점잖다 싶을 만한 것이었다. 그러나 예의 바른 글과 함께 첨부된 사진은 가히 충격적이었다. 남자의 성기를 여자의 입술이 물고 있는 모습이었다. 아니, 여자가 물고 있다기보다는 남자가 억지로 여자의 입에 성기를 욱여넣었다고 하는 게 정확해 보였다. 집단강간의 기회를 준 남자에게 답례한다는 그의 글에 거의 서른 개에 육박하는 댓글이 달려 있었다. 초대는 끝나지 않았다. 광란의 카니발은 계속되고 있었다. 희준의 눈에 뜨거운 것이 차오르기 시작했다. 냉장고에서 생수를 꺼내 벌컥 들이켰다. 그러고도 갈증이 가시지 않아 캔맥주를 하나 꺼내들었다.

희준은 캡처한 사진을 화면에 크게 띄워놓고 구석구석 자세히 보기 시작했다. 모텔방의 하얀 시트, 살덩어리들, 검은 털, 가슴, 성기와 입술까지 샅샅이 훑었다. 그때 희준의 눈에 뭔가가 포착되었다. 사진의 오른편 위쪽 모서리에서 거울에 비친 뭔가가 보인 것이다. 보통 모텔방이 그렇듯 그 방에는 침대 벽면을 가득 채운 큰 거울이 설치된 모양이었다. 남자가 셀카로 사진을 찍다보니 각도 조절이 쉽지 않아 거울에 비친 무언가가 우연히 찍힌 것으로 보였다. 그것은 가방의 일부분이었다. 남자의 서류가방이었고 바깥쪽에 휴대폰이나 이어폰을 쉽게 넣다 뺄 수 있도록 포켓이 있었다. 그 포켓 밖으로 삐져나온 게 보였다. 사각형의 플라스틱 재질에 줄이 달려 있는 것으로 보아 목에 걸고 다니는 사원증 같아 보였다. 희준은 그것을 다시 확대했다. 희미하게 로고가 드러났다. 알파벳을 읽어나갔다. 이런, 젠장, 희준의 입이 벌어졌다. 급히 핸드폰으로 지수에게 카톡 메시지를 보냈다. 똥, 내가 뭘 하나 알아냈는데 말야, 후팔좆같이다.

20

"취직하더니 친구 따윈 버리는군. 내가 고독사해도 모르겠어."

가쁜 숨을 몰아치는 지수를 보며 희준이 말했다. 약속시간에 삼십분이나 늦어 지하철에서부터 뛰기 시작하느라 헐레벌떡한 지수는 손사레만 치고 말을 하지 못했다. 카톡으로 시간 날 때마다 이야기를 나누긴 했지만 실제 얼굴을 보는 건 거의 한 달만이었다. 거의 매일 만나던 친구사이가 지수의 취직 이후 소원해진 건 사실이었다. 희준과 약속할 때마다 이상하게 회의와 회식이 잡혀 약속을 펑크 낸 게 벌써 서너 번이었다. 출퇴근 시간이 비교적 일정한 희준과 달리 지수는 회사에 매인 오분대기조였다.

"무호역사거리 초대남 말야."

"왜?"

지수는 희준 앞에 안주 없이 달랑 놓인 생맥주잔을 들이키며 대답했다.

"초대남 중 한 명이 어디 다니는지 알아냈어."

"어디?"

"MJ 커뮤니케이션즈."

"뭐? 뭐라고?"

지수는 마시던 맥주를 뿜으면서 소리를 질렀다. 단도직입이 특기인 희준은 역시나 안부를 물으며 회포를 푸는 시늉을 하거나 뜸을 들여가며 말하지 않았다. 지수는 들숨과 날숨이 보통의 간격이 될 때까지 기다리지 못하고 물었다.

"무슨 소리야? 어떻게 알아낸 건데?"

"사원증, 그게 찍혔어."

희준은 휴대폰으로 사진을 띄워놓고 자신이 발견한 것을 손가락으로 가리켰다. 희미해서 잘 보이지 않았다. 희준이 사진을 확대해 거울에 비친 희미한 글자를 가리켰다.

"이게 M자고 다음 게 J잖아. 그 아래 커뮤니케이션즈라고 써있는 거 보이지?"

지수는 눈알이 튀어나오도록 힘을 주며 희준이 가리키는 글자를 바라보았다. 엠, 제이, 커뮤니케이션즈가 맞았다.

"헐헐헐, 이거 실화냐?"

"이 가방 혹시 본 적 있어?"

"가방? 겨우 이 모서리만 보이는 걸로 어떻게 알아? 그냥 평범해 보이는 서류가방인데."

"평범해 보여도 그것만이 갖는 특징들이 있는 법이야. 끝부분 색이 바랬잖아. 살짝이라고 하기에는 티가 나게 바랬어. 똑딱 단추 옆에 약간의 주름이 졌고. 여기 희미하게 찍, 하고 그어져 있는 건 볼펜자국 같지?"

"내 눈에는 뭐가 뭔지 구별이 안 가는데. 쭌 너 혹시 CSI 요원이라고 생각하는 건 아니지?"

"어쨌든 기억해. 브라운 색깔의 가죽 서류가방, 앞쪽에 포켓이 달렸고, 색은 바랬으며 볼펜자국이 있는."

"어쨌든 대박."

"아직은 아니야. 사원증의 주인을 알아내야지. 집단강간에 동참한 초대남이 대기업 계열사의 사원이라. 젠장, 헬."

"우리가 알아내자는 거야? 그냥 경찰에 신고하자."

"아직도 경찰 타령이냐? 누구인지 특정해야 수사를 시작할 수 있다잖아, 개짜증나."

"걔가 뭔 죄야?"

"이제부터 저 서류가방을 찾아. 출근시간에 회사 건물 앞에서 남자직원들 가방을 검사하는 거야."

"뭐? 그 많은 가방을 어떻게 검사해? 내가 누구라고 옜다, 가방 검사해라, 하고 보여주겠어?"

"바보야, 말이 그렇다는 거지. 누구 기다리거나 볼일 보는 척 건물 앞에 서 있다가 남자직원들이 들어갈 때 슬쩍 보란 말야."

"그래도 많아. 우리 회사 직원이 사백 명이 넘어. 그중 70%가 남자사원이니까 삼백 명쯤 된다는 거잖아. 아, 잠깐, 희준아, 잠깐만."

"왜?"

"사원증 줄 말야, 무슨 색이었어?"

"남색이라 해야 하나 보라색이라고 해야 하나."

"대박, 저 줄은 우리만 쓰고 있어. 마케팅본부 색깔이라고."

"확실해?"

"부서마다 목에 거는 줄이 달라. 솔루션제작본부는 녹색, 디지털캠페인본부는 노란색, 경영지원본부는 무슨 색이더라? 살구색인가 그래."

"마케팅본부가 총 몇 명이야?"

"직원 수가 많긴 하지. 그래도 범위가 확 줄어. 마케팅본부 네 개 팀을 합치면 백이삼십 명 정도 되려나?"

"역시 똥지수, 아직 정신줄 놓지는 않았어."

"또 있어. 그 초대남이 회식 때문에 술에 취했다고 했어. 초대남 모집글은 토요일 새벽 한시 반쯤에 게시판에 올라왔고. 그러니까 지난주 금요일 저녁에 회식한 팀을 찾으면 되겠어."

"대박, 거의 찾은 거 아냐?"

"그건 모르지. 이제 치맥 시켜도 되지?"

"당연하지. 고독사 예방에는 치맥이 최고야."

희준은 자기가 좋아하는 갈릭치킨으로 허겁지겁 배를 채우고 나서야, 그동안 일어난 일을 털어놓기 시작했다. 누군가 샤워하는 자신을 훔쳐봤고 그걸 사진으로 찍어 카톡으로 전송했으며, 집 안까지 침범한 흔적을 알아차리고는 범인을 잡기 위해 몰래카메라를 설치했으나 아직 범인의 모습이 찍히지는 않았다는 이야기였다. 퇴근해서 보니 화장대 위의 액자가 살짝 돌려세워져 있었다는 이야기를, 걸레년아 언제 대줄 거야, 라는 메시지를 받았다는 이야기를, 저렇게 차분하게 이야기하기까지 희준이 감당했어야 할 감정의 소용돌이에 뒤늦게 휘말리고서, 지수는 울고 말았다. 친구가 그런 일을 겪고 있는지도 몰랐다니. 자신에게 허락된 아주 조금의 것을 조용히 원하는 사람에게, 지금처럼 꿋꿋하게 살아 있는 것만으로도 대견한 사람에게, 또 어떤 새끼가 그런 짓을, 무슨 놈의 세상이 이리 가혹한 거야.

"그 눈동자가 잊히지 않아."

"……그래."

"자다가도 발버둥 치면서 잠을 깨. 뭔가가 옴짝달싹 못하게 해.

눈에 보이지 않는 밧줄 같은 게 이십사시간 나를 꽁꽁 싸매고 있는 것 같아. 내 몸 구석구석을 훑고 있는 시선, 시선이 느껴져. 끔찍해."

"쭌아, 불안하면 우리집에 와 있어도 돼."

"똥, 너 코 고는 소리에 잠을 못 자."

"코로 숨 안 쉬고 잘게. 대신 똥꼬로 숨 쉬면 되니까."

"미친 또라이."

둘은 낄낄거리며 건배를 했다. 지수는 단숨에 500cc 생맥주를 들이켜 거의 반을 비웠지만 희준은 입을 축일 정도만 마셨다.

"불안하지. 그래도 내 집을 떠나지 않을 거야. 그곳이 내 집이거든, 내 방이거든. 그냥 한번 엿본 것 갖고 몰카까지 설치하다니 오버라 할 거야. 그 남자는 우연히, 재미 삼아 훔쳐본 거다, 이렇게 말하고 말겠지. 근데 여자들은 아니잖아. 누가 나를 훔쳐보고 있다는 걸 아는 그 순간, 가장 편안하고 가장 안전하다는 느낌을 빼앗기는 거야."

"맞아. 일상을 도둑질 당하는 거지. 매일 일하고 공부하고 먹고 자는 생활을 강탈하는 거야. 시선으로 여자의 몸을 도둑질하고, 불안 감으로 여자의 공간을 도둑질하는, 도둑놈 새끼들."

"똥지수, 직딩 되더니 말이 엄청 늘었어."

"내가 말은 잘해."

"말만 잘해."

"고독사나 해라."

지수가 맥주를 마시며 말을 이었다.

"그래도 쭌아, 너무 애쓰지 마. 그냥 이사하는 게 어때? 도망가는 게 아니잖아. 정면으로 부딪치는 것보다 돌아가는 게 나을 때도 있는 법이야."

지수는 무슨 일이든 정면돌파해야 직성이 풀리는 친구의 성정을 알기에 진심으로 걱정되었다. 이년 전 그 일을 당했을 때도 희준은 가장 어려운 길을 선택했다. 진실에 직면하고 그 진실이 불러올 모든 후폭풍을 감내하는 길을 선택했다. 꼭 그렇게 하지 않아도 된다고, 위험한 길은 돌아가도 괜찮다고 지수가 말했을 때, 친구는 말했다. 이게 가장 빠르고 안전한 길이야, 내가 다시 살아갈 힘을 낼 수 있는.

"똥, 걱정하는 거 알아. 이럴 때 보면 네가 나의 걱정인형 같아서 미안해져. 그래도 이사는 안 할 거야. 그놈을 반드시 내 손으로 잡을 거라고."

자기의 삶을 누구에게도 좌지우지 당하지 않으려는 친구의 싸움은 이미 시작되었다고 지수는 생각했다.

"어리석은 짓일 수도 있어. 내가 무슨 힘이 있다고 나를 훔쳐본 남자를 잡겠다는 건지, 겁대가리를 상실한 거지. 근데, 똥, 나는 내 집을 다시 편하고 안전한 곳으로 만들고 싶어. 내 힘으로. 나는 그럴 힘이 있다는 것을 확인하고 싶어."

"…그래, 그렇게 해. 그렇게 하자."

친구가 겪고 있는 건 경천동지할 일이었지만, 그래도 희준이니까, 그 옆에 내가 있으니까 잘될 거다, 라고 지수는 생각했다. 그리고 희준에게 기화영의 이야기를 들려주었다. 기화영에게 일어난, 아니 누군가 기화영에게 저지른 일이라 표현하는 게 정확할 그 일을 희준은 진지하게 들었다.

"누가 그런지는 모르고?"

"그걸 모르겠으니 환장하겠는 거지."

"미칠 노릇이야, 나는 괴로워 죽겠는데 정작 누구 짓인지는 모른다는 거. 내가 당한 피해는 있는데 가해한 사람은 없다는 거."

"술에 취해 있었을까?"

"그랬겠지. 아님 약에 취했던가."

"약? 무슨 약?"

"최음제. 요힘빈이나 칸타리스 이런 성분이 들어간 약인데 원래 동물 수컷의 흥분제로 쓰는 걸 사람에게 먹이는 거야. 비뇨 기관을 자극시켜서 성적 흥분을 촉진한다고 알려져 있어. 섹스드롭이라는 약은 여성흥분제로 팔리고 있고. 임상실험도 거치지 않은 데다 필로폰 같은 향정신성 의약품이 섞였을 수도 있는데, 그런 불법 약물이 버젓이 팔리고 있단 말야. 종로에만 나가도 최음제, 라고 버젓이 써붙인 약국들이 있는걸."

"그걸 먹으면 어떻게 돼?"

"취급해본 적이 없으니 나도 자세히는 몰라. 환각이나 환청이 생길 수도 있고 정신을 잃기도 한대. 심하면 죽을 수도 있고. 풍당 수법이라고 남자들이 여자 강간할 때 많이 쓴다고 들었어. 이십사 시간 이내 몸 밖으로 배출되기 때문에 증거가 남지 않는다는 거지. 소라넷에 최음제 사용 후기가 올라온 걸 보니 실제로 이걸 쓰는 남자들이 있긴 하나봐."

"역시 소라넷이야."

"폭파시키든가 해야지 그냥은 못 둬. 어쨌든 살고 싶은 마음이 안 들겠어, 기화영이라는 사람."

"말해 뭐해. 회사 사람들이 알까 걱정이야. 안 그래도 기화영을 보는 동료들 시선이 매의 눈이거든. 뭐 트집 잡아서 밀어낼 방법 없나 불을 켜고 있단 말이지. 그런 마당에 섹스 동영상이 유출된다면, 휴."

희준이 진지한 표정으로 말했다.

"사람들 시선, 그것보다 힘든 게 있어. 이년 전, 그 일을 겪으면서 깨달은 게 그거야. 스스로 파괴되지 않아야 한다는 거. 남들이 나를 파괴하기 전에, 자신이 먼저 스스로를 파괴하게 돼. 타인의 시선으로, 세상의 시선으로 나를 바라보면서 스스로를 죽여. 모욕감과 수치스러움에 치를 떨게 되지. 다른 선택지가 있지 않았을까, 내가 더 잘 했었어야 하는 거 아닌가, 어쨌든 빌미를 제공한 사람은 나 아닌가, 이런 자책을 하면서 말야. 어쩌면 그건 가장 고통스럽지만 또 가장 쉬운 길인지도 몰라. 스스로를 자책하면서 파괴되는 것. 수치심과 싸우는 것보다 수치심에 굴복하는 게 어쩌면 더 쉬울지 몰라, 지수야."

"잘은 몰라도 어렴풋이는 알 것 같아."

"기화영이란 사람이 쉬운 길로 가지 않길 빌어."

"그러진 않을 거야. 누구보다 자신을 사랑하는 사람이니까 스스로 파괴되도록 내버려두진 않을 거야, 그럴 거야."

"그러길 바라. 자신의 모든 걸 걸고 모든 걸 지켜내기를 바라."

21

지수는 핸드폰의 스케줄러 앱을 켜놓고 시월의 일정을 확인하고 있었다. 10월 23일 금요일, 지수가 속한 마케팅 제2팀은 회식이 없었다. 오후 네시 김민수의 광고기획안 발표가 있었고 회의가 끝난 뒤 모두들 각자 남은 업무를 처리하다가 퇴근을 했다. 강필주 팀장과 직원들이 오랜만에 칼퇴근을 했고 인턴들도 술자리를 갖지 않았다. 회식이 없었다는 것이 명명백백해지자 지수는 크게 안도했다. 함께 일하는 이들에게 경천동지할 범죄의 혐의를 둔다는 건 무척 괴로운 일이 될 것이다. 강필주를, 유상혁을, 김민수를, 어쩌면 시형까지, 사원증을 확인하고 브라운 색깔의 가죽가방을 들고 다니는지 탐정의 눈으로 감시하는 일은 정말이지 내키지 않았다. 같은 공간에서 같은 목표를 향해 일하는 동료가 '초대'라는 지옥에 연루되었다면, 지수의 연약한 세계는 와르르 무너져내리고 말 것이다. 매일 얼굴을 마주치는 동료를 강간범으로 고소할 일이 없게 되어 정말 다행이다.

참 다행이야, 라고 지수는 생각하다가 정말 다행일까, 무엇이 다행일까, 하는 의문이 들었다. 그 여자는 강간당했고, 그것도 네 남자에게 차례로 성폭행을 당했다. 그 사실은 변함없다. 가해자가 누구인지, 그것이 중요한가. 그 여자가 당한 고통에 비한다면 동료가 강간범이 아니라는 안도감이 뭐 그리 중요한가. 그 여자의 고통을 헤아리는 대신, 자신의 세계가 무너져내리지 않을 구실을 찾고 안도하고 있다니. 나의 세계는 안전해, 나의 사람들은 안전해, 라는 값싼 위안을 두른다고 무엇이 달라지느냔 말이다. 지수는 갑자기 스스로에게 화가 났다.

이제부터 할 일은 마케팅본부에 속한 다른 팀들 중 이날 회식을 한 팀을 알아내는 것이었다. 다른 팀의 인턴들과 그다지 친하지도 않고 직원들과는 더더욱 안면을 트지도 못한 지수는 난감했다. 시형에게 도움을 청하기로 했다. 시형은 은근히 발이 넓은 편이었다.

뭐 하나만 알아봐줘.

뭘?

10월 23일 금요일에 마케팅본부에서 회식한 팀이 있나.

그걸 내가 어떻게 알아?

언제쯤 너의 독해가 늘까 모르겠다. 아느냐고 물어본 게 아니라 알아봐달라고 부탁하는 거야. 다른 팀 인턴들 몰라?

3팀에 한명 알아.

다른 팀은?

유상혁님한테 알아봐달래. 마당발이잖아.

니가 슬쩍 물어봐줘.

내가 왜?

좋은 일 해. 정의구현에 관련된 거니까 협조 부탁드립니다~

얼씨구. 총무팀에 물어보는 게 빠르지 않을까? 회식하면 법카를 쓰잖아.

오호~ 네게도 뇌라는 게 있었지. 총무팀에 아는 사람 있어?

응. 정대리. 그 정도 물어볼 사이는 돼.

아싸.

저녁 사.

오케. 티내지 말고 자연스럽게 해. 뭔가 의도가 있다는 냄새 풍기지 말라고.

니가 해.

워워. 협조 부탁드립니다~

그게 왜 궁금한데?

그런 게 있어.

오늘따라 퇴근 시간이 무척 길게 느껴졌다. 사무실에는 빈자리가 많아 조용했다. 강필주 팀장은 경영전략본부의 회의에 참석하느라 자리를 비웠고 직원들은 협력업체와의 미팅으로 외근 중이었다. 기화영의 마케팅기획안 발표는 결근으로 계속 연기되고 있었다. 집에 일이 생겼다는 게 강필주 팀장의 설명이었다. 이렇게 프로의식이 없어서야 원, 하고 한마디 던지는 유상혁의 뒤통수를 때리고 싶은 것을 지수는 간신히 참았다. 지금 기화영이 살아 있는지조차를 걱정해야 할 상황이라고 말해주고 싶었지만 함구하는 게 나았다.

지수는 기화영에게 전화라도 걸어봐야 하는 게 아닌가 싶었지만 핸드폰을 바라보기만 할 뿐 쉽게 버튼을 누르지 못했다. 기화영의 캐릭터로 보건대, 죽기 직전까지 절대로 도움을 요청하지 않을 게 분명했다. 도움이 필요해 보이지만 도움을 요청하지 않는 사람에게 다가가는 법을 지수는 아직 터득하지 못했다. 그런 걸 알려주는 관계의 매뉴얼 같은 게 있으면 좋겠다는 생각이 자주 들었다. 상황과 단계별로 취해야 하는 행동을 알려주는 그런 매뉴얼. 지수에게 인간관계는 늘 어렵기만 했다. 호의는 오해받기 일쑤였고 관심은 무례한 것이 되었다. 차라리 무관심한 것이 예의이겠다 싶으면 남의 일에 관심 없는 이기적인 사람이 되어 있었다. 그럴 만하다고 넘어가면 물러터진 사람이 되고 그건 좀 아닌데요 하면 프로불편러가 되었다. 상황과 맥락에 따른 적절한 처세라는 게, 지수에게는 세상에서 가장 힘든 일 중 하나였던 것이다.

그런데 지수는 문득, 이런 걱정을 하는 것도 자신의 세계만을 지키려는 쓸데없는 안간힘이 아닐까 싶었다. 도움을 주고 싶으면 주면 된다. 누군가에게 힘이 되어주고 싶으면 그러면 된다. 만약 그 사람이 거절하면 거절당하면 되고, 힘이 되어주고 싶으나 그럴 힘이 없으면 잠시 쪽팔리면 된다. 지금 기화영이 느끼고 있을 것에 비하면 자신의 망설임은 안전한 세계에 머물러 있는 자의 여유 혹은 사치일지 모른다. 지수는 카톡을 열어 기화영에게 메시지를 보냈다. 어디 아픈 건 아니지? 도움이 필요하면 언제든 말해줘. 돕고 싶어.

22

"회식한 팀이 없어?"

"그렇대."

"그럴 리가 없어. 분명 어느 팀인가 회식을 했다고."

"법카 쓴 팀이 없다잖아. 정대리가 두 번이나 확인했거든."

"제길, 왜 회식을 안 했지?"

"회식을 왜 해야 되는데?"

시형은 답답해 죽겠다는 표정으로 지수를 바라보고 있었다. 두 사람은 회사 건물 옆의 조그마한 근린공원 벤치에 앉아 있었다. 정장을 입은 남자들이 공원 구석에서 담배를 피워대고 있었다. 금연구역이라는 표지판이 일 미터마다 하나씩 세워져 있었지만 퇴근길의 흡연자들은 용감했다. 간혹 여자 흡연자들도 이 용감한 대열에 합류했다. 공원을 지나쳐가는 이들은 무더기로 모여 있는 남자 흡연자들을 무심한 눈으로 바라보다가 한두 명의 여자 흡연자를 발견하고서 눈살을 찌푸렸다. 금지의 선을 넘는 이가 여자라면, 비난은 자동적이고 거세지며 원칙만을 옹호한다. 저런 비난의 눈길을 버티며 담배를 피우는 여자들은 극강 멘탈을 가진 게 틀림없다고 지수는 생각하면서, 시형에게 무호역사거리의 일을 말해줄까 하다가 그만두었다.

시형을 믿을 수 없어서가 아니, 라고 생각하고 싶었지만, 지수는 솔직히 시형조차도 믿을 수 없었다. 사진 속에서 희미하지만 분명 식별할 수 있었던 MJ 커뮤니케이션즈의 사원증을 보는 순간, 모든 남자직원을 잠재적 가해자 그룹으로 여겨야 한다는 사실을 지수는 깨닫고 있었다. 물론 지수가 아는 시형은 그럴 남자가 아니다. 초식 남에 '여자 감수성'을 가졌고 타인에 대한 배려를 기본적으로 갖추고 있는 사람이다. 게다가 기화영의 동영상이 소라넷에 올라가 있다고 말해준 사람이 시형이었다. 자신이 범죄를 저지른 소라넷이라는 현장을 일부러 말해줌으로써 심리적 알리바이를 세울 정도로 약삭빠른 사람은 결코 아니다. 시형은 '그런 남자'가 아니다, 라고 지수는 여전히 생각한다. 그러나 그런 남자가 따로 있다는 생각은 어쩌면 여자들만의 판타지일지도 모른다.

소라넷의 게시글과 댓글들을 보면서 지수가 깨달은 것이 그것이다. 여친을 강간해달라며 생면부지의 남자를 초대하고, 그곳으로 달려가고 있다며 초대를 구걸하고, 이어달리기에 동참하게 해줘서 고맙다는 댓글을 단 남자들은 괴물이었다. 그러나 그들은 결코 괴물처럼 생기지도, 괴물처럼 보이지도 않을 것이다. 유별난 변태들도 아닐 것이다. 소라넷은 이용자를 100만 명이나 거느리고 있고 하루의 페이지뷰는 그보다 많은 곳이다. 소라넷이 철저하게 폐쇄적인 운영을 고수하고 있어 그에 대한 정확한 정보를 모을 수는 없었지만, 몇 가지만 고려해 봐도 그곳이 얼마나 강력하고 거대한지 금방 알 수 있다.

소라넷이 네이버나 다음처럼 다양한 관심사를 다루는 포털이 아니라 '특수한' 목적을 표방한 곳이니만큼, 100만 명의 이용자는 허수가 아닌 실수일 가능성이 높다. 100만 명이 얼마나 많은 수인지는, 수도권에서 100만 명의 인구를 가진 도시가 수원과 용인, 고양 정도라는 것에서 가늠해볼 수 있다. 용인시에 거주하는 주민들에게는 미안한 비유이지만, 이를테면 용인시 전체 인구와 맞먹는 사람들, 남녀노소 구분할 것 없이 모든 주민들이 매일 밤 소라넷에 접속한다는 말이 된다. 거대 도시의 주민 모두가 변태나 괴물이라 판명되었다면, 이미 국가적으로 특별한 조처가 이루어졌을 것이다. 그러나 16년간 아무 일도 일어나지 않았다. 100만 명이라는 숫자는, 그 개개인을 '변태'나 '괴물' 등으로 호명하기에는 '보통'이 되어버릴 만큼 압도적으로 많은 수였고, 보통이기 때문에 특별할 것 없는 평범함으로 인식되는 것이다.

인구학적으로 따져 보면, 성적인 이미지를 적극적으로 소비할 가능성이 높은 20세 이상 40세 미만 남성 인구는 750만 명 정도, 그중 13.3%가 소라넷에 접속하고 있다는 계산이 나온다. 15세 이상으로 범위를 넓히면 1% 정도 낮아지긴 하지만 어쨌든 대단한 비율인 건 확실하다. 날개 돋친 듯 팔린다는 유행 아이템도 10%의 점유율을 유지하기 힘든 세상에 13%라니, 이건 가볍게 지나칠 숫자는 절대 아니다. 포털 사이트와 비교하면 소라넷의 점유율은 '독보적'이다. 네이버의 경우, 2015년 5월 13일부터 일주일간 순방문자가 2,100만 명이었다. 하루치로 계산하면 300만 명이고, 같은 기간 2위인 포털 다음의 경우는 170만 명이었다. 심지어 세월호 사건이 일어났을 때 비공식적 검색 순위 1위가 소라넷이라는 정보도 나돌았다. 이 모든 분석을 토대로 결론을 내리자면 이렇다. 소라넷 유저들은 대한민국

'보통'의 남자들인 것이다!

물론 온라인 커뮤니티에서 주도적으로 활동하는 사람들은 일부분이고 대다수는 그 일부분이 생산하는 콘텐츠를 즐기는 정도이지만, 문화라는 건 그렇게 만들어진다. 소라넷의 불법 촬영물을 소비하는 이들이 있기 때문에 지속적인 업로드가 이루어지는 것이다. 소라넷에 올라온 여친 능욕 사진에 모욕 댓글을 달고 남초 커뮤니티에 퍼나르는 이용자들이야말로 문화의 향유자이자 전파자이며 공모자들이다. 그렇기 때문에 지수는 시형을 믿을 수 없었다. 시형을 알아온 세월이 오 년이 넘었다. 지수는 친구로서의 시형을 잘 알고 있다고 생각하지만 남자로서의 시형은 모를 수도 있다는 사실을 인정하기로 했다. 그리고 무호역사거리 사건을 함구하기로 마음먹었다. 시형은 서운해 하겠지만 그게 중요한 건 아니니까.

"왜 그렇게 보는데?"

시형의 말에 지수는 자신이 시형을 매섭게 노려보고 있다는 것을 깨달았다.

"어, 아냐, 아무것도."

"왜, 마음이 바뀌었어? 정직원 되면 결혼하게?"

자기야 결혼하자, 라고 농담하며 놀던 시간들로 되돌아갈 수는 없을 것 같았다. 지수는 이제 어떤 남자와도 그런 농담을 주고받으며 어깨에 손을 두르고 웃을 수 없을 것 같았다. 저녁은 다음에 먹자, 라고 말한 뒤 지수는 일어섰다. 이제 지수가 나서야 할 차례였다. 100만 명의 괴물 중 단 한 명이라도 찾아내 그 죄를 물을 수 있다면,

그 한 명이 오염시킨 것만큼은 덜 더러운 세상이 되겠지. 내일부터 남들보다 일찍 출근하려면 오늘은 푹 자두어야겠다고 생각했다. 다음에 언제? 정직원 되면? 이라고 장난스럽게 묻는 시형의 목소리가 지수의 등 뒤로 흘러갔다.

제4장

영겁회귀

23

가을비가 내리고 있었다. 바람도 제법 세차게 부는지 열어놓은 창문으로 비가 새어 들어왔다. 기화영은 침대에서 일어나 창문을 닫았다. 냉장고에서 생수를 꺼내 들이켠 다음 욕실로 들어가 양치를 했다. 옷장을 열어 보이프렌드 핏의 청바지와 헐렁한 후드티를 입고 점퍼를 걸쳤다. 긴머리를 포니테일로 질끈 묶고 검은색 마스크를 쓴 다음 야구모자를 눌러썼다. 회색 스니커즈를 신고 나서 우산을 집어 들었다. 검은색 장우산이었다. 평소라면 거의 고를 일 없는 색깔이었다. 현관 앞 우산꽂이에는 열 개가 넘는 우산이 꽂혀 있었고 신발장 안에도 서너 개의 접이 우산이 있었다.

기화영은 우산을 좋아했다. 마음에 드는 우산을 사서 모으는 것이 기화영이 부리는 몇 안되는 작은 사치였다. 우산의 산傘자를 한자로 쓸 때 사람 인자 위에 덧씌워진 지붕 같은 글자 모양도 좋았고 영어의 엄브렐라, 라는 발음도 좋았다. 그늘을 뜻하는 라틴어 '움브라'에서 파생된 단어라는데, 엄브렐라, 라고 말하면 트랄랄랄라 하는 캐럴송처럼 발랄하면서도 포근한 느낌이 들었다. 우산을 펴 머리 위에 쓰면 마치 방패 같기도 했다. 아주 폐쇄적이지 않으면서도 나만의 공간이라는 구획이 지어져 안락했다. 위급 상황에서는 무기 대용으로 쓸 수도 있었다. 아직까지 누군가를 위협할 목적으로, 혹은 누군가의 공격을 방어할 목적으로 우산을 사용하지는 않았지만, 그렇게 쓸 수 있는 물건을 손에 들고 있다는 건 꽤 안도감을 주었다. 오랫동안 우산이 귀족의 신분과 지위를 드러내는 패션 아이템이었다는데, 역시나 좋은 건 특권층의 전유물이었고 사회의 진보는 특권층의 전유물이 일반 대중에게 확산되는 과정에 다름 아니라는 것을 보여주는 증거물이기도 했다.

비오는 날이라고 다 똑같은 건 아니었다. 비의 종류, 내리는 양, 그리고 무엇보다 비의 결이 달랐다. 그날 비의 결에 따라 다른 우산을 쓰는 게 비오는 날 누릴 수 있는 실로 즐거운 선택이었다. 대나무처럼 굵은 비가 쏟아지는 날에는 다른 무늬 없이 샛노랗기만 하거나 온통 하늘색으로 물든 우산을 썼다. 쏟아지는 빗줄기의 질감과 소리가 고스란히 전해졌다. 고흐의 '별 헤는 밤'이나 클림트의 '키스'를 프린트한 아트 우산을 쓸 때면 비바람이 세차게 불어 우산을 써도 옷이 젖어버리는, 우산이라는 물건이 별 효용이 없지만 그래도 우산 쓰기를 포기할 수 없는 난감한 경우였다. 비바람을 헤치고 나아가다보면 마치 자신이 고독한 예술가가 된 것 같았다. 흰색 바탕에 검은 색 땡땡이가 새겨져 있거나 체크무늬가 찍힌 우산은 며칠 동안 계속 비가 내려 쨍쨍한 햇빛을 그리워하게 된 비오는 날에 썼다. 장대비, 보슬비, 안개비, 가루비, 실비, 주룩비, 여우비 등 비를 가리키는 숱한 단어를 수집하고 그 단어에 적합한 우산을 골라 쓰고 거리를 걸을 때, 기화영은 행복하다는 느낌이 들어 행복했다. 우산을 쓴 기화영은 거리의 풍경이 되었고 세계의 일부분을 정당하게 차지하고 있었다. 비의 결에 따라 우산을 골라 쓸 줄 아는 자신이 비를 뿌리는 우주와 감응하는 고유하고 대체 불가능한 소중한 사람이 된 것 같았다.

오늘은 검은색 장우산을 손에 쥐었다. 기화영이 산 우산은 아니었다. 맑은 하늘에 벼락 치듯 쏟아지는 빗줄기를 어쩌지 못하고 발을 동동 구르고 있을 때, 누군가가 쓰고 가라며 건네 준 우산이었다. 언제, 어디서, 누가 그런 호의를 베풀었는지 기화영은 기억하지 못했다. 그도 그럴 것이, 검은색의 장우산은 한 달 내내 비가 오는 장마 때나 어울리는 재미없고 효용가치만 강조하는 그런 물건으로 여겨졌기 때문이다. 그 후로 한 번도 검은색 장우산을 꺼내 써본 적이 없었다. 그러나 오늘 기화영은 다른 우산을 쓰고 싶은 마음이 들지 않았다. 비의 결을 따져 우산을 골라 쓰는 일이 즐거운 선택이 아니라 같잖은 장난처럼 느껴졌다. 그저 비를 피하게 해줄 물건, 가라앉은 자신의 마음에 어떤 동요도 일으키지 않을 우산이 필요했다. 지하철역으로 걸어가면서 기화영은 자신의 세계가 모든 색깔을 잃어버린 것은 아닌가 하는 생각이 들었다. 검은 우산을 쓰고 싶은 마음만 남게 되는 것은 아닐까, 별이 은하수처럼 흐르는 아름다운 우산을 다시 쓸 수는 있을까. 눈물이 났다. 우산 밖으로 빗물도 흘렀다.

기화영은 지하철 플랫폼에서 열차를 기다렸다. 귀에는 이어폰을 꽂고 눈은 휴대폰에서 떼지 않았다. 딱히 무엇을 듣거나 보려는 게 아니었다. 세상의 시선과 관심을 차단하기 위한 방어벽 같은 것이었다. 사람을 지나치는 것이 쉽지 않았고 시선을 받아내는 것도 고통스러웠다. 저 사람은 보았을까, 이미 본 것일까, 아니면 곧 보게 될까, 나를 보게 될까. 몸이 수축되고 마음은 오직 하나의 생각으로 응고되었다. 저 사람은 나를 보았을까……

기화영은 신해주를 만나러 가는 길이었다. 김세준의 흰 얼굴을 떠올리면서 기화영은 신해주에게 전화를 걸었다. 몇 달 전 그날 퇴근을 앞둔 기화영에게 신해주가 들려준 말이 기억났다. 기선생, 원장 조심해. 뭐요? 뭐랄까, 취향이 독특하다고 해야 하나, 위험하다고 해야 하나? 무엇이 위험하다는 것인지 신해주는 더 이상 말하지 않았다. 그날 듣지 못한 이야기를 듣기 위해 오늘 신해주를 만나야했다.

MJ 커뮤니케이션즈의 인턴사원으로 일하기 전, 기화영은 목동의 어학원에서 중국어를 가르쳤다. 기화영의 주전공이 중문학이었고 언론홍보는 부전공이었다. 중국이 거대시장으로 성장했지만 지방대학의 중문학 전공자에게 어서옵쇼 하는 기업이 많지 않은 현실을, 기화영은 한 학기가 지나지 않아 알게 되었다. 언론홍보를 공부하면서 브랜드의 이름을 짓는 마케팅 분야에 관심을 갖게 되었다.

브랜드 네이미스트, 상품의 이름을 붙이는 사람이 되겠다는 목표가 생겼다. 이름은 단순히 이름이 아니었다. 상품의 모든 것이었다. 상품의 가치와 이미지, 스토리와 기억을 창조해내는 일이었다. 세상에 없던 것을 만들어내는 창의적인 작업이고 사람의 마음을 움직이는 매력적인 일이었다. 하우젠, 스킨푸드, e-편한세상, 레고, 에쿠스, 하이트, 레종, 에버랜드, 처음처럼. 유명 네이미스트들이 만들어낸 상품 이름에 감탄하면서 기화영은 자신이 이름 붙여줄 제품들을 고대했다.

졸업 후 취업준비를 위해 서울로 올라왔다. 연고가 없고 물가는 살인적인 이 대도시에서 돈이 없다는 건 숨을 쉴 자격이 없다는 뜻이었다. 창문도 없는 고시원의 월세가 삼십삼만원이었고 토익 학원 수강비와 스터디 교재비 등 정기적으로 써야 할 돈도 만만치 않았다. 서울에서는 숨만 쉬어도 백만원이 든다는 이야기가 사실이었다. 취업이 급했으나 돈은 더 급했다. 오전시간을 자유롭게 쓸 수 있고 페이도 그리 나쁘지 않은 일자리가 바로 학원 강사였다. 인서울대학 출신은 아니었지만 기화영은 중국어 어학시험의 고급 자격증을 갖고 있었고 중국 청도대학에서 교환학생으로 육 개월 동안 공부한 경험이 있었다. 면접을 본 원장은 호의적이었고 수강생이 늘어날 경우 인센티브를 지급하겠다고 약속했다. 오전에는 마케팅회사에 지원할 이력서를 쓰거나 면접을 보러 다녔고, 오후에는 학원에서 중국어를 가르치는 생활을 칠 개월 했다. MJ 커뮤니케이션즈로 출근하기 전날 밤까지 기화영은 중국어 수업을 했다. 그 학원의 운영자가 김세준이었고 신해주는 상담실장이었다.

김세준을 떠올린 건 어떤 하룻밤 때문이었다. 아무리 애를 써도 기화영이 떠올릴 수 없는 그 하룻밤. 소라넷에서 동영상을 보며 자신이 낯설다고 느낀 그 순간, 기화영은 마치 기억에서 삭제된 몇 시간이 돌연 자신에게 말을 걸고 있다는 느낌을 받았다. 까마득히 잊어버렸다고 생각했고, 잊어버려도 아무런 상관이 없다고 생각했던 그 몇 시간이, 기화영의 머릿속에 노크를 하고 있는 느낌이랄까. 물론 여전히 그날 밤의 일은 기억나지 않았다. 하지만 그날 밤을 둘러싼 무언가가 기화영에게 암시를 보내고 있었다. 혹은 위험경보일 수도.

기화영은 천천히 그날의 기억을 더듬었다. 오후 6시 30분, 두 타임의 수업을 마치고 저녁식사로 도시락을 먹고 있을 때, 김세준이 말했다. 오늘 끝나고 맥주나 한 잔 해요. 기화영이 머뭇거리자 김세준이 다시 말했다. 들이대는 거 아닙니다, 저 쿨한 사람이니까 걱정하지 말아요. 방학 특강 어떻게 할 건지 의논하려고요. 커리큘럼을 바꾸고 기선생 이름도 내걸고 해서 키워볼까 하는데. 사귀어보자는 김세준의 두 번째 대시를 기화영이 거절한 게 일주일 전이었다. 연애라니, 언감생심이었다. 먹고 죽을 돈도 없는 처지였고 부족한 시간과 돈을 아껴야 했다. 학원 강사로 성공하겠다는 비전을 세워본 적이 없으니 그대로 머물 수는 없었다. 브랜드 네이미스트로 성장하기 위해서는 일단 마케팅 회사에 취직하는 게 먼저였다. 취직이 될 때까지 그 어떤 일도 벌이지 않을 작정이었다. 게다가 김세준은 기화영보다 여덟 살이 많은 이혼남이었다. 나이 많은 이혼남이 연애의 특별한 결격사유라고 생각하지는 않았지만 기화영의 취향은 아니었다. 기화영의 의사를 묻지도 않고 가방이나 스카프를 선물로 안겨주는 것도 부담스러웠다. 김세준은 수업 분위기가 좋아졌다거나 수강생이 늘었다는 이유를 대긴 했지만, 김세준의 대시를 받고 나니 그 선물의 의미가 명확해져 난감했다.

호감을 가지셨다니 감사하긴 해요, 그렇지만 제 처지 아시잖아요, 지금은 앞만 보고 달리고 싶은 마음을 이해해주시리라 믿습니다. 김세준이 기분 나쁘지 않도록 최대한 예의바르게 거절하느라 기화영은 진땀을 뺐다. 두 번째 대시를 거절할 때는 약간의 두려움도 느꼈다. 이 사람은 여자 말을 잘 안 듣는 사람인 것일까 하는. 다행히 그 뒤로 김세준은 기화영을 더 불편하게 하지는 않았다. 맥주 한잔 하자고 청한 것도 일 때문이라니 기화영은 딱히 거절할 이유가 없었다. 게다가 시원한 맥주가 필요하기도 했다. 지난달 면접을 보러 간 회사로부터 최종 불합격 통지를 받은 게 그날 점심때였다. 그 사실을 전해주러 일부러 전화한 인사과의 직원이 말했다. 페이스북 관리를 하셔야 돼요. 사회에 불만이 많다는 식으로 적어놓으면 힘들어요. 요즘 기업들, SNS 게시글과 사진까지 다 보거든요. 사회적 배려 전형이라서 지방대 출신들을 뽑긴 뽑아야 하는데 그럴수록 품성이나 가치관, 이런 걸 보거든요. 내가 전화했다는 건 비밀이에요. 같은 고향사람이라 그냥 지나칠 수가 없어서 그런 거니까.

기화영은 페이스북의 어떤 글이 문제인지 물어보려 했으나 인사과 직원은 전화를 끊었다. 그 정도의 정보도 감사했다. 사회적 배려 전형으로 지방대 출신을 뽑는 기업이 많지 않아 기대를 했던 곳이었다. 또 지원하면 되지, 라고 스스로를 다독였지만 어떤 기업도 자신을 원하지 않을지 모른다는 좌절감이 습관처럼 스멀스멀 기어 올라왔다. 시원한 맥주 한잔이 고팠다.

수업을 마무리하고 머그컵을 씻으러 휴게실에 들어갔을 때 상담실장인 신해주가 커피를 마시고 있었다. 그리고 말했다. 기선생, 원장 조심해. 뭘요? 뭐랄까, 취향이 독특하다고 해야 하나, 위험하다고 해야 하나? 기화영은 신해주가 왜 저런 이상한 말을 하는지 그때는 이해할 수 없었다. 삼 년이나 함께 일한 직장 상사의 뒷담화를 하는 것도 같았고, 수업의 커리큘럼을 의논하기 위해 따로 만나는 걸 오해하는 것도 같아 살짝 불쾌해졌던 기억이 났다. 원래 신해주가 좀 이상한 사람이었던가 하는 의혹도 일었다.

기화영은 김세준과 함께 학원 근처의 술집에서 칭따오 맥주를 마셨다. 하고 싶은 일을 하기 위해, 하고 싶지 않은 일을 해야 한다는 초조함과 조급함 같은 걸 씻어내고 싶었다. 그날 술집에서 기화영은 첫 잔을 한번에 다 마셨고 잠시 화장실에 다녀왔고 그리고 두 잔을 더 마셨다. 그리고 기억이 없었다. 일어나보니 모텔방이었다. 평소 기화영의 주량으로 치면 말도 안되는 일이었다. 맥주 두 잔에 취하다니, 그것도 정신을 잃을 정도로 곯아떨어지다니, 뭔가 이상했다. 그러나 옷은 다 입혀진 상태였고, 몸에서 특별한 걸 찾을 수는 없었다. 온몸이 뻐근했지만 그게 다른 어떤 일, 이를 테면 김세준과의 섹스 때문인지는 확신할 수 없었다. 기화영은 그 몇 시간이 기억나지 않았다. 아무 일 없었을 것이다, 만약 있었더라도 기억에 없으므로 없는 셈 치면 될 것이다, 그렇게 생각했다. 그러나 오늘, 신해주를 만나러 가는 길에 기화영은 기묘한 기분이 들었다. 자신은 그 하룻밤을 기억하지 못하지만, 그 하룻밤은 결코 자신을 놓아준 적이 없는 것이 아닐까 하는.

24

"기선생, 무슨 일 있죠?"

기화영이 자리에 앉자마자 신해주가 물었다. 연락을 주고받는 사이도 아닌 기화영이 돌연 전화를 걸어온 것이나, 한번도 본 적 없는 청바지 차림에 화장기 없는 얼굴과 마스크, 어두운 낯빛까지 하고서 불쑥 찾아온 자신이 '무슨 일'이 있는 사람처럼 보이는 건 당연하다고 기화영은 생각했다. 신해주는 베이지색 정장 바지에 흰색 블라우스, 와인색 카디건을 걸치고 있었다. 살짝 웨이브 진 단발머리까지, 육 개월 전과 똑같았다. 마흔네 살의 실제 나이보다 훨씬 젊어보였다. 기화영은 마스크를 벗으며 살짝 고개를 숙여 인사 했다.

"원장이 관련된 거, 맞죠?"

"…아직 확실하진 않아요. 심증만…."

기화영은 두 사람의 커피를 주문하고 자리에 앉았다. 신해주는 신중한 눈빛으로 기화영을 바라보며 이야기가 시작되기를 기다리고 있었다.

"실장님이 그때 말씀하셨던 거요. 원장님 취향이 독특하고 위험하다고 하셨죠."

"그랬죠. 그렇게 말했어요."

"그 이야기 왜 하신 건지, 무슨 일이 있었나요?"

"그게, 일이라면 일이기도 하고……. 원장이 이혼해서 혼자 사는 건 알죠? 싱글이니 연애하는 걸 뭐라 할 수는 없는데, 나이 어린 여자를 좋아하는 것 같더라고요. 학원 원장이 여러 사람 만나는 직업도 아니고 상대는 어차피 강사들이잖아요. 나이 어린 강사들을 그냥 놔두질 않아요. 기선생처럼 대학을 막 졸업한 강사들, 일곱 살, 여덟 살, 이렇게 차이나는 여자들에게 들이댄단 말이죠. 이혼한 전처도 일곱 살 어린 사람이었다 하고. 어린 여자 밝히는 남자, 유쾌하진 않아도 뭐 그럴 수 있는 거니까. 근데 이상하게도 모두 좋게 헤어지지 않았어요."

"좋게 헤어지지 않았다고요?"

"헤어질 즈음이면 꼭 크든 작든 사단이 나곤 했으니까. 학원 대표와 강사가 연애하다가 끝나면 강사 쪽에서 학원을 그만두는 게 당연하겠죠. 근데 이건 뭐, 그만둔다는 말도 없이 돌연 결근하고 연락이 안 된다거나, 어느 날 찾아와 심하게 다툰다거나, 그랬어요. 그것 때문에 나만 애가 탔죠. 그런 날은 예정에 없는 듣기평가 이런 걸로 수업을 땜빵 하느라 바빴으니까요."

"왜 그런 건가요?"

"나도 자세한 사정은 몰랐어요. 요즘 젊은 사람들 쿨하게 만나고 헤어지던데 어째 이별이 요란번쩍하다, 그렇게만 생각했지요. 그런데 내가 이상한 걸, 그걸 뭐라 말해야할 지, 암튼 이상한 걸 보게 됐어요."

기화영의 마음에 날카로운 쇳소리가 났다. 그때 진동벨이 울렸다. 기화영은 커피를 두 잔 들고와 다시 의자에 앉았다.

"이상한 거요?"

"봐서는 안될 거라고 표현하는 게 정확하려나? 암튼 누군가 상담을 왔는데 프로그램 안내서가 떨어진 거예요. 인쇄업체에 주문을 했는데 좀 늦어진 거죠. 급한 김에 컴퓨터로 출력하려는데 안내 데스크에 있는 컴퓨터가 맛이 가버렸어요. 그래서 원장 노트북을 써야겠다 싶어 원장실로 들어갔어요. 그런 일이 몇 번 있었으니까 원장도 크게 신경 쓰지는 않을 거라고 생각했고요. 노트북은 켜 있었어요. 화면에 창이 여러 개 띄어져 있었고. 급하니까 그거 보지도 않고 최소화해서 아래로 다 내리고 바탕화면에 있는 학원 프로그램 폴더에서 파일을 찾아 인쇄 버튼을 눌렀죠. 그리고 다시 창을 화면에 띄어 놓으려는데 거기 이상한 게, 있었어요."

"…동영상이었나요?"

신해주 실장은 어떻게 알았냐고 묻는 대신 천천히 고개를 끄덕였다.

"벌거벗고 있는 여자였는데, 얼굴을 알아보겠더라고요. 이선생이라고, 기선생 들어오기 전 전임강사였어요. 그 즈음 둘 사이가 꽤 깊은 관계였을 거예요. 둘이 같이 출근하고 퇴근도 같이 하고, 식사도 둘이만 같이 하고. 너무 표 나게 구니까 드디어 결혼하나보다, 그렇게 생각했죠. 근데 일주일인가 지나서 그 강사가 갑자기 결근한 거예요. 그 날만 그러는 게 아니라 계속. 원장이 그래요. 이선생 그만뒀으니까 강사 채용 공고 내라고."

"섹스 동영상이었나요?"

"그건 맞는데, 그냥 하는 게 아니고, 그걸 69 자세라고 하나, 그걸 하는 동영상이었어요."

신해주 실장은 남녀가 그런 체위로 섹스하는 걸 처음 보았다는 놀라움을 애써 누르고 있었다. 중요한 건 그들이 어떤 체위로 섹스하는 지가 아니었으니까.

"그래서 어떻게 하셨어요?"

"나야 뭐, 아는 척 할 일은 아니라고 생각했죠. 저걸 찍는다는 걸 이선생이 알고 있었을까, 의심은 들었지만 내가 상관할 일은 아니다 싶었죠. 워낙 은밀한 사생활이니까 물어보기도 그렇고. 근데 며칠 후에 이선생이 학원에 찾아왔어요. 수강생들이 빠져나간 뒤였고 강사들은 저녁 식사하러 식당에 가서 원장하고 나, 둘이 있었거든요. 이선생은 나한테 인사도 없이 원장실로 들어가더라고. 둘이 큰 소리로 싸우지는 않았지만 두 사람 말하는 소리가 교무실에 있는 내게 다 들리긴 했어요."

신해주 실장은 잠시 이야기를 멈추고 더욱 진지한 눈빛으로 기화영과 눈을 마주쳤다. 중요한 건 지금부터의 이야기라는 신호라고 기화영은 생각했다.

"무슨 짓을 한 거냐고, 동영상을 왜 그딴 데 올리느냐고 따지더라고요. 동영상을 찍고 있다는 걸 이선생은 몰랐나 봐요. 원장이랑 술을 먹었고 모텔까지 간 건 알겠는데 그 뒤로 기억이 안 난다고도 했어요. 맥주를 두 잔 밖에 마시지 않았는데 그렇게 정신을 잃은 건 뭔가 수상하다는 거죠. 약을 탄 거 아니냐고, 강간한 거 아니냐고, 강간죄로 처벌받게 할 거라고 소리를 높이더라고요. 내가 본 동영상으로 볼 때, 원장이 몰래 촬영한 거 맞고, 그 동영상이 인터넷 어딘가에 떠돌아다니고 있다면 최초의 유포자는 원장이 맞는 거죠. 그러니 당연히 처벌받아야 하잖아요. 근데 원장의 답은, 제삼자인 내가 들어도 기가 막혔어요. 나라는 증거 있냐, 내가 강간했다는 증거 있냐, 아이디는 익명이고 시간이 지나 체액 체취도 힘들 텐데 무슨 수로 나를 고발하냐, 그랬던 것 같아요. 이선생이 울면서 물었어요. 나한테 왜 그래요, 내가 무슨 잘못을 했길래 이래요, 라고."

"뭐라고 하던가요?"

"그러게 니네 부모가 결혼반대는 왜 해? 뭐 잘난 게 있다고 날 반대해? 그렇게 말했어요. 나중에 알았는데 이선생이 오히려 돈을 줬다나 봐요. 동영상 내리는 대가로."

신해주 실장이 전해주는 이야기를 기화영은 침착하게 듣고 있었다. 술, 약, 섹스 동영상, 거절, 유포, 합의, 돈. 신해주 실장은 기화영과 전혀 상관없는 다른 사람의 이야기를 하고 있었지만, 그건 모두 기화영의 이야기였다. 기화영은 자신에게 무슨 일이 일어났는지, 아니, 김세준이 자신에게 무슨 일을 저질렀는지 모두 이해했다. 도대체 왜, 누가 왜, 그런 짓을 저질렀는지 묻고 또 물었지만 알 수 없었던 이유가 명백해졌다. 그것은 거절의 대가였다. 호의를 거절한 대가, 약속을 배반한 대가, 김세준은 대가를 치르게 만들고 싶었던 것이다.

"내가 그쪽은 잘 몰라서, 원장은 정말 처벌받지 않는 건가요? 나도 너무 놀랐는데 당사자는 어떨까 싶어요. 원장이 치밀하고 집요한 사람이라는 건 알았지만 그 정도일 줄은 몰랐거든요. 그때부터 원장 얼굴 보기가 쉽지 않았어요. 나이 많은 유부녀한테 들이대지는 않겠지만 그런 사람과 한 공간에 있다는 거 자체가 불쾌해지는 건 사실이었으니까. 학원가에서 마흔 넘은 여자를 상담실장으로 뽑아주는 데가 여기 밖에 없어서 붙어 있긴 하지만 조만간 그만둬야지 싶었거든요. 그러던 차에 기선생 전화 받고 또 무슨 짓을 저질렀나 싶어서."

말을 마치고 신해주는 손목시계를 보았다. 학원으로 들어가야 할 시간인 것 같았다. 기화영은 마음이 급해졌다.

"실장님, 저 좀 도와주세요. 휴대폰을 봐야 해요, 노트북도. 내일 김세준 출근해서 수업 들어가고 나면 제가 학원으로 갈게요. 삼십분이면 돼요. 그 사람 눈치 못 채게 실장님이 좀 도와주세요."

"기선생도 동영상이 있는 건가요?"

신해주의 이 질문에 아니오, 라고 대답할 수 있다면 얼마나 좋을까. 기화영은 무너져 내리려는 마음을 다잡고 말했다.

"김세준 짓인 것 같아요."

"동영상이 있어도 고소조차 못한다는데 방법이 있는 건가요?"

"찾을 거예요. 그 인간 벌 받게 할 방법을 찾을 겁니다. 그런 짓, 더는 못하게 해야 하잖아요."

"그래요. 약을 타다니, 강간을 하다니, 정말 악질 중에 악질이죠."

강간, 이라는 단어가 신해주의 입에서 나오자 기화영은 깜짝 놀랐다. 동영상 속의 여자는 강간을 당한 것이었나? 섹스를 즐기고 있는 것처럼 보이던 그 여자는 자신의 의지에 반해 섹스를 당하고 있는 것이었나? 한 번도 그렇게 생각해본 적은 없었다. 여자가 저항하고 있다는 느낌은 전혀 없었다. 체위를 바꾸려는 남자의 시도를 따랐고 신음소리까지 내고 있었다. 누가 보아도 여자는 섹스의 쾌감을 누리고 있는 듯 보였다. 기화영의 눈에도 그렇게 보였으니 섹스 자체가 문제라고는 생각해본 적이 없었다. 자신 몰래 섹스 장면을 촬영하고 누구나 볼 수 있도록 유포한 것이 큰 죄라고만 여겼다. 그런데 김세준은 기화영의 정신을 잃도록 만들었다. 그 상황에서 성관계에 동의할 것인지에 대한 선택은 불가능했다. 성관계를 원하거나 원하지 않는다는 사고 자체를 할 수 없었다는 뜻이다. 기화영의 몸은 기화영의 의지에 따라 움직였던 게 아니라 김세준의 의지를 반영하고 있었다. 모든 것이 기화영의 의사와 '상관없이' 진행되었다. 그렇다면 동영상 속의 그 여자는 강간당한 여자, 강간 피해자인가? 나는, 강간을, 당한 것인가. 세찬 눈보라가 휘날리는 것처럼 머릿속 생각들이 제멋대로 휘돌아갔다.

"휴대폰 패턴은 알아요?"

"어떻게 되겠죠."

"디귿에서 아래 ─자 위로 작대기 하나가 더 있어요. 이렇게."

신해주는 탁자 위에 모양을 그렸다. 기화영은 말끔히 정돈되어 있는 신해주의 손가락을 바라보다가 참고 있던 울음을 터뜨렸다. 울지 않으려 애를 써도 눈물이 흘렀다. 신해주는 커피잔을 쥐고 있던 기화영의 손을 잡았다.

"기선생, 힘들겠지만 기운 내요."

"…네, 그럴게요."

"자세한 건 모르겠지만 기선생 잘못은 아니니까. 미친개한테 물린 셈 쳐야지 어떡하겠어요? 미친개가 사람 가려가며 물진 않으니까, 그냥 옆에 있는 사람 무는 거니까, 그러니까 지독히 운이 나빴다고 생각해요. 그냥 운이 나빴던 거라고."

기화영은 고개를 끄덕거렸다. 신해주의 말처럼 그저 지독히 운이 나빴다고 생각하려 애썼지만 잘 되지 않았다. 미친개를 알아보지 못한 게 잘못이죠, 라는 말이 입안에서 뱅뱅 돌았다. 게다가 미친개에게 물렸다고 인생이 갑자기 흑백영화가 되진 않는다. 미친개에 물렸다는 사실을 세상 사람들이 알까봐 이렇게 꽁꽁 싸매고 나를 감추며 다닐 필요도 없다. 김세준은 미친개가 아니다. 미친개보다 무서운 거절당한 남자이다. 여자에게 대가를 치르게 만드는 집요하고 사악한 남자, 남자이다.

25

퇴근시간을 넘긴 지하철 안은 한산했다. 기화영은 출입구의 손잡이에 기대고 섰다. 열차가 지상의 철로에 들어서면서 비가 개인 서울의 야경이 보였다. 퇴근길 열차 속에서 꼭 이렇게 선 채로, 하루를 열심히 살아낸 자의 고단한 시선으로 고층빌딩의 불빛을 바라보던 것이 아주 까마득하게 느껴졌다. 다시 눈물이 흘렀다. 기화영의 의지로 어찌할 수 없이 흐르는 눈물은, 다시 예전으로 돌아갈 수 없다는 징표인 것만 같았다. 드르륵, 하는 진동에 기화영은 몸을 움찔했다. 늘 들리던 휴대폰의 진동소리에도 가슴은 소스라치게 놀랐다. 낯익은 모든 것이 처음인 것처럼 기화영을 습격했다. 지하철도 지하철 안의 사람들도, 광고판도 안내방송도 서울의 야경 모두가 낯설기만 했다. 기화영은 진동하는 휴대폰을 꺼내들었다. 기우영, 오빠였다. 잠시 망설이다가 휴대폰 측면의 버튼을 눌러 소리가 나지 않도록 했다. 오빠 목소리를 듣고 싶지 않았다. 아니, 오빠의 목소리를 듣고 싶지 않은 게 아니라 그 목소리에 무너질 자신의 나약함이 두려웠다.

전화해. 빨리.

짧은 메시지가 도착했다. 순간 오빠가 이 일을 알게 된 것일까, 가슴이 철렁 내려앉았다. 어릴 때부터 판사를 꿈꾸었던 오빠는 우수한 성적으로 행정학과에 합격했지만 이듬해 다시 수능시험을 쳐 교대에 진학했다. 판사는 자신의 일이 아니라고 했다. 매년 여름이면 하와이로 피서를 간다는 동기들이, 할아버지부터 아버지, 큰아버지와 외삼촌들이 모두 법조인이라는 선배들이, 그 일을 할 것이라고 했다. 교사가 되겠다고 무덤덤하게 이야기하는 오빠를 바라보며, 기화영은 미용사인 홀어머니의 자식이 꿀 수 있는 꿈의 경계에 대해 처음으로 생각했다. 오빠는 임용고시 경쟁률이 서울보다 덜한 경기도로 지원을 했고 현재 의정부시의 한 초등학교 교사로 근무하고 있었다. 만일 오빠가 이 일을 알게 된다면 어떻게 될까. 생각만 해도 끔찍했다. 지하철에서 내려 집으로 걸어가는 와중에도 오빠의 전화는 계속됐다. 전화기를 꺼버릴까 생각했을 때 누군가 말했다.

"전화 왜 안 받아."

기화영이 사는 원룸 건물 앞에 오빠가 서 있었다.

"회사도 안 간 거야?"

오빠는 모자와 마스크를 쓰고 청바지를 입은 기화영을 훑어보며 말했다.

"일단 들어가."

오빠는 기화영을 앞세웠다. 현관문을 열고 방에 들어서고 나서 한참이 지나서도 오빠는 입을 열지 않았다. 마치 하얀 담벼락의 붉은색 낙서를 보는 표정으로 기화영을 보더니, 냉장고에서 생수를 꺼내 벌컥 들이켰다. 배에서 꼬르륵 소리가 났다. 저녁도 거른 채 기화영을 기다린 모양이었다. 기화영은 침대에 걸터앉았다. 오빠는 의자에

똑바로 앉아 기화영을 바라보며 말했다.

"경찰에 신고는 했어?"

기화영은 고개를 한번 끄덕였다.

"디지털장의사인가 뭔가 그게 빠르다던데. 거기 가봤어?"

"응."

"돈 급하다는 게 그거였어?"

기화영은 대답하지 않았다. 육백만원만 빌려달라는 기화영의 말에, 오빠는 무슨 일이냐고 물었지만 기화영은 그럴 일이 있다고만 대답했었다. 한달에 이백만원씩, 석달치를 끊어야만 작업을 시작할 수 있다고 디지털장의사는 말했다. 육백만원의 돈, 그보다 열배는 소모될 시간, 가늠할 수 없을 고통, 그 모든 걸 기화영은 감당하고 있는 중이었다.

"회사에서는 아직 모르지? 절대 모르게 해."

"내 마음대로 돼?"

"그러게 뭔 짓을 하고 다닌 거야!"

오빠의 목소리가 커졌다. 뭔 짓, 무슨 짓을 한 거냐고 오빠는 물었다. 좀처럼 감정을 드러내지 않는 오빠이고, 화를 참고 있는 기색이 역력했지만 한계가 있는 모양이었다.

"어떻게, 알았어?"

"현수가 전화했어. 너 아니냐고. 중학교 때 현수가 친 공에 맞아서 시퍼렇게 멍든 자국, 그거 아니냐고."

현수, 아, 그 현수. 얼마 만에 들어보는 이름인가. 중학교 때까지 이웃에 살던 고향 친구였다. 기화영의 가족이 도시로 이사 오면서 자연스레 연락이 끊겼는데 오빠와는 계속 연락을 하고 지내온 모양이었다.

"현수 걔가 놀래가지고, 야구 좋아하는 놈이라서 야구커뮤니티에 들락거리는데, 거기에 올라와 있더래. 갤러리에 이상한 동영상이나 여자 사진 올리는 놈들이 종종 있어서 그런가보다 하고 봤는데, 아무래도 화영인 것 같다고, 빨리 삭제하라고, 더 퍼지기 전에, 거기 하루 조회 수가 백오십만이란다. 도대체 너, 휴."

백오십만, 이라는 숫자는 도대체 얼마나 많은 걸까. 그 많은 사람들이 동영상을 보게 된다는 사실에 기화영은 어떤 현실감도 느낄 수 없었다.

"야구커뮤니티에 올라올 정도면 웬만한 사이트에는 다 퍼져있다고 봐야 한다는 거야. 얼마나 퍼져 있는지 알아는 봤어? 알고는 있냐고!"

"알아보고 있어. 소리, 지르지 마."

"대한민국 남자들이 죄다 보게 생겼단 말야, 네가 그 짓 하는 걸. 고작 스물다섯 살짜리 여자애가, 인턴 주제에, 남자랑 자고 다니기나 하고, 회사에서 알면 좋아하겠다. 너 같은 인턴을 누가 뽑겠어!"

"소리 지르지 마. 오빠가 그러지 않아도 나 충분히 괴로워. 내 잘못도 아닌데 내가 왜 벌 받아야 해?"

"그런 놈이랑 잔 게 잘못이지. 세상에 변태 새끼들이 얼마나 많은데, 얼마나 위험한 세상인데 아무 놈이랑 그러고 다녀! 세상이 만만해? 세상이 쉬워 보여? 한 발 잘못 내디디면 낭떠러지야. 언제 굴러 떨어질지 모른단 말야. 어떻게 그걸 모르고 함부로 몸을 굴려 굴리길? 그래가지고 결혼이나 할 수 있겠어? 어떤 놈이 좋다고 하겠어? 누구야? 누군지는 알 거 아냐. 그 새끼 잡아 처넣어야지."

"몰라."

"누군지 몰라?"

"기억 안나."

"술 마셨어?"

"…응."

"미친년."

"나가. 가!"

"뭘 잘했다고 큰소리야? 그 놈이랑 그짓 하면서 엄마 생각은 안 났어? 잘난 딸 뒷바라지 하느라 환갑 넘어서도 하루 종일 서서 일하셔. 엄마 고생한 거 알면 얼른 취직해서 돈 벌어 결혼할 생각은 안하고 어떻게 그렇게 철없이 자유분방해? 어떻게 그래? 자유의 대가가 어떤 건지 이제 알겠어?"

오빠는 냉수를 들이켜더니 큰 숨을 들이마셨다. 목소리가 낮아졌다.

"빨리 수습해. 돈 더 필요하면 이야기하고."

"가."

오빠가 방을 나갔다. 철컥, 하고 현관문이 닫히는 소리가 들리자 다시 눈물이 쏟아졌다. 자유분방해서, 세상을 만만하게 봐서 이런 고통을 당하는 거라고? 함부로 몸을 굴려서, 아무 놈이랑 자고 다녀서 이런 일을 당하는 거라고? 피를 나눠가진 혈육조차 그렇게 말한다. 미친개를 피하지 못한 기화영의 잘못이라고, 미친개를 알아보지 못한 자신의 어리석음 때문이라고.

기화영은 침대에 누워 한참을 울었다. 눈이 잘 떠지지 않을 정도로 울고 일어나 오빠가 말한 야구커뮤니티에 접속했다. 한참 뒤적거린 후에 동영상을 찾을 수 있었다. 열화와 같은 댓글은 소라넷 못지않았다. 디지털장의사는 뭘 하고 있는 것인지 화가 났다. 빠른 속도로 퍼지고 있는 걸 제대로 막지도 못할 거면서 거금을 챙겨갔다. 결국은 기화영의 몫이었다. 아침에 일어나자마자, 새벽까지 뒤지던 사이트를 다시 훑어보기 시작한다. 소라넷의 갤러리를 돌아다니며 사진을 검색하고, 일간베스트와 디시인사이드 등 남초 커뮤니티를 돌고 페이스북과 트위터, 텀블러까지 검색한다. 디지털장의사 평판닷컴에서 매일 수십 개의 사이트를 모니터링 해 그 결과를 알려주긴 하지만, 불안감은 줄어들지 않았다. 기화영이 인터넷에 접속하지 않는 순간, 어디서 또 동영상이 퍼지고 있을지 모른다는 두려움에 접속을 끊을 수가 없다. 밥을 먹을 때도, 화장실에서도, 틈나면 인터넷에 떠돌아다닐지 모르는 동영상을 찾아 지겹고도 외로운 탐색을 계속할 뿐이다. 영겁회귀라는 단어가 떠올랐다. 원을 이루며 흐르는 시간을 영원히 되풀이할 수밖에 없는 존재가 된 것 같았다.

메시지가 도착했다는 알람이 떴다. 평판닷컴이었다. 두 개의 링크 주소를 보내왔다. 기화영은 서둘러 첫 번째 주소를 클릭했다. 방금 본 야구커뮤니티에 올라온 동영상이었다. 두 번째 것을 클릭했다. 휘황찬란한 여체의 향연이 벌어지고 있는 봉지닷컴이라는 성인사이트였다. 메인 화면에 수십 개의 노골적인 포르노 영상이 재생되고 있었다. 교복을 입은 여자가 과도하게 큰 가슴을 흔들거리며 유혹하고 있었고, 침대에 누워 성기를 자극하며 자위하는 단발머리 여자도 보였다. 이곳에서 모든 여자는 가슴과 성기였다. 젖꼭지와 엉덩이였고 허벅지와 입술이었다. 몸, 여자의 몸, 남성들의 판타지를 충족하는 여자의 몸이 빼곡하게 들어찬 곳, 이곳에 영상이 있다고? 기화영은 오른쪽 하단의 배너광고를 보았다. '후기 올리면 1000 포인트 무료증정'이라고 쓰여 있었다. 기화영은 배너를 클릭했다. 게시글의 목록이 정렬되었다. 그리고 그 위에 동영상이 자동으로 재생되고 있었다. 긴 머리, 들이민 엉덩이, 쇄골의 반점, 기화영이었다. 배너 아래로 홍보문구가 흐르고 있었다. 일반인 상시 대기, 고객만족도 최고.

'업소'여성이 아니라 '일반'여성이 준비되어 있다는 성매매 업소 홍보에 기화영의 동영상이 쓰이고 있었다. 평판닷컴에서는 이 업체에 동영상을 삭제할 것을 요구했으며, 업체측의 답변을 기다리고 있다고 전해왔다. 만일 삭제요청에 응하지 않을 경우, 법적 대응을 해야 할 것이라고도 했다. 그때 휴대폰이 드르륵거렸다.

너 보면서 싸고 있어. 용돈 만남 가능?

'알수 없음'이 보낸 카톡메시지였다. 핸드폰으로 이런 메시지를 받아보긴 처음이었다. 용돈 만남 가능이라니, 누가 이런 메시지를 보내는 것일까. 날카로운 쇳소리가 귀에서 크게 들렸다. 불길한 예감이 피어올랐다. 기화영은 소라넷에 접속해 게시판을 다시 뒤지기 시작했다. 그 사이에도 메시지는 계속 왔다.

이어달리기가 특기라며? 다섯이랑 해볼까? 얼마면 돼?
걸레년 후장파는 거 좋아하게 생겼네.
제가 취향이 좀 독특한데요. 영상통화 가능?

갤러리에 올라온 글을 훑어보다가 하나의 게시글이 기화영의 눈에 포착되었다.

남자 등쳐먹으면서 여신 행세하는 걸레년.
또 어디서 어느 호구를 등쳐먹고 있을지 제가 잠이 안옵니다.
김치년은 썰어야 맛, 형님들이 좀 썰어주시죠.
전화번호 010-6677-****

기화영의 전화번호였다. 기화영의 핸드폰 번호가 띄워져 있었다. 연이어 전송되고 있는 메시지의 발신자들은 소라넷 유저들임이 분명했다. 김치년을 썰어달라는 게시자의 요구에, '소라넷 형님'들이 달려들고 있었다. 기화영이라는 제물을 향해 다시 그들이 아귀처럼 달려들고 있었다. 숨이 턱까지 차올랐다. 숨을 쉬기가 힘들었다. 몸 안의 모든 숨이 다 빠져나갔다. 마지막 숨을 내쉬자 몸이 텅 비어버린 것 같았다. 이곳에 실존한다는 감각이 모두 사라졌다. 그 순간 기화영은 무존재처럼 존재했다. 다시 숨을 쉬기 시작했을 때 텅 비어버린 몸 안에서 무언가가 강렬하게 솟아올랐다. 분노와 수치심, 무기력과 우울, 좌절과 슬픔까지, 지난 며칠 동안 기화영을 괴롭혔던 모든 감정을 압도하는 단 하나의 의지가 솟구쳤다. 개새끼, 죽여버릴 거야, 반드시 내 손으로 널 죽이고 말거야. 기화영은 웅크리고 있던 몸을 천천히 폈다. 도망칠 곳이 더는 없었다. 그 사실이, 기화영이 앞으로 무엇을 해야 하는지를 깨닫게 해주었다. 퇴로를 차단당한 짐승의 심정이 이럴까. 돌아올 수 없는 강을 건너야 한다면, 그렇게 할 것이라고 결심했다. 아귀들에게 물어 뜯겨 너덜너덜해진 채로 조용히 죽음을 기다리지만은 않을 것이다. 아직 죽지 않은 제물이 자신의 목을 따 피를 흘리게 만든 이에게 무엇을 할 수 있는지 보여줄 것이다. 눈물은 더 이상 흐르지 않았다. 이제 다시는 눈물을 흘리지 않을 거라고 입술을 깨물며 다짐했다. 기화영은 인터넷 검색을 시작했다. 수면제 구입방법, 이라고 써넣고 검색목록에 오른 글들을 하나하나 읽기 시작했다.

26

희준은 현관문을 열고난 뒤 신발을 벗었다. 거실로 들어서는 대신 그 자리에 가만히 서 있었다. 그 일이 있고난 후 희준에게 생긴 새로운 습관이었다. 뭔가 낯선 느낌이 나지는 않은지, 미세하게 변한 건 없는지, 누군가의 체취가 섞여 있지는 않은지, 희준의 집이 말해주는, 희준만 알아들을 수 있는 어떤 경고가 있는지 확인하는 것이었다.

지금 이 집에 희준 말고 다른 사람이 있는 것 같지는 않았다. 그러나 뭔가 있었다. 냄새였다. 평소와는 뭔가 다른 냄새가 물안개처럼 조용히 희준의 코에 닿았다. 뽑힌 채로 오래 방치된 풀냄새 같았다. 올 것이 왔다, 라는 경고음이 켜졌다. 희준은 조심스럽게 거실로 가 식탁위에 가방을 올려놓고 냄새의 흔적을 좇았다. 침실로 들어가 방을 훑어보았다. 희미하지만 분명 다른 냄새가 났다. 거울이 달린 작은 화장대 앞에 섰다. 흰색 용기의 스킨과 로션병이 나란히 세워져 있었고 그 옆에 수분크림과 팩트가 놓여 있었다. 바디로션과 립스틱, 헤어에센스와 면봉을 눈으로 좇다가 역삼각형 모양의 샤워코롱에 눈길이 멈추었다. 유리병 입구를 덮는 동그란 모양의 뚜껑이 살짝 열려 있었다.

오늘 아침, 뚜껑을 닫지 않았을까. 그럴 리 없었다. 여느 때와 마찬가지로 출근 준비를 마친 희준은 방을 나서기 직전, 목덜미와 손목에 샤워코롱을 살짝 뿌리고는 뚜껑을 닫았다. 병 입구와 뚜껑이 제대로 맞물리면 탁, 하는 경쾌한 소리가 났다. 희준에게 그 소리는 새로운 하루가 시작되는 소리였다. 오늘도 다르지 않았다. 분명 그랬다.

희준은 차분해지려 애썼다. 거실로 다시 가 식탁 위에 두었던 캔맥주와 오징어를 챙겨 노트북 앞에 앉았다. 탁상시계에서 카메라 칩을 꺼내 노트북에 연결했다. 퇴근하고 나서 매일 하는 일이었으므로 이제는 제법 능숙해졌다. 2배속으로 화면을 돌리다가 3배속으로, 4배속, 5배속으로 속도를 높였다. 10시, 12시, 13시, 15시, 16시, 시간을 알리는 숫자가 빠르게 흘러갔지만 아무 일도 일어나지 않은 화면은 오히려 시간이 정지된 것처럼 보였다. 지루하게 돌아가던 화면에 뭔가 잡힌 것은 두 번째 캔맥주 뚜껑을 땄을 때였다. 뭔가 나타났다. 마치 그림자처럼, 홀연히, 예고 없이, 누군가가 나타났다. 희준의 손가락이 재빨리 정지 버튼을 눌렀다. 안방 입구에 누군가의 뒷모습이 보였다. 카키색 점퍼에 청바지를 입었고 야구모자를 썼다.

희준의 심장이 쿵쾅대기 시작했다. 화면은 19시 20분에 머물러있었다. 희준이 집에 오기 불과 한 시간 전이었다. 그 사람이 현관문을 열고 집에 들어오는 순간은 카메라의 위치상 잡히지 않았다. 희준의 집에 첫발을 내디딘 순간을 볼 수 없었으므로, 그는 마치 연기처럼, 바람처럼 그곳에 나타난 것처럼 느껴졌다. 희준은 화면 속 뒷모습을 뚫어지게 응시했다. 뒷모습의 그 사람이 금방이라도 뒤로 돌아 자신을 바라보고 있는 희준에게 달려들 것처럼 느껴졌을 때, 희준은 재생버튼을 눌렀다.

그는 천천히 안방으로 걸어 들어갔다. 마치 자동인형이 스르륵 움직이는 것처럼 자연스러웠고 조용했다. 모자의 음영에 가려 얼굴은 식별하기 힘들었다. 남자는 화장대로 걸어가 샤워코롱을 집어 들었다. 뚜껑을 열고 냄새를 맡더니 한동안 그대로 있었다. 남자가 샤워 코롱을 다시 내려놓았다. 그리고 희준의 책상과 책장을 차례로 훑어보더니 책 하나를 꺼내 펼쳐보았다. 뒷모습만 보였으므로 무슨 책인지는 알 수 없었다. 몇 분의 시간이 흐른 뒤 남자는 다시 책을 책장에 꽂아 넣고 몸을 돌렸다. 희준은 정지버튼을 누르고 책장 쪽으로 다가갔다. 남자가 서 있는 위치에 가서 책장을 살펴보았다. 약학개론, 생리학, 유기화학실험, 이라는 제목들이 눈에 들어왔다. 전공서적을 꽂아둔 칸이었다. 뭔가가 비틀어지는 기묘한 감각이 느껴졌다. 희준은 다시 노트북으로 돌아와 재생버튼을 눌렀다. 남자는 옷장 쪽으로 다가가 문을 열었다. 옷걸이에 걸려 있는 감색 트렌치코트를 슬쩍 만졌다. 희준이 대학교에 입학했을 때 엄마가 사준 옷이었다. 엄마로부터 받은 마지막 선물이었고 희준이 가장 아끼는 옷이었다. 남자는 다시 몸을 돌려 옷장 옆의 5단 서랍장을 칸칸마다 열어보았다. 밑에서 두 번째 칸은 브래지어와 팬티 등 속옷을 개켜 놓은 곳이었다. 남자는 베이지색 팬티를 집어 들고 냄새를 맡았다. 희준은 다시 정지버튼을 눌렀다. 서랍장으로 가 속옷이 담긴 칸을 열었다. 맨 위에 놓인 베이지색 팬티를 집어 쓰레기통에 넣었다. 남은 캔맥주를 단숨에 들이켜고 다시 노트북 화면 앞에 앉아 영상을 재생시켰다.

남자는 서랍장을 닫고 침대에 다가가 앉았다. 회색 스트라이프 이불을 쓰다듬다가 그대로 누워서 한동안 움직이지 않았다. 모자가 위로 살짝 들렸지만 얼굴을 식별하기에는 부족했다. 몇 분이 흐른 뒤 남자가 일어섰다. 구겨진 셔츠를 반듯이 하고 모자를 벗었다가 다시 눌러썼다. 희준은 영상을 뒤로 돌려 모자를 벗은 남자의 얼굴을 살폈다. 수염을 깎지 않은 듯 거뭇해진 턱을 한 남자의 얼굴을 확대했다. 살짝 휘어진 매부리코를 알아차리는 순간 맥주가 사레들려 한참을 컥컥거렸다. 노트북 화면에 뿜은 맥주거품 아래로 남자의 얼굴이 잠시 흔들리는 것 같았다. 그 남자는 백철진이었다.

27

백철진, 그가 나타났다. 그가 내 방에 몸을 들였다.

아무 일 없었어, 사랑하니까, 너무 좋아서, 그래서. 강원도 평창 어느 펜션에서의 그날 밤, 백철진은 희준에게 그렇게 말했었다. 아직도 그의 축축한 목소리를 지우지 못했는데, 그가 나타났다. 희준은 동영상을 계속 재생해서 같은 화면을 몇 번이고 다시 보았다. 그가 맞았다. 백철진, 그가 왜, 도대체 왜.

희준은 백철진이 등장하는 4분 27초의 동영상을 노트북에 저장했다. 백철진은 홀연히 나타났던 것처럼 홀연히 사라졌다. 조용히 몸을 들이고 잠잠히 몸을 거두어갔다. 희준의 침대에서 벌거벗은 희준의 사진을 앞에 두고 정액을 흩뿌리는 이상한 짓은 하지 않았다. 그렇다면 그 짓을 한 사람은 따로 있는 것인가. 아니면 오늘만 백철진이 점잖게 굴었던 것인가. 점잖게 굴다니, 남의 집에 허락도 없이 들어와 남의 물건을 만지고 헤집고 다닌 남자를 점잖다고 말하다니, 자신이 정신 나간 게 틀림없다고 희준은 중얼거렸다. 걸레년, 언제 대줄 거야, 라며 백철진이 사진을 전송해올지는 아무도 모를 일이었다.

희준은 잠시 고민하다가 신두성 선배에게 전화를 걸었다. 희준의 대학시절 약학과의 학생회장이었고 동창회에서 총무를 맡고 있던 까닭에 졸업생들의 소식에도 밝았다. 무엇보다 그 사건을 맡아 일을 마무리했던 이가 신두성 선배였다. 소식이 끊긴 백철진의 이후 행방에 대해서 알 수 있는 이는 그밖에 없었다.

"선배, 저 희준이에요, 구희준."

"그래, 희준아. 반갑다. 잘 지내지?"

"네, 선배도 잘 지내시죠? 지금 바쁘신가요?"

"지금 술자리에 있는데 곧 끝나가. 이따 전화줄게."

"네, 기다리겠습니다."

신두성 선배의 전화를 기다리면서 희준은 동영상을 다시 보았다. 모자를 벗은 짧은 순간 드러난 백철진의 얼굴을 몇 번이고 들여다보았다. 그러다 갑자기 이 모든 일에 염증이 났다. 겨우 찾은 보통의 생활을 또 다시 앗아가는 백철진에 대한 분노가 맹렬하게 솟아올랐다. 동영상을 들고 경찰서를 찾아가 남의 집에 무단침입한 그를 처벌하고 끝내는 게 낫지 않을까 싶었다. 당장이라도 그렇게 하고 싶었다. 그런데 마음 한켠에서 낮은 목소리가 들렸다. 그 목소리는 이렇게 말했다. 왜 그런 짓을 하는지, 그 이유는 알아야 하지 않겠어, 백철진을 만나봐야 하지 않겠어. 곧바로 다른 목소리가 강하게 항의

했다. 무엇을 확인하기 위해? 이유를 알아서 뭐하게? 죄를 지었으면 벌을 받으면 되는 거야, 예전에도, 지금도, 잘못을 저지른 건 그야. 죄를 지은 이유조차 내가 알아야 할 필요가 있어? 내가 왜 그래야 되는데? 백철진 때문에 나는 충분히 고통스러웠어. 낮은 목소리도 지지 않았다. 백철진이 학교를 떠날 때, 마냥 기뻤어? 아니잖아. 한 남자의 인생을 망쳐버렸다는 죄책감, 전혀 느끼지 않았다고 말할 수 있어? 다른 목소리가 소리쳤다. 죄책감 같은 거 내가 왜 느껴야 되는데? 난 피해자야! 고통 받은 건 나라고!

너 때문에 한 남자의 인생이 망가졌다, 고 말한 사람은 백철진도, 신두성도 아닌, 별로 친하지 않은 과동기 우서진이었다. 우서진이 유독 백철진과 친한 사이라서, 백철진이 유독 전도유망한 청년이라서 한 말은 아니었다. 백철진은 잘나지도 눈에 띄지도 않은 평범한 학생이었다. 평범한 학생들이 그렇듯 백철진은 수업을 빼먹지는 않았으나 두드러지게 활약하지도 않았고 수업이 끝나면 아르바이트를 하는지 조용히 학교를 빠져나갔다. 학과 행사에 얼굴을 들이밀기는 했으나 마지막까지 남아 있은 적이 없었고, 학점이 나쁘지는 않으나 장학금을 신청할 정도는 아닌, 말하자면 '그저 그런' 학생이었던 것이다.

그저 그런 학생이었던 백철진이 희준의 삶에 걸어 들어온 것은 약학대 1학년 여름방학, 의료봉사를 떠난 강원도 화천의 어느 산골마을에서였다. 의과대학과 약학대학 학생회에서 1년에 한번 공동으로 진행해왔던 의료봉사였다. 약학과 학생들은 2인 1조가 되어 강원도 오지마을을 돌며 어르신들이 복용하고 있는 약을 점검하고 복약지도를 했다. 희준의 파트너가 과동기인 백철진이었다. 둘은 거의 말을 섞어본 적이 없었지만, 낯선 오지마을에서 고집 센 어르신들을 상대하는 일을 함께 하다 보니 제법 친해졌다. 백철진은 말수가 없었지만 예의 발랐고, 먼저 나서 뭔가를 주도하지는 않았지만 일단 일이 맡겨지면 성실하게 해냈다. 있는 듯 없는 듯한 존재감에도 유독 희준의 말에 잘 웃던 백철진이 내내 신경이 쓰였다. 4박 5일의 의료봉사를 마치고 서울로 올라가는 버스 안에서 희준은 백철진에게 말했다. 우리 사귀자.

연애도 그저 그랬다. 그저 그런 것이 희준은 좋았다. 캠퍼스 커플이라고 떠들썩하게 연애과정을 생중계하는 그런 건 딱 질색이었다. 둘은 각자의 일을 열심히 했고, 만나서도 남들 다 하는 일들을 하며 그렇게 연애했다. 첫 섹스는 희준의 집이었다. 둘 다 처음이었고 허둥지둥 일이 끝났지만 싫지 않았다. 남들과는 하지 못한, 가장 은밀한 것을 나눠 갖는다는 느낌이 특별했다. 개학을 하고 가을 학기가 시작되었다. 학기가 끝나기 전 백철진은 군대에 갔다. 희준은 연애를 끝내지 않았고, 백철진도 어쩌자는 말이 없었다. 그렇게 둘은 연인 사이를 유지한 채 군인의 휴가 기간에 맞춘 짧은 데이트를 하며 일 년 반 남짓을 연인으로 보냈다. 남자친구가 군대에 있다고 해도 희준은 크게 외롭지 않았다. 백철진과 몸은 떨어져 있어도 마음은 연결되어 있다고 느꼈다. 게다가 장학금을 타기 위해 학과 공부에 매진했어야 했고, 알바와 스터디까지 해내려면 시간은 늘 부족했다. 그리고 백철진이 상병 마지막 휴가를 받고 왔을 때, 과수련회 일정이 겹쳤다. 둘은 오랜만에 함께 과행사에 참여했다. 그리고 평창의 한 펜션에서 그 일이 일어났다.

백철진이 학교를 떠나게 되었을 때 우서진이 희준에게 그렇게 말했다. 너 때문에 한 남자의 인생이 망가졌다. 물론 다 그런 건 아니었다. 몇몇은 그런 짓을 저지를 놈인지 몰랐다며 세상에 둘도 없는 나쁜 새끼라고 백철진을 욕했다. 그렇게 욕을 하는 이들은 자신은 백철진과 다르며, 그런 짓을 저지를 사람이 아니라는 것을 보여주고 싶어 했다. 한 남자의 인생을 망가뜨려놓은 여자와, 나쁜 새끼로부터 '당한' 여자, 그 어느 것도 희준의 진실과는 상관이 없었다.

진실은 무엇일까. 실제로 무슨 일이 일어난 것일까. 희준은 그 질문을 스스로에게 수도 없이 던졌었다. 아무 일 없었어. 사랑하니까, 너무 좋아서, 라고 백철진이 말했을 때, 희준은 백철진의 말을 곧이곧대로 믿고 싶었다. 차라리 그 말이 진실이길 바랐다. 정말 아무 일이 일어나지 않았기를, 그래서 희준의 삶이 예전 그대로이기를, 멀쩡하기를, 바랐다.

이년 전 그날 밤이 블랙홀이 되어 희준을 빨아들이려는 순간, 전화벨이 울렸다. 신두성 선배였다.

"희준아, 목소리 들으니까 정말 반갑다. 무슨 일 있어?"

"선배, 혹시, 소식 아세요? 백철진."

"어, 철진이? 갑자기 왜?"

"그냥, 좀 궁금해서요."

"그래, 너도 걱정이 되겠지, 잘 사나 어쩌나 신경 쓰이겠지. 그 녀석 부침이 많았어. 학교 그만두고 곧바로 회사에 들어가긴 했지. 큰아버진가가 경영하는 회사였는데 적성에 안 맞다고 얼마 안 되서 그만뒀고. 그 뒤로는 중국 상하이에서 의류 사업한다고 한동안 소식이 뜸했지. 중국에 몇 달 있었나? 어느 날 귀국했다고 전화가 오긴 했어. 한번 만나기도 했고. 대학에 다시 들어가려고 공부한다던데. 그 후로 소식이 끊겼어. 대학을 갔는지 어쨌는지 모르겠다. 그게 올해 초쯤일 거야, 아마."

"그 후로 소식은 모르시고요?"

"몰라. 동기 녀석들한테도 연락 안하나보던데."

백철진의 이후 행적에 대해 신두성 선배가 알지 못한다면 누구도 알지 못할 거라 희준은 생각했다.

"알고 계신 전화번호 주세요, 백철진 번호."

"왜? 연락해보려고?"

"그럴지도요."

"문자로 보내줄게. 역시 우리 희준이 멋져. 잘 생각했어. 오래 전일이니 훌훌 털어버려. 살다보면 그보다 더 큰 일도 겪으면서 어른이 되가는 거니까. 여튼 잘 지내라. 동창회 하면 참석하고. 네 안부 묻는 선후배들 많아. 알았지?"

"…네."

시간이 모든 것을 해결해주지는 않더라고 말하고 싶었지만 희준은 네, 하고 대답하고는 전화를 끊었다. 어른이 되어가는 과정에서 겪어야 하는 수많은 일들 중 하나였을 뿐이라고 선배는 말했다. 희준도 그렇게 생각하려 애썼던 시간들이 있었다. 평창에 다녀온 후에도 평상시와 다름없이 수업을 들었고 과동기들과 술을 먹었으며 알바를 했다. 그 사이 계절이 바뀌고 방학이 되었다. 희준은 여전히 등록금과 생활비를 벌기 위해 알바를 두세 탕씩 뛰었고 토익 학원에 다녔으며 스터디를 했다. 해야 할 일이 있다는 건 고마운 일이었다. 몸을 굴려야 학비와 생활비가 나오는 흙수저라는 게 다행스럽게 느껴질 정도였다.

당시의 희준은 평범한 일상을 빼앗기고 싶지 않아 기를 쓰고 있었다는 걸, 나중에 알았다. 그러나 기를 쓸수록 일상이 뒤틀렸다. 방학이 끝나가고 개강일이 다가올수록 숨이 차오르는 느낌이 희준을 덮쳐오곤 했다. 입술이 부르텄고 누군가 칼로 베어내듯 가슴이 아팠으며 걸어가다 갑자기 주저앉는 일이 많았다. 결국 지독한 몸살이 찾아왔다. 혼몽한 와중에 소리가 끊이지 않았다. 그만둬, 그만두라고. 금방 끝나, 사랑하는데 이 정도도 못해줘? 아프지 않게 할게. 소리 지를 거야.

몸살을 모질게 앓았다. 울고 또 울었다. 그리고 희준은 깨달았다. 몸이 기억하고 있었다. 술에 취해 있었지만, 희준의 몸은 그 날 그 시간에 벌어진 일을 하나도 빼놓지 않고 기억하고 있었다. 눅눅한 손바닥, 삼겹살과 술 냄새가 섞인 숨기운, 시큼하고 물컹한 페니스, 까슬까슬하고 진득한 감촉들. 희준이 원한 적 없고 초대한 적 없는 불쾌하고 불길한 어떤 손길과 몸짓. 희준의 몸은 그 밤의 침입을 한 순간도 잊은 적이 없었던 것이다. 소리 지를 거야, 라는, 낮고도 절박한 외침의 뜻을 희준은 이제서야 알아차렸다. 술에 취해 정신을 못 차렸다고 해서 내게 그런 짓을 해서는 안 되는 거였어, 사랑한다면 더더욱 그래서는 안 되는 거였어, 내가 기억하지 못한다고 해서 아무 일 없었던 걸로 치면 안 되는 거야, 내 몸이 그런 짓을 당했는데도 가만히 있다면, 스스로 비참해지는 길을 내가 선택하는 거야.

무엇을 해야 할지 분명했다. 백철진은 용서를 빌어야 했다. 희준에게 저지른 짓을 사과하고 용서를 구해야 했다. 백철진에게 카카오톡 메시지를 보냈다. 병장이 된 그는 저녁에는 휴대폰을 쓸 수 있으니 문자를 하라고 희준에게 말했었다.

나 사과 받아야겠어. 사과해, 진심을 담아서.

답은 바로 왔다.

뭘?
수련회 때 있었던 일.
수련회? 아, 그거. 아직까지 그걸로 삐져 있는 거야?
삐진 게 아냐. 네가 한 짓에 대해 사과를 받고 싶은 거야.
미안해.
정말로 미안하다고 생각해? 뭐가 미안한데?
내가 억지 부렸잖아.

억지? 억지 부렸다는 말로 부족해. 그건 성폭력이었어.

뭘 그렇게까지. 너도 좋아했잖아. 그래도 내가 억지 부린 건 미안하게 생각해.

내가 좋아했다고? 억지 부린 것이었다고? 백철진은 그날 밤의 무엇을 기억하고 있는 것일까, 그는 지금 사랑싸움이라도 하는 줄 아는 것일까.

넌 내게 성폭력을 저지른 거야. 사랑한다는 이유로 그럼 안 되는 거잖아.

자꾸 왜 그래. 너도 즐겼잖아. 신음소리, 아직도 생생해.

무슨 소리야?

즐기지 않는데 어떻게 신음소리가 나와? 그거 좋아할 때 내는 소리잖아.

거짓말 마. 개소리 그만하라고.

신음소리를 냈다니, 그럴 리 없다. 아무리 술에 취해 있었어도 그런 상황에서 신음소리를 낼 여자는 없지 않은가.

네가 술 취해서 기억이 안 나는 모양인데, 너 좋아했어. 네 신음소리 때문에 내가 더 흥분했다고. 그런 걸 뭐 하러 거짓말을 해?

그럴 리가 없어. 성폭력 인정하고 사과하지 않으면 공개할 거야.

희준아, 왜 그래. 나 사랑하는 거 아니었어?

사랑했지. 네가 나를 강간하기 전까지.

강간? 내가 너를 강간했다고? 어떻게 그렇게 말해? 그냥 우린 보통
때처럼 한 것뿐이야. 술에 취해서 좀 거칠긴 했지만.

그렇지 않아. 백철진, 그렇지 않아.

뭣 때문에 그래? 내가 싫어진 거야? 헤어지고 싶으면 그렇다고 그냥
말해. 왜 멀쩡한 사람 강간범 만들고 그래? 이유가 뭔데?

그게 이유야. 나는 원하지 않았는데도 너는 계속했어. 그만하라고,
하고 싶지 않다고 말했지만 너는 멈추지 않았어. 그게 이유야, 그게
강간이라고.

한참 동안 말이 없던 백철진이 마지막 메시지를 보내왔다.

씨발, 해볼 테면 해봐. 근데 나한테 뭐가 많아. 사진이랑 동영상. 뭘
찍었는지는 상상에 맡길게. 소라넷에 올리면 베스트 간다는 것만
알아둬.

28

희준은 그때 처음 소라넷이라는 이름을 들었다. 소라넷, 이 뭐하
는 곳인지는 당연히 알지 못했다. 헬조선의 가장 은밀한 지옥, 여자
의 몸을 제물로 광란의 카니발을 벌이는 그곳을, 그때까지도 희준은

알지 못했다. 그곳에 접속해 게시된 글과 사진을 본 그날 밤, 희준은 제 정신이 아니었다. 백철진이 무엇을 찍었는지, 몰래 찍은 걸 어떻게 하겠다는 것인지는, 소라넷에 올라와 있는 동영상으로 짐작할 수 있었다. 백철진이 그럴 리가, 남자친구가 그럴 리가. 거짓말이었다. 거짓말이어야 했다. 뭔가를 찍었다면 기껏해야 두 사람의 얼굴을 찍은 셀카 이미지일 것이다. 놀이공원의 바이킹 앞에서 V자를 하고 싱그럽게 웃고 있는 모습이거나, 맥주잔을 들어 올린 군복의 백철진과 군인 모자를 쓴 희준의 얼굴일 것이다. 다른 뭔가가 있을 리가 없다. 소라넷에서 베스트를 찍을 만큼의 뭔가를 찍고 있다는 걸 희준은 한 번도 알아채지 못했다. 백철진이 몰래 촬영한 것일까? 설마, 그랬을 리가. 그가 왜, 무엇 때문에?

희준은 그날 밤 꿈을 꾸었다. 영화 〈블레이드 러너 2049〉의 한 장면이었다. 대도시 거리를 활보하는 벌거벗은 여자의 거대한 홀로그램 영상이 나왔다. 밝은 살구색 피부가 환하게 빛나는 그 여자는 유두를 드러내고 음부의 털을 내보이며 사람들 사이를 바람처럼 통과해갔다. 홀로그램 여자는 살아 있는 사람이 아니라 이미지로만 존재하는 허상이었다. 그 영상을 보고 사람들은 손가락질하며 낄낄거렸고 누군가는 바지에서 페니스를 꺼내 자위를 했다. 그 여자의 얼굴을, 어디선가 많이 보았다고 생각하면서 희준은 잠에서 깼다. 그 얼굴은, 가슴은, 엉덩이는, 희준의 것이었다. 찍힌 이의 공포, 찍혔을지 모르는 이의 불안감이 영원히 끝나지 않을 장송곡처럼 희준을 에워쌌다.

나중에 백철진은 가해자 진술서에 이렇게 썼다. 희준의 신체부위를 몰래 촬영했다는 건 거짓말입니다. 희준이 저를 강간범으로 몰아 세우길래 저도 모르게 그렇게 말해버린 것입니다. 그러나 희준의 두려움은 작아지지 않았다. 언제든, 어디서든, 자신의 신체부위를 담은 사진이 떠돌아다닐지 모른다는 두려움은 결코 작아지지 않았다. 찍지 않았대. 없는 걸 어떻게 유포하겠어? 설령 유포한다 할지라도 그게 희준이 네 것인지 아닌지 누가 알겠어? 성인사이트에 나돌아 다니는 사진일 수도 있잖아. 과 친구들의 말이 희준에게는 별 도움이 되지 못했다.

 그건 사람들이 말하는 수치심이 아니었다. '성적 수치심'은 희준의 감정을 설명할 수 있는 단어가 아니었다. 수치심, 스스로를 부끄러워하는 마음을 느끼는 것. 희준은 스스로에게 물었다. 나는 내가 부끄러운가? 희준은 부끄럽지 않았다. 분노했다. 화가 났고 불안했으며 우울했다. 공포스러웠고 두려웠으며 슬펐다. 그러나 수치스러운 것은 아니었다. 희준이 초대한 적 없는 불청객이 저지른 일을 왜 희준이 부끄러워해야 하는가? 잘못을 저지른 건 그다. 어느 누구도 함부로 타인의 경계를 침입할 권리는 없는 것이다. 연인이라고 해도 타인이 보호하고픈 경계를 침탈할 권리는 없는 것이다. 침입하고 침탈한 그가 잘못한 일이다. 그가 벌을 받아야 한다. 그러나 친구들의 시선은, 세상의 시선은 그렇지 않았다. 희준은 깨달았다. 몸에 대해 주장할 수 있는 권리는 여자에게 없었다. 그 몸이 내 것이 아니라고 입증할 언어가 여자에게는 없는 것이었다. 한번 남자의 시선에 사로잡힌 몸은, 진실과는 상관없이, 그 몸을 가진 이의 의지와는 상관없이 소비되는 것이다. "네 몸을 찍었다"고 백철진이 말했던 순간, 그게 누구의 것이든, 그건 이미 희준의 것이었다……. 이 모든 것에 항복하지 않을 거야, 절대로 지지 않을 거야, 라고 말하며 희준은 울었다.

개강하자마자 신두성 선배를 찾아가 백철진이 저지른 일을 알렸다. 희준의 말을 가만히 듣고 있던 신두성의 첫 마디는 이랬다. 그런 짓을 저지를 놈으로는 안보였는데. 그럼 제가 거짓말을 하고 있다는 건가요, 라고 묻는 희준의 얼굴을 보고 신두성 선배는 정색을 했다. 그리고 즉시 성폭력대책위원회를 꾸렸다. 문제를 키운다는 반발도 있었다. 주로 남학생들이 그랬다. 희준이 백철진의 행위를 인지하지 못할 정도로 취해 있어 '성적 수치심'을 느끼지 않았을 거라고 했다. 더구나 둘은 연인 사이였으며 섹스하는 관계라는 점에서 그들은 백철진의 행동이 성폭력이었는지 의문을 제기했다. 희준은 가해자의 공개사과문과 퇴학을 원했다. 이제 막 제대한 백철진에게 퇴학은 너무 과한 처사 아니냐는 신두성 선배의 아주 조심스러운 질문에 희준은 말했다. 그럼 제가 학교를 떠날 수밖에 없습니다. 대책위가 꾸려지고 백철진과의 진실공방이 시작되었다. 진실은 자연스럽게 오지 않았다. 모두가 납득할 만한 방식으로 드러나지도 않았다. 희준 자신도 여러 번 길을 헤매었다. 지금처럼, 무엇이 옳은 일인지 헷갈리기만 한 시간들이 흘러갔다. 그러나 한 가지는 확실히 알 수 있었다. 우서진이 "한 남자의 인생이 너로 인해 망가졌다"고 말했을 때,

희준은 명확하게 깨달았다. 성폭력 범죄가 일어나도 망가져야 하는 건 가해자가 아니라 피해자라는 걸.

그렇게 백철진은 학교를 떠났다. 한동안은 그가 가혹한 일을 당했다고 생각하는 과동기들과 어울려 술자리를 몇 번 가지기도 했다고 했다. 신두성 선배도 두어 차례 그를 만나 인생이 끝난 게 아니니 힘내라는 위로의 말을 건넸다고 들었다. 희준은 그가 잘 살기를 바랐다. 그래야 마음껏 미워할 수 있으니까. 그러나 백철진은 잘 살지 못했다. 일방적인 그의 접속이 그걸 말해주고 있었다.

희준은 신두성 선배가 알려준 전화번호를 한참 동안 들여다보았다. 핸드폰을 꺼내 전화를 걸었다. 신호음이 갈 때마다 희준은 전화를 끊어버리고 싶은 마음과 싸워야 했다. 여덟 번째 신호음이 뚜우거릴 때까지, 상대방은 전화를 받지 않았다. 희준은 전화를 끊고 메시지를 보냈다. 나 희준이야, 전화해.

29

지수는 회사 건물 앞에서 출근하는 남자직원들의 가방을 슬쩍 슬쩍 훑어보고 있었다. 무호역사거리의 초대남 모집글이 게시된 그날, 마케팅본부에 속한 네 팀 중 법인 카드를 쓰는 '공식적' 회식을 한 곳은 없었다. 물론 그 사실로 인해 아무 것도 바뀌지 않았다. 팀 전체가 깜빡 잊고 법인카드를 챙기지 않았을 수도 있고, 두 번째 초대남이 말한 회식이란 게 회사 회식이 아닐 수도 있었다. 어쨌든 두 번째 초대남이 올린 사진 속의 사원증은 바뀌지 않았다. 물론 목줄 색깔도.

지수는 끝까지 가보기로 했다. 평소보다 한 시간 일찍 출근해 회사 건물 앞에 서 있었다. 한쪽 어깨에 숄더백을 메고 한 손에는 서류 봉투를, 다른 한 손에는 카페라테를 든 채 누구를 기다리는 것처럼 보이도록 했다. 한 시간 이상을 서 있을 각오로 발이 편한 슬립온으로 신고 나왔다. 오전 7시 30분을 지나자 건물 입구는 출근하는 직장인들로 붐비기 시작했다. 회사의 공식 출근시간은 8시 30분이었지만 한 시간이나 일찍 출근하는 이들이 부지기수였다. 지수는 사람들이 이토록 부지런하게 회사생활을 하고 있는지 새삼 놀라웠다. 물론 지수도 출근 시간 일이 분 전에 헐레벌떡 도착할 정도로 개념 없이 생활하고 있지는 않았지만, 지수보다 한참 일찍 도착해 업무를 시작하는 사람들을 보니 위화감이 느껴졌다. 남들보다 한 시간 일찍 출근하는 이들이 남들보다 앞서가라는 법은 없겠지만, 존경스러워 보이는 건 사실이었다.

지수는 일찍 출근한 이유가 겸연쩍어졌다. 자신과 아무 상관없는 일에, 그것도 성사될지 알 수 없는 삽질에 소중한 아침 시간을 소모해버리는 것은 아닌가, 슬쩍 회의가 들기도 했다. 일찍 출근한 김에 사무실로 올라가 남들보다 한 시간을 먼저 쓰는 그들처럼 업무에 집중하는 게 더 생산적이지 아닐까 하는 생각이 설핏 스쳤다. 그러나 지수는 고개를 저었다. 아냐, 삽질이 아냐. 무호역사거리의 그 여자를 위한 일이고 기화영을 위한 일이기도 해. 그리고 나 자신을 위한 일이야. 여자를 강간하고 불안에 떨게 만든 놈을 잡는 일이고 안전한 사회를 만들기 위한 일이잖아. 이것보다 중요한 일이 없다고 봐, 지금은.

십일월로 접어든 날의 아침은 쌀쌀하다 못해 추웠다. 지수는 뻣뻣해진 목을 돌리고서 카페라테를 한 모금 마셨다. 남자직원들의 서류가방을 놓치지 않으려는 매의 눈으로 건물에 들어서는 이들을 살폈다. 가방들이 지수의 눈을 검색대처럼 통과했다. 검은색이나 브라운색의 직사각형 서류가방이 가장 많았고 젊은 직원들은 백팩을 맸으며, 에코백을 매는 직원들도 있었다. 지수는 화장실에 가고 싶었지만 어차피 출근시간에 맞춰 사무실에 올라가야했으므로 참기로 했다. 시계를 보려고 눈을 돌리려는 찰나, 브라운색 가죽가방이 눈에 띄었다. 그러나 손에 든 사원증이 노란색이었다. 그 옆에 보라색 목줄의 사원증을 든 이는 어깨에 백팩을 매고 있었다. MJ 커뮤니케이션즈 직원들은 건물 로비에 설치된 검색대에 사원증을 스캔해야만 통과할 수 있기 때문에, 건물 입구부터 모두 사원증을 들고 있었다. 그 덕에 지수는 가방과 사원증의 목줄 색깔을 동시에 확인할 수 있었다.

시계를 보니 8시 10분을 지나고 있었다. 십분만 더 있어보자고 생각하면서 다시 카페라테를 한 모금 마셨다. 그때 말쑥한 차림새의 남자가 시계를 보며 건물로 들어서려다 지수를 보고 아는 척을 했다. 남자는 보라색 목줄의 신분증을 손에 들고서 왜 들어가지 않느냐고 물었다. 누구 좀 만나기로 해서요, 라고 대답하면서 지수는 그가 손에 든 가방을 보았다. 브라운색 가죽가방이었다. 가방 전면에 널찍한 포켓이 달려 있었고 핸드폰이 들어있는 듯 가운데가 볼록했다. 가방의 똑딱단추에서 일센티미터쯤 떨어진 곳에 주름이 져 있었다. 가방 아래쪽에 십원짜리 동전만한 크기로 색깔이 연한 부분이 있었다. 가방을 뚫어질 듯 바라보는 지수의 시선을 느낀 남자가 묻는 얼굴을 했다. 지수는 아, 지금 몇 시지, 하면서 핸드폰을 보는 척 고개를 돌렸다. 갑자기 참을 수 없는 요의가 느껴졌다. 그 남자를 따라 건물로 들어선 뒤 일층의 화장실부터 찾았다. 시원한 오줌줄기 소리를 들으며 지수는 시형의 말을 떠올렸다. 의심스러운 사람이 있어, 강필주 선배.

30

"말해. 왜 강필주 팀장이 의심스럽다는 거였어?"

"그게, 기화영이랑 사귀는 것 같기도 하고."

"나는 그렇게 안들은 것 같은데. 취향 어쩌고 했었잖아."

"내가 그랬나?"

"이시형!"

지수는 절박했다. 가죽가방의 주인은 강필주 팀장이었다. 희준이 짚어준 가방의 특징도 얼추 들어맞았다. 물론 강필주가 들고 있던 가방이 사진 속 가방이라고 단언할 수는 없었다. 비슷해 보여도 아닐 가능성 또한 있었다. 가방 아래쪽의 색 바랜 부분과 주름이 그 가방에만 나타나는 특징이라고 100% 단정 지을 수도 없었다. 가죽 가방은 어디든 주름이 질 수 있었고 가방을 바닥에 놓다보면 아랫부분이 빛바랠 확률도 꽤 될 것이었다. 가방의 특징 말고 뭔가 더 확실한 게 필요했다. 그걸, 시형이 알려줄 것 같았다.

"말하는 순간, 나는 배신자야. 남자들의 비밀을 팔아먹는 변절자에 내부고발자가 되는 거지."

"뭐가 그렇게 거창해?"

"거창한 게 아니라 하찮아서 비밀인 거야. 하찮아도 너무 하찮아서 쪽팔려, 그런 비밀을 나눠 갖는다는 게."

"쪽팔린 걸 감내할 줄 아는 남자가 진짜 남자야. 내부고발자가 세상을 바꾸는 법이고. 좋은 사람이 될 기회를 놓치지 마."

"요즘 지수 너 말을 너무 잘하는 거 알아? 어디 드립치는 거 가르쳐주는 학원이라도 다니는 건가?"

"나 지금 진지해. 나한테 아주 중요한 일이거든. 시형이 네가 계속 입을 다문다면 나는 너랑 친구 사이를 끊을 각오가 되어 있어."

시형은 정색을 하고 있는 지수의 얼굴을 들여다보았다. 오른손을 들어 눈썹을 긁적거리며 생각에 잠기더니 이윽고 입을 열었다. 시형이 들려준 이야기는 충격적이었다. 강필주 같이 멀쩡한 남자가 그런 짓을 놀이 삼아 한다는 걸, 남자들의 놀이터가 소라넷만이 아니라는 걸, 내부고발자는 겸연쩍은 듯 낮은 목소리로 들려주었다. 지수는 생각했다. 역시 여자들은 남자를 모른다. 뒤통수 맞고 나서 뒤늦게 그런 남자일 줄 몰랐다며 자책할 뿐.

강필주와 시형은 같은 대학 출신에 동아리 선후배 사이이기도 했다. 누군가 단체카톡방을 만들어 동아리의 남자 선후배들끼리 시시콜콜 사는 이야기를 나누게 되었다. 시형이 단톡방에 초대되었을 때 강필주는 이미 대화방에 들어가 있었다. 처음에는 서너 명의 친한 선후배들끼리 직장 생활의 애환을 나누고 위로하며 취업준비를 위한 정보를 교환하는 등 나름 유익한 공간이었다. 그러다가 연락이 닿는 선후배들이 차례로 합류하면서 대화참여자가 열두어 명까지 늘었다. 수가 많아진 만큼 분위기는 산만해졌고 재미를 위주로 짜집기한 사진이나 동영상인 '짤방'이 가끔 단톡방에 올라오곤 했다. 주로 지하철에서 반려견의 똥을 치우지 않아 신상이 털린 '개똥녀'나 앞에 서 있는 노인에게 끝까지 양보하지 않는 '싸가지녀'같이, 온라인에서 '무개념녀'라는 제목으로 떠돌아다니는 이미지들이었다. 단톡방 사람들은, 공중도덕이라고는 찾아볼 수 없는 여자들을 실컷 욕해주면서 저런 여자 만나면 인생 망친다는 결론에 이르곤 했다.

그러다 '쎈 것'들이 올라오기 시작했다. 시형의 기억으로 단톡방의 분위기가 완전히 돌아선 계기가 된 영상이 있었는데 공무원 시험 준비를 하는 후배가 올린 것이었다. 노량진 도로가에 쓰러져있는 술 취한 여자를 고등학생 교복을 입은 두 남자가 끌고 가 옷을 벗기고 가슴을 만지는 영상이었다. 이들과 한 패거리인 다른 이가 촬영하고 있는 게 분명해 보이는 상황이었고, 벗겨, 육덕진데? 한번 쫘줘? 가슴 죽인다, 야동 한번 찍을까? 라고 낄낄거리는 소리가 생생하게 들렸다. 이 영상이 올라온 후 단톡방에 속한 거의 모든 이들이 한마디씩 했다. 노량진이 천국이었구나, 널린 게 골뱅이인 우리나라 좋은 나라, 속편 나오겠는 걸 기대하겠어, 등의 메시지를 남겼다. 이후 단톡방에 벌거벗은 여자의 사진이나 동영상들이 심심찮게 올라왔다. 노량진 골뱅이의 영상을 올린 공시생 후배를 비롯한 몇 명이 주도하여 남초 커뮤니티에서 베스트를 찍을 만큼 인기 있는 것들을 퍼 나르기 시작한 것이다.

그러다가 단톡방의 분위기를 업그레이드시킨 또 한 번의 반전이 일어났다. 이전까지 주로 온라인에 떠도는 모르는 여자의 사진과 동영상을 띄우고 욕하는 정도였다. 그런 단톡방의 판도를 바꾼 것은 한 장의 사진이었다. 자고 있는 여자의 벌거벗은 상반신 사진이었다. 긴 생머리를 한, 쇄골이 드러난 날씬한 몸매와 싱싱한 젊음을 주장하는 선홍빛 유두의 여자였다. 그것만 놓고 봤을 때 그 이전에 퍼 날라졌던 이미지보다 분명 더 쎈 건 아니었다. 사람들을 환호성 지르게 만든 건 사진설명이었다. 지금 만나고 있는 섹스파트너, 주절먹(주면 절하고 먹을 만큼 외모가 뛰어난 여자)에 비싸게 굴지도 않는 개념녀, 우리 회사 인턴, 인턴 따먹었다고 짜르진 않겠지, 상품평 환영.

저 유두 천만불짜리다!!!

주절먹! 멋집니다. 저는 봉씌먹(봉지를 얼굴에 씌워야 겨우 먹을 만큼 외모가 형편없는 여자)밖에 안 걸리네요. 이번 생은 ㅠㅠ~

저 쇄골에 확 싸버리고 싶네요.

역시 쿨하신 선배~ 베푸신 김에 엉덩이까지 해주시지.

제 손이 지금 어디를 향하고 있게요? 하악하악~

내 섹파랑 바꾸자. 두 명 준다.

상품평이 폭발했다. 모르는 여자가 아니라 자기와 관계하고 있는 여자를, 그것도 벌거벗은 여자의 몸을 공유한다는 사실이 단톡방 사람들을 흥분시키기에 충분했다. 모두를 열광시킨 사람은 바로 강필주였다. 대기업 계열사에서 승승장구하는 강필주가, 자신들과 함께 저급의 놀이를 즐긴다는 게 묘한 안도감을 줌과 동시에, 주절먹 정도의 여자를 섹스파트너로 가볍게 취급하는 쿨한 태도가 약간의 질투심을 유발하면서 분위기를 띄웠다. 그 모든 것이 놀이로 소비되고 있었다. 여자의 벌거벗은 몸은 남자들이 나눠가져도 크게 위협이 되지 않는 최고의 소모품이었다. 사진 속의 여자가 시형이 아는 그 기화영이라는 것을 알았을 때, 시형은 놀이에 동참할 수 없었다. 모르는 여자를 두고 이러쿵저러쿵 하는 것도 과히 유쾌하지는 않았지만, 그래도 그건 스트레스를 푸는 저렴한 방법이라고 치부해버릴 수 있었다. 사진 속 여자들은 살아 있는 존재라기보다는 인형이나 마네킹처럼, 혹은 성적인 연기에 합의한 포르노배우처럼 여겨지기도 했으니 딱히 불편함을 갖지 않았다. 그러나 이건 아니었다. 기화영은 회사 동료였고 매일 얼굴을 마주쳐야 했으며 인격과 꿈과 욕망을 가진 살아 있는 존재였다. 그런 존재에게 그래서는 안 되지 않을까 싶었다. 그러나 시형은 단톡방에 메시지를 남길 수 없었다. 재미로 하는 건데, 놀이 삼아 스트레스 푸는 건데, 너무 진지한 거 아냐, 라는 비아냥을 들을 게 뻔했다. 웃자고 한 말에 죽자고 달려드는 진지충으로 취급받느니 침묵하는 게 나았다. 비겁했지만 어쩔 수 없었다.

"어쩔 수 없었다고? 그걸 말이라고 해?"

지수는 시형을 한 대 때릴 기세로 물었다. 시형은 지수가 그렇게 화를 내는 건 당연하다는 듯 어깨를 으쓱해 보일 뿐이었다.

"미안해."

"미안하긴 해? 너도 공범자야. 그런 사진을 보는 것 자체가 성폭력이라고, 시선 강간이란 말야!"

"말이 좀 심하다. 미안한 마음이 드는 건 사실이야. 그렇지만 나도 배신자로 찍힐 거 각오하고 너한테 말하는 거야."

"여자 가슴 보고 상품평 하듯 주절거리는 게 무슨 대단한 비밀이라고 배신자 운운해?"

"하찮지, 시답잖아. 남자들이 그렇게 시답잖아. 그래서 더더욱 여자들은 몰라야 돼. 남자들이 여자 갖고 그렇게 장난치며 놀고 있다는 걸 몰라야 한다고. 그걸 알면 어느 여자가 남자랑 연애하고 섹스하려고 하겠냐? 여자 앞에서 어떻게 무게 잡고 괜찮은 남자인 척 하겠냐고? 그래서 여자들은 몰라야 해. 모르게 해야 해. 남자들 사이에 암묵적인 합의 같은 거야."

"병신새끼들. 발기나 되는 놈들이냐?"

지수는 한마디 뱉고 생크림맥주를 벌컥 들이켰다. 시형이 벌떡 일어섰다. 지수는 시형의 팔을 잡아끌었다. 시형은 마지못해 앉았지만 굳은 얼굴로 지수를 외면했다.

"미안, 너한테 그러는 거 아냐. 그냥 너무 화가 나. 남자들한테, 세상에, 화가 나서 미칠 것 같아. 근데 뭘 어떻게 해야 할지 모르니까 욕이 나오는 거야, 넌 이해해줘야지."

두 사람은 말없이 한참 동안 앉아 있었다. 지수는 화만 내고 있을 상황이 아니라는 걸 깨달았다.

"그러니까 이렇게 되는 거지? 강필주가 기화영 사진을 올렸으니 그가 몰래 촬영한 건 분명해, 사진을 찍었으면 동영상도 찍었을 거야, 그걸 소라넷에 올렸다?"

"강필주 선배밖에 없잖아."

"정말 남자는 모르겠어. 기화영은 강필주가 그럴 사람이 아니라고 확신하고 있어. 나도 마찬가지였지. 그 사람 어딜 봐서 그런 짓을 할 것처럼 보여?"

"그런 짓을 할 남자가 따로 있는 게 아냐."

"그걸 나도 이제야 안 거야. 그 사진 아직 있지?"

"지워졌어. 벌써 몇 달 전인데 자동 삭제되었지."

"뭐? 증거를 남겨뒀어야지!"

"무얼 증명하려고 그걸 남긴다는 거야? 남자들한테 그건 그냥 놀이 같은 거야. 모바일 게임 같은 거라고. 마블퓨처파이트 한다고 쓰레기인 건 아니잖아. 리니지로 폐인 된 사람들도 있다지만 어쨌든 게임 같은 거라고."

"왜 그렇게 노는 거야? 어떻게 놀잇감이 된 여자 생각은 손톱만큼도 안할 수 있지?"

"여자 배려하는 건 남자답지 못하다는 증거야. 여자를 가볍게, 천하게, 하찮게 여길수록 남자다워지는 거니까. 그렇다고 모든 남자가 그런 건 아냐. 지수야, 그런 문화가 불편한 남자들도 있어, 나처럼."

"너도 남자로 살기 참 힘들겠다. 그래도 여자로 사는 것보다 더 하겠냐?"

지수는 맥주잔을 들어 올려 시형에게 건배를 청했다. 시형이 맥주잔을 들어 지수의 잔에 부딪쳤다. 지수는 자신이 시형과 같은 입장이었더라면 어떻게 했을까 잠시 생각했다. 진지충으로 비난 받을게 두려워 입을 다물었을까? 아니면 진지충이라는 낙인을 무릅쓰고서라도 잘못되었다고 지적했을까? 아님 그냥 말없이 단톡방을 빠져나왔을까? 선뜻 대답할 수 없었다. 단톡방의 그들은 시형이 이십대의 상당 시간을 함께 보낸 친구들이었고 선배들이었다. 그들에게 등을 돌리고 그 네트워크를 통째로 잃어버릴 위험을 감수할 수 있을지 지수도 자신이 없었다.

"혹시 강필주가 다른 거 올린 적 있어?"

"다른 거 뭐?"

"기화영 말고 다른 여자 찍은 거."

"음, 글쎄, 기억 안나."

"단톡방 뒤져보면 되잖아."

"그 많은 걸 언제 다 봐? 왜 그래야 되는데? 선배가 확실하다니까."

"그래, 충분히 의심할 만 해. 근데 시형아, 뭔가 더 있어. 뭔가가 더 있단 말야."

시형은 그럴 줄 알았다는 표정으로 물었다.

"지수 너, 나한테 말 안한 거 있지?"

"혹시 말야, 알고 있으면 말해줘. 강필주 팀장 핸드폰 잠금 푸는 패턴."

시형은 기가 막히다는 듯 지수를 바라보았다. 지수는 자신이 알고 있는 것을 시형에게 더 이상 감출 수 없을 것 같았다. 시형의 도움을 받기 위해 무호역사거리의 초대남 사건을 말해줘야 할 것 같았다. 지수는 남은 맥주를 단숨에 들이켜고 시형을 바라보았다. 그리고 말했다.

"초대남 알잖아. 소라넷에 매일 밤 올라오는 초대남 모집글. 10월 24일 토요일 새벽에 무호역사거리 초대남 모집글이 올라왔고 세 남자가 초대되었어. 닷새 후에 골뱅이 이어달린 후기가 사진과 함께 올라왔는데, 거기 뭔가 있었거든. 그래서 확인해야 해. 강필주 핸드폰에 그 사진이 있는지, 강필주가 그 사진을 찍었는지, 강필주가 초대남이었는지 말야."

시형은 설마, 하는 표정으로 지수를 바라보았다. 설마, 그런 짓까지 했겠어, 그 강필주 선배가? 라고 시형은 묻고 싶을 것이다. '그런 짓을 할 남자'가 따로 있는 게 아니라고 인생 다 살아버린 내부고발자의 얼굴로 시형은 말했지만, 그럴 남자에 대한 그의 상상력도 지수의 그것과 크게 다르지 않다는 걸 표정이 말해주고 있었다. 지수는 희준이 사진에서 발견한 것을 시형에게 알려주었다. 그리고 오늘 아침 출근하는 동료들을 살피면서 지수 자신이 발견한 것과, 앞으로 강필주의 핸드폰에서 발견해야 하는 그 무엇까지 모조리 일러주었다. 시형은 잠자코 지수의 설명을 들었다.

"그래, 강필주 선배 핸드폰에 그 사진이 있다 쳐. 어떻게 할 건데?"

"경찰에 신고해야지."

"뭘로 신고해?"

"집단강간에 동참한 강간범이잖아."

"강간범은 피해여성이 신고해야 되는 거 아냐? 친고죄라서."

"친고죄가 폐지된 게 언젠데 아직도 그딴 소리야? 2013년에 없어졌거든. 세상 돌아가는 거에 관심 좀 가져라."

"그런가? 그래도 강간 피해자가 있어야 범죄가 성립되는 거 아냐? 피해당했다고 주장하는 사람이 없는데 어떻게 가해 사실을 입증할 건데?"

지수는 시형의 질문에 선뜻 답을 하지 못했다. 그 생각까지는 못했다. 초대남 모집글과 댓글들, 후기 등을 볼 때, 명백히 강간은 일어났고 그것도 게시자와 세 명의 초대남이 가담한 집단강간이었으니, 그 범죄에 가담한 사람이 누구인지 밝히면 된다고 생각했다. 그런데 피해를 당한 여성이 스스로의 피해를 주장하지 않는다면 가해사실 자체가 성립되지 않을 수도 있을 것이다. 골치 아팠다.

"그건 나중에 생각하고 우선은 증거 확보하는데 힘을 모으자고."

"힘을 모으자?"

"시형이 네가 도와줘야 해. 강필주가 공과 사를 냉정하게 따지는 사람이긴 하지만, 시형이 너를 편하게 대하는 건 사실이잖아. 서류 정리하는 거, 업체와 미팅 날짜 잡는 거, 주로 너 시키잖아. 외근 나 갈 때도 너를 데리고 가고. 강필주 주변을 얼쩡거려도 별로 이상하지 않을 사람은 너뿐이야."

"그렇게 부하직원 아껴주는 상사 뒤통수를 치는 악역을 맡으라는 거잖아."

"내부고발자가 세상을 바꾼다고 몇 번 말하냐? 그리고 아직 확실한 건 아니야. 아니면 다행인 거고 맞다면 정의구현을 해야 하는 거고. 핸드폰 뒤져봐, 노트북도."

"알고는 있는 거냐? 너는 지금 친구한테 범죄행위를 시키고 있어."

"이번 생은 어쩔 수 없어."

"그냥 너한테 절교당하는 게 나을 뻔했어."

"그 여자를 생각해봐. 어떻게 그런 짓을 해? 살아 있는 사람한테 어떻게 그래? 꼭 잡고 말거야. 변태 새끼들 꼭 잡아 처넣을 거라고."

시형은 굳은 얼굴로 맥주잔을 들어올렸다. 무슨 놈의 정의구현에 꽂혀서 생고생이야, 라고 중얼거리며 술을 마셨다.

제5장

데드라인

31

이십층 건물의 외벽 상단에 위풍당당하게 걸려 있는 MJ 커뮤니케이션즈 로고를 기화영은 한참 동안 바라보고 있었다. 손에는 보라색 목줄이 달린 사원증이 들려 있었지만 선뜻 건물 안으로 들어서지 못했다. 이 건물에 처음 들어선 그날이 떠올랐다. 한국에서 손꼽히는 브랜드 네이밍 전문가가 되고 말리라는 당찬 마음으로 회전문을 통과해 인턴교육장으로 향했다. 소속팀이 결정되고 사무실의 자리를 배정받고 난 후에도 매일 아침 사원증을 들여다보며 설레는 마음으로 출근하곤 했다. 정말로 입사하고 싶었던 회사였고 반드시 정직원이 되겠다는 결의를 다지며 살아남기 위해 최선을 다했다. 그러나 오늘, 회사 건물과 로고를 보고서도 깊게 가라앉은 기화영의 마음은 어떤 긍정적인 파문도 일지 않았다. 자신을 둘러싼 모든 것이 이렇게 빨리 변할 수 있단 말인가. 기화영은 회전문에 들어서면서 생각했다.

회사를 계속 쉬기는 힘들었다. 인턴직원의 '역량강화' 프로그램을 종결하고 평가서를 작성해 보고해야 할 데드라인이 다가왔다. 다섯 명의 인턴 중 기화영의 발표만 남았다. 어제 강필주가 전화를 걸어와 오늘 광고기획안 발표를 끝내야만 평가 대상에 오를 수 있다고 말해주었다. 만약 발표를 하지 않는다면 정직원으로 선발될 가능성은 없어진다는 뜻이었다.

거의 일주일 만에 출근한 회사는 겉보기에 달라진 것은 없었으나 모든 것이 미묘하게 바뀌어 있었다. 사람들의 시선이 묘하게 달라져 있었다. 누가 대놓고 싫은 소리를 하지는 않았지만, 부모님 상을 당한 것도 아니면서 며칠씩 휴가를 보낸 인턴 직원을 곱게 볼 리는 없었다. 게다가 한류를 타고 동남아시아 국가의 광고 수주가 쏟아지고 있는 상황에서 직원들은 눈코 뜰 새 없이 바빴다. 이럴 때 집안일을 핑계로 며칠씩 출근하지 않은 인턴은 누가 봐도 이 회사에 뼈를 묻을 각오를 하지 않은 것으로 이해될 것이었다. 기화영이 세상에서 가장 중요한 무언가를 빼앗기고 고통스러워한다는 건 사람들에게 아무 상관없었다. 아니, 알릴 방법이 없었다. 가장 중요한 것을 도둑질 당했음에도 그것이 무엇인지 사람들이 알지 못하도록 꽁꽁 감춰놓아야 했다.

지독한 외로움이 밀려왔다. 기화영을 뺀 세상의 시간은 유유히 흘러갔다. 기화영의 시간만 다르게 흘러갔다. 보통의 시간들은 기화영의 손가락 사이로 빠져나가는 것 같았다. 다시 뒤돌아서서 사무실을 나가고 싶은 마음을 억누르며 기화영은 자리에 앉았다. 어쨌든 회사에 왔으니 일을 하자, 라고 생각하며 노트북을 켰다. 맞은편 사무실 칸막이 위로 유상혁의 얼굴이 보였다. 기화영을 바라보면서 기분 나쁜 미소를 짓고 있는 그의 얼굴에서 기화영은 뭔지 모를 악의를 읽었다. 저 사람은 본 것인가, 동영상의 나를 보고서 저런 얼굴을 하는 것인가.

서류작업과 회의록 작성, 일정표 업데이트 등 밀린 업무를 해치우느라 정신없이 오전이 지나갔다. 강필주 팀장과 팀원들이 점심을 먹으러 나갔다. 기화영은 속이 좋지 않다는 핑계를 대고 그들과 합류하지 않았다. 지수가 회사 앞 빵집에서 샌드위치와 커피를 사다 주었다. 기화영은 문서를 작성하면서 샌드위치를 먹었다. 오후에도 일은 쉴 틈 없이 밀려들었다. 어느새 오후 네시가 되었다. 마케팅 제2팀의 팀원들이 하나둘 일어서 회의실로 향하는 것을 보고 기화영은 출력해놓은 서류를 들고 자리에서 일어섰다. 회의실의 스크린 앞에 선 기화영을 보고 유상혁이 다시 기분 나쁜 미소를 지었다. 기화영은 유상혁에게서, 마케팅본부 제2팀에게서, MJ 커뮤니케이션즈에게서 도망치고 싶은 마음을 애써 억눌렀다. 손바닥이 촉촉해졌고 등줄기에 식은땀이 흘렀다. 강필주가 시작하라는 눈짓을 보내왔다. 기화영은 흠흠, 목을 가다듬었다. 자신이 떨고 있다는 생각에 걱정이 되었지만 다행히 목소리는 평소와 다름이 없었다.

"한 입 베어 물 때 누군가가 생각난다면, 그가 바로 당신의 히든

카드입니다."

기화영은 PPT 문서의 다음 페이지를 화면에 띄웠다.

"노량진 독서실입니다. 트레이닝복 차림의 여자 취준생이 휴게실에 들어섭니다. 손에 들고 있던 쇼핑백에서 조심스레 뭔가를 꺼냅니다. 오렌지치즈타르트이죠. 플라스틱 칼로 타르트를 반으로 자른 뒤 한입 두입 먹습니다. 타르트의 반을 남긴 채 다시 조심스레 상자에 넣고 나서, 비어 있는 누군가의 책상 위에 타르트를 놓아둡니다. 잠시 후 그 누군가가 책상에 다가와 타르트를 발견합니다. 포스트잇이 있습니다. 어제 커피, 고마웠어. 절반이 딱 좋아. 쪽지를 읽는 이의 웃는 얼굴이 클로즈업 됩니다. 비슷한 트레이닝복 차림의 여자 취준생입니다."

"뭐야? 여자야?"

"끝까지 들어보죠."

"네, 여자입니다. 여자들의 우정이라는 컨셉입니다. 광고에 등장하는 두 사람은 커피를 반잔씩 나눠 마시고 타르트도 절반씩 나눠 먹는 사이입니다. 절반이라서, 먹고 남은 거라서 나눌 수 없다면 친밀한 관계가 아니겠죠. 경제적 능력이 있는 사람들이라면 굳이 그럴 필요도 없구요. 아직은 능력을 갖추지 못해서 온전한 것을 나눌 수는 없지만, 자기가 누리는 것의 절반이라도 나누고 싶은 마음을 편하게 내보일 수 있는 관계, 그것이 친구라고 저는 생각합니다. 여자들끼리의 우정은 불가능하다, 사람들은 말하죠. 여자들이 친하게 지내면 레즈비언 아니냐 수군거리기도 하구요. 사실은 성적 취향과 상관없이 여자들은 우정을 갈구합니다. 친구가 소중합니다. 그걸 담아 보고 싶었습니다. 제품의 이름은, 반반타르트."

한동안 입을 여는 사람이 없었다. 모두 기화영의 기획안이 의외라는 표정이었다. 기화영 자신도 이런 내용으로 기획안을 발표하리라고 예상하지 못했다. 원래는 일과 사랑을 모두 성취한 알파걸이 몰디브에서 멋진 휴가를 보내고 돌아와, 다시 일상으로 돌아가기 전날 밤 타르트를 먹으며 "난 내가 좋아"라고 말하는 장면을 구상했었다. 세상을 향해 멋지게 날아오르는 자신만만한 나르시시스트 여성은 기화영 자신이 꿈꾸는 바이기도 했고, 많은 여성들의 로망이기도 했으니까. 그러나 동지수의 발표를 들으면서 컨셉이 묘하게 겹치는 부분을 수정해야겠다고 생각했다. 그리고 동영상의 존재를 전해 듣고 집으로 가던 길, 버스 뒷자리에 탄 고등학생으로 보이는 두 여학생의 대화를 우연히 듣게 되면서 기획안의 방향을 완전히 틀게 되었다. 별 다를 거 없는 대화였다. 이번 시험 폭망이야, 라고 가는 목소리가 말하자, 그 옆의 학생이 까칠한 목소리로, 엄살충, 이라고 쪽을 줬다.

"정말이야, 영어를 두 개나 틀렸어."

"재수 없어, 꺼져."

"점수 내려가면 용돈도 내려가. 너 햄버거도 못 사준다고. 슬프지 않냐?"

"용돈은 깎여도 햄버거는 사줘야지."

"그런 선행을 내가 왜 해?"

"내가 좀 이쁘잖아."

"우웩."

가는 목소리가 구토하는 시늉을 하자 등짝을 스매싱하는 소리가 들렸다. 아악, 아파, 하고 소리치는 가는 목소리에게, 까칠한 목소리가 말했다.

"뭐야, 나 이쁘다며? 옳은 말만 하는 너의 그 입으로 어제 말했거든."

"옳은 말만 하는 나의 이 입으로 오늘 말할게. 너 못생겼어, 와꾸 별로라고."

"화성으로 꺼져버려. 내가 무슨 짓을 저지를지 나도 몰라."

"앞머리를 이렇게 반으로 가르면."

가는 목소리가 까칠한 목소리의 앞머리를 만지는 모양이었다.

"가르면 더 이뻐?"

"노답."

"오늘 말로 안 끝날 것 같지, 응?"

"성형하는 게 빠를까, 다시 태어나는 게 빠를까, 노답일세. 극강 난이도."

"친구가 아니라 웬수였어."

둘은 뭐가 좋은지 낄낄거렸다. 외모가 노답이라 해도, 친구가 아니라 웬수라고 해도, 호들갑을 떨며 웃었다. 웃음의 여운이 가실 즈음 까칠한 목소리가 말했다.

"미안한데, 나 영어 다 맞았어."

"뭐? 그 어려운 걸 다? 뭐 이런 사람 아닌 게 있어?"

"그분이 오셨어. 답이 막 보였어."

"으윽, 절교야. 영어 만점 맞는, 사람 아닌 것하고 친구할 수 없지. 지금 이 순간부터 우리 친구 아니야."

"친구였어? 애인인 줄 알았지."

"미친. 꺼져."

둘은 다시 낄낄거렸다. 여고생들이 흔히 나누는 별 영양가 없는 대화였고, 기화영 자신도 고등학생이던 시절 단짝친구와 그렇게 시시덕거렸던 그저 그런 대화였다. 그러나 그 대화는 묘하게 기화영의 마음을 사로잡았다. 어제는 이쁘다고 말하고 오늘은 와꾸 별로라고 말하는 그 비일관됨이 두 사람에게는 아무 문제가 되지 않았다. 성적이 자신보다 잘 나왔다고 절교하자는 상대에게 애인 사이 아니었냐고 대꾸하는 그 천연덕스러움에, 동영상에 사로잡혀 있던 기화영도 슬쩍 웃음이 나왔다. 그들 두 사람이 쓰는 말들은 단어 자체의 뜻에 구애받지 않고 두 사람 사이를 자유롭게 활보하는 느낌이었다. 미친, 꺼져, 절교, 엄살충 등 보통의 사람들에게는 쓰지 못할 단어들이 거침없이 쏟아졌지만 그 말들은 누구도 상처 입히지 않고 있었다. 저런 게 친구가 아닐까, 저런 게 친구 사이가 아닐까. 못생겼다고 말하는 상대에게 꺼져, 라고 말할 수 있는 그런 사이를, 한때는 기화영도 갖고 있었으나 지금은 없는 그런 사이를, 기화영 자신이 그리워하고 있다는 것을 깨달았다.

영주가 떠올랐다. 고영주, 단짝이라 부를 수 있었던 유일한 친구.

고등학교 이학년 사월이었을 것이다. 기화영은 화장실에서 팬티에 묻은 핏자국을 보고 당황했고 교복치마의 엉덩이 부분에 제법 큼직한 얼룩을 발견하고서 시름에 잠겨 있었다. 마침 체육복도 집에 두고 온 터라 갈아입을 옷도, 가릴 옷도 없었다. 그때 고영주가 화장실에 들어와, 어두운 얼굴을 하고서 치마 뒷부분을 거울에 비춰보고 있는 기화영을 보고 말했다. 나한테 체육복 있어, 빌려줄게. 생리대는? 아무 말 없이 서있는 기화영을 보고 고영주는 고개를 끄덕였다. 오분 후 고영주는 생리대와 체육복 바지를 들고 다시 나타났고, 체육복을 기화영에게 건네려다가 말했다. 내가 입는 게 낫겠어. 체육시간도 아닌데 체육복 입고 있다가 담탱이한테 걸리면 벌점 받잖아. 반장인 내가 입는 게 낫지. 적당히 둘러대면 되니까. 잠깐 기다려. 고영주는 화장실로 들어가 옷을 갈아입고는 자신의 교복치마를 기화영에게 주었다. 기화영은 변기 위에 앉아 치마를 갈아입었다. 고영주는 새로 빤 치마를 입고 등교했는지, 이제 막 세탁한 옷에서 날 법한 은은한 민트 향이 났다. 치마는 허리부분이 살짝 넉넉했지만 길이는 짧았고 폭도 타이트했다. 옷을 갈아입고 나온 기화영이 말했다. 고마워, 근데 치마 줄인 거야? 반장도 그런 거 할 줄은 몰랐어. 고영주가 말했다. 펑퍼짐한 치마 입는 찌질이 되는 거, 별로잖아. 기화영은 놀라웠다. 찌질이라는 평판은 반장도 듣기 싫은 거였구나. 공부 잘하고 선생님들한테 귀여움 받고 친구들 사이에서 인기 있는 고영주 같은 애들도 평판이란 것에 신경 쓰는 구나. 잘난 고영주도 사람들의 시선에 무감할 수 없는 한명의 여자 고등학생이라는 사실이

묘한 안도감을 주었고, 그런 심정을 솔직하게 털어놓는 상대가 기화영 자신이라는 것에 마음이 뜨거워졌다. 무엇보다 요란 떨지 않고 친구를 도와주는 고영주의 넉넉함이 부러웠고 좋았다. 다음날 기화영은 고영주의 치마를 깨끗하게 빨아 말끔하게 다림질한 후 되돌려 주었다. 블루베리요거트 스무디 한 잔도 함께였다. 그리고 그 다음 주 중간고사가 끝난 뒤 고영주와 함께 마블 영화 〈어벤저스〉를 보러 갔다. 기화영이 먼저 말했고 예매도 했다. 기화영이 누군가와 가까워지기 위해 적극적으로 다가선 건 그때가 처음이었다.

둘은 표 나게 단짝은 아니었다. 고영주는 워낙 인기 있는 학생이었고 원래의 무리들이 고영주를 에워싸고 있었다. 그러나 가끔, 지루한 야간 자율학습 시간을 버티어내느라 몸이 배배 꼬일 지경이 되거나, 잠을 거의 자지 못할 정도로 중요한 시험을 치르고 억울해서라도 놀아야 하는 주말 오후가 되면, 둘은 따로 만나 영화를 보고 피자를 먹었으며 게임을 했다. 찜질방에서 서로의 머리에 맥반석 계란을 부딪히며 까먹었고, 온탕 안에서 누구의 가슴 발육이 더 좋은지 따져보기도 했다. 고등학교 삼학년에 올라가 반이 나뉜 뒤에도 둘은 단짝이었다. 기화영은 그렇게 생각했다. 너 생각하면서 그렸어, 라며, 열 컷도 안 되는 짧은 만화에 둘이 놀던 이야기를 담아 건네주는 친구, 입술을 쥐어뜯는 버릇이 있던 기화영에게 장밋빛 립틴트를 선물로 주면서, 입술 그만 좀 괴롭혀, 라고 말해주는 친구, 그런 친구가 단짝이 아니면 무엇이란 말인가.

두 여학생이 버스 뒷자리에서 일어섰다. 둘은 버스 하차 문까지 걸어 나오는 동안에도 옆구리를 툭 치고 가방에 달린 인형을 잡아당기는 장난을 쳤다. 둘 다 교복치마를 줄여 입었는지 무척 타이트해 보였다. 버스를 내리는 그들의 뒷모습을 보고 기화영은 고영주가 무척 보고 싶다고 생각했다. 고영주가 옆에 있다면, 동영상 따위는 하찮은 일로 여길 수 있었을 것 같다고도 생각했다. 그런 거였나, 친구란 그런 거였나. 그렇지, 인디언 말로 친구란, 내 슬픔을 등에 지고 가는 이, 라고 한다지. 누군가 등에 진 슬픔이 버거워 보여, 자기 등에 기꺼이 나눠지고 걷는 이라니, 그 말이 품고 있는 아득한 깊이에 그만, 기화영은 울고 말았다. 버스가 출발했다. 창밖으로 아까의 여학생 중 한 명이 보였다. 버스에 내리고 나서 집으로 가는 방향은 다른 모양이었다. 둘은 그렇게 잠시 헤어졌다가, 내일 아침 해가 뜨면 다시 서로를 찾겠지. 이번 생은 노답이다고 놀리면서, 화성으로 꺼져, 하고 윽박지르면서. 그때 기화영은 결심했다. 우정, 여자들의 우정으로 광고를 만들어보자, 라고. 고객 가치창출이니 기억의 사다리니, 3C 분석이니 하는 마케팅 이론과 상관없이, 기화영 자신이 만들고 싶은 그런 걸 만들어보자 라고.

"기화영씨는 여자들의 우정이라고 했지만 레즈비언 삘이 나는 건 어쩔 수 없는 것 같습니다. 특히나 뭔가를 나눠먹는다는 건 타액이 섞인다는 암묵적인 유추가 가능하고요. 이게 보통여자들에게 먹힐 수 있을까요?"

두 여학생의 대화를 곱씹던 기화영은 이지환 사원의 목소리에 정신을 차렸다. 불편한 침묵이 깨졌다.

"이만사천원 하는 타르트도 나눠먹어야 할 만큼 가난하다니 동정심이 생깁니다. 사람들은 동정심을 유발하는 대상에 감정이입하지 않죠. 대상과 분리하려 할 뿐. 그럼 게임 끝입니다."

김민수가 말했다. 기화영이 답했다.

"동정심이 아니라 연민이겠죠. 우정은 연민으로 시작될 수 있습니다. 두 사람이 가난한 건 사실이죠. 하지만 젊고 꿈이 있기에 동정받을 이유는 없습니다. 단지 인생에서 가장 작아질 수밖에 없는 어느 시점에 놓인 서로의 처지를, 이해하고 공감하는 것입니다. 그 공감의 마음을 전하는 게 오렌지치즈타르트인 것이지요."

말을 마치고 나자 기화영은 갑자기 울음이 터질 것 같았다. 고영주를 만나 한바탕 울음을 터뜨리고 나면 모든 것을 그저 그런 일로 여길 수 있을 것 같았다. 가장 작아지는 자신을 이해해주는 존재, 친구라는 이름의 타인을 기화영도 갈구하고 있었던 것일까. 친구가 필요하지 않은 것처럼 굴었던 것은 가면에 불과했을까. 눈물을 흘리지 않으려 천정을 바라보았다. 절대 울지 않겠다고 다짐했잖아, 울지 마, 여기서 울면 안 돼, 참을 수 있어, 난 울지 않아.

"굳이 여자여야 할 이유가 없다는 겁니다. 여자의 우정을 불가능하다고 말하는 게 아니라 여자들끼리 공감할 수밖에 없는 이유라는 게 여기에서 드러나질 않아요. 안 그런 경우를 더 많이 봐서 그런가, 전 뭔가 미흡하다는 생각이 듭니다. 차라리 사랑이라면 이해가 되요. 연민에서 시작한 사랑, 이게 더 말이 되지 않나요? 그래봤자 뻔한 스토리가 되겠지만."

유상혁이 가만있을 리 없었다.

"광고에서 인과관계가 모두 드러나야 한다고 생각하지 않습니다. 한 순간 느끼는 감성, 깨달음, 사유, 이걸로 충분하다고 봅니다."

"물론 그렇습니다만, 오해의 여지를 상쇄시켜주긴 해야지요. 저도 이지환 선배님의 지적에 전적으로 동의하거든요. 누가 봐도 레즈 삘 맞습니다. 그것도 가난해서 구질구질한 레즈들이거든요. 이런 광고를 누가 좋아하겠습니까?"

"전 좋은데요."

시형이었다.

"제 친구들, 여자사람 친구들, 남자들만큼 의리 있고 친구 소중히 여깁니다. 그리고 남자들이라면 자존심 따지느라 친구사이에서 절대 못할 일도 할 수 있습니다. 그게 타르트 나눠먹기 같은 거라고 생각해요. 서로 가난하다는 걸 인정하고, 맛있지만 조금은 비싼 걸 나눠먹을 수 있는 저 광고처럼요."

"이시형씨 소녀감성인 건 예전부터 알았는데 말예요. 그게 보편적이지 않다, 이 말입니다, 제 말은."

"유상혁씨는 예전부터 자꾸 보편적이지 않다고 말씀하시는데, 보편을 판단하는 근거가 뭔지 말씀해주실 수 있습니까?"

"그건 근거고 뭐고 필요 없는 이야기예요. 현실적으로요, 시형씨, 저건 우정이 아니라 구질구질한 겁니다. 타르트 하나 사먹을 돈이 없다면 더 저렴한 팥빵 이런 거 먹으면 돼요. 굳이 타르트 사먹어야할 이유란 게 뭡니까? 하나를 절반으로 나눠서 먹을 만큼 그게 그렇게 대단한 건가요?"

"대단하게 만드는 게 마케팅이죠. 우리가 지금 팥빵 광고하는 게 아니지 않습니까? 비싼 학원 교재를 둘이 돈 모아 산 다음에 함께 보는 거랑 비슷한 거죠."

"교재는 꼭 있어야 하는 거고 저런 타르트는 안 먹어도 하등 상관 없는 한낱 파이란 말입니다."

"안 먹어도 되는 걸 먹게 만드는 게 광고의 힘 아니겠습니까? 유상혁씨의 논리대로라면 광고는 왜 하는 겁니까? 유상혁씨의 광고안도 필요 없는 것 아니겠습니까?"

"그거야 여자들이 이런 거 좋아하니까 만들어주면 좋겠다 싶은 거죠. 어쨌든 한낱 파이를 두고 공감이니 우정이니, 너무 오버들 한단 말이죠."

강필주의 낯빛이 무거워지고 있었지만 유상혁은 눈치 채지 못하고 '한낱 파이'를 강조하고 있었다. 유상혁으로 하여금 마케팅맨으로서 자기 무덤을 파게 하는 시형의 도발을 모두들 놀라운 마음으로 듣고 있는 것 같았다. 기화영은 두 사람의 대화가 자신과는 전혀 상관없는 이야기인 것처럼 느껴졌다. 다른 때 같았으면 유상혁에게 날선 공격을 감행했겠지만, 그럴 만한 의지도, 그렇게 해야 할 의미도, 지금의 기화영에게는 없었다. 그저 울지 않으려 애를 쓰는 것만이 기화영이 할 수 있는 전부였다. 기화영은 시계를 바라보았다. 다섯시가 넘었다. 늦지 않게 목동에 도착하려면 지금 출발해야 했다. 그때 회의실 문을 노크하는 소리가 들리고 이내 문이 조금 열렸다.

두어 번 본 적 있는 경영지원본부의 직원이 들어와 강필주 팀장에게 인사를 하고는 낮은 목소리로 뭐라 말했다. 사내 게시판, 이라는 단어가 기화영의 귀에 스쳐갔다. 강필주는 고개를 끄덕이고는 팀원들을 바라보았다. 오늘 회의 이것으로 마치죠, 라고 말하고 강필주는 일어섰다. 인턴들의 발표 후에 내주는 화두 같은 것도 생략했다. 기화영은 유상혁의 기분 나쁜 미소를 뒤로 하고 회의실을 빠져나왔다.

32

사무실을 나가는 강필주를 기화영이 불러 세웠다.

"죄송한데, 일이 있어 먼저 퇴근하겠습니다."

강필주가 말했다.

"오늘 저녁에 팀 회식 있는데, 참석 못하나?"

"참석하기 힘들 것 같습니다."

"그렇다면 어쩔 수 없고, 밤에라도 나랑 차 한잔할 시간 좀 내주지."

강필주의 말 한마디가 일순간 기화영의 모든 동작을 중지시켰다. 강필주가 내게 할 말이 있는 것일까, 그도 보았을까, 그도 나를 본 것일까. 그렇다면 나는 어떻게 해야 할까. 기화영은 고개를 저었다. 지금 그것까지 생각할 여유가 없었다.

기화영은 건물을 나와 택시를 잡아탔다. 기화영은 신해주에게 출발했다는 메시지를 보냈다. 신해주는 김세준이 아직 출근하지 않았으니 천천히 오라는 답을 보내왔다. 택시는 올림픽대로에 들어섰다. 도로는 퇴근시간의 교통 체증이 슬슬 시작되려 했지만 제법 속도감을 낼 정도로 여유 있었다. 기화영은 창밖으로 한강을 바라보았다. 오후 햇살을 받아 다이아몬드 조각처럼 빛나는 강물이 아름다웠다. 평일 오후 시원하게 달리는 차 안에서 한강을 바라보는 지금의 시간이 인생의 마지막 호사인 것처럼 느껴졌다.

목동 학원가의 카페에 도착한 기화영은 휘핑크림을 듬뿍 얹은 카페모카를 주문했다. 카페에 자리를 잡고 앉은 지 십오분밖에 지나지 않았지만 세 잔째 커피를 마시고 있었다. 기화영의 혀는 쓰고 시고 단 맛을 번갈아가며 원했다. 혀가 원하는 대로 쓰고 시고 단 맛의 커피를 번갈아 마셨지만 정작 혀는 만족을 몰랐다. 무언가를 기다리는 일이 기화영에게 익숙하지 않은 탓일지 모른다. 게다가 지금 기화영이 하려는 일은 기다림이 주는 일말의 설렘 따위는 기대할 수 없는 일이었다. 기묘한 흥분과 불안한 결기 같은 것이 기화영의 숨을 타고 들락거렸다. 커피를 한 잔 더 시킬까 하다가 상냥하지만 기계적인 목소리로 주문을 받는 종업원의 얼굴을 더 이상 대면하고 싶지 않아 참았다.

원장 출근했어. 십분 후에 와. 신해주의 메시지가 도착했다. 흥분과 결기가 심장으로 집결하고 있었다. 기화영은 화장실로 가 손을 씻었다. 거울에 비친 얼굴을 바라보았다. 다크서클이 짙게 드리워진 딱딱한 찰흙 같은 무표정한 얼굴이었다. 기화영이 고를 일 없는 검은 우산처럼 느껴졌다. 습관적으로 가방 속에서 팩트를 꺼내 화장을 고치려다 그만두었다. 눈 밑의 다크서클을 감추고 핑크빛으로 볼터치를 한다고 해서 달라질 게 뭐가 있단 말인가.

학원은 조용했다. 강사의 목소리와 MP3 파일에서 흘러나오는 중국 여자의 말소리가 간혹 교실 밖으로 새어나올 뿐이었다. 여섯 개의 강의실 모두 수업이 진행되고 있는 듯 불이 켜져 있었다. 김세준은 학원에서 가장 큰 강의실에서 중국어 회화시험의 고급 과정을 가르치고 있을 것이었다. 미국 유학을 다녀온 뒤 다시 중국으로 유학을 갔다 온 그의 원래 전공은 경영학이었다. IT 관련 기업에 투자했다가 실패했고 중국에서 화장품 업체를 인수해 사업을 했지만 그것도 빚을 안은 채 접었다. 그나마 중국어를 유창하게 구사할 줄 알아 중국어 강의를 부업으로 시작했고 깔끔한 외모와 화술 덕분에 수강생이 늘었고 제법 소문이 났다. 목동에서 이름 있는 중국어 학원을 인수해 운영해온 지가 삼년 째였다. 학원 강사로 돈을 벌었지만 김세준은 여전히 사업가로서의 꿈을 접지 않은 것으로 기화영은 알고 있었다. 기화영이 브랜드 네이미스트의 꿈을 갖고 중국어를 가르친 것처럼, 김세준도 젊은 사업가의 꿈을 갖고 중국어를 가르치고 있는 것이다. 하고 싶은 일을 하기 위해, 하고 싶지 않은 일로 생계를 유지해야 하는 비루함을 두 사람은 나눠 갖고 있었는지 모른다.

기화영은 학원 입구에서 오른쪽에 있는 교무실로 발소리를 죽이며 다가갔다. 유리문을 통해 교무실에 누가 있는지 살폈다. 신해주 실장 혼자 자리에 앉아 출입문을 바라보고 있었다. 기화영을 보고 일어서 문을 열었다. 신해주의 얼굴은 긴장한 기색이 역력했다. 기화영은 공모자의 얼굴을 보고 폐를 끼쳐 미안하다는 생각을 잠깐 했다.

"오늘따라 이상하게 늦장을 부리더군요. 핸드폰으로 뭘 하는지 만지작거리다 오분이나 늦게 교실에 들어갔어요. 앞으로 삼사십분 정도는 교실 밖으로 나오지 않을 거예요. 내가 입구에서 보고 있을 테니까 너무 떨지 말아요."

너무 떨지 말라는 신해주의 말을 들으며, 기화영은 지금 자신이 떨고 있는 것인가 생각했다. 남의 핸드폰과 노트북을 뒤지는 일이 아무렇지 않게 할 수 있는 일은 분명 아니었다. 신해주는 교무실을 나와 바로 옆에 위치한 원장실의 문을 조심스럽게 열고 들어갔다. 기화영은 신해주의 뒤를 따라 원장실로 들어섰다. 벽과 바닥이 온통 하얀 공간에 책상과 책장만 달랑 놓여 있었다.

"혹시 원장이 나오면 내가 말을 걸 테니까 그 사이에 상담실로 들어가요."

원장실은 출입구 말고 오른쪽에 문이 하나 더 있었는데 그 문은 상담실로 바로 통하게 되어 있었다. 신해주는 상담실로 통하는 문을 살짝 열어두고서 방을 나갔다. 기화영은 김세준의 자리에 앉았다. 책상 왼쪽에는 파란색의 14인치 애플 노트북이 있었고 오른쪽으로 수업 교재로 쓰는 두툼한 책들이 몇 권 쌓여 있었다. 그 책들 위로 새하얀 핸드폰이 놓여 있었다. 기화영도 본 적 있는 김세준의 핸드폰이었다. 기화영은 심장 박동수가 빨라지고 있음을 느꼈다. 핸드폰을 들어 버튼을 눌렀다. 스포츠카 앞에서 선글라스를 낀 남자의 사진이 보였고 '화면을 밀어 잠금을 해제하세요'라는 문장이 기화영을 재촉했다. 오른손 검지로 화면을 밀자 '패턴을 입력하세요'라는 문장과 함께 아홉 개의 점이 세 개씩 배열되어 있었다. 핸드폰을 사용하는 이라면 하루에도 수십 번씩 마주치는 화면이지만, 기화영은 핸드폰이라는 기기를 처음 만져보는 부시맨처럼 모든 게 낯설고 서툴렀다. 디귿자에 선을 하나 더하는 간단한 일을 세 번이나 시도한 뒤에야 완수할 수 있었다. 잠금이 풀리고 메뉴가 떴다. 기화영은 숨을 가다듬고 잠시 주위의 소리에 귀를 기울였다. 학원은 조용했다. MP3의 여자목소리도 들리지 않았다.

기화영은 갤러리를 찾아 사진과 동영상을 훑어보기 시작했다. 자동차 사진이 압도적으로 많았고 스포츠클럽에서 찍은 듯 팔근육과 복근을 드러낸 셀카 사진도 있었다. 간혹 술자리의 사람들과 찍은 사진이 나오기도 했다. 학원 수강생인 듯한 스무살 남짓의 여자들과 김세준이 교실에서 함께 찍은 사진도 많았다. 설마 이 여자들에게 무슨 짓을 한 건 아니겠지, 하는 의심이 올라올 즈음 기화영의 사진이 보였다. 강의실 칠판 앞에서 웃고 있는 사진이었다. 옷은 물론 입고 있었다. 언제 이런 사진을 찍혔을까, 기화영의 기억에는 없는 사진이었다. 김세준이 얽힌 일이라면 왜 이렇게 기억에 빈 공간이 많은지 벽에 머리를 찧고 싶은 심정이었다. 다시 자동차 사진과 와인이 담긴 유리잔 사진이 지나가고 동영상이 나왔다. 흔들리는 화면 상태로 정지되어 있어 무슨 내용인지 알아볼 수 없었다. 기화영은 떨리는 손으로 동영상을 재생했다. 그때 문 밖에서 신해주의 목소리가 들렸다.

"원장님, 뭐 필요한 거 있으세요?"

기화영은 핸드폰을 내려놓고 발소리를 죽인 채 상담실로 통하는 문으로 걸어갔다.

"다음 번 회화 시험 날짜가 언제죠?"

"12월 4일이에요."

"맞다, 4일. 갑자기 기억이 안 나서."

그 뒤로 목소리가 들리지 않았다. 일이분쯤 지난 후에 신해주가 원장실 문을 소리나지 않게 열고는 들어왔다.

"교실에 들어갔어요."

기화영은 다시 김세준의 자리로 돌아가 휴대폰의 동영상을 재생했다. 스포츠카를 운전하는 카레이서의 영상이었다. 휴대폰의 동영상을 모두 뒤졌지만 기화영이 등장하는 것은 없었다. 기화영은 휴대폰의 화면을 닫았다. 노트북을 열었다. 노트북은 전원이 켜져 있지 않았다. 전원 버튼을 누르고 부팅이 되기를 기다렸다. 그 사이 시계를 보았다. 오후 6시 10분을 향해 가고 있었다. 쉬는 시간까지 이십분 정도 시간이 남았다. 노트북에 초기화면이 떠올랐다. 기화영은 파일관리자에서 갤러리 폴더를 찾아 훑어보기 시작했다. 휴대폰과 마찬가지로 스포츠카와 와인 사진이 압도적으로 많았고 간혹 여행 사진도 있었다. 동영상 파일을 찾기 시작했다. soranet이라는 영문이름이 붙은 폴더가 있었다. 뒷목덜미가 서늘해졌다. 폴더를 열자

네 개의 폴더가 정렬되었다. 폴더의 이름도 영문이었다. hee, sook, ran, young. 기화영은 직감적으로 여자 이름의 끝 글자를 딴 것임을 알아챘다. young이라는 이름의 파일을 클릭했다. 다섯 개의 파일이 정렬되었다. 파일의 이름은 앞부분이 모두 20150211이었다. 가장 앞의 것을 재생했다. 남자와 여자가 나왔다. 남자가 여자의 브래지어를 위로 제치고 여자의 유두를 핥고 있었다. 여자는 간지러운 듯 낄낄거렸다. 남자가 다시 여자의 가슴에 입을 댔다. 여자가 아악, 하고 소리를 질렀다. 아아파아, 라고 말했다. 술에 취한 것 같았다. 말을 하는 게 아니라 그저 소리를 흘리고 있는 것처럼 보였다. 남자는 여자의 브래지어를 마저 벗겼다. 여자는 기화영이었다. 남자는, 역시 김세준이었다. 개새끼, 이 지옥으로 나를 밀어 넣은 게, 너였어. 카메라는 기화영과 김세준의 옆얼굴을 선명하게 드러냈다. 두 번째 동영상 파일을 클릭했다. 신음소리가 흘러나오더니 기화영의 얼굴이 보였다. 소라넷에 올라온 영상이었다. 김세준의 얼굴이 드러나지 않았다. 그래서 이 영상을 소라넷에 올렸으리라. 기화영은 열쇠고리에 달린 USB를 꺼내 노트북에 끼웠다. 소라넷이라는 폴더 전체를 USB에 복사했다. 시간이 좀 걸렸다. 그처럼 초조하게 무언가를 기다려보기는 생전 처음이었다. 드디어 USB에 새로운 폴더가 생긴 것을 확인하고 기화영은 노트북을 종료했다. 그때 다시 문밖에서 소리가 들렸다.

"원장님, 뭐 필요하세요?"

"됐어요. 일 보세요."

기화영은 원장실로 뚜벅뚜벅 걸어오는 발소리를 들으며 살짝 열린 상담실 문으로 들어갔다. 소리 나지 않게 상담실 문을 닫는 순간, 원장실의 문이 열리는 소리가 들렸다. 곧이어 몇 걸음 걷는 발소리와 의자에 털썩 앉는 소리가 났고 그 이후로 잠잠했다. 기화영의 이마에 땀이 솟아올랐고 다리가 후들거렸다. 상담실 문이 열리더니 신해주가 들어왔다. 오른손 검지를 입술에 갖다대고는 문을 가리켰다. 조용히 빠져나가라는 신호를 기화영은 이해했다. 발소리를 죽여 가며 문밖으로 나가려는데 신해주가 손을 꽉 잡았다. 힘내요, 라고 입모양을 해보였다. 기화영은 고개를 끄덕이며, 감사합니다, 라고 묵음으로 답했다. 학원문을 막 나서는 순간, 무언가 강한 악력이 기화영의 머리채를 잡았다. 기화영은 숨 막힐 듯 놀라 그대로 멈췄다. 일초, 이초, 얼음처럼 굳어 있는 기화영에게 아무 일도 일어나지 않았다. 악력이 사라졌다. 뒤를 돌아보았다. 아무도 없었다. 무엇이었을까, 그저 마음이 놀란 것이었을까. 더는 주저할 틈 없이 빠른 발걸음으로 계단을 내려가 택시를 잡아탔다. 참았던 숨을 토해내며 지수에게 카톡 메시지를 보냈다.

도와줄 일이 생겼어.
뭔데?
약 좀 구해줘. 약사 친구 있잖아.
무슨 약?
수면제.

왜? 뭐하려고? 만나서 이야기해.

오늘 밤에 봐. 연락할게.

33

지수는 시형에게 눈짓을 보냈다. 빨리, 라고 입모양도 해보였다. 강필주 팀장의 자리는 비어 있었다. 회의 시간에 찾아온 직원과 함께 어디론가 사라진 후로 강필주는 돌아오지 않았다. 굳은 표정의 직원과 더 굳은 표정의 강필주를 보건대 아마도 이른 시간 내 자리로 돌아올 가능성은 없을 것 같았다. 사무실에는 지수와 시형을 제외하고는 김민수 혼자 앉아 있었다. 기화영은 일이 있다며 일찍 퇴근했고 이지환과 김중혁은 협력업체 직원이 찾아와 건물 일층의 커피숍으로 내려갔다. 유상혁은 어디서 낮잠이라도 자는지 회의가 끝난 뒤부터 쭉 보이지 않았다.

시형은 강필주 팀장의 빈자리를 바라보며 오른손으로 눈썹을 긁적거렸다. 지수는 빨리, 라고 다시 묵음의 소리를 질렀다. 강필주의 책상 위에는 노트북이 놓여 있었고 핸드폰도 있었다. 급히 나가느라 핸드폰을 챙기지 못한 것 같았다. 이런 기회가 자주 오는 건 아니었다. 오늘 두어 차례의 기회를 시형은 모두 놓쳤다. 쓸 데가 없어, 쓸 데가, 라고 지수는 투덜거렸다. 하루종일 시형의 움직임만을 좇고 있는 지수였다. 오늘 오전 강필주가 김탁구제빵소의 홍보팀 직원과 회의실로 들어갔을 때, 시형이 움직이긴 했다. 시형이 일어서 강필주 팀장의 책상에 다가가는 순간 김중혁 사원이 급히 계약서를 찾아야 한다며 강필주 책상을 뒤지는 바람에 시형은 몸을 돌렸다. 노트북이라도 먼저 탐색해보라고 지수가 재촉하자 시형은 속이 안 좋다는 핑계로 점심시간에 사무실에 남아 있었다. 하지만 기화영이 사무실에 남아 업무를 보는 바람에 강필주의 책상에 다가가질 못했다. 마지막 기회라고, 빨리, 서둘러! 지수는 시형에게 메시지를 보냈다. 시형은 일어섰다.

시형은 강필주 팀장의 책상으로 다가갔다. 김민수가 자신을 쳐다보지 않는다는 걸 확인하고 주섬주섬 의자에 앉았다. 뭔가를 찾는 척 한참을 뒤적거리다가 책상 위에 쌓인 파일을 건드렸는지 종이더미가 바닥에 떨어지면서 큰 소리를 냈다. 김민수가 고개를 들고 시형을 바라보며 물었다.

"왜 그래?"

"어, 별 거 아니에요. 뭐 좀 찾을 게 있어서요."

"뭘 찾는데?"

"어, 그러니까, 뭐였더라?"

시형은 몹시 당황해했다. 그걸 보는 지수가 더 당황했다. 그 정도 대답도 준비하지 않고 있었다니, 저렇게 임기응변 안 되는 인간이 사회생활이란 걸 하느라 애쓴다, 애써, 라고 생각하며 한숨을 내쉬었다.

"찾았어? 일정표 필요하다며."

지수가 물었다. 시형이 그제야 말했다.

"아, 일정표 찾고 있었지."

"온라온 홍보 일정표 찾아? 그거 나한테 있어. 내가 줄게."

김민수의 대답에 다시 시형은 갈 곳 잃은 병아리마냥 서성댔다. 김민수가 서류를 들고 시형에게 다가갔다. 지수는 저런 무능력자를 시킬 게 아니라 자신이 직접 행동했어야 되는 거 아닌가 후회하면서 시형을 바라보았다. 시형은 서류를 받아들고는 고마워요, 라고 말했다. 그리고 답답한데 바람 좀 쐬자며 김민수를 사무실 밖으로 데리고 나갔다. 일분 후 시형으로부터 메시지가 왔다. 내가 김민수 잡아둘 테니까 네가 해. 임기응변이란 걸 아주 못 부리는 사람은 아니었다. 지수는 재빨리 강필주 팀장의 책상으로 다가갔다. 의자에 앉자 삐걱하는 소리가 났다. 지수는 가슴이 철렁했다. 시형이 급속도로 이해되었다. 찔리는 짓을 하면 찔리게 된다. 그것이 보통사람들의 담력이다. 그런데 남자들은 여자의 벗은 몸을 몰래 찍고 올리는 짓을 어떻게 감행하는 것일까? 그런 건 보통의 남자라면 해낼 수 있는, 보통 이상의 담력 따위는 필요 없는 그런 일인가?

사무실에는 아무도 없었다. 게다가 강필주의 책상은 서로 맞대고 있는 직원들의 책상을 모두 볼 수 있도록 배치되어 있었고 칸막이까지 쳐진 상태였기 때문에 가까이 다가가지 않으면 누가 무슨 일을 하는지 잘 보이지 않았다. 만약 누군가 들어온다면 일정표를 찾는 중이라는 대답도 준비해 놨다. 아, 그건 시형을 구출하는데 써먹었으니 다른 핑계를 대야한다. 뭐라고 할까, 오늘 아침 팀장이 공부

해두라고 한 '동남아시아 한류와 마케팅 현황'이라는 문서를 찾는다고 해야겠다.

머릿속으로 이런 생각들을 하면서 강필주의 핸드폰으로 손을 가져갔다. 패턴은 시형이 말해줬고 어렵지 않았다. 서둘러 갤러리를 열었다. 모두 서른여섯장의 사진이 들어 있었다. 강필주는 사진 찍는 걸 별로 좋아하는 않은 모양이었다. 첫 번째 사진은 도라에몽 피규어였다. 다음 사진들도 아톰, 호빵맨, 슈렉 등 다양한 종류의 피규어였다. 강필주가 피규어를 좋아하는 건지, 아니면 피규어 모으는 걸 취미로 하는지, 그저 피규어의 사진 보기를 즐겨하는지 알 수 없었다. 어쨌든 피규어 사진만 그득했다. 아무리 뒤져도 다른 사진은 나오지 않았다. 지수는 핸드폰을 닫고 노트북을 열었다. 마우스를 움직이자 화면에 PPT 파일이 띄워졌다. 바탕화면으로 가 갤러리를 찾았다. 역시나 여자의 사진이나 동영상은 없었다. 동지수는 머리를 의자에 기댔다.

"뭐하는 거죠?"

굵고 낮은 목소리가 들렸다. 지수는 깜짝 놀라 스프링이 튕겨나가듯 의자에서 일어섰다. 어느 샌가 다가왔는지 강필주가 지수를 내려다보고 있었다.

"아, 그러니까, 맞다, 서류, 서류를 찾고 있었어요."

지수는 목소리를 떨지 않도록 안간힘을 쓰면서 재빨리 대답하고는 강필주의 책상을 빠져나왔다. 강필주는 무슨 서류인지 묻지 않고 지수가 빠져나간 그 자리에 앉았다. 얼굴이 사무실을 나갈 때보다 더 굳어 있었다. 자신의 허락 없이 자리에 앉은 것 때문인지, 아니면 직원과 함께 나간 일 때문인지 지수는 알 수 없었지만, 강필주가 더 이상 지수에게 관심을 보이지 않았으므로 아무 말 없이 자리로 돌아왔다. 잠시 후 시형이 김민수와 함께 들어왔다. 뭔 재미있는 이야기를 했는지 김민수가 낄낄거리고 있었다. 시형이 자리에 앉자마자 메시지를 보내왔다.

있어?
없어.
핸드폰, 노트북, 다?
없어.
그렇군.
팀장 핸드폰 바꿨어?
아닐걸. 아이폰 그대로 쓰는 것 같던데.

회식하러 갑시다, 라고 강필주가 말했다. 어느새 굳은 표정이 풀어지고 평소의 말끔한 얼굴로 돌아와 있었다. 지수는 머리가 아파왔다.

34

지수의 젓가락은 고급스러워 보이는 도기 접시 위를 서성거리고 있었다. 오리백숙과 두부조림, 황태 코다리, 낙지볶음과 마늘장아찌, 굴전과 구운 김까지, 한식으로 차려진 상은 아주 푸짐했다. 고급 한식집에서 회식을 갖는 건 역량강화 프로그램을 완수해낸 인턴직원들의 노고를 치하하기 위해서라고 강필주 팀장은 말했다. 그러나 지수는 딱히 입에 넣고 싶은 반찬이 없어 젓가락을 들었다 놓았다만 하고 있었다. 푸짐한 상차림은 언제든 낯설었고 스무 가지도 넘는 반찬이면 일주일은 먹겠다 싶은 마음에 괜히 억울해지기도 했지만 오늘은 그런 마음조차 들지 않았다.

강필주가 아닌 건가. 괜한 의심을 한 건가. 그렇다면 동아리 단톡방에 올렸다는 사진은 뭔가. 아니다. 브라운의 가죽 서류가방, 보라색 목줄, 단톡방의 기화영 사진. 강필주를 짚은 건 합리적 의심이었다. 이미 핸드폰으로 찍은 사진과 동영상을 웹하드나 클라우드, USB 등 다른 데이터저장소에 옮겨 놓았을지도 몰랐다. 그것까지 어떻게 알아내지? 내가 정말 CSI 요원이라도 되어야 한단 말인가. 지수는 답답했다. 어서 빨리 회식이 끝났으면 하는 마음으로 자리에 앉아 있었다. 그런 지수를 아무도 유심히 보지 않았다. 강필주 팀장과 사원들, 인턴직원들은 오늘 오전 마케팅본부에서 내려온 '동남아시아 한류와 마케팅 현황'이라는 제목의 보고서 내용을 두고 진지하게 이야기를 나누고 있었다. 회사에서는 이미 공들이고 있는 동남아 지역의 마케팅 사업을 더 키울 계획이라고 했다. 태국이나 말레이시아, 필리핀, 베트남 등지에서의 한류 열풍은 이미 거대한 시장을 만들어내고 있었다. 시장을 선점하려면 현지의 지사를 늘리고 인력을 보강하는 공격적인 전략이 필요한 시점이라고 설명했다. 강필주를 비롯한 모든 직원들은 회사가 성장하는데 중요한 분기점이 될 수 있는 이 전략의 어느 고리에서 자신의 위치를 점할 수 있을지 고민할 것이었다.

지수는 젓가락으로 콩나물무침을 집어 입에 넣고 몇 번 우물거렸다. 밥과 콩나물이 침과 섞여 진득해진 것을 삼키려다 말고 다시 열심히 씹었다. 콩나물이 씹히는 대신 어금니 사이에 끼어버린 게 느껴졌다. 지수는 젓가락을 내려놓았다. 옆에 앉은 이지환에게 화장실 좀 다녀오겠습니다, 라고 말하고는 파우치를 챙겨 방을 나왔다. 지수는 화장실 변기 위에 앉아 파우치에서 치실을 꺼내 적당한 길이로 잘랐다. 손에 쥔 치실을 어금니 사이에 끼어 넣고 앞뒤로 줄다리기를 했다. 치실에 묻어나온 허연 콩나물 줄기와 검은 색의 김 찌꺼기가, 세상 참 하찮다는 느낌을 주었다. 갑자기 모든 게 하찮고 시답잖게 느껴졌다. 기화영의 동영상을 찍은 그 남자의 의도라는 것이, 술 취한 여자를 함께 욕보이자고 초대하는 그 남자의 의지라는 것이, 모두 하찮았다, 시답잖았다. 시형의 말대로, 너무 하찮고 시답잖아서 여자들에게 비밀이라는 그것은, 정말로 보잘 것 없는 것이었다. 나라를 구하는 것도, 죽어가는 사람을 살리는 것도, 위기에 빠진 이를 구하는 것도 아니다. 그저 자기 아랫도리의 욕구를 핑계로, 한순간 배출하고 나면 그만인 그 한줌의 쾌락을 위해 여자의 몸을 탐하고 침탈하고 전시하는 것이다. 하찮은 놀잇감으로 소모된 여자들만이, 하찮은 의도가 가져온 전혀 하찮지 않은 무게를 짊어지고 있다. 그런 세상이, 그런 한국이, 치실에 묻어나는 찌꺼기처럼 보잘 것 없고 시답잖았다. 지수는 음식 찌꺼기가 묻어 있는 치실을 쓰레기통에 버리고 손을 씻었다.

화장실을 나와 방으로 향하는데, 일행이 나오고 있었다. 늘 그렇듯 강필주 팀장과 직원들이 먼저 자리를 떴고 인턴직원들은 따로 술자리를 가질 모양이었다. 지수는 가고 싶지 않았다. 술자리에서 이들이 나누는 이야기의 내용과 단어, 술을 먹을수록 난폭해지는 태도가 거슬려 자리를 함께 하고 싶지 않았다. 오늘은 유상혁이 지수를 잡아끌었다. 할 말이 있다고 했다. 유상혁과 언쟁했던 뒤끝이 남아 있을 거라 생각했던 시형은 아무 일 없었다는 듯 유상혁을 따라 나섰다. 저 무심함은 타고나는 것일까, 학습되는 것일까, 네트워크 관리 차원인 걸까, 사람에 대한 이해의 폭이 넓은 걸까.

술집은 거의 만석이었다. 화장실과 가까운 자리 한 곳만 남아 있었다. 유상혁이 성큼 걸어가 앉았다. 유상혁 옆에 김민수가, 맞은편에 시형과 지수가 자리를 잡았다. 생크림맥주와 북어포를 시켰고 맥주가 먼저 나왔다. 건배를 하고 맥주잔을 내리자마자 유상혁이 시형에게 물었다.

"너 기화영 좋아하냐?"

그건 지수도 궁금하긴 했다.

"왜요?"

"그렇게 빨아주면 기화영이 좋아할 것 같아? 그 송곳 같은 계집애가?"

"누구 편드는 거 아니에요. 그냥 제 생각을 말한 겁니다. 그리고 유상혁님, 제가 정말 상혁님 생각해서 하는 이야기인데요, 시대가 변했어요. 여자한테 김치녀니 남자 등쳐먹는다느니 이런 말 하면 안돼요."

"김치녀한테 김치녀 소리도 못하냐? 호부호형 못하는 홍길동도 아니고. 오늘 봐. 확실히 레즈비언으로 커밍아웃 한 거잖아. 레즈 김치녀는 처음 보지 않냐? 인증샷이라도 찍어둘 걸 그랬나?"

"정말로 상혁님 걱정돼서 하는 말이에요. 아까 강필주 팀장님 얼굴이 굳어지셨다고요."

"팀장님이 왜? 내가 뭘 어쨌다고? 나는 팩트만 말해, 팩트만."

"할 말이라는 게 뭐예요? 저 약속 있어요."

지수가 유상혁의 말을 끊었다.

"앞으로 기화영 때문에 회사가 좀 시끄러울 거다. 니들도 알고 있어야 할 것 같아서 말해주는 거야."

지수는 뭔가 불길한 예감이 들었다. 시형도 그런 듯 지수를 슬쩍 바라보았다.

"소라넷에 영상이 떴어. 기화영이 어떤 놈이랑 떡치는 영상이."

역시, 유상혁이 알게 되었다. 이제 회사 사람들 모두가 알게 되는 건 시간문제일 것이다.

"여러 커뮤니티에 돌아다니고 있고 성인사이트에도 올라가 있어. 빛의 속도로 유포되고 있다 이거지."

"네가 퍼 나르는 건 아니고?"

김민수가 낄낄거리면서 유상혁에게 물었다.

"그럴 필요가 없어. 엄청 인기 있어서 가는데 마다 베스트 찍고 다녀."

"스타 나셨네."

"전화번호까지 뜬 거 알아? 기화영, 걔, 지금 문자폭탄에 돌아버릴 거다."

"전화번호가 떴다고요? 그럼 어떻게 되는데요?"

지수가 놀라 물었다.

"뭘 어떻게 돼. 개나 소나 기화영한테 문자 보내는 거지. 한번 떡치는데 얼마냐? 세 명이랑 한번 하자, 뭐 이런 거지. 내가 그렇다는 건 아냐. 오해는 하지마."

"어떤 놈한테 단단히 걸린 거야. 걔 하는 짓 보면 그럴 만도 하잖아. 남자를 똥으로 아는 그런 김치년이면 그런 짓을 당해도 싸지."

김민수가 말했다. 시형이 받았다.

"그런 짓을 당해도 싼 사람은 없습니다."

"넌 어째 말끝마다 안티야? 너 기화영이랑 잤냐? 걔 남친 먹었냐? 씨발, 좆도 어린 게 뭘 안다고 그래?"

지수는 기화영에게서 온 메시지를 떠올렸다. 수면제를 구해달라는 게 설마? 더럽고 치욕스러운 문자폭탄에 나쁜 마음이라도 먹은 걸까? 지수는 불안했다. 기화영을 만나야겠다. 메시지를 보냈다.

어디야?

회사 근처.

나 좀 만나. 지금 당장.

답은 바로 오지 않았다. 유상혁의 이야기는 계속 되고 있었다.

"암튼, 그런 애가 정직원 되면 어떻게 되겠어? 회사로서도 명예 실추할 일 아니냐? 그래서 내가 사내게시판에 글을 올렸다 이거야. 회사의 명예를 실추시키는 일 없도록 빠른 조처를 취해야 한다고 말야. 기화영이 우리 회사 다닌다는 게 알려지기라도 해봐. 아이구야, 안되지, 암."

"사내 게시판에 뭘 올렸다고요?"

지수는 자리에서 일어서려다 유상혁의 말에 도로 앉았다. 오늘 강필주의 핸드폰을 뒤질 기회를 엿보느라 사내게시판에 접속하지 못했다. 아까 회의 시간에 찾아왔던 경영지원본부의 직원이 강필주를 데려간 게 아마도 그 일이지 싶었다. 기가 막혔다. 회사 사람들 모두가 기화영의 일을 알게 되었다.

"글로벌 광고 수주 1위, 동남아 광고 수주는 독보적, 천하의 MJ 커뮤니케이션즈 여직원이 포르노스타라니, 네이버 메인에 뜨기 전에 막아야지. 애사심으로 한 일이라고."

"기화영이 무슨 포르노스타예요? 불법 촬영물이 유포된 피해자란 말이에요."

어떻게 저런 말을 저렇게 쉽게 할 수 있을까. 유상혁이 마음에 안 드는 건 사실이었지만 같은 동료로서 예의를 갖추려고 했던 그동안의 노력에 똥물을 퍼붓고 있다. 지수는 머리를 살짝 흔들어대는 시형을 못 본 척했다. 그때 기화영에게 답이 왔다.

헌드레드마일즈로 와.

메시지를 확인하는 동안에도 유상혁은 말을 이어갔다.

"남자들이 그런 거 가리고 보냐고. 일단 소라넷에 올라오면 다 포르노가 되는 거야. 음란물로 소비되는 거라고. 불법촬영물이면 더 좋지. 몰래 엿보는 재미는 훨씬 더하니까."

"도대체 기화영이 뭘 잘못했어요? 남자랑 섹스한 게 죄예요? 유상혁님은 섹스 안 해요? 그걸 몰래 찍어서 유포한 놈이 벌을 받아야죠. 기화영이 뭘 어쨌다고요? 기화영은 피해자예요."

"걔가 어딜 봐서 피해자야? 목에 깁스한 피해자도 있냐? 요즘은 떡치는 거 몰래 찍혀도 그렇게 거만하고 당당한가보군. 예전 같으면 소리 소문 없이 사라져야 마땅했지. 시형이 말대로 시대가 바뀌긴 바뀌었나보다야."

"바뀌어야지요. 도둑질한 놈이 감옥 가야지, 도둑질 당한 사람이 욕먹어야 되요? 그게 정상이에요?"

"그러니까 몸 간수를 잘 해야지, 그딴 놈한테 걸려드는 게 그게 죄지. 똑똑한 척 혼자 다하더니 몰카 찍어대는 놈 걸러낼 안목은 없나보지. 덕분에 우리야 아주 새끈한 걸 감상할 기회가 생겼지만."

지수는 자리에서 벌떡 일어났다.

"이런 씨발, 좆같은 소리 하고 자빠졌네. 니들도 똑같은 변태새 끼들이야. 새끈한 걸 감상해? 니들도 범죄자야, 강간범이나 다름없 다고. 애사심? 콧구멍이 두 개라 숨 쉰다. 지잡대라고 깔보던 여자 애 못 이기겠으니까 그딴 걸로 밀어내리려고 발버둥치는 거 다 보이 거든."

"야, 너 지금 뭐라 그랬어?"

김민수가 발끈했다. 시형이 지수의 팔을 잡아끌었지만 지수는 멈 추지 않았다.

"기화영이 니들 따위랑 안 자주니까 화나지? 쪽 팔리지? 허접한 쓰레기들. 매일 영상 돌려보고 퍼나르고 댓글 달고 하지? 그것 말고 할 일이 딱히 있겠냐, 병신 새끼들, 좋아 죽는다."

"이 씨발년이 뭐라는 거야, 보자보자 하니까. 입을 확 찢어버 린다."

"김민수, 너 일베충 인증하냐? 이것들은 여자들이 옳은 소리만 하 면 뭘 찢어버린대. 왜, 때리게? 멍든 얼굴 사진 찍어서 소라넷에 올 리게? 그건 별로냐? 그래, 벗는 여자만 좋아하지? 벗어줘? 내가 벗 어줄까? 근데 발기나 되냐, 이 개자식들아."

김민수가 벌떡 일어나 지수에게 달려들었다. 시형이 중간에서 김 민수를 막아섰다. 지수를 향한 주먹이 시형의 얼굴에 가 닿았다. 시 형이 탁자에 엎어지면서 맥주잔이 바닥에 떨어져 날카로운 소리를 내며 깨졌다. 접시가 엎어지면서 북어포가 나뒹굴었다. 만석인 술집 이 조용해지면서 모든 사람들이 지수 쪽을 바라보았다. 가게 주인이 달려와 엉켜 있는 두 사람을 말렸다. 유상혁은 벌린 입을 다물지 못하고 있었다. 지수는 씩씩거리면서도 맥주잔이 날아 올까봐 얼른 자리를 빠져나왔다. 야이, 씨발년, 너 어디 도망가, 너 오늘 제삿날이다. 김민수의 욕설이 지수의 뒤통수에 꽂혔다. 지수는 술집을 나와 빠른 걸음으로 횡단보도 앞에 섰다. 시형이 쫓아왔다.

"따라오지마."

"어디가?"

"신경 꺼. 넌 저딴 놈들하고나 놀아. 더러운 새끼들."

지수는 왜 맨날 시형 앞에서만 욕하게 되는 것일까 싶은 생각에 잠시 미안해졌지만 시형의 마음까지 어루만져 줄 여력이 지금은 없었다. 그것도 제 팔자려니 생각하고 파란불이 켜진 횡단보도를 성큼성큼 건너갔다. 저런 남자들을 네트워크 관리랍시고 만나온 시간들을 쓰레기통에 처넣고 싶었다. 네트워크는 인간과 하는 거지 쓰레기들과 하는 게 아니다. 문제는 세상에 쓰레기가 많아도 너무 많다는 것이다. 안 그래도 전쟁터인 회사에서 쓰레기들까지 피해 다니느니, 차라리 정글에서 모기를 피하는 게 편하겠다고 씩씩거렸다. 콧구멍을 넓힌 채 혼잣말을 하는 지수를, 지나가는 사람들이 이상한 눈으로 힐끗거리고 있었다.

35

흰머리가 지긋한 남자 노인이 약국문을 열고 들어왔다. 희준은 손에 들고 있던 신약 복용법을 담은 안내서를 내려놓고 노인을 맞았다. 노인은 희준의 얼굴을 보자마자 대뜸 소리를 질렀다.

"약사 나오라 그래!"

"제가 약사인데 무슨 일이신가요?"

"약사 나오라고, 알바 같은 거 말고."

희준은 노인이 선배 약사를 찾는 것이라는 사실을 알고 있었지만 선배 약사는 세미나에 참여하느라 약국을 비운 상태였다.

"지금 대표약사님이 자리에 안계십니다. 저도 약사니까 저한테 말씀하시면 됩니다."

"무슨 약을 이 따위로 지어줘? 처방전대로 지어달라고 당부까지 했는데 왜 마음대로 약을 바꿔? 혈압이 안 떨어져서 아무래도 이상하다 했어. 확인해봤더니 지난번 약이랑 다르잖아."

노인은 약봉지를 데스크 위로 집어던졌다. 바로살탄 160미리, 혈압약이었다.

"성함 말씀해주세요. 처방전 확인해볼게요."

노인의 이름으로 된 처방전을 확인해보니 바로살탄 160미리가 맞았다. 희준은 노인에게 처방전대로 약을 지은 것이 맞다고 설명했지만 노인은 계속 디오반 160미리로 처방해달라고 고집을 피웠다. 약사도 아니면서 알면 뭘 아냐는 것이다. 희준은 노인 얼굴에 약사자격증을 들이밀고 싶은 걸 간신히 참고서 선배 약사에게 SOS를 쳤다. 선배 약사와 통화하고 나서야 노인은 수그러들었다. 잘 알아듣게 설명을 해줘야지, 처방전만 들먹이면 어쩌라는 거야, 라고 내뱉고 노인은 약국을 나섰다. 끝까지 희준의 잘못이라고 말하는 노인을 원망해보았자 소용없는 일이라는 걸 희준은 알고 있었다. 퇴근해서 맥주나 마시는 게 정신건강에 좋은 일이었다. 퇴근하기 위해 가운을 벗고 가방을 드는데 핸드폰이 울렸다. 번호를 확인한 희준의 가슴이 방망이질 쳤다. 희준은 전화벨이 다섯 번째 울릴 때 전화를 받았다.

"…나야, 백철진."

오랜 세월 말을 잃어버린 사람의 말문이 다시 트인 것처럼, 백철진의 목소리는 서툴고 낯설었다. 희준은 아무말 하지 않고 백철진의 다음 말을 기다렸다.

"전화가 늦었지? 어디 좀 갔다 오느라고."

"그래."

백철진은 한참 동안 말이 없었다. 희준은 그가 다시 전화를 끊어버릴 지도 모른다고 생각하면서도 쉽게 입을 열 수 없었다.

"언제 퇴근해?"

"지금 하려던 참이야."

"그럼 근처 공원에서 볼래?"

"그래."

희준은 전화를 끊으면서 의자에 앉았다. 이년 만이었다. 백철진이 학교를 떠난 후, 그와는 어떤 개인적인 접촉도 없었다. 한때는 연인이었지만 이제는 가해자와 피해자 관계가 되어버린 두 사람이 만나야 할 이유나 동기가 없었다. 그런데 희준은 제 방에 들어온 이가 백철진이라는 것을 확인한 순간, 이상하게도 그를 만나야 한다고 생각했다. 그는 희준의 방에 허락 없이 들어왔다. 그가 방에 들어서 침대에 누운 동영상이 희준에게 있었다. 희준은 그 영상을 들고 당장이라도 경찰서를 찾아 그를 주거침입죄로 구속시킬 수도 있었다. 그러나 그 전에 희준은 묻고 싶었다. 왜 그런 짓을 하는지, 왜 여전히 일방적인 접속을 하는지. 아니, 정말로 묻고 싶은 건, 그날 밤, 이년 전 평창에서의 그날 밤, 왜 사랑한다는 연인에게 그런 짓을 저질렀는지, 그걸 알고 싶은 것인지도 몰랐다. 성폭력대책위가 요구한 가해자 진술서에서 백철진은 사랑하는 사이였고 술에 취해 조금 거칠게 대했다는 말만 반복했다. 백철진의 사과문, 한 남학생의 반박문, 2차 가해를 멈추라는 여학생의 지지문, 그리고 사과문을 번복하는 백철진의 대자보까지, 그 모든 일을 겪은 희준이었다. 그런데 지금 와서 왜 희준은 그를 만나야 한다고 생각했을까. 백철진과 어떤 이야기를 나눌 수 있을까, 이야기를 나눈다고 무엇이 바뀔 수 있을까, 희준에게 그 일은 아직 끝나지 않은 것일까.

백철진은 공원 입구에서 오른쪽으로 소나무 숲을 향해 난 오솔길 앞 벤치에 앉아 있었다. 희준이 다가서자 백철진이 일어섰다. 보통의 키와 보통의 체형, 특별히 인상적이지 않은 그저 그런 얼굴, 백철진을 대면하자 그동안의 시간이 몽땅 증발해버린 것 같았다. 바로 어제 일어난 일인 듯, 평창의 그날 밤이 다시 희준의 눈앞에 펼쳐지려 했다. 그럼에도 불구하고 희준은 백철진 앞에 섰다. 백철진을 똑바로 쳐다보면서 말했다.

"좀 걸을래?"

희준의 말에 백철진은 고개를 끄덕였다. 십일월의 찬 공기는 다른 이물감을 품지 않은 듯 청량했다. 희준이 발걸음을 떼자 백철진이 일어서 걷기 시작했다. 가로등 불빛을 받아 소박한 그림자가 생겼다. 걷기 운동을 하는 사람 몇이 두 사람을 피해 걸었다. 백철진은 보폭이 빠른 희준의 발걸음에 맞추려는 듯 약간 서두르면서도 희준과 일정 간격 이상 가까워지지 않으려 애쓰면서 걸었다. 연애 초반, 서로의 보폭을 맞추기 위해 마음을 썼던 일이 떠올랐다. 희준은 일부러 느릿하게 걸었고 백철진은 오늘처럼 서둘렀다. 두 사람이 나란히 걷는 일은 다시 없을 거라 생각했던 희준은 무감한 듯 물었다.

"어디 갔다 왔다며?"

"제주도에."

"일 때문에?"

"그런 셈이지. 한림에서 카페 하는 친구가 좀 도와달래서. 제주도가 살만한지 어떤지도 둘러볼 겸."

"살만 하든?"

백철진이 피식 웃었다. 둘의 보폭이 자연스럽게 맞춰져 있었다. 까악, 까악, 울음소리가 났다. 곧이어 시커먼 까마귀떼가 소나무숲으로 무리지어 날아갔다. 희준은 단도직입했다.

"왜 그랬어?"

"뭘?"

"내 방에 왜 들어온 거야?"

백철진은 깜짝 놀란 표정이었다.

"어떻게, 알았어?"

"카메라가 설치돼 있어. 네가 뭘 했는지 다 찍혔다고. 너는 그때처럼 아무 일 없었다고 말하고 싶겠지만 내가 알아. 내가 너를 보았어."

희준은 다시 물었다.

"왜 그랬어?"

백철진은 걸음을 멈추고 가까운 벤치에 앉았다. 희준은 벤치 끝에 엉덩이를 올렸다.

"정말 별 뜻 없었어, 라고 말하면 믿어줄래? 페북에서 네 사진 봤어. 우서진 페북에서 장혜경을 거쳐 너한테까지 흘러간 거지. 아주잘 살고 있는 것처럼 보였어. 그리스 여행가서 찍은 거, 술자리에서친구들과 찍은 거 다 봤어. 화가 좀 났어. 성폭력 피해자라고 주장하던 사람이 그렇게 잘 살아도 되는 건가 싶었거든. 나는 망가진 인생을 어찌할 수 없어 죽고 싶은 심정인데, 너만 잘살고 있다는 게 처음엔 화가 났어."

"그래서 들어왔다? 나를 또 어떻게 해보려고?"

"그런 게 아냐. 화가 난 건 사실이야. 그래, 학교만은 다니게 해달라는 부탁을 거절한 건 두고두고 화가 났어. 내가 정말 퇴학을 당할만큼 잘못한 게 있나, 잘못한 게 있어도 충분히 용서를 빌었다고 생각했는데 부족한 건가, 싶었지. 자퇴하고 나서 일이 잘 안 풀리고 공부를 다시 하면서 네 원망 많이 했어. 학교만 계속 다녔어도, 너처럼약사가 될 수 있을 텐데 싶었지."

"행복해서는 안되는 사람이니, 나는?"

"그런 뜻 아냐. 지금은 아냐. 너한테는 늘 미안한 마음이 있었어. 화가 나고 원망하는 마음이 들어도, 늘 미안했다고. 화는 나는데 미안한 마음."

"화나고 미안한 마음."

희준은 백철진의 말을 따라해 보았다. 백철진은 그런 희준을 바라보았다. 희준은 목이 칼칼해졌다.

"술이 취해 있었다고 핑계를 대면서도, 나는 알고 있었던 것 같아. 네게 나쁜 짓을 저지르고 있다는 걸 말야. 신음소리, 네가 내는 그 신음소리는 좋아서 내는 소리가 아니었어, 나는 그걸 알고 있었어. 그건 신음소리라기 보다는 한숨이었지. 분노, 실망, 뭐 그런 게 섞인 거였다는 걸 나는 알고 있었어. 그런데도 나는 멈추지 않았어. 별 거 아니라고, 너도 좋아하는 거라고 나를 속이면서 말야."

희준은 들숨과 날숨의 간격이 제멋대로가 되어가고 있다는 걸 느꼈다. 이 년 동안 단 하루도 잊을 수 없었던 그날 밤의 정경이 떠올랐다. 강원도 평창의 한 펜션에서의 그날 밤. 과수련회의 일정은 즐거운 분위기로 흘러가고 있었다. 백여 명의 학생들이 동그랗게 앉아 학과생활에 대한 안내와 졸업 후 진로에 대한 고민을 나누고서 게임을 하며 술을 마셨다. 백철진은 작대기 세 개의 상병 계급장이 달린 군복을 입고서 오랜만의 대학생활과 막걸리를 만끽하고 있었다. 희준도 백철진도 평소보다 많이 마셨고 취해갔다. 밤 열두시가 넘어가면서 희준은 여자 후배 두 명과 2층 방으로 올라가 먼저 잠자리에 들었다. 백철진은 조금 더 있겠다며 삼삼오오 모여 있는 후배들과 술자리를 이어갔다.

희준은 새벽에 눈을 떴다. 뭔가 답답한 느낌이 들었고 몸 여기저기가 가려웠다. 잠에서 깨어 흐릿한 의식으로 처음 본 것은 누군가의 얼굴이었다. 누군가의 얼굴이 희준의 가슴 위에 있었다. 희준은 처음에 귀신인가 싶어 머리털이 모두 위로 솟아오른 것 같은 공포를 느꼈다. 어둠에 눈이 익숙해지면서 그 시커먼 것이 귀신이 아니라 사람이라는 것을, 자신의 남자친구 백철진이라는 것을 알게 되었다. 누워있던 침대 위 창문을 통해 달빛이 어스름하게 비추었다. 숙취와 놀라움으로 숨이 막힐 지경이었다. 백철진은 희준의 다리 사이에 무릎을 꿇고 앉아 있었고 바지를 허벅지까지 내린 상태였다. 희준의 셔츠는 단추가 풀어헤쳐지고 브래지어까지 풀어져 있었다. 희준은 손으로 아랫도리를 더듬어보았다. 맨살이 만져졌다. 희준은 그제야 백철진이 무엇을 하고 있었는지를 알아차릴 수 있었다. 철진아, 뭐하는 거야.

희준의 소리는 방안에서 맴돌았다. 방안에는 아무도 없었다. 분명 후배 둘과 함께 자러 들어왔는데 모두들 어디로 간 것일까. 백철진은 오른손 검지를 들어 입술에 대며 쉿, 하는 몸짓을 취해보였다. 그리고 희준의 다리 사이로 엉덩이를 들이밀었다.

그만둬, 그만두라고!

금방 끝나. 아프지 않게 할게.

소리 지를 거야.

희준의 목소리는 묵직했지만 떨렸다. 희준이 악, 소리를 지르려는 걸 백철진이 입으로 막았다. 희준은 백철진의 손을 잡아채려 했지만 그는 엄청난 완력으로 희준을 막았다. 희준은 몸을 비틀고 다리를 내치며 발버둥을 쳤지만 백철진은 희준의 다리 사이로 꼿꼿하게 선 페니스를 집어넣었다. 삽입이 잘 되지 않자 백철진은 손으로 페니스를 쥔 다음 삽입을 시도했다. 희준은 백철진의 손가락을 떼어내려 애쓰며 말했다.

그만해, 제발 그만해.

사랑하는데 이 정도도 못해줘? 우리 넉 달 만에 만났잖아. 나 안보고 싶었어?

백철진은 술냄새와 고기냄새가 풍기는 입으로 말했다. 희준은 그 냄새를 맡고 있을 수 없어 고개를 옆으로 돌렸다. 눈을 감았다. 백철진의 말대로 사정까지 얼마 걸리지 않았다. 백철진은 희준의 몸 위에서 내려와 바지를 올리고 그대로 잠이 들었다. 구희준의 몸에 두른 그의 팔이 천근처럼 무거웠다. 그때 발걸음 소리가 나더니 방문이 열렸다. 우리 군바리, 오늘 계 탔네, 라는 말소리와 웃음소리가 섞였다. 곧이어 방문이 닫혔다. 희준의 얼굴에 달빛이 스몄다. 무슨 일일까, 이게 무슨 일일까. 백철진은 지금 내게 무슨 짓을 한 것일까. 나는 강간을 당한 걸까, 강간. 어느 학생이 당하고 어느 직장인이 당하고 어느 연예인이 당한다는 그 일이, 여자라면 당할 수 있는 일이라 두려워하면서도 한번도, 단 한 번도 나의 일이라고 생각하지 못했던 그 일을, 내가 지금 당한 것일까, 그것도 남자친구로부터……. 강간, 이라는 말을 떠올리자, 희준은 앞으로 자신의 인생이 깨진 유리벽처럼 바자작거릴 거라는 생각이 들었다. 아파왔다. 마치 거대한 바다폭풍이 밀려와 희준의 모든 것을 쓸어버리고 간 듯 공허한 아픔이었다.

서울로 돌아오는 버스 안에서 백철진은 희준의 옆자리에서 내내 잠을 잤다. 백철진의 옆얼굴을 노려보며 희준은 스스로에게 물었다. 어떻게 해? 이제 어떻게 하지? 아무 일 없었다고 생각할 수 있어? 술에 취하지 말았어야 했다, 술을 마셔도 누군가 몸을 만져도 모를 정도로 취하지는 말았어야 했다, 자책이 밀려왔다. 그냥, 아무 일 없었던 것으로 치면 안 될까. 아니, 정말 아무 일 없었던 것은 아닐까. 어느 연인들이 그러는 것처럼 서로 좋아서 그랬던 걸로 치면 안될까. 희준은 눈을 감았다가 눈꺼풀이 뜨거워 다시 눈을 떴다. 눈을 뜨니 쉴 새 없이 눈물이 흘러내려 다시 눈을 감았다. 눈을 감지도 뜨지도 못한 채, 눈을 감았다가 뜨기를 반복하면서 깊은 물속으로 가라앉는 것 같았다.

"아무 일도 일어나지 않은 게 아니었어. 난 알고 있었어."

백철진의 목소리에 희준은 무호공원의 가로등 불빛으로 되돌아왔다.

"그래서 미안했어. 아무리 술에 취했어도 그렇게 거칠게 다가가면 안 되는 거잖아. 마음이 내내 걸렸어. 그러다가 사랑하니까 이해해주겠지, 라고 편하게 생각해버리기로 한 것 같아. 군대에서 휴가 나온 남친에게, 그 정도 이해심은 발휘해주겠지, 그런 이기적인 마음으로 정리해버린 거지. 근데 강간범이라는 말을 너한테서 듣는 순간, 너무 화가 나고 무서웠어. 술 취해서 실수한 걸 성폭력이라고 하니까 당황스러웠어. 앞으로 큰 일이 벌어질 것 같아 두렵기도 했고. 그래서 홧김에 그랬던 거야. 네가 겁먹고 그만두기를, 큰일은 벌어지지 않기를 바랐겠지. 그때 왜 소라넷이라는 사이트가 생각났는지, 그 말을 왜 입에 담았는지 지금 생각하면 정말 찌질하고 후져. 내가 그렇게 찌질하고 후졌다는 건 여전히 화가 나. 그리고."

"그리고?"

"넌 믿지 않았지만 사진은 정말 다 지웠어. 핸드폰을 아예 초기화해 버렸으니까. 그때도 말했잖아. 사진 없다고, 소라넷에 올릴 사진은 없다고. 그래도 너는 핸드폰 내놓으라고, 당장 압수해야 한다고 미친 사람처럼 울면서 소리를 질렀었지. 난 네가 그때 왜 그랬는지 이해할 수 없었어. 내가 지웠다는데 왜 그걸 믿지 못하는지. 나중에 혜경이한테 들었어. 나의 그 말 때문에 네가 얼마나 고통스러워했는지. 네가 소라넷에 들어가 볼 거라고는 생각도 못했어. 나도 고등학교 때 몇 번 들어가 본 게 전부였거든. 설마 했어. 준이 네 사진을 내가 진짜로 소라넷에 올릴 거라고 생각할 줄은 몰랐어."

"소라넷에 올릴 생각이 없었다고?"

"홧김에 한 말이었어. 네가 일을 크게 만들까봐 겁이 났어."

당황하면 홧김에 내뱉는 말, 소라넷. 강간을 당했다는 여자친구에게 더 이상 일을 크게 만들지 말라며 겁을 줄 때 내뱉는 말, 소라넷. 고등학교 때 몇 번 들어가 본 것이 전부라던 백철진도 소라넷이 여자들에게 어떤 감정을 주는지 정확히 알고 있었다. 수치심과 공포, 두려움과 불안, 그리고 무기력. 자신이 한 짓이 아무 일도 아닌 것으로 덮이기를 바랐던 남자친구는, 여자친구가 수치심에 굴복하고 공포에 무기력해지길 바라면서 소라넷을 입에 올렸다. 그곳에서 벌어지는 일이 무엇을 겨냥하는지 백철진은 정확히 간파하고 있었다. 사실 그건 남자라면 누구나 알고 있는 것인지도 모른다. 여자를 굴복시키는 방법에 대해, 누군가에게 배우지 않아도 알고 있고 공유하고 있는 비장의 무기 같은 것인지도. 평소의 백철진은 성실하고 책임감 강한 사람이었다. 타인을 거칠게 대하지 않았고 남을 깎아내리거나 약점을 건드리며 우월감을 즐기는 사람도 아니었다. 그런 그가 궁지에 몰리고 여자친구의 입을 다물게 할 필요가 있다고 느낄 때, 그의 내면에 고이 잠들어 있는, 그러나 언제든 꺼내 쓸 수 있는 비장의 무기가 자신도 모르게 힘을 발휘해버린 것인지도 모른다. 여자를 굴복시키는 방법으로 이보다 더 강력할 수 없는 방법을 앞에 두고, 성실하고 책임감 강한 백철진의 무의식조차 다른 퇴로를 차단해버렸는지도. 백철진, 그는 희준의 남자친구이기에 앞서 그저 남자였던 것인가.

"어떤 사진이었어?"

"그게, 그냥 얼굴 사진이야. 내 옆에서 새근새근 자는 모습이 예뻐서, 그래서 몇 장 찍은 거야. 벌거벗은 몸을 찍거나 했던 건 아냐. 그냥 간직하고 싶어서 그랬던 거야."

"그래서, 화가 나고 미안한 마음으로 또 내 집에 들어온 거야?"

"그건, 그러니까 네가 어떻게 사나 궁금했어. 이 동네에 선배를 만나러 왔다가 네가 이 근처에 살고 있다는 말을 들었어. 귀족빌라, 쉽게 찾을 수 있었어. 동창회 주소록에 번지수까지 다 나와 있었으니까. 현관문 앞에서 내가 아는 번호를 도어락에 눌러봤어. 예전에 살던 집 비밀번호가 0322, 본가에서 키우던 강아지 생일을 땄었잖아. 그냥 한번 눌러본 거야. 어쩌겠다는 생각은 없었어. 근데 문이 철컥하고 열리잖아. 그래서 들어간 것뿐이야."

"나를 엿보고 있었던 건 아냐? 내가 샤워하는 거. 내 알몸을 보고 있었던 거 아니냐고?"

"누가 너를 훔쳐봤어? 난 아냐. 그때 처음 그 집에 들어가 본 거고, 그 이전에도 이후에도 그런 적 없어. 그냥 네가 잘 사나 어쩌나, 네 집에 들어가 본다고 그걸 알 수 있는 건 아니지만 어쨌든 궁금했어. 아담한 네 방에 들어서니까 둘이 좋았던 그 시절로 돌아간 것 같았어. 네가 입고 다닌 코트, 함께 공부한 책들, 화장품 냄새, 많이 그립더라고. 우리 둘 사이가 이렇게 된 건 어쨌든 내 탓이야. 너무 명백한 사실을 확인하게 되니까 참을 수 없이 힘들었어."

백철진이 거짓말을 하고 있는 것 같지는 않았다. 그렇다면 누구인가. 백철진이 아니라면 누구인가. 또 다른 이가 있다는 사실에 두려움을 느꼈지만, 백철진이 그런 짓을 하지 않았다는 사실에 안도감이 들었다. 왜 안도감이 드는 걸까. 그가 벌거벗은 몸을 훔쳐보지 않았다고 해서 그가 저지른 일이 용서되는 건 아닌데.

"이제 다시는 그런 짓 하지 마. 궁금하다고, 걱정된다고, 네 마음대로 그러지 마. 선의의 마음이었다 해도 당하는 입장에서는 선의가 아니니까. 그걸 설마 아직도 모르는 거야?"

"이제는 알아. 다시는 그런 짓 안 해."

"누구에게도 그런 짓 하지 마. 백철진, 너는 그러지마."

백철진은 고개를 끄덕였다. 무릎 위 깍지 낀 두 손을 바라보았다. 그리고 말했다.

"준아. 제주도 올레길을 걸으면서 깨달은 게 있어. 내가 학교를 떠나게 되고 일이 잘 풀리지 않았다고 해서 자동적으로 속죄되는 게 아니었어. 지난 이년 동안 너를 원망하고 내게 화를 내도, 가슴은 늘 답답하고 후련해지지가 않았어. 가장 중요한 무언가를 어딘가에 두고서 껍데기만 붙들고 사는 느낌이랄까. 애월의 카페에 앉아 저 멀리 어두운 바다 위에 떠 있는 오징어배의 횐한 불빛을 보면서 불현듯 깨달았어. 내가 진심으로 네게 사과한 적이 없다는 걸, 용서를 빌어본 적이 없다는 걸."

백철진의 목소리가 젖어들고 있었다.

"희준아, 준아, 미안해. 네게 상처 줘서 미안해. 핑계만 대고 달아나려 했던 거 정말 미안해. 너무 늦지는 않았는지 모르겠지만, 용서를, 빌고 싶어. 나를 용서해줘."

백철진은 고개를 숙이고 깍지 낀 두 손을 들어 올려 얼굴을 가렸다. 백철진의 어깨가 흔들리고 있었다.

"…네가 어떻게 나한테 그래. 사랑한다면서 왜 그랬어. 네가 나한테 얼마나 소중한 사람이었는데 나한테 왜 그랬어…."

희준은 울음이 터졌다. 갑작스럽고 깊은 울음이었다. 자신도 놀랐다. 이년 동안 울고 싶은 적은 무수히 많았지만 울지 않으려 애썼고, 타인들 앞에서 더더욱 강한 모습을 보이려고 했었다. 그런데 다른 누구도 아닌 백철진 앞에서, 자신에게 상처 준 백철진 앞에서 희준은 흐느끼고 있었다. 백철진, 그가 미웠고 용서할 수 없었다. 죽을 때까지 용서하지 않겠다고 다짐하면서 버텨왔다. 친구들도 믿지 못했다. 너무 잘 굴러가는 세상이 원망스러웠다. 친밀한 타인에게서 그런 일을 당했다는 돌이킬 수 없는 사실을 날마다 돌이키면서, 차라리 내 몸 하나 사라져버리는 것이 가장 조용한 방법이 아닐까 하는 생각과 싸우면서 버텨온 시간들이었다. 미워하고 원망하고 분노하고 자책하면서 버텨온 시간들이, 거센 울음이 되어 희준의 얼굴에서 흘러내렸다. 백철진의 어깨가 더욱 심하게 흔들렸다. 한참을 흐느낀 뒤 희준은 말했다.

"용서를 비는, 너무 늦은 때란 없을 거야."

네가 사과해서, 용서를 빌어서, 이제 끝낼 수 있을 것 같아, 라고 말하면서 희준은 다시 울었다. 공원의 어둠이 깊어갔다. 숲에 앉은 까마귀떼의 날개가 가로등 불빛을 받아 고요한 은빛으로 빛났다. 희준은 가방에서 화장지를 꺼내 눈물을 닦고 코를 풀었다.

"화가 나고 미안한 마음, 내가 그래, 백철진. 너를 생각하면 내 마음이 그래."

백철진이 고개를 들어 희준의 옆얼굴을 바라보았다.

"미안, 하다고? 왜?"

"이상하지. 난 너한테 눈곱만큼도 미안하지 않을 줄 알았어. 미안할 이유가 없었으니까. 너는 나한테 잘못을 저질렀고 그 대가를 치르는 게 당연하니까. 그런데도 마음 저 한구석에서는 너에게 미안하다는 생각이 있었어. 학교는 다니게 해줬어야 하는 거 아닌가, 한때는 사랑했던 사이인데 한순간의 실수로 너무 큰 대가를 치르게 한 건 아닌가, 하고. 그날의 상처를 떠올리는 것도 괴로운데, 그런 상처를 준 너에 대해 죄책감까지 느껴야 한다는 건, 정말이지 엿 같은 일이야."

"그냥 미워해도 돼. 미워만 해도 돼."

"나도 이성적으로는 그렇게 생각해. 네가 인생 망치든 어쩌든 그건 내 알 바 아니라고 말야. 내 책임 아니라고 말야. 네가 잘 살고 있다면, 나쁜 새끼, 그래 잘 살아라, 하고 마음 편히 미워했을 거야. 근데 너는 잘 살고 있지 못하잖아. 상처받은 건 난데, 나도 죽을 힘을 써서 살 마음을 내어보고 있는데, 너는 왜 그렇게 살지 못하는 거야? 왜 네가 피해자인 척 그렇게 불쌍하게 굴어? 왜 아직도 그러고 사냐고."

백철진은 고개를 돌려 앞을 바라보았다. 희준은 말을 이었다.

"백철진, 나는 네가 잘 살길 바라. 네가 망가지길 바라지 않아. 그 일이 일어나지 않았다면 정말 좋았겠지만, 일은 일어났고 상처를 입었어. 나는 그 상처가 나를 집어삼키지 못하도록 정말 애를 쓰며 여기까지 왔어. 너도 쉽지 않았을 거라 생각해. 진중하고 성실하고 책임감 강한 사람이었잖아, 백철진."

그래서 내가 좋아했던 거잖아, 백철진.

"잘, 살아볼게, 너를 생각해서라도, 잘 살게."

희준은 일어서 손을 내밀었다. 백철진이 손을 잡았다. 그의 손이 그의 눈가만큼이나 촉촉했다.

"내게 진심으로 미안하다면 이제부터 잘 살아. 그리고 다시는 나를 준이라 부르지마."

희준은 공원의 가로등 밑을 지나 거리로 나섰다. 초겨울의 찬바람이 희준의 눈물 자국에 잠시 머물렀다 사라졌다. 희준은 핸드폰을 꺼내 어디론가 전화를 걸었다. 안녕하세요, 저 귀족빌라 세입자입니다. 이사를 가게 되어서요. 네, 계약 기간이 아직 남은 건 저도 알고 있습니다만, 사정이 그렇게 되었습니다. 되도록 빨리 이사 갔으면 해요. 네, 공인중개사에 연락해서 매물로 내놓겠습니다. 안녕히 계세요.

36

기화영은 카페 헌드레드마일즈 이층에 혼자 앉아있었다. 강필주가 떠난 자리에 그가 먹다 남긴 커피잔만이 무표정하게 남았다. 우리 그만 만나요, 라고 기화영은 강필주에게 말했다. 강필주는 아무 말도 하지 않았다. 왜냐고 묻지 않았다. 그저 커피를 한모금 마시고 기화영의 얼굴을 바라볼 뿐이었다.

강필주가 동영상을 보았을 거라는 느낌이 들었다. 다른 남자와 섹스하고 있는 여자친구의 모습을 본 남자의 눈이 저런 걸까, 기화영은 감정이 담기지 않은 강필주의 눈을 보며 그런 생각을 했다. 나라면 어땠을까, 강필주가 다른 여자와 섹스하고 있는 영상을 보았다면, 나는 어떨까. 짐작조차 되지 않았다. 질투가 날 것이고 동영상 속의 여자가 떠올라 괴로울 것이다. 그래도 그런 이유로 헤어질 것 같지는 않지만 알 수 없었다. 강필주 같은 남자가 여자와 섹스 한번 못해보고 서른을 넘기진 않았을 것이다. 대학시절부터 못해도 서너 명은 사귀었을 것이고 잠이야 당연히 잤을 것이다. 자연스러운 일이다. 그러나 연인 사이의 남녀가 당연히 할 수 있는 일이라 해도 그 은밀한 행위가 노출되었을 때는 또 다른 감정을 불러일으키기 마련이다. 보여줄 수 있는 게 있고, 보여줘서는 안되는 게 있다. 보여줘서는 안되는 게 보이게 되었다면, 상식이니 당연이니 하는 건 힘을 잃는다. 그 순간부터 사람을 지배하는 건 감정이니까. 결국 감정의 문제이다. 기화영 자신도 그 감정을 감당할 자신이 없어, 혹은 감정을 감당하느라 기화영 자신으로 살지 못할까봐 이렇게 끝을 내고 싶었던 것인지도. 보여서는 안 되는 것들이 일단 한번 보이고 나면, 그것은 영원히 우리의 감정을 지배한다. 기화영이 원한 것도, 허락한 것도 아니라는 사실은 중요하지 않다. 감정은 진실에 흔들리지 않는다.

기화영이 끝내자고 하지 않았다면 강필주는 어떻게 했을까. 동영상이 온라인 어딘가에 떠돌아다닌다는 것을 알고도, 많은 이들이 언젠가 그것을 보게 될지도 모른다는 사실을 알고도, 강필주는 나를 계속 만날 자신이 있었을까. 내 벌거벗은 몸을 불특정 다수가 소비하고 있음을 알고도 그는 우리 관계를 다치지 않고서 그 감정을 감당할 자신이 있었을까. 기화영은 자신이 없었다. 그리고 싫었다. 자신이 저지르지 않은 일에 대해 미안한 마음을 갖고 강필주를 대해야 한다는 건 기화영으로서도 원치 않는 일이었다. 섹스의 순간에 왠지 작아지고 위축되는 스스로에게 염증을 내면서 이 관계가 후져지기 전에 그만두는 게 서로를 위해 좋을 것 같았다. 그리고 기화영이 앞으로 하려는 일을 해치우기 전에, 이 관계를 끝내는 게 맞다고 생각했다. 누군가에게 지옥을 경험하게 하려는 자신에게 아무도 연결되어서는 안된다.

두 사람이 헤어지는 순간은 사귀기로 한 순간만큼이나 '쿨'했다. 좋아서 시작했고 싫어져 헤어진다, 기화영은 그것 말고 무엇이 더 필요하다고 생각해본 적이 없었다. 그러나 한 가지, 강필주에게 묻고 싶은 것이 있었다. 벌거벗은 내 몸을 찍은 적이 있나요? 강필주는 곧바로 대답하지 않았다. 왜 그런 걸 묻냐고도 하지 않았다. 가만히 있던 강필주가 말했다. 없어. 다른 여자요? 없어. 그렇군요. 왜 그런 짓을 하는 건지 물어보려 했는데. 강필주는 가방을 들고 일어섰다. 기화영은 일어서지 않았다. 강필주가 나간 빈자리를 바라보았다. 강필주에게 정작 묻고 싶은 것은 따로 있었다. 우리, 시작은 했던 건가요?

37

기화영은 누군가 다가오는 기척을 느끼고 천천히 시선을 돌렸다. 동지수가 화가 난 작은 눈사람처럼 서 있었다. 기화영은 지수의 얼굴을 바라보다 옷섶에 눈길을 고정했다. 북어포가 단춧구멍 사이에 끼어 있었다. 기화영의 눈길을 따라가던 동지수가 옷에 묻어 있는 북어포를 발견하고는 얼른 떼어내 입 속에 넣고 우물우물 씹었다. 무슨 일 있었어, 라고 묻는 기화영의 눈빛을, 지수는 그저 가만히 받아내면서 의자에 앉았다.

"동지수, 네가 나 걱정하는 거, 알고 있어."

"그래, 걱정하고 있어. 수면제도 그렇고. 어디다 쓸 거야? 네가 먹을 건 아니지?"

"그걸 내가 왜 먹어? 쓸 데는 따로 있어."

"유상혁이 사내 게시판에 네 이야기를 올린 모양이야."

"방금 봤어."

"…괜찮아?"

"괜찮지, 않아. 괜찮지, 못해. 유상혁 때문은 아냐. 어차피 언젠가는 알려질 거라 생각했어. 이렇게 비열한 방법일 줄은 몰랐지만."

유상혁의 졸렬한 짓에 기화영은 생각보다 화가 나지 않았다. 그일은 어차피 알려질 일이었고 회사 사람들이 모르고 지나갈 수 없는일이었다. 기화영은 지수를 오랫동안 바라보았다. 지수라는 사람의눈이 참 맑구나, 라고 생각하면서 기화영은 자신의 이야기를 시작했다. 긴 이야기였고 고통스러운 이야기였다. 오래된 이야기였고 앞으로의 이야기이기도 했다.

동지수, 지옥이 왜 지옥인 줄 알아? 빠져나올 수 없기 때문이야. 덫에 걸린 느낌, 그 덫이 영원할 거라는 예감, 그게 지옥이야. 난 지금 지옥에 있어.

동영상 속의 여자가 나임을 알아차린 순간, 나는 마치 내가 두 개의 덩어리로 쪼개지는 것 같았어. 두 개로 쪼개진 내가 영원히 조각난 채로 살아야 하는 건 아닌지 매순간 두려워. 그 몸, 살덩어리는 기화영이었지만 동시에 기화영이 아니었어. 기화영의 몸이었지만, 기화영이 아닌 다른 사람이 그 몸에 깃든 것 같았거든. 영상 속의 나와 그걸 보는 나도 같은 사람이 아니야. 어떻게 그 두 사람이 같다고 할 수 있겠어? 섹스 말고는 할 줄 아는 것도 하고 싶은 것도 없는 포르노배우처럼 남자를 받아들이고 있는 그 살덩이가 어떻게 기화영이란 말이야? 살아 있는 사람이라면 품고 있을 살 냄새, 감정, 생각, 미래, 개성, 취향, 이런 건 모조리 삭제되고, 오직 살덩어리로 존재하는 그런 게 어떻게 나일 수 있어?

세상사람 모두가 나의 벌거벗은 몸을 보았을 것만 같아. 스쳐 지나가는 사람들이 던지는 무심한 시선에도 몸이 먼저 놀라 달아나려고 해. 달아나려는 몸을 애써 붙잡아 두고서도 가슴은 방망이질을 치지. 저 사람은 봤을까? 이미, 봐버렸을까? 나를 알까? 나를 알아볼까? 나를 아는 모든 사람이 내 가슴과 엉덩이를 보았을지도 모른다는 두려움이 휘몰아쳐. 나를 만나는 모든 사람이 쾌락에 젖은 나의 신음소리를 들었을지 모른다는 불안감도 커져만 가. 나를 스쳐 지나치는 모든 사람에게 눈요깃거리로 전락할지 모른다는 생각을 하면 내가 있는 이곳이 지옥임을 실감해. 어떨 때는 그 두려움에서 벗어나는 방법이란 게, 내 몸이 작고 작아져 쌀 한 톨만큼이나 작아지다가 결국은 흔적도 없이 사라지는 수밖에 없지 않을까 싶어.

지수, 이제야 알겠어. 죽고 싶다, 는 건 숨을 쉬고 싶지 않다는 뜻이 아니란 걸 말야. 삶을 끝내고 싶은 게 아냐. 삶의 어떤 순간에 비극이 되어버린 시간을 끝내고 싶다는 간절한 의지의 표현이야. 그런 뜻에서 난 죽고 싶어, 두려움을 끝내고 싶으니까. 물론 죽지는 않을 테니 걱정 마. 내게 창년, 걸레 같은 년이라고 욕하는 그 새끼를 내버려둔 채 죽을 수는 없잖아. 내게 그런 짓을 할 권리는 누구에게도 없어. 나를 벌거벗기고 걸레라 욕할 권리는 누구에게도 없다고. 그래서 꿋꿋하고 당당하게 대처하려고 애쓰고 있어. 부끄럽고 수치스러운 피해자가 아니라 빼앗긴 걸 받아내는 준엄한 피해자로서 살아낼 거야. 나는 기화영이니까.

수치스럽지 않냐고? 정말 부끄럽지 않냐고? 사람들은 그렇게 묻고 싶겠지. 난 그들에게 말할 거야. 정말 수치스러운지는 중요하지 않아, 수치스러워하지 않기로 결심한 게 중요해. 부끄러워하지 않기로 다짐한 게 중요하다고. 그게 마음먹은 대로 되냐고 묻고 싶겠지. 마음먹은 대로 될 리가 없다는 건, 여자라면 누구나 알 수 있어. 그렇기 때문에 난 매순간 다짐해. 걸레라는 말이 주는 그 치명적인 힘을 거부하겠다고, 걸레라는 소리를 듣는 순간 어쩔 수 없이 쪼그라드는 나를 내버려두지는 않겠다고.

내가 느끼는 감정이 나라는 사람의 어떤 본질로부터 생겨났다는 건 거짓말이야. 수치심은 말야, 본능도, 자연스런 감정도, 그 뭣도 아냐. 그냥 그런 상황에서는 수치심을 느낄 만하다고 다른 사람들이 믿는 걸, 내가 받아들이게 되는 그런 거야. 나는 다른 사람들이 믿고 있는 걸 믿지 않기로 한 것뿐이야. 내가 무얼 느껴야 하는지를, 왜 다른 사람들이 규정하도록 둬야 하지? 난 그렇게 놔두지 않을 거야.

엄마, 잊히지 않는 엄마의 모습이 있어. 내게 아빠는 애초 없는 사람이나 마찬가지였어. 늘 병을 달고 살았고 일찍 세상을 떠났으니까. 엄마가 나와 오빠를 혼자서 기르셨지. 가진 것 없고 배운 것도 없는 엄마는 미용 기술을 배웠어. 동네 작은 미용실에 취직해서 일하시다가 얼마 되지 않아 그 미용실을 인수하셨지. 손재주가 뛰어난 건 아닌 것 같았는데 어린 내가 보기에도 정말 성실히 일하셨어. 그거 아니면 죽는다는 각오 같은 거가 느껴졌으니까. 내가 엄마를 닮았어. 뭐든 죽기 살기로 해야 직성이 풀리는 거. 가난하다는 건 못 느끼고 살았어. 아빠 없는 자식들 기죽이지 않겠다며 학원이며 과외며 안 해준 것이 없었어. 억척스러웠고 단단했고 거칠 것 없는 엄마였지. 늘 그랬어. 딱 한번, 어떤 남자에게서 어떤 말을 들었을 때를 빼고.

그 장면은 어제 일처럼 생생해. 내가 중학교 일학년 때였어. 저녁 여덟시에 학원 수업이 끝나면 나는 미용실에 들러 엄마와 함께 집에 돌아가곤 했어. 그날도 핫도그를 먹으며 엄마가 미용실 바닥의 머리카락을 쓸고 가위나 집게 등을 정리하는 걸 지켜보고 있었지. 그때한 남자가 들어오는 거야. 오십 중반 정도로 보였어. 걸음걸이가 허둥지둥 하는 게 이상했는데 술 냄새가 독하게 나서 취했나보다 했지. 빗자루를 쥐고 있던 엄마는 내일 오시면 안될까요, 하고 물었어. 그랬더니 그 남자는 내일 아침 일찍 어딜 가야하니 오늘 이발을 해야 한다고 했어. 말투가 거칠고 혀도 꼬부라져서 정확하게 말하지도 못했어. 엄마가 앉으라는 말도 안했는데 의자에 덜컥 앉아버렸고. 나는 순간 뭔가 섬뜩한 기분을 느꼈어. 안 좋은 일이 일어날 것 같은 불길함 같은 거. 자리에 앉은 손님을 내쫓을 수 없어서 엄마는 남자의 목에 커트보를 씌우고 스프레이로 물을 뿌리면서 물었지. 어떻게 해드릴까요? 남자는 짧게만 잘라 달라고 했어. 십분 정도 머리를 만지던 엄마가 드라이기로 머리를 말리고 다 되었습니다, 라고 말하는데, 남자가 소리를 질렀어. 정말 갑자기 말야. 이게 자른 거야? 짧게 자르라고. 얼마나 짧게요? 짧다 싶을 만큼 자르라고.

어느새 남자는 엄마에게 반말을 하고 있었어. 엄마는 다시 가위를 들어 머리카락을 자르기 시작했지. 내가 보기에 남자의 머리는 충분히 짧았어. 엄마도 얼마나 더 잘라야 할지 몰라 조심스러웠고. 어쨌든 한참을 더 자르고 나서 엄마가 이 정도면 됐나요, 손님? 하고 묻는데 남자가 벌떡 일어나는 거야. 이게 사람 말이 좆같다 이거냐? 짧게 자르라고 몇 번을 말해? 엄마는 말했어. 손님, 정확하게 원하는 걸 말씀해주셔야 제가 거기에 맞게 해드리지요. 그냥 짧게만

해달라면 어떡합니까? 삭발을 원하시면 그렇게 해드릴게요. 삭발은 무슨 놈의 삭발? 씨발, 쌍. 남자는 커트보를 팽개치고 그냥 나가려고 했어. 그런 남자를 향해 엄마는 오천원입니다, 라고 말했지. 남자가 다시 소리를 질렀어. 뭐? 머리를 이 따위로 만들어놓고 돈을 받겠다고? 이 년이 쌩 날도둑 같은 년이네.

나는 엄마가 그깟 오천원 안 받고 그 남자를 그냥 보내길 바랐지만 엄마의 억척스러움이 남자를 고이 보낼 리 없었어. 엄마가 남자를 붙들고 목소리를 높였어. 지금 삼십분 동안 손님 머리 만져드렸잖아요. 그냥 가시면 어떡해요. 남자는 뒤도 돌아보지 않고 나가버렸어. 남자를 따라 나가려는 엄마를 붙잡고 내가 말했어. 술 취했어, 그냥 가라고 해. 뭘 그냥 가라고 해? 엄마는 기필코 돈을 받아내겠다는 이상한 결기에 차 있었어. 그런 엄마를 끝까지 말리지 못한 것을 나는 두고두고 후회했어. 미용실을 나가 버스정류장으로 향하는 남자의 옷을 엄마가 붙잡았어. 이발을 했으면 돈을 내셔야지요, 라고 말하면서. 남자가 휙 돌아 엄마를 쳐다보았어. 엄마를 쏘아보는 벌겋고 탁한 눈에 이상한 광채 같은 게 날카롭게 번득였어. 허 참나, 미친년 다 보겠네, 이게 어디서 이래라 저래라야, 남자는 더 크게 소리를 질렀어. 이 년이 나보고 지금 뭐라 씨부렁거리는 거야? 미친년, 너 오늘 잘 걸렸다. 남자는 엄마를 거칠게 밀쳤어. 그리고 버스정류장 앞에서 할머니들이 좌판을 벌여놓고 파는 시금치며 상추를 발로 걸어차면서 고래고래 악을 쓰고 행패를 부렸어.

걸레 같은 년, 갈보 같은 년. 남자의 소리가 거리에 떠들썩하게 울렸고 사람들은 무슨 일인가 하고 구경하려 모여들었어. 하지만 아무도 이 남자를 제지하려고 들지 않았어. 그 순간, 늘 억척스럽고 단단한 엄마가 급격히 쪼그라들기 시작했어. 남자에게 돈을 내놓으라고 요구하던 엄마가 언제 그랬냐는 듯 침묵하기 시작한 거야. 입이 굳게 다물어졌어. 눈은 작아졌고 등허리가 굽어졌어. 바닥에 내쳐져 신발에 밟힌 시금치처럼 뭔가 생의 의지라고 부를 수 있는 것이 엄마에게서 모두 빠져나가버린 것 같았어. 나는 엄마가 마치 난장이가 된 것 같다고 생각했지. 처음 보는 낯설고 기이한 엄마의 모습이었어. 엄마는 서둘러 가게 문을 닫고 내손을 잡아채듯 그곳을 떠났어. 남자는 계속 소리를 질렀지. 걸레 같은 년, 갈보 같은 년. 엄마의 손은 떨고 있었고 발은 헛디뎠어. 도망치는 사람처럼, 죄지은 사람처럼, 엄마는 한 번도 쉬지 않고 앞만 보고 걸었어. 엄마, 왜 그래, 도대체 뭐가 무서운 거야, 라고 나는 묻지 못했어.

어른이 되고서도 그 날 엄마의 모습은 잊을 수가 없지. 걸레 같은 년, 갈보 같은 년, 이라는 말의 무엇이, 엄마를 작아지게 만들었을까. 달리기를 아주 잘하는 사람한테 이 굼벵이야, 라고 욕하면 다들 욕하는 사람을 비웃지. 부지런한 사람한테 이 게으름뱅이야, 라고 욕하면 욕하는 사람이 제 정신이 아닌 거잖아. 우리 엄마는 걸레도 아니고 갈보도 아니야. 걸레도 아니고 갈보도 아닌 사람한테 걸레, 갈보라고 욕하면 욕하는 이가 부끄러워야지, 욕을 받는 사람이 아니라.

근데 그게 아니었어. 우리 엄마는 걸레가 아니었지만, 걸레라는 말을 듣는 순간 걸레가 되었어, 걸레가 가져야 할 어떤 수치심, 부끄러움을 느꼈던 거야. 걸레라는 말이 그래, 갈보라는 말이 그런 거야. 여성의 성기를 갖고 있는 몸이라면, 걸레라는 말이 즉각적으로 소환해버리는 수치심에서 그 누구도 벗어날 수 없어. 그 여자가 걸레이건 아니건 그건 상관없어. 아니 애초, 걸레 같은 여자란 게 있을 리 없잖아? 그건 그 말을 떠올린 사람의 머릿속에만 존재하는 허구의 여자야. 허구의 여자가 실제의 여자를 지배해. 실제의 여자는 허구의 여자로부터 있는 힘껏 달아나야해. 그래서 모든 여자들은 그 말을 듣지 않기 위해 기를 써야 하지. 그런 여자가 아니라는 것을 증명해보이면서 얌전하게 굴어야 해. 지금 얌전하게 군다고 되는 건 또 아냐. 이 얌전함이 영원토록 지속될 거라는 믿음을 심어줘야 해. 걸레 같은 짓을 한 적이 없으며 지금도 걸레가 아니고 앞으로도 걸레가 되지 않을 거라는 그런 믿음을. 그렇게 죽을 만큼 안간힘을 써도, 누군가 손쉽게 내뱉는 말 한마디에 그 삶이 한 순간 무너지고 말지.

어떤 여자가 걸레인지는 중요하지 않아. 어떤 여자가 걸레 같다면, 그 여자는 애초 걸레 같은 짓을 해서 그런 거니까. 걸레로 불리는 순간, 그 여자는 뭘 해도 걸레가 되는 거니까. 동영상을 올린 그놈도 그렇게 썼지. 남자 등쳐먹으면서 여신 행세하는 걸레년이라고. 나를 보고 걸레라 했어. 걸레니 함부로 다루어도 되고, 함부로 다루어졌으니 걸레가 된 거야. 한번 걸레가 되었으면 누구든 다가가도 무방한 여자가 되버린 거지. 무한하게 순환하는 도돌이표 속에 나를 가둬버리는 거야. 남자들의 머릿속에만 존재하는 상상의 여자를 부르는 그 수치스러운 이름으로 말야. 그렇게 치명적인 말, 한 존재를 무기력하게 만들어버리는 그 말을 쓸 수 있는 그 힘을, 도대체 누가 그들에게 준거야? 이 빠져나올 수 없는 지옥에 나를 가둘 힘을 누가 그들에게 준거야?

나는 그 힘에 굴복당하지 않을 거야. 엄마처럼 작아지지도 않을 거야. 생의 의지란 게 빠져나가도록 두지 않을 거야. 수치심은 자신을 죽이지만 분노는 악마를 죽여. 죽지 않기 위해, 나는 선택하겠어, 맹렬한 분노의 힘을. 내 몸은 내 것이야. 어느 누구도 내 몸을, 내가 원하지 않는 방식으로 가질 권리는 없어. 어느 누구도 나를 보고 걸레 같은 년이라 부를 권리가 없고, 걸레가 아니라는 걸 증명하면서 살기를 강요할 수도 없어. 그래서 난 이 일을 해야겠어. 빠져나올 수 없는 지옥에 내가 있어야 한다면, 그에게도 지옥을 선물할 수밖에. 동지수. 나 좀 도와줘. 도와, 줄 거지?

38

쭌. 수면제 좀 줘.

왜, 잠 안와?

기화영에게 필요해.

뭐하게?

자기가 먹을 건 아니고 쓸 데가 있대.

수상한데.

응.

수상하다고.

그래, 그렇다고.

그래도 줘? 위험한데 쓰면 어떻게 해?

위험한데 어디?

누구를 재운다거나.

누구를 재우고 싶다나봐.

똥, 심각해. 약사의 명예가 걸린 일이야.

한 여자의 명예는 어쩌고.

이런, 생각해볼게, 라고 일단 대답은 해두쟈.

응.

똥.

응.

소라넷 그냥 두면 안되겠어.

어떻게?

폐쇄시켜야지.

서버가 외국에 있어 힘들다던데?

외국이 무법천지는 아니지. 국제 공조수사를 하면 되잖아. 인터폴이

라는 것도 있고. 메두사에서는 이미 시작했어. 자경단을 만들었거든.

자경단?

스스로 자, 경계할 경, 스스로를 지키는 여자들의 단체.

멋지네. 몇 명이나 되는데?

몰라. 똥 너도 해.

내가 뭘 해? 나 마케팅회사 인턴이야, 죽을 시간도 없는.

어쨌든 해.

…그래.

기화영도 하라고 해.

기화영은 안할 거야.

어쨌든 하라고 해.

…그래.

제6장

자경단

自 警 團

39

메두사 자경단.

스스로를 지키는 여자들의 비밀그룹.

  이름은 무척 거창했다. 가진 건 쥐뿔도 없었다. 희준과 지수처럼,
더 이상은 안 된다는 분노와 뭐든 행동해야 한다는 의지가 전부인
이들이 모였다. 여성의 신체를 비하하고 혐오하고, 여성의 몸을 사
고팔며, 종래는 여성의 모든 것을 침탈하고야 마는 그곳, 소라넷을
없애야 한다는 여자들의 분노가 모였다. 전문지식도 없고 그럴듯한
조직도, 돈도 없는 메두사 자경단이 어떤 적과 싸워야 하는지 지수
는 처음엔 알지 못했다.

  메두사라는 이름의 사이트는 지수도 알고 있었다. 친구 희준이 가

끔 그곳에 올라와있는 게시글을 링크해주었고, 그 글들은 여자들이 겪는 불합리한 문제들을 속 시원하게 짚어주는 사이다 같은 내용들이 많았다. 지하철의 맞은편에 앉아 자신의 몸을 위 아래로 훑어보던 남자에게서 공포를 느낀 경험을 자신만 한 게 아니라는 걸, 직장 상사와 남자친구, 택시운전사까지, 남자들은 왜 여자들을 가르치려 들지 못해 안달하는 걸까 하는 의문을 자신만 품고 있는 게 아니라는 걸, "처녀가 아닌 여자는 참을 수 없다"는 발언을 한 개그맨이 버젓이 대한민국 최고의 예능프로그램에 나오는 걸 이해할 수 없었던 게 자신만은 아니라는 걸, 지수는 메두사의 게시글과 수많은 댓글들을 통해 알게 되었다.

그렇다고 열혈 유저는 아니었다. 가끔 눈팅만 하는 정도였다. 메두사는 그 이름처럼 가까이하기에는 무서운 아우라를 뿜고 있었고, 뭔지 모르지만 한번 발을 들여놓으면 빠져나오지 못할 것 같은 이단 종교의 냄새가 났다. 희준이 그 증거였다. 가을로 접어든 어느 날 희준이 핼쑥해진 얼굴로 나타났다. 메두사를 알고 난 후 한 달 동안 거의 잠을 자지 않고 그곳에 상주하다시피 했다고 했다. 그리고 메두사에 대해 말하기 시작했다. 네 시간 동안 쉬지 않았다. 얼굴은 핼쑥한데 눈빛은 형형하기 그지없는 들뜨고 달뜬 친구의 얼굴에서, 지수는 불온한 이단의 냄새를 맡을 수 있었다.

메두사는 어디에도 없는 여자들만의 해방구야. 녹색의 푸르른 땅이지. 어디에도 없는 땅이 생겼다는 건 환호할 만한 일이지만 그만큼 슬픈 일이기도 해. 온라인은 광활하기 그지없는 공간이지만, 여자들에게는 쉽게 허락되지 않는 곳이거든. 어느 사이트를 들어가도 여자들은 '하이 용돈 만남 가능?'이라고 달려드는 남자들을 만나잖아. 돈 줄 테니 섹스하자는 말을, 중고 아이패드 팔아라, 라고 말하는 것처럼 내뱉는단 말이지. 여자들이 목소리를 내면 김치녀, 무개념녀라 비난하고, 결국은 걸레, 창녀라고 낙인찍어 매장시켜 버려. 여자들만 가입할 수 있도록 한 여초 커뮤니티들도 마찬가지야. 실명 인증을 하고 주민등록을 스캔하고 얼굴 사진을 찍어 보내도록 한 후에야 회원가입을 시켜주는 곳도 많아. 그래도 남자들은 어떻게든 여자들의 공간에 들어오거든. 유명한 여초 커뮤니티의 아이디가 수십만원씩에 거래되고 있다는 거 몰랐지?

그렇게 잠입한 남자들이 들어와서 하는 짓이 뭐일 것 같아? 분탕질이야. 낙태 경험을 어렵게 고백한 회원을 낙태충이라 비난하고, 남자친구가 콘돔을 쓰지 않아 임신이 된 것 같다는 회원에게 남자 인생 망친 꽃뱀이라고 낙인찍어. 부부가 맞벌이해서 남편과 가사를 나눈다는 회원은 돈 번다고 위세 떠는 김치녀가 되지. 성관계한 영상을 남자친구가 몰래 찍은 사실을 뒤늦게 알았다며 조언을 구하는 회원에게는 몸을 함부로 놀리니 그런 일을 당해도 싸다고 댓글을 단단 말야. 처음에는 긴가민가 싶은 회원들도 지속적인 분탕질에 판단이 흐려지고 귀가 쏠려. 에이, 그렇게 말할 것까지야, 하는 판단보류의 반응들에 부정적 기운이 스미는 거야. 분탕질은 그렇게 효과를 발휘해. 오랫동안 여자들의 내면을 점령해왔던 잔재들이 스멀스멀 올라오도록 부추기면 돼. 부정적 기운이 확산되면서 유저들은 남자들의 시선으로 여자들과 스스로를 바라보게 되고 낙인찍기에 동조하게 되는 거야. 여자들이 바보라서가 아니라, 온라인이라는 공간이 그런 거야. 실시간이고 즉각적이라서 어떤 정서가 싹트고 자라나 만개하는 걸 몇몇 개인이 어찌할 수 없거든.

그렇게 되면 무슨 일이 벌어지겠어? 먼저 고백의 분위기가 사라져. 여자들끼리만 공유한다는 믿음으로 어디에서도 할 수 없었던 경험을 고백하고 그것을 지지해주던 애초의 정서가 사라져가지. 판단하고 점검하고 비난하고 단죄해. 남자들의 시선으로 서로가 서로를 욕해. 누군가에게 주홍글씨를 새기고 퇴출시키는 과정을 목도한 회원들은 입을 다물게 되고, 접속을 끊게 되지. 커뮤니티가 죽어가는 거야. 그렇게 폭파된 여초 커뮤니티가 한둘이겠어? 유저가 삼십만 명이 넘었던 '팥쥐힘조'가 그랬고 '토마토으깨기'가 그랬어. '마녀세상'이라는 커뮤니티가, 잠입한 남성 회원 단 두 명 때문에 폭파된 사건은 아주 유명하지. 그 후로 여자들이 온라인에서 사라지기 시작했지. 정확히는 여자들의 목소리가 사라지기 시작했다고 말하는 게 옳아. 여자들은 여전히 온라인에서 여러 활동들을 하지만, 목소리를 내지 않아. 관찰자이자 방관자로 남는 거야. 무개념녀가 되지 않도록 조신, 또 조신하게 굴면서 말야. 그런데 메두사 사이트가 나타난 거야. 두두두둥!

메두사, 머리카락이 뱀으로 된 날개 달린 그리스신화의 그 괴물 말야. 머리를 본 사람이면 누구나 다 돌로 변하게 하는 힘이 있다는 무시무시한 그 여자 말야. 이 사이트는 이름만큼 무시무시했어. 남자들의 눈치를 전혀 보지 않는 여자들이 모인 곳이거든. 눈치만 안보는 게 아냐. 남자들을 조롱하고 욕하고 공격하기까지 해. 조롱하고 욕하다니, 여자와 남자가 함께 살기 시작하면서부터 이런 권리들은 누구의 것이었어? 남자들의 것이었지. 여자들은 남자라는 존재를 선망하고 복종하고 감정이입하는 것밖에 허락되지 않았잖아? 그런데 드디어 남자들을 욕하는 여자들이 나타난 거야. 욕할 수 있는 권리, 그게 뭐가 그렇게 중요하냐고 물을 수도 있지만, 나는 이걸 혁명이라고 생각해. '착한 여자'라는 도덕을 벗어던진 거거든.

착한 여자는 천국에 가지만 나쁜 여자는 어디에나 간다, 들어봤지? 메두사는 그걸 지향해. 자유, 어디에나 갈 수 있는 자유, 어느 곳에서도 안전할 자유, 어느 곳이나 오를 수 있는 자유 말야. 나쁜 년, 걸레라는 낙인도 메두사에서는 별 의미 없어. 만약 어떤 이가 메두사에게 걸레 같은 년, 이라고 욕하면 우리는 이렇게 되물어. 그래, 나 걸레야, 그래서 어쩔 건데? 이렇게 시건방지게 되묻는 여자들에게 걸레라는 말은 치명적인 힘을 잃어버려. 그건 여자의 자유를 옥죄는 허구의 이름이라는 것을 우린 이미 알아버렸으니까, 걸레라는 말은 현실의 여자가 아니라 남자들의 머릿속에만 있는 상상의 여자에게 향하고 있다는 걸 이미 간파해버렸으니까.

어떻게 이럴 수 있을까. 어떻게 이런 여자들이 등장하게 된 걸까. 메두사가 어느 날 갑자기 뿅 하고 나타난 것 같지? 아냐. '하이 용돈 만남 가능?'이라는 물음에 지치고 김치녀라는 낙인에 분노하고 분탕질에 넌더리가 난 여자들이 자연스럽게 모인 곳이야. 이 광활한 온라인의 영토에 여자들만의 것이라고 부를 수 있는 땅이 있어야 하지 않겠냐는 절박함으로 성취한 곳이야. 단 한 평의 땅이라도 좋으니 남자들에게 걸레라는 욕을 듣지 않을 수 있는 곳, 낙태충이니 맘충이니 김치녀니 하는 말들을 듣지 않고 자기 경험을 고백할 수 있는 곳, 그런 곳을 만들고픈 숱한 여자들의 마음이 건설한 땅이라고. 그래서 탄생한 거야. 어디에서도 본 적 없는 여자들을 위한 해방구가.

지치지도 않는 친구의 들뜨고 달뜬 얼굴을 바라보며, 저 정도면 예수의 부활을 목도한 막달라 마리아쯤 되겠다고 지수는 생각했다. 물론 지금 부활한 예수는 수백 마리 뱀을 머리카락으로 거느린 여자의 몸을 하고 있지만. 막달라 마리아라면 할 수 있을 것이다. 자신을 걸레라 부른 이들에게, 그래 나 걸레야, 어쩔 거야, 라고 되물을 수 있을 것이다. 왼쪽 뺨을 맞으면 오른쪽 뺨도 내어주는 것처럼, 자신을 향한 낙인을, 낙인찍는 자들에게 되돌릴 힘을 갖고 있을 것이다. 다른 여성들이 마리아의 근거가 되고 용기가 되고 믿음이 되어주는 그런 신앙이 이미 탄생했으니까. 어쨌든 메두사는 불온함의 냄새를 폴폴 풍기면서도 묘하게 종교적이었다.

메두사에는 이슈에 따라 다양한 프로젝트 팀이 꾸려졌고, '총대'라 불리는 리더를 두고 있었다. 말이 리더이지, 총대는 모든 번거로운 일을 도맡아하는 역할이었다. 메두사 자경단은 소라넷 폐쇄를 위한 프로젝트팀의 이름이었다. 물론 자경단이 만들어지기 전에도 메두사 유저들은 몰래카메라 금지를 위한 다양한 활동을 해왔다. 몰카

판매금지법 제정을 위해 캠페인을 벌였고, 공중화장실에 몰카 금지 스티커를 붙이는 운동을 해왔으며, 언론사들이 몰카의 현실에 관심을 갖도록 고발하는 작업도 계속했다. 소라넷이 서버를 해외에 두고 있다는 점을 고려해 국제청원사이트 아바즈에 소라넷 폐쇄청원을 올리면서 국제적인 관심을 촉구하기도 했다. 그리고 가장 심각한 성범죄의 온상인 소라넷 폐쇄에 더욱 집중하기 위해 프로젝트 팀을 따로 꾸리기에 이른 것이다.

희준의 권유 혹은 강요로 지수는 메두사 자경단에 합류하게 되었다. 자경단이 모두 몇 명인지는 누구도 알지 못했다. 각자의 신상은 비밀로 유지되었고 친목질도 금지되었다. 위계를 거부하기 위해 모두 반말을 썼다. 사회에서 어떤 지위에 있더라도 이곳에서는 오직 원오브뎀일 뿐이었다. 자경단은 소규모의 팀들이 독립적으로 움직였고 각 팀들의 활동은 게시판을 통해 공유되었다. 각 팀은 역할분담이 확실했지만 필요할 땐 언제든 공조했다. 소라넷을 실시간으로 모니터링하고, 불법적인 행태를 각종 커뮤니티에 고발하며, 소라넷의 서버를 추적하고, 소라넷 폐쇄를 위한 SNS 계정을 관리하는 등 모두 일사분란하게 움직였다. 누구도 지시하지 않았고 누구도 명령하지 않았지만, 각자가 해야 할 일을 알고 있었고 모두 함께 다음 단계로 나아갔다. 하루에도 수십 개씩 정보를 공유하는 글이 올라왔고 격려와 파이팅의 댓글이 달렸다. 조금이라도 가능한 일이라면 놓치지 않고 도전했으며 더 좋은 방법이 제안되었다. 헬조선의 가장 은밀한 지옥에 맞서는 결기가 차고 넘쳤지만, 그렇다고 무겁기만 한

투사들이 아니었다. 기발한 아이디어로 서로를 웃게 만들고 작은 승전보에도 나라를 구한 것처럼 얼싸안고 기뻐했다. 이곳은 매일매일이 전쟁이었고 또한 축제였다. 전쟁과 축제가 동시에 벌어지는 이이상한 곳에 지수는 매료되어 버렸다. 발을 들이면 빠져나오기 힘든 곳이라는 생각은 맞았다. 솔직하고 거침없고 무서운 곳이라는 느낌도 맞았다. 그곳은 블랙홀이었다. 어디에서도 느낄 수 없었던 자유가 그곳에 있었기 때문이다.

자경단 활동은 축제처럼 이루어졌지만 지수가 맡은 일은 그렇지 못했다. 지수는 희준과 함께 소라넷 모니터링팀에서 활동하기로 했다. 모니터링은 소라넷 폐쇄 프로젝트의 출발점 같은 것이었다. 소라넷이 여성을 대상으로 한 성범죄의 온상이라는 증거를 찾아 모든 사람이 인정할 수 있도록 기록을 남기는 것, 그것이 모니터링팀이 해야 할 일이었다. 욕설과 비하, 능욕과 학대의 게시물이 판치는 소라넷을 구석구석 뒤져야 하는 일이었으므로 정신적 피로도는 매우 높았다. 팀원들은 자주 나가 떨어졌으므로 인력이 늘 부족했다.

소라넷 사이트에서 벌어지는 일을 기록하고 비상사태에 대응하기 위해 회원으로 가입하는 일은 필수였다. 눈팅만 하는 이들을 위한 게시물도 있었지만 '쎈 거'를 보거나 게시글을 올리고 댓글을 다는 카페활동을 하려면 회원으로 가입해야 했고 승급절차도 거쳐야 했다. 소라넷에서 활발하게 활동하는 이들은 '작가'라 불렸다. 작가는 게시판에 글을 활발하게 올리거나 여성 지인의 몰카를 지속적으로 올리는 헤비업로더들인데, 소라넷에서 그들은 '작품'을 생산해내는 '창작자'로 우대받고 있었다. 회원 가입 자체는 식은 죽 먹기였다. 실명을 인증할 필요도 없었고 자세한 정보를 요구하지도 않았다. 그런데 승급을 하려면 일정한 절차가 필요했다. 그 방식이 지수에게 혐오스러웠다. 승급을 위한 안내문에는 이렇게 쓰여 있었다. 육변기 게시판에 여성 지인의 몰카를 올리거나, 게시된 여성능욕 이미지에 댓글을 세 개 이상 달아야 승급됩니다. 지수는 육변기가 뭔지 희준에게 물었다. 말 그대로 변기야, 여자의 몸이 변기라는 거지, 남자가 싸질러대는 걸 받아내는.

지수는 치가 떨린다는 게 무슨 뜻인지 그때 알았다. 육변기라는 단어를 고안해낸, 남자임이 분명한 이름 모를 어떤 이의 상상력에 침을 뱉고 싶었다. 그러나 그것은 시작이었다. 좆집, 삼일한, 보확찢, 보전깨, 창년, 대걸레, 주절먹, 주안먹, 봉쒸먹, 낙타충. 차마 입에 담을 수 없는 단어들을 만들고 즐겨 쓰는 이들이 같은 사회에 살고 있다고 믿을 수 없었다. 게시판을 도배하고 있는 단어들은 누가 더 기발하고 창의적으로 여성혐오의 단어를 만들어내는지 경주를 하고 있는 것처럼 보였다. 상상력은 언어의 유희가 되어 '놀이'를 흥미진진하게 했고, 언어를 점령한 남자들에게 포박된 여성의 몸은 난도질당하고 있었다.

어쨌든 모니터링을 해야 했고 그러려면 승급을 해야 했으므로 지수는 육변기 게시판을 클릭했다. 갤러리를 클릭하자 어마어마한 제목을 단 게시물들이 나열되어 있었다. 아무거나 클릭했다. 교복을 입은 여자의 다리를 찍은 사진이었다. '퇴근길 지하철에 마주앉은 룸나무'라는 설명 아래 댓글들이 주르륵 달려 있었다. 우리의 꿈나무 미래의 창년, 오지게 꼴린다. '룸나무'란 아마도 룸싸롱과 꿈나무를 조합한 말인 듯싶었다. 이들의 눈에 여자 중학생은 미래의 창녀일 뿐이었다. 여성 모두를 육변기라 부르는 이곳은 정말이지 지독히도 일관되었다. 지수는 눈을 감았다. 저런 류의 댓글을 달아야만 승급할 수 있었다. 아, 정말이지 이거 실화냐. 도저히 댓글을 달수가 없었다. 지수는 눈알이 빠질 것처럼 아파왔고 머리까지 지끈거렸다.

나 못하겠어, 라고 희준에게 말했다. 준, 이런 세상이 있다는 걸 모르고 사는 게 나을 뻔했어. 누구든 식은 죽 먹듯 들어가 볼 수 있는 사이트라지만, 어쨌든 안 들어가고 안보고 안듣고 그렇게 사는 게 나을 뻔했어. 이런 거 좋아하는 놈들이 지랄하든 말든 그냥 모르고 살면 안될까? 이거 꼭 해야 돼? 다른 걸로 세상에 도움이 되면 안되겠느냐 말야. 희준이 물었다. 안 보고 안 듣고 살 수 있어? 이 세상에 육변기라는 단어가 있다는 걸 모른 척 한다고 해서 우리가 안전해져? 기화영이 여길 들어와 보고 싶어서 들어왔겠냐고, 무호역사거리의 그 여자가 여길 몰랐다고 해서 안전했냐고. 그 여자는 언제든 내가 될 수 있고 우리가 될 수 있어. 몰라? 여자들이 지독한 고통을 당하고 나서야 알게 되는 곳이야, 죽고 싶은 마음으로 들어오게 되는 곳이라고. 그런 여자들이 더 이상은 없어야 하잖아. 잠시 말을 끊었다가 희준이 말했다. 냉장고에 맥주 있지? 한잔 마시고 해. 스트레칭도 좀 하고. 희준의 말대로 지수는 캔맥주 뚜껑을 땄다. 시원한 맥주를 목구멍으로 넘기면서 지수는 자신이 지금 어떤 상대와 싸워야 하는지 실감했다. 상대는 소라넷 유저들이 아니었다. 소라넷을 모른 척하고 싶은 자신과의 싸움이었다. 육변기라는 단어에 치를 떨면서 될 수 있으면 그 단어에서 멀어지는 것을 안전하다고 믿는 그 마음 과의 싸움이었다. 지수는 기화영을 생각했다. 무호역사거리의 이름 모를 그 여자를 생각했다. 다음 차례는 우리가 될지도 모른다는 친 구의 말은 진실이었다. 진실, 불편한 진실, 피할 수만 있다면 피하고 싶은 진실. 진실에 눈감는 건 쉽고, 그 대가는 참혹할 것이다. 지수는 마음을 굳게 먹었다. 이건 나를 위해 하는 일이다.

  본격적인 모니터링이 시작되었다. 지수의 눈에는 소라넷의 거의 모든 게시물들이 범죄행위로 보였다. 여성들의 몸을 몰래 촬영해 유 포하는 것이 범죄가 아니라면 도대체 무엇이 범죄란 말인가. 그런 이미지를 보고 댓글을 다는 이들, 이미지들을 여기저기 퍼 나르는 이들까지 모두 싸그리 잡아 처넣어야 될 일이 아닌가. 그러나 법은 그보다 복잡했다. 지수는 법적 근거와 판례를 수집하고 있는 다른 팀의 자료를 읽고서, 법과 사법부는 결코 여성의 편이 아니라는 것 을 확인할 수 있었다.

  소라넷에 몰카 동영상이나 불법촬영물을 올리는 이들을 처벌할 수 있는 법률은 크게 두 가지였다. 먼저 〈성폭력범죄의 처벌등에 관 한 특례법〉 제14조 '카메라등을 이용한 촬영'에 관한 규정이다. "카 메라나 그밖에 이와 유사한 기능을 갖춘 기계장치를 이용하여 성적 욕망 또는 수치심을 유발할 수 있는 다른 사람의 신체를 그 의사에 반하여 촬영하거나 그 촬영물을 반포·판매·임대·제공 또는 공공연하게 전시·상영한 자는 5년 이하의 징역 또는 1천만원 이하의 벌금에 처한다"고 되어 있다. 촬영 당시 대상자의 의사에 반하지 아니하는 경우라도 사후에 그 의사에 반하여 촬영물을 유포시킨 자에게도 죄를 묻고 있다. 또한 〈통신비밀보호법〉의 '통신매체를 이용한 음란행위'조항도 있었다. 이 조항은 "자기 또는 다른 사람의 성적욕망을 유발하거나 만족시킬 목적으로 전화, 우편, 컴퓨터, 그 밖의 통신매체를 통하여 성적 수치심이나 혐오감을 일으키는 말, 음향, 글, 그림, 영상 또는 물건을 상대방에게 도달하게 한 사람은 2년 이하의 징역 또는 500만원 이하의 벌금에 처한다"고 규정하고 있다.

여기에서 문제가 되는 것이 '성적 욕망 또는 수치심을 유발할 수 있는 다른 사람의 신체'가 어디인가 하는 점이다. 이 규정에 따라 많은 이들이 처벌을 피해가고 있었다. 여성의 몸을 몰래 촬영한다고 해도 가슴이나 엉덩이를 부각해 찍은 사진이 아닐 경우 대부분 무죄를 선고받았다. 화장실에서 여성의 무릎 아래 다리를 찍은 것은 성적 수치심을 유발한다는 판결이 내려졌고, 지하철 안에서 다리를 꼬고 앉은 여성을 촬영한 것은 '일반적인 눈높이'에서 촬영한 것으로 무죄 판결을 받았다. 거리에서 치마를 입은 여자의 전체 뒷모습 사진을 촬영해 유포한 이 또한 무죄였다. 그 이미지는 '모르는 여자를 따라가다'라는 제목이 붙어 있었다. 모르는 남자가 따라오면서 사진을 찍는 그 상황에서 여자가 느꼈음직한 공포와 불쾌함이 범죄의 기준이 아니었다. 또한 채팅을 통해 전달받은 이미지를 유포시킨 경우, 촬영이 아니라는 점에서 처벌을 피했다. 가장 중요한 건, '성적 수치심'을 일으키는 것이어야 성폭력 범죄가 되기 때문에, 특정인의 얼굴을 식별하기 힘들다거나 '평균적인 여성'을 몰래 촬영한 이미지들은 기소조차 되기 힘들었다. 수사단계에서 경찰은 피해자에게 합의할 것을 종용하고, 검사는 기소유예나 불기소처분을 내리는 경우가 많았다. 성폭력 범죄로 형이 확정될 경우 20년간 신상이 공개되기 때문에, 단 한번의 '실수'로 한 남자의 인생이 망가지는 것을 그들은 염려했다. 가해자가 피해자와 연인관계이고 유포되지 않은 상태에서 합의를 하는 경우, 무혐의 처분이 나오기도 했다. 설령 죄가 인정된다 해도 벌금은 300만원이었다. 전 남자친구가 영상을 유포했다는 정황적 증거가 확실함에도 불구하고 "내가 올리지 않았다"고 주장하는 남자의 진술만이 증거로 인정되어 기소조차 되지 않은 경우도 있었다. 물론 경찰은 남자친구의 핸드폰을 압수하지도, 데이터를 분석하지도 않았다.

정말 어이없던 판례는 따로 있었다. 중국 국적의 조선인 남성이 서울 도심에서 3일간 31차례 여성의 다리를 집중적으로 촬영했다가 고소당했다. 대한민국 사법부는 "피해자의 모습에 호감을 느껴 자신의 반려자도 유사한 모습이기를 희망하는 마음에서 그 사진을 간직하고자 피해자의 전체적인 모습을 촬영한 것이다"라며 일부 무죄판결을 내렸다. 법이 누구의 입장에서 사건을 바라보는지 명확하게 보여주는 판결이 아닐 수 없었다. 자신의 신체 일부가 몰래 찍혔다는 사실에 공포와 위협감, 불쾌감을 느낀 여자들이 아니라, '자유분방하고 개방적인 옷차림'을 보면 당연히 성적 호감을 가질만하다고 용인되는 남성들의 시선이 법을 관통하고 있었다. 의학전문대학원에 재학 중인 한 남성은 무려 8개월 동안 500번에 걸쳐 183명의 여성들을 상대로 몰래 사진을 찍었지만 기소유예처분이 내려졌다. 본인이 반성하고 있고 반성문을 다량 작성했다는 게 검찰의 설명이었다. 그 남자의 핸드폰에 저장되어 있는 사진에는 여동생을 찍은 것도 있었다. 예비의사의 전도유망한 인생을 보호해야한다는 사법부의 무의식은 그처럼 강력했다.

남성들은 몰래 찍고 올리고 댓글을 달고 여기저기 퍼날라도 크게 벌을 받지 않았다. 남자라면 당연히 호감을 느낄 만해서 여자의 몸을 촬영했고, 그것은 타인의 인격권을 침해하지 않으므로 죄도 뭣도 아닌 것으로 인식되었다. 그들은 너무나 잘 살았다. 반면 피해자 여성들은 동영상이 언제 어디에 돌아다닐지 모른다는 두려움에 여전히 떨고, 2차, 3차 유포에 대해서는 그 누구에게도 법적 책임을 물을 수 없는 상황에서 홀로 고통스러워했다. 자료를 보면 볼수록 지수의 한숨이 늘어갔다. 헬조선 노답이다, 망하는 게 빠르겠다, 라는 생각으로 치달았다. 그런데 이게 전부가 아니었다. 이런 경우는 특정인을 지칭할 수 있어 그나마 고소를 하고 재판을 진행해 가해자에게 벌을 받도록 시도는 해볼 수 있었다. 고소조차 할 수 없는 경우도 많았다. 초대남, 이라고 불리는 그들이 그러했다.

지수는 소라넷 사이트를 모니터링 할 때마다 무호역사거리의 그 여자가 떠올랐다. 어떻게 살고 있을까. 이 헬조선을 잘 살아내고 있을까. 초대는 여전히 하루에도 몇 건씩 이루어지고 있었다. 특정 지역, 특정 대상, 특정 요일을 가리지 않았다. 어제는 목포와 대전에서, 그저께는 전주와 인천, 울산에서, 그 전날에는 서울과 광명에서, 그 전전날에는 부산과 수원, 청주에서, 월요일에도 화요일에도 금요일에도 일요일에도 초대는 이루어지고 있었다. 여자친구, 전 여자친구, 헤어진 여자친구, 사귀던 여자친구, 아는 여자후배, 같은 과 여자동기, 스터디 여자팀원, 술집 맞은편에 앉아있던 여자, 클럽에서 만난 여자, 지나가던 여자, 여자, 여자…. 이 사회에서 여자의 몸으로 태어난 것은 저주라고 소라넷은 말하고 있었다.

내 질과 자궁을 들어내고 싶다. 내가 오직 여자라는 이유로 이런 일을 당하는 거라면, 정말 그렇게 하고 싶다, 던 피해자 여성의 인터뷰가 생각났다. 누군가의 생물학적 조건을 저주로 만들고, 이를 '리벤지'의 축제로 즐기는 이곳, 소라넷. 지수는 모니터링을 할 때마다 분노의 눈물을 흘렸고 맥주캔을 땄다. 질과 자궁의 존엄을 위한 일이었지만 그 존엄이 훼손되는 현장을 살피는 일은 무척 고통스러웠다. 그러나 어쨌거나 지수는 묵묵히 일을 해나갔다. 동영상을 다운받고, 동영상과 댓글이 보이는 모니터 화면을 캡처한 후, 연관된 것들끼리 하나의 파일에 묶어 저장했다. 보통 핸드폰으로 사진을 찍거나 촬영을 할 경우, 위치와 날짜에 대한 정보값이 자동 저장된다. 그러나 지수가 다운로드 받은 이미지에는 최소정보가 모두 제거되어 있었다. 소라넷과 같이 불법촬영물이 유통되는 사이트의 경우, 이미지를 올린 이의 신상이 노출되지 않도록 이미지를 올리는 과정에서 그런 정보값이 모두 제거되도록 시스템을 만든 까닭이라고 희준이 설명했다. 일정 시간이 흐르면 게시물이 자동 폭발되는 게릴라 자료를 만드는 노하우나 IP를 우회 접속해 흔적을 남기지 않는 방법 따위가 유저들끼리 공유되기도 한다고 했다. 그래서 아무도 잡히지 않는 거야. 저런 짓을 저지르고도 우린 아무 것도 알 수 없어. 여자 중학생을 골뱅이로 만들어 집단강간하는 영상이 올라와도, 아무도 죄를 묻지 않아. 그것이 죄인지 묻는 이가 비정상적인 곳, 그곳이 소라넷이거든.

40

메두사 자경단의 활동은 전방위적이었고 분노는 사그러들 줄 몰랐지만 상황은 쉽게 변하지 않았다. 경찰은 서버가 해외에 있다는 이유로 수사조차 시작하지 않았고 방송통신심의위원회의 서버 차단은 눈 가리고 꽥꽥이었다. 철저히 베일에 가려진 소라넷 운영진들은 몇 개의 유동 IP를 돌려가며 사이트를 유지했다. 여전히 소라넷에는 헤어진 여자친구를 응징한다는 명분으로 알몸사진이 올라왔고 초대남 모집이 진행되었으며 성매매업소 여성을 상대로 본전 뽑는 노하우가 게재되었다. 소라넷은 굳건했고 조회수는 막강했다. 포르노 제작과 유통이 모두 불법인 대한민국에서, 16년 동안, 아무런 제재 없이, 상상할 수 있는 모든 성적 폭력의 게시물들이 100만 유저들에게 공급돼온 젖줄이었다. 그리 쉽게 마를 리 없었다. 서울대

출신이라고 알려진 사십대 중반의 핵심 운영진들은 네덜란드와 오스트레일리아 등 한국의 경찰력이 미치지 못하는 곳의 국적을 취득한 후 그곳에서 사이트 서버를 구축했고 경찰의 단속을 피하기 위해 모든 거래를 온라인으로만 진행하는 등 철두철미했다. 포르노가 불법이었으므로 당연히 소라넷은 영상물의 저작료를 단 한 푼도 내지 않았고, 불법 성매매업소와 불법 도박업체들이 100만 유저들에게 홍보하는 대가로 지급하는 한 달에 수십억원에 달하는 광고료를 챙기고 있는 것으로 추측되었다. 과연 이곳을 어떻게 부수어야 할지, 어떤 방법을 더 써봐야 하는지, 시간이 흐를수록 자경단의 마음은 급해졌다. 매일 초대남 모집글을 캡처하고 이미지를 저장하는 지수도 서서히 지쳐갔다.

그러던 어느 날 '소라넷 하니?'라는 트위터 계정이 개설되었다는 소식이 전해졌다. 소라넷은 경찰 수사와 IP 차단을 피해 주기적으로 사이트 주소를 바꿔왔고, 그 주소를 트위터에 알려왔다. 38만명이 소라넷의 트위터 계정을 팔로우하면서 성폭력 콘텐츠를 즐기고 있었다. 이런 팔로워들에게 '소라넷 하니?'라는 메시지를 보내면서 공개적으로 비판하는 트위터의 등장은 자경단에게도 새로운 활력이 되었다. 놀랍게도 소라넷 팔로워 중에는 대통령과 지방자치단체, 고위공직자, 연예인 등 실로 다양했다. 지수는 소라넷 유저임이 밝혀진 유명인들의 이름과 그들의 사과를 지켜보면서 생각해낼 수 있는 모든 욕을 했다.

'소라넷 하니?'라는 물음이 순식간에 밈처럼 SNS에 번졌지만 정작 소라넷 계정이 아니라 '소라넷 하니?'라는 계정이 하루 만에 정지를 당했다. 이 트위터에서 언급된 이들로부터 신고를 당한 것으로 추정되었다. 다른 계정으로 다시 개설되었지만 하루 만에 또 정지되었다. '소라넷 하면 어쩔건데?'라는 계정도 생겨났다. 그 계정은 소라넷 하니, 라는 질문이 '사생활'을 침해하는 불쾌한 것이라 주장했다. 그리고 다음날 메두사 게시판에 '긴급 제안'이라는 제목의 글이 올라왔다. '세나끼(세상에 나쁜 새끼는 있다)'라는 닉네임의 유저가 소라넷에 대한 총공격을 감행하자고 제안했고 모두들 환호성으로 화답했다. 소라넷 총공이라니, 왜 그 생각을 못했을까? 100만 명의 이용자라는 사이즈에 기가 눌렸고 비밀운영의 원칙이 왠지 범죄집단과 연루되어 있을 거라는 막연한 추측을 불러일으키면서 두려움을 갖게 된 것도 사실이었다. 그러나 '소라넷 하니?'라는 물음으로 분위기가 달궈진 지금, 소라넷 사이트에 직접 쳐들어가 이 불쾌한 질문을 마구 투척하는 일은 아주 적절해보였다. 세나끼는 소라넷 총공격의 의미를 다음과 같이 적었다.

소라넷 공격의 메시지는 이거야. 소라넷이 누구도 침범할 수 없는 철옹성이라고 생각하지? 좆도 아냐, 우리가 지켜보고 있어. 니들이 무슨 짓을 하고 노는지 지켜보는 여자들이 있단 말야, 그것도 떼거지로. 앞으로 소라넷에 접속할 때마다 떠올리게 될 거야. 너를 지켜보는 여자들을, 범죄자를 끝까지 추적하는 여자들을.

'코벗(코르셋벗어)'이라는 닉네임의 유저도 글을 올렸다.

소라넷을 폐쇄해야 한다는 주장에 소라넷 유저들은 말하지. 딸딸이 칠 권리마저 뺏는 거냐고. 웃기고 자빠졌다. 딸딸이 치라고, 안 말린다고, 근데 범죄는 저지르지 말라고. 지극히 상식적이잖아? 우리는 상식을 추구해. 상식이 과격한 주장처럼 보이는 거, 그게 헬조선이 비정상적이라는 증거야.

100만 유저를 자랑하는 성폭력의 진앙지를 공격하자는 제안에 메두사 전체가 며칠간 시끌벅적했다. 소라넷 같은 사이트를 공격한다는 게 어떤 뜻인지 지수는 잘 알지 못했다. 사이트 공격이라는 걸 해본 적이 없는 초보 유저라서 뭘 어떻게 해야 하는지도 몰랐다. 아예 희준의 집으로 가 둘이 함께 전투에 참가하기로 했다. 공격 시간을 기다리며 희준이 기술을 가르쳐줬다.

"가끔 여초 커뮤니티의 게시판이 이상한 글로 도배되는 거 본 적 있어? 김치녀는 썰어야 맛, 뭐 이딴 제목으로 글이 수백 개씩 올라오잖아? 남성 유저들이 떼거지로 몰려와 그런 글을 올리는 거야."

"그런 걸 왜 하는데?"

"온라인 유저들에게 커뮤니티는 일종의 집이고 마을이거든. 지켜야 하는 영토란 말이야. 게시판이나 갤러리가 모두 땅이야. 그걸 누군가가 침범해서 커뮤니티와 전혀 상관없는 글이나 사진으로 도배해버리면 그건 땅을 빼앗기는 것이나 다름없어. 그래서 게시판을 도배하는 건 침범이고 침탈이야. 메두사가 소라넷을 상대로 전쟁을 벌이겠다는 거지."

"소라넷이 우리의 적이고 그 적을 치러 간다?"

"그렇지. 남자들은 그런 짓 많이 해. 남초 커뮤들끼리도 많이 싸우지만 여초커뮤니티에도 심심하면 난입해서 지랄들을 한단 말이야. 여자들이 모여서 비밀스럽게 뭘 하는 걸 못 봐. 여성 커뮤니티 몇 개가 공격당하기도 했어. 남자들 비위에 거슬리는 글이 게시되었다는 이유로."

영토, 전쟁, 적, 공격이라는 단어들이 지수의 귀에 휙휙 지나갔다. 그동안 커뮤니티 활동을 별로 즐겨하지 않았고 이제 막 메두사라는 사이트를 통해 온라인의 생리를 알아가는 지수에게 새로운 세계임이 분명했다.

"메두사도 침략당한 적 있어?"

"아직은. 여기가 좀 무서운 데잖아."

"이번 일로 소라넷이 메두사를 공격해오면 어떻게 해?"

"그럴 리는 없을 거야. 우리가 디시인사이드의 코미디갤러리를 친다면 당장 복수전을 치르게 되겠지만 소라넷은 그럴 리 없어. 메두사를 치러 오는 이들은 소라넷 유저임을 스스로 드러내는 꼴인데, 그렇게 대놓고 전쟁할 만큼 거기가 자랑스러운 데는 아니거든."

"그래도 쭌, 나 무서워."

"쫄지마, 그냥 재미있게 하면 돼."

"나 신상 털리고 막 그러는 거 아니지?"

"너 신상 터는 놈은 내 손에 죽어. 알지?"

소라넷 총공을 위한 오픈 카톡방이 개설되었고 백여 명의 메두사 유저들이 모여들었다. 특정 시간에 이렇게 많은 이들이 모인 건 처음이었다. 공격시간과 방법에 대해 열띤 논의가 오갔다. 100만 명의 유저를 거느린 소라넷을 공격하기에는 턱없이 부족한 숫자라는 게 명백했지만, 메두사들은 일당백을 자신하고 있었으므로 이 정도로도 해볼 만하다며 분기탱천하고 있었다. 유저들은 게시판을 도배하는 방법과 갤러리를 도배할 짤방을 공유하면서 공격 시간을 기다렸다. 짤방은 재미있는 사진이나 동영상을 말하는데, 메두사 유저들은 여성의 몸을 조롱하고 비하하는 남자들의 수법을 흉내내 남성을 조롱하는 이미지들을 다수 보유하고 있었다. 근육질 남성을 희화화하거나 고개 숙인 남성의 페니스에 소금을 뿌리는 것과 같은 류였다. 오픈카톡방은 폭풍전야, 혹은 축제전야의 떠들썩함과 두근거림이 가득했다.

기다려라, 강간범들. 목을 베주겠다

메두사의 이름으로 너희들을 처단하겠어!

근데 회원가입 해야 돼?

짤방 쎈 거 공유 바람. 내건 너무 약한 거 같음.ㅋㅋ

육변기가 뭐야? 능욕 댓글을 어떻게 달아? 으으으윽, 미친 새끼들!!!

눈 꾸욱 감고 써. 그거 올린 남자한테 하는 거라 생각하고. 그럼 술술 써져.

우리 아이피 추적되는 거 아냐? 소라넷 뒤에 조폭이 있다는데 무서
워ㅠㅜ

공포분위기 조성할래?

좆팔, 쫄지 마.

드디어 밤 9시, 공격이 시작되었다.

<h1 style="text-align:center">41</h1>

• 좌표

http://gallary.soranet.com/listphotoid= ****(소라넷 여친게시판)

http://gallary.soranet.com/listquidlesf= ****(소라넷 페티쉬 갤러리)

• 공격시간

2015년 11월 12일 목요일 밤 9시부터 글쓰기 버튼이 내려질 때까지.

• 기술

"너 소라넷 하지?"라는 제목으로 도배하고 짤방 올리기.

공격대상은 소라넷에서 가장 악명 높은 여친게시판과 페티쉬 갤
러리였다. 매일밤 초대남 모집글이 올라오고 전 여자친구를 응징한
다는 몰래카메라의 동영상이 게시되는 곳이었다. 글쓰기 버튼이 내
려진다는 것은, 동시에 폭주하는 게시글로 시스템이 마비되어 글쓰

기 자체가 불가능해진다는 뜻이다. 소라넷이라는 거대한 지옥을 움직이는 체계가 일순간 기능을 멈추는 것이다. 이는 곧 메두사의 승리를 뜻한다. 물론 공격을 멈추면 시스템은 곧 복원되고 글쓰기 기능도 가능해지지만, 시스템이 마비되는 순간 소라넷은 완벽히 패배한 것이다. 매일 수백만의 조회수를 자랑하는 소라넷의 글쓰기 버튼을 내리기 위해서는 백여 명의 인원이 그야말로 손가락이 안보일 정도로 키보드를 두드려야 하는 상황이었다.

9시 정각, 드디어 공격이 시작되었다. 메두사 유저들은 여친 게시판과 페티쉬 갤러리로 몰려갔다. 일분일초가 급했다. 순식간에 "너 소라넷 하지?"라는 제목으로 게시판이 도배되기 시작했다. 남자들이 수치심을 느낄 법한 짤방들이 버젓이 화면을 장악했다. 여친 게시판의 첫 페이지가 간단히 넘어가고 2페이지, 3페이지, 4페이지, 5페이지, 계속해서 페이지가 점령되었다. 소라넷의 새로운 영토에 메두사의 기표가 흘러넘쳤다. 너 소라넷 하지, 라는 글귀가 소라넷이라는 이름을 훼손하고 있었다. 철옹성 같이 굳건했던 소라넷이 침탈당하고 있었다. 메두사의 이름으로, 성적 폭력에 고통 받는 여자들의 이름으로.

하나의 목표를 향해 일사분란하게 움직이는 메두사의 힘은 대단했다. 지수는 두근거리는 마음으로 희준의 손놀림을 따라하면서 하나, 둘, 서툴게 글을 올렸다. 그러다가 순식간에 페이지가 넘어가는 것에 가슴이 벅차오르면서 어느 순간 빛의 속도로 키보드를 두드리는 자신을 발견했다. 너 소라넷 하지? 여자의 몸을 육변기라 이름붙이는 그곳에 너도 들어가지? 골뱅이가 되어 주어 고맙다며 이어달리는 그곳에 접속하는 거지? 불특정 다수의 이름 모를 유저들을 향해 지수는 말했다. 범죄야, 중죄라고. 소라넷 끊어, 접속하지마. 제발, 여자를 그런 식으로 생각하는 후진 남자가 되지 마. 피와 살과 꿈과 욕망을 가진 인격으로 여자를 보란 말야.

5분 만에 10페이지가 넘어가고 소라넷의 악명 높은 두 게시판에는 너 소라넷 하지, 라는 제목 이외에 아무 것도 남지 않았다. '육덕진 여친 능욕해주세요'라는 글이 밀려났다. '밤마다 대주던 헤어진 여친'의 몰카 동영상을 찾으려면 까마득히 밀려난 목록을 뒤적거려야 했다. 백여 명의 메두사 유저들이 키보드 워리어가 되어 있는 동안, 소라넷 유저들의 글 하나 올라오지 않았다. 소라넷은 침묵했다. 숨소리 하나 나지 않았다. 철옹성이라 믿었던 소라넷이 공격당하리라고, 그것도 여자들에 의해 침탈당하리라고는 믿기 힘들었을 것이다. 너 소라넷 하지, 라고 도배된 채 넘어가는 페이지들을 보며 지수는 더욱 힘을 냈다. 옆에 앉은 희준의 손가락은 춤을 추고 있었다. 입을 굳게 다물고 모니터를 노려보는 친구의 얼굴은 무서워 보였다. 초집중 상태를 유지하는 중이라는 걸 지수는 알고 있었다. 다시 키보드를 두드려댔다. 그러나 글쓰기 버튼은 아직 내려지지 않았다. 백 명으로는 역부족인 듯싶었다. 세나끼의 이름으로 오픈카톡방에 긴급 공지글이 올라왔다.

화력 지원 요청바람.

메두사 게시판에도 글이 떴다.

여초사이트에 화력 지원 요청바람. 여자들의 힘을 보여주자.

"어디에 해야 돼? 화력 지원 요청이란 거?"

지수가 물었다. 희준은 빛의 속도로 키보드 위의 손가락을 움직이면서 말했다.

"너 아는 사람 모두. 온라인 커뮤니티 게시판이나 대학 동창모임 카톡방, 고등학교 친구 카톡방, 뭐 그런 거. 아, 기화영한테도."

지수는 기화영에게 메시지를 보냈다. 정의를 구현하는 일이야, 도움이 필요해. 기화영에게 소라넷 갤러리의 주소를 링크하고 나서 몇몇 단톡방에도 주소를 링크했다. 노트북 키보드를 누르며 게시판을 도배하는 동시에, 핸드폰으로 화력 지원을 요청했다. 공격에 참여한 모두가 그렇게 했는지 이삼분 후 갑자기 여친 갤러리의 페이지 넘어가는 속도가 빨라졌다. 지수의 손가락도 폭풍을 일으키며 키보드를 두드려댔다. 그렇게 5분, 드디어 여친 게시판에 글쓰기가 되지 않았다. 글쓰기 버튼이 내려졌다. 시스템이 굴복했다! 여친 게시판을 공략하던 이들이 동시에 페티쉬 갤러리로 몰려갔다. 2분 만에 글쓰기 버튼이 내려졌다. 공격 개시 15분만이었다. 지수는 의자에서 튕겨나가 이겼다, 소리를 질렀다. 희준이 일어나 지수를 껴안았다. 지수의 얼굴에서도 친구의 얼굴에서도 감격의 눈물이 흘러내리고 있었다. 이게 뭐라고, 소라넷을 폐쇄시킨 것도 아니고 초대남들을 잡아넣은 것도 아닌데, 그저 몇분 간 소라넷 사이트를 마비시킨 것뿐인데, 이게 뭐라고 눈물이 나나.

메두사는 50페이지에 가까운 소라넷의 영토를 점령했다. 아직 누구도 발 들이지 않은 소라넷의 영토, 50페이지였다. 몰카 동영상이 게시되고 여중생의 치마 속을 찍은 사진이 올라갔을 그런 땅에 메두사의 깃발이 휘날렸다. 100만 유저를 상대로 고작 백여 명의 여자들이 거둔 승리였다. 얼마 지나지 않아 메두사 게시판에 공격화면이 캡처되어 게시되었다. 수많은 댓글이 달렸다. 여초 커뮤니티에서 화력지원을 나왔던 이들의 후기도 올라왔다. 철벽같은 금녀의 공간 소라넷에, 너 소라넷 하지, 라는 질문이 도배된 이 날을, 모두가 감격스럽게 맞이했다. 겨우 두 개의 게시판을 마비시켰을 뿐이지만, 내일이면 여성을 능욕하는 수백 개의 게시물이 다시 올라올 테지만, 오늘의 승리는 계란으로 바위를 부수는 여정에 큰 힘이 될 것이다. 소라넷은 이제 누구도 건드릴 수 없는 곳이 아니다, 소라넷을 지켜보는 수많은 여자들이 있다, 이 메시지가 얼마나 강력한지 지수는 희준을 껴안고 한참동안 눈물을 흘렸다. 흡사 나라를 구한 기분이었다. 승리의 기쁨으로 오픈단톡방도 폭발하고 있었다.

메두사임이 이렇게 자랑스러울 수가.

이 정도의 승리로 설마 찔찔 짜고 있는 건 아니지?

나도 짜고 있다. ㅎㅎ 오늘은 실컷 짜도 되는 날이니까.

내일이면 우리의 전쟁은 또 계속되겠지.

오늘의 작은 승리가 내일의 더 큰 승리를 가져올 거라 믿어.

후팔, 지구 끝까지라도 쫓아가서 없앤다, 소라넷.

'신변보호를 위해 이 단톡방은 지금 폭파한다'는 메시지를 끝으로 갑자기 세상이 조용해졌다. 메두사의 이름으로 소라넷을 응징하겠다며 빛의 속도로 키보드를 두드리던 워리어들도 사라졌다. 지수는 한바탕 신나는 꿈을 꾸고 난 후의 뭔지 모를 여운에 한참동안 말을 하지 않았다. 희준도 마찬가지인 듯 말이 없었다. 지수는 냉장고에서 캔맥주를 두개 꺼내 희준에게 하나 건넨 다음 자신도 캔을 따서 홀짝거렸다. 15분 간의 전투, 그리고 승리. 오늘밤 지수는 자신이 왠지 더 강한 사람이 된 것 같은 기분이 들었다. 분노했고 행동했고 그리고 이겼다. 승리했다……. 승리, 이 단어가 얼마나 통쾌하고 가슴 벅찬 말인지 지수는 오늘밤 처음으로 알게 되었다. 무언가와 싸워본 일이 없으니 이길 일도 없었다. 그러나 이제는 달라질 것이다. 분노하고 행동하고 이길 것이다. 그리고 무언가에 걸려 넘어져 앞으로 나아가기 두려워질 때, 오늘의 승리를 기억할 것이다. 충전기가 생긴 거야, 밧데리가 떨어져 비실거릴 때마다, 엄청난 동력을 충전해주는 그런 걸 얻었어. 지수가 말했다. 희준이 캔맥주를 들어 건배를 청했다.

42

기화영은 지수가 보내온 카톡의 링크를 타고 소라넷에 들어갔다. 지수의 간곡한 SOS에 무슨 일인가 싶었고, 너 소라넷 하지, 라는 제목으로 도배된 게시판을 보자 마음이 방망이질 쳤다. 소라넷이 공격당하고 있었다. 다시는 발을 들여놓고 싶지 않은 곳이었지만 그곳이 공격당하는 모습이 아찔할 만큼 후련했다. 새로운 페이지가 만들어지고 '유출-국산노모 여대 섹파' 따위의 제목들이 뒤로 밀려나는 것을 지켜보면서 기화영은 자신도 모르게 소리를 질렀다. 일이분 동안 눈팅만 하던 기화영이 키보드를 두드리기 시작했다. 회원가입은 이미 한 상태였고 지수가 가르쳐준 대로 등업을 진행했다. 남성을 조롱하는 짤방은 올리지 못했지만, 이곳에 접속한다는 수많은 남성들을 향해 너 소라넷 하지, 라고 묻는 것만으로도 뭔가 대단한 일을 하는 것 같았다.

글쓰기 버튼이 내려질 때까지 공격을 멈추지 마라는 지수의 메시지가 도착했다. 문득 김세준도 지금의 공격을 지켜보고 있을까 하는 생각이 들었다. 섹스 동영상을 몰래 찍어 올릴 정도면 헤비유저에 '작가님'의 반열에 올랐을 것이다. 수시로 소라넷에 접속해 자신의 '작품'을 감상하고 댓글들에 응답하고 있을 것이다. 지금 여기, 소라넷에 있을 김세준을 생각하자 가슴 속에서 뜨거운 것이 솟아올랐다. 기화영은 키보드를 두드리던 손가락을 잠시 거두고 화면을 노려보았다. 그리고 다시 폭풍처럼 키보드를 두드렸다. '김치녀가 경고한

다.' 가슴에서 심장이 튀어나오지 않을까 싶을 정도로 방망이질 쳤
지만 기화영은 멈추지 않았다.

내가 바로 그 무개념 김치녀야.

여신행세 한다는 그 걸레년이란 말야.

신상 털어오면 다리 벌리게 해준다고?

찌질이 주제에 뭘 어쩌겠다는 건지 웃겨.

너는 잘 알고 있잖아. 네가 얼마나 찌질한 놈인지.

근데 어쩌냐, 그걸 나도 알고 있어. 너 찌질한 걸 내가 알고 있다고.

너를 만나는 여자들은 다 알아. 모를 수가 없잖아.

그러니 네가 그렇게 발악을 하는 거고.

여자들 약 먹여가면서 모욕하고 강간하고.

너 같은 놈은 지옥불에 처넣어야 해.

너 같은 놈 벌주려고 지옥이라는 곳이 있는 거라고.

내가 그렇게 할 거야.

반드시 그렇게 할 거야.

죽지 마라. 곧 찾아갈 테니까.

글쓰기 버튼을 눌렀다. 기화영의 글이 올라갔다. 그 순간 글쓰기
버튼이 내려졌다는 지수의 메시지가 도착했다. 더 이상 글이 올라오
지 않았다. 메두사가 철수한 소라넷에 기화영은 홀로 남았다. 너 소
라넷 하지, 라고 도배된 게시판에, 김치녀가 경고한다, 는 제목이 첫

번째에 올라가 있었다.

43

"봤냐? 소라넷 공격당한 거?"

"메두사년들?"

"대단하지 않냐."

"대단히 미친 것들이지."

두 남자의 대화에 지수는 눈을 떴다. 옆자리의 유상혁과 건너편 김민수의 목소리였다. 눈은 떴지만 그대로 책상에 엎드린 채 움직이지 않았다. 어젯밤 거의 잠을 자지 못했다. 희준의 침대가 너무 좁았기 때문은 아니었다. 이상한 흥분 내지 각성 상태가 가라앉지 않아 잠을 이룰 수 없었다. 메두사 사이트에 들어가 게시글들을 읽고 댓글을 달다 아침 5시 30분에 맞춰놓은 핸드폰의 알람소리에 화들짝 놀라 출근준비를 했다. 동료들이 점심을 먹으러 간 사이 사무실에 남아 희준이 링크해준 페북의 게시글들을 읽다가 잠시 눈을 붙였다. 유상혁과 김민수가 그새 식사를 마치고 사무실에 복귀한 모양이었다.

지수는 잠이 덜 깬 상태로 두 사람의 대화를 듣고 있었다. 역시나 메두사의 소라넷 공격이 화제였다. 소라넷을 공격한 게 어젯밤의 일인데 벌써 SNS에서는 반응이 폭발하고 있었다. "너 소라넷 하지?"

로 도배된 게시판의 캡처화면이 승전보처럼 돌아다녔고, '#너소라넷하지?'를 다는 해시태그 운동이 더욱 맹렬해졌다. 소라넷 공격과 함께 시작된 소라넷폐쇄를 위한 청원도 불이 붙었고 관련 뉴스가 포털 사이트에 오르기 시작했다. 대중의 관심을 불러일으키기에 소라넷 공격은 매우 성공적이었다고 할 수 있었다. 무엇보다 '소라넷'이라는 이름이 훼손되기 시작한 것이 큰 성과였다. 장장 16년 동안 세상의 모든 극단적인 여성 폭력을 실험하면서 불가침의 신성한 '형님'으로 추앙받던 소라넷이라는 이름이, 이제 뭔가 떳떳하지 못한 암적 존재, 독버섯처럼 쓰이기 시작했다.

"너 소라넷 하지, 라니 기발하지 않냐? 나 뜨끔했잖아."

유상혁의 목소리였다.

"그 정도 갖고 쫄긴. 씨발, 소라넷 하면 어쩔 건데?"

김민수의 목소리였다.

"그 계정 니가 만든 거냐?"

"그럼 어쩔 건데?"

"미친 새끼."

둘은 낄낄거렸다.

"지금 트위터랑 페북 장난 아냐. 소라넷 한다면 벌떼처럼 달려들 거라고. 민수 너, 이럴 땐 조심하는 게 좋다."

"메두사 무서워 소라넷 끊을래? 뜨거운 맛을 좀 보여줘야지. 거기가 어디라고 설쳐? 신상 탈탈 털려 능욕사진이 소라넷에 올라와 봐야 정신 차리지."

"그냥 욕하고 말아. 괜히 건드렸다가 망신살 뻗칠라."

"난 그렇게 못하겠는데."

김민수의 서늘한 목소리에 지수는 잠이 확 깼다. 뜨거운 맛을 보여줘야 한다고 말하는 그의 얼굴에 무엇이 담겨 있을지 지수는 궁금했다. 문득 김민수라면 정말로 메두사 유저들의 신상을 털어 능욕 사진을 떠돌아다니게 할 수도 있을 거란 예감이 들었다. 지수는 유상혁보다 김민수가 더 불편했다. 유상혁이 성질 급하고 단순한 데다 무슨 일에든 화를 낼 준비가 되어 있는 버럭남으로 보이지만, 실상 그건 그렇게 위협적이지 않았다. 김민수는 달랐다. 귀가 얇고 단순한 유상혁의 감정을 부추기는 그 깐죽거림이 지수는 기분 나빴다. 결정적인 순간에는 뒤로 슬며시 빠지는 비겁함도 불쾌했다. 평범한 이십대 후반 남자로 보이는 김민수의 내면에 거대한 증오의 물길이 흐르고 있을지 모른다는 막연한 생각을, 지수는 가끔씩 하곤 했다. 게다가 엊그제 술자리에서 폭탄발언을 한 후, 두 사람은 지수를 투명인간 취급했다. 업무와 관련된 일로 소통을 해야 할 때면 시형이 중간에서 매개자 역할을 했다. 점심식사도 함께 하지 않았다. 지수는 혼자서 김밥과 샌드위치 등을 사서 사무실에서 먹었다. 인턴들의 화합 같은 건 엿 같은 소리가 되었다. 동료로서 사이좋게 지낸다는 처음의 결기는 어느새 서로를 향한 비아냥과 적대감으로 변해 있었다. 지수의 책상 쪽으로 가벼운 발걸음 소리가 들리자 두 사람은 입을 다물었다.

"일어나. 이거 먹어."

시형이 지수의 어깨를 흔들어 깨웠다. 지수는 이제 막 잠에서 깬 듯 부스스한 분위기를 풍기며 고개를 들었다. 햄에그 샌드위치와 카페라테 한잔이 지수의 책상 위에 놓여 있었다. 부드러운 커피향을 맡고 있으니 식욕이 일었다. 유상혁과 김민수는 컴퓨터 화면을 들여다보며 지수를 모른 척 했다. 샌드위치와 카페라테를 들고 휴게실로 들어갔다. 시형이 따라 들어왔다.

"어디 아픈 거냐?"

"아니. 잠을 못 잤을 뿐이야. 너는 잘 자냐?"

커피를 한 모금 마시고 지수가 말했다.

"잠자는 행복이라도 없으면 어떻게 사냐?"

"그냥 잠만 자라. 영원히 행복하게."

"연애는 한번 해보고 죽을라고."

시형의 말에 지수가 샌드위치를 한입 베어 물다 말고 물었다.

"넌 몰카 같은 거 안 찍을 거지? 섹스해도 동영상 몰래 찍어서 어디 안올릴 거지? 그럼 나랑 연애하자."

모태솔로여서 여자친구가 있어본 적 없는 시형은 헤어진 여자친구의 몰카나 여자친구와 성관계한 영상을 찍어 올리지는 않았을 것이다. 말하자면 아직까지 청정구역인 것이다. 물론 지나가는 여자의 다리나 가슴을 시형이 찍지 않았다는 보장은 없지만 그건 모든 남자에게도 마찬가지다. 지수의 말에 시형이 샐쭉한 얼굴로 말했다.

"연애의 조건이 고작 그거야? 몰카만 안 찍으면 된다니. 나의 매력을 아직 모르는 거야, 내가 매력이 없는 거야?"

"지금 내게는 남자의 매력이란 게 고작 그거야. 여자를 안전하게 해주는 것. 죽이지 않고 때리지 않고 몰카 찍지 않으면 돼. 그런 남자가 드물다는 걸, 내가 뼈저리게 느끼는 중이거든."

"요즘 뭐하고 다니는 거냐? 과격해졌어, 똥지수."

지수는 슬쩍 웃음이 났다. 내가 과격해졌다고? 가만히 있는 내가 왜 과격해지겠어? 과격해지지 않으면 내 한 몸도 지킬 수 없는 세상이라는 걸 남자의 몸을 한 시형은 모를 것이다. 지수가 말했다.

"나를 죽일 가능성이 가장 큰 타인이 남자친구이고 남편이잖아. 성폭력의 절반 이상이 친밀한 관계에서 일어나. 여자를 죽이는 남자의 절반 이상은 그녀의 남편이거나 남자친구이고. 헤어지자는 말에 죽여 버리겠다고 달려드는 남자가 얼마나 많아? '안전하게 이별하는 방법'이라는 말이 왜 나왔겠어? 불치병에 걸렸다고 말하기, 1억 빌려달라고 하기, 트림이나 방귀 등 정 떨어질 행동만 골라하기, 못 들어봤어? 정말로 과격한 여자들은 남자를 완전히 끊겠지. 난 그렇게 살 자신은 없어. 연애도 하고 사랑도 할 거라고. 근데 남자를 못 믿겠어."

"어이쿠야, 너 메두사 하냐?"

"하면 뭐?"

"소라넷도 공격했어?"

"했으면 뭐?"

"말이 왜 그렇게 짧아? 욕 안 해서 다행인 건가?"

지수는 샌드위치를 씹다가 풋, 하고 웃었다. 시형이라는 남자사람친구가 슬쩍 고맙게 느껴졌다. 자신이 메두사 유저라는 걸 밝혀도 괴물 보듯 쳐다보지 않을 몇 안 되는 남자일 거라는 생각도 들었다. 지수가 씹던 것을 입에 삼키자 시형이 물었다.

"근데 기화영 일은 어떻게 돼가? 디지털 장의사한테 의뢰는 한 거야?"

"그런가봐. 근데 거기도 시원찮은 것 같아. 벌써 엄청 떠돌아다녀서 지우고 지워도 어디선가 또 나타난다는 거지. 누가 그랬는지도 모르고. 강필주가 그랬다는 증거를 찾을 수 없으니 고소할 수도 없잖아. 어떤 남자를 의심하는 것 같긴 한데 기화영이 자세히는 말 안 해 줘서 몰라."

"헬이다."

"내 말이."

"너무 깊이 빠지지는 마. 세상이 아무리 헬이어도 우리는 우리 인생을 살아야 하잖아."

"그 말, 비겁하게 들려."

"그래도 할 수 없어."

"내 인생을 살려고 그러는 거야. 내가 시간이 남아돌아서 메두사에 댓글 달고 사이트 공격하고 그러는 것 같아? 소라넷에 죽치고 앉아 초대남 모집글 캡처하고 동영상 다운 받는 거, 이야 재미있어 죽겠다, 이러면서 하는 것 같아? 살려고 그래, 죽지 않고 살아 있으려고 그래. 넌 죽었다 깨어나도 이해 못하겠지만, 살아보려고 그런다고. 샌드위치 고마워."

지수는 커피를 들고 일어섰다. 시형의 걱정스러운 눈빛이 지수의 뒷모습을 놓아주지 않았다.

44

"학생, 박카스하고 우루사."

희준은 고개를 들어 남자를 바라보았다. 입가에 진득한 것이 묻어 있다는 느낌이 들어 가운 소매로 슬쩍 닦아냈다. 근무시간에 침까지 흘리고 자다니, 수면부족이 한계에 도달한 모양이었다. 요즘 들어 밤에 통 잠을 자지 못했다. 소라넷 공격이 승리로 끝나 SNS를 주축으로 관심이 폭발했지만, 아직 싸움이 끝난 것은 아니었다. 소라넷 게시판에 올라오는 글들이 조금 줄어들긴 했지만 매일 밤 초대남을 모집한다는 글은 여전히 올라왔고 여자 중학생을 집단강간한 후기도 버젓이 게시되고 있었다. 메두사의 사이트 공격과 8만 명에 육박하는 소라넷 폐쇄 청원의 여론마저 무시할 수 있는 그 단단함은 어디서 기인한 것일까. 16년 동안 유지되어온 음란포털이 쉽게 무너지지 않을 거란 예상은 했지만 이 정도일 줄은 몰랐다. 희준은 더욱 가열차게 모니터링에 전념했다. 작은 승리로 인해 자경단의 분위기는 어느 때보다 떠들썩했지만, 그렇다고 모니터링이 쉬워진 건 아니었다. 강간을 모의하는 게시글을 캡처하고 해당 지역의 경찰서에 전화해도 수사가 진행되지 않는 상황을 분노 없이 견디기란 여전히 힘이 들었다. 그래도 SNS 어디에서나 해시태그 운동을 하는 이들이 눈에 띄고 소라넷 폐쇄를 위한 청원의 서명이 늘어가면서 희준은 희망을 잃지 않으려 애썼다.

희준은 우루사와 박카스를 찾아 무심코 남자에게 약을 건네려다 말고 작정한 듯 말했다.

"손님, 저는 학생이 아니라 약사입니다. 약학대학을 졸업했고 약사 자격도 취득했고요. 견습 기간도 거쳐 정식으로 약사 된지 육 개월째입니다."

약국의 유리창 너머 거리를 보고 있던 남자는 고개를 돌려 희준의 하얀 가운을 바라보았다. 무슨 개뼈다귀 같은 소리야, 라는 표정이었다. 희준은 개의치 않고 계속 말했다.

"학생이라 저를 부르시면서 제가 드린 약을 드시는 것도 이해되지 않네요. 약을 짓는 것도 손님에게 적절한 약을 권하는 것도 모두 약사의 일입니다. 그리고 우루사와 박카스를 매일 드신다고 원인이 해결되지는 않죠. 증상이 어떤지 저와 상의해주시면 감사하겠습니다."

남자가 말했다.

"그래서 약 안준다고?"

"피로증상이 심하신 건가요?"

"약 안준다고?"

"병원에서 정밀 검진을 한번 받아보시는 게…"

"씨발, 뭘 안다고 설교야. 별 거지 같은 년 다 보겠네."

희준의 말이 끝나기도 전에 남자는 성큼성큼 문 쪽으로 걸어갔다. 희준은 그가 출입문을 거칠게 밀고 나가는 뒷모습을 바라보면서 오늘은 좀 일찍 자야겠다고 생각했다. 물론 생각만 그랬다. 퇴근하고 집에 돌아와 저녁식사를 끝내고 난 뒤에 침대에 들었지만 영 잠이 오지 않았다. 휴대폰을 들어 메두사에 접속했다. 게시판에 불이 붙어 있었다. '작고작(작은 고추는 작을 뿐이다)'이라는 닉네임으로 올린 글이 큰 파장을 불러일으키고 있었다. 소라넷을 공격할 때 오픈카톡방에서 그 아이디를 본 적이 있었다. 참 요상한 이름을 쓰는구나, 라고 희준은 생각했었다. 백작도 아니고 아이작도 아니고 작고작이라니.

자경단 총대를 고발한다.

자경단 만들 때 굿즈 팔아서 후원금 낸 사람 많을 것이다. 메두사에서는 모든 후원금의 내역을 공개해야 된다. 그때 계좌를 관리했던 총대가 후원금을 횡령했다는 의혹이 있다. 총대가 공개한 후원금 내역이 이상하다고 문제제기한 이는 프로분탕러, 암베충(일베 여성유저)으로 비난받고 사라졌다. 메두사 초창기부터 엄청 열심히 활동한 유저였다. 메두사에 죽치면서 하루종일 글 올리고 퍼 나르고, 화력 지원 나가고. 말하자면 일등 공신인데 그렇게 내쳐졌다.

총대는 후원금 내역 다시 공개하고 사과하라. 그리고 조용히 자결하라.

총대가 누구인지, 몇 살이며 뭐하는 사람인지 어떤 정보도 알려진 바가 없었다. 메두사는 순전한 익명의 공간이었고 누구도 그것을 불편해하지 않았다. 자결하라는 말로 끝맺음을 하는 이 고발글의 전부를 믿을 수는 없었다. 그저 아직은 의혹일 뿐이었다. 그러나 뭔가 의혹이 있다면 밝히는 게 맞다는 생각은 들었다. 얼굴을 대면하지 않고 일이 진행되는 온라인 커뮤니티의 특성상 사소한 오해로 큰 분란이 일어날 수 있었다. 자경단을 위해서나 메두사를 위해서 모든 것을 투명하게 하는 게 옳을 것 같았다. 곧이어 코벗에게서 메시지가 왔다.

혹시 총대 고발글 읽었어?

방금.

작고작이라는 유저, 지금 총대 끌어내리려고 혈안이 돼 있어. 그 사람 좀 이상하지 않아?

이상해?

소라넷 공격이 성공한 지금 이 시점에서 총대를 겨냥한 것도 그렇고, 뒤늦게 자경단에 합류해놓고서 메두사 초창기 멤버인 것처럼 사람들을 혹하게 하는 것도 그렇고.

누군지는 알아?

모르지. 신상정보는 비밀 유지가 원칙이니까. 그래도 계속 이렇게 나오면 그냥 두고 볼 수 없지.

정체를 알아낸다?

지금 추적해보고 있어. 작고작이 메두사에 쓴 모든 게시글과 트위터 계정까지 뒤지고 있거든. 메두사를 분탕질 칠 목적인 것 같은데 얼른 막아야 해. 메두사가 폭파되기 전에.

이런.

새로운 소식 있으면 또 전해줄게.

응.

육백칠십만원이나 되는 후원금의 행방을 따져 묻는 사람이 생기는 순간, 총대에 대한 신뢰에 금이 가기 시작했다. 총대가 밝힌 후원금 내역에 딱히 의심스러운 정황이 있었던 것은 아니었다. 영수증이 몇 개 빠지긴 했지만 그건 충분히 있음직한 일이었고 이해 못 할 바도 아니었다. 그러나 한번 번지기 시작한 의심은 더 큰 의심을 불러왔고 금이 간 곳에 새로운 의혹들이 슬금슬금 불거져 나오고 있었다. '헬로봉봉'이라는 이는 총대가 예전에도 자신을 반박하는 한 여성 커뮤니티 유저의 신상을 털어 공개했다고도 하고, '루나핸썹'은 총대가 오프라인 모임에서 활동비를 걷어 착복했다고도 했다.

진실을 밝히라는 작고작의 문제제기에 총대는 침묵하고 있었다. 침묵이 길어질수록 작고작을 비롯한 몇몇은 비난의 강도를 높였다. 삼십분 전에 올린 게시글에서 작고작은 총대가 메두사를 폭파하기 위해 일베가 잠입시킨 암베충일지도 모른다는 의혹을 제기했다. 물론 아직까지 대다수의 댓글들은 총대에 대해 우호적이었다. 코벗은 총대가 메두사를 폭파하러 온 일베 유저라면 왜 소라넷 총공격을 제안했겠냐고 반론을 폈다. 그러나 작고작은 총대가 더 큰 목적을 위해 잠시 헌신하는 척 했을 뿐이며, 그만큼 철두철미하게 정체를 숨길 줄 아는 프로폭파범일 거라는 확신에 찬 추측을 내놓았다. 그리고 코벗도 총대와 한편인 것 같다고 비난하면서 목소리를 키웠다. 의혹이 더 큰 의혹을 낳기 전에, 메두사라는 푸른 땅의 형질이 변하기 전에 어서 진실이 밝혀져야 할 것 같았다.

밤 열시가 넘어 희준은 짐을 싸기 시작했다. 귀족빌라의 지하층은 매물로 내놓자마자 세입자가 나타났다. 주변의 새 빌라보다 약간 저렴한 월세 덕분이었다. 희준은 종이박스에 테이프를 붙인 뒤 의자에 앉았다. 책상 위의 메모지에 적힌 체크리스트를 확인했다. 이사업체 선정, 우편물 주소변경, 도시가스 요금과 전기세 정산 및 납부, 인터넷 이전 신청, 귀중품 관리. 주소가 바뀌면서 처리해야 할 것들은 이미 처리했고, 공과금 계산은 내일 오전에 처리하면 되었다. 냉장고의 음식들은 먹어치우거나 버렸고 노트북과 여권, 적금 통장 등은 따로 가방에 넣어두었다.

방안을 둘러보았다. 싱글 침대와 책장 하나, 옷장과 와이드 서랍장, 책상, 의자가 가구의 전부였다. 가구 안의 내용물들은 여기저기 쌓여 있는 열네댓 개의 종이박스에 옮겨져 있었다. 집 앞 편의점 주인에게 부탁해 얻은 상자들이었다. 열라면, 뽑아 쓰는 세제, 면 느낌 생리대, 감귤 쥬스라고 쓰인 박스에 옷과 책, 그릇, 이불 등을 넣고 테이프를 붙였다. 살림이 너무 늘었다, 라고 희준은 생각했다. 이사할 짐을 싸다보니 쓸데없는 것이 너무 많았다. 여행 갈 때마다 사 모은 기념품들과 유행지난 셔츠와 바지, 이가 깨진 머그컵을 따로 모아 재활용함에 넣거나 쓰레기봉투에 버렸다. 한쪽 다리에 금이 가고 조금씩 손상되기 시작한 소파 테이블을 버릴까 하다가, 오천원을 주고서 폐기해야 한다는 말을 듣고 그냥 가져가기로 했다.

　얼마 전 새로 설치한 현관 쇠걸이 장치가 아까웠지만, 이 집에 들어올 세입자를 위해 그냥 두었다. 삼십대의 혼자 사는 직장인이라고 자신을 소개한 여자는 가장 먼저 안전에 대해 물었다. 집을 보여주던 중개사는 다가구 주택이고 도로에서 가까워 위험할 일은 없다고 말했다. 나중에 중개사 없이 혼자 집을 다시 보러온 여자에게 희준은 말했다. 방범창은 꼭 새로 해주라고 주인에게 요구하세요. 담 옆의 전봇대에 CCTV를 달아 달라고 구청에도 요청하시구요. 창문은 되도록 닫아두세요. 지하라서 누구든 엿볼 수 있으니까요. 여자는 무슨 말인지 알겠다는 얼굴로 고개를 끄덕였다. 희준은 여자에게 괜히 미안해졌다. 누군가 벌거벗은 몸을 엿보는 집에서 자신은 빠져나오고 아무 것도 모르는 여자를 들이는 게 이기적으로 느껴졌다. 아니, 여자는 모르지 않을 것이다. 희준이 여자에게 당부한 내용들은, 이 대도시의 어느 주거공간이라도 여자라면 누구나 주의해야 할 일들이었으니까. 사실은 누가 안전하고 누가 위험한지 그건 알 수 없는 일이었다. 이곳을 떠나 새로운 집으로 이사한다고 한들, 희준이 안전하리라는 보장은 없었다. 그저 조금 더 주의해야겠다고 마음먹을 뿐이었고, 기억으로부터 자유롭고 싶은 것뿐이었다. 기억은 강한 것이고 나쁜 기억일수록 그러니까.

그때 핸드폰 전화벨이 울렸다. 02가 찍힌 모르는 번호였다. 광고 전화이거나 대출권유 전화일 것이라 생각해 받지 않았다. 다시 똑같은 번호로 전화가 왔다. 희준은 전화를 받았다.

"구희준씨 되십니까?"

낮은 목소리의 남자였다.

"네, 제가 구희준인데요. 누구세요?"

"여기 무호경찰서입니다."

경찰서라는 말에 희준은 전화기를 오른손으로 바꿔 들었다.

"확인할 게 있어서요. 경찰서로 와주셔야 될 것 같습니다."

"무슨 일인데요?"

"김재민 학생 알죠? 귀족빌라 삼층에 사는 고등학생이요."

"네, 아는 아이입니다."

순간, 희준은 검은 점퍼에 모자를 눌러쓰고 욕실 창문으로 자신을 찍던 사람이 김재민이라는 것을 알아챘다. 몸이 움츠러들었다.

"그 학생이 휴대폰으로 여성들 사진을 찍었어요. 구희준씨도 찍었다고 자백했습니다. 기록 보니까 지난달에 구희준씨가 신고를 하셨네요. 어떤 남자가 욕실 창문으로 목욕하는 걸 찍었다고요. 김재민이 한 짓입니다."

"재민이, 정말로 자백했나요?"

"일단 오시죠."

희준은 끼고 있던 장갑을 벗어 책상 위로 던졌다. 재민이가, 엄마의 비염약을 사러 오곤 했던 그 재민이가 사진을 찍었다. 인사도 제

대로 할 줄 모르고, 희준과 대화할 때도 눈을 마주치지 못했던 그 재민이가 희준의 벗은 몸을 몰래 엿보고 사진을 찍었다……. 희준은 냉장고에서 생수를 꺼내 들이켰다. 왜 그랬을까, 왜 그런 짓을 했을까.

김재민은 젊은 경찰관이 앉아 있는 책상 앞에 고개를 숙이고 앉아 있었다. 그 옆으로 이십대 중후반으로 보이는 여자 두 명이 재민을 노려보며 뭔가 이야기하고 있었다. 성폭력 범죄의 경우, 피해자를 보호하기 위해 가해자와 분리해 조사해야 한다는 원칙 같은 건 현장에서 무용지물인 모양이었다. 가해자가 고등학생이라 위협적이지 않다고 생각한 것인지도 모른다. 희준은 심호흡을 하고 난 후 경찰관에게 다가갔다.

"전화 받은 구희준입니다."

"신분증 주세요. 거기 앉으시구요."

신분증을 건네고 의자에 앉았다. 재민은 여전히 고개를 숙이고 손가락을 만지작거리고 있었다. 경찰관은 골드메탈 핸드폰을 들더니 사진 몇 장을 희준에게 보여주었다. 희준에게 전송된 것 말고 샤워하는 것을 찍은 사진이 몇 장 더 있었다. 희준의 것이 분명해 보이는 팬티와 브래지어를 찍은 사진들도 있었다.

"본인 맞으시죠?"

"…네."

"김재민이 찍었다고 인정했습니다. 여러 명의 사진이 나왔고요. 지금 신원확인 중입니다."

"왜, 그런 짓을 했다고 진술했습니까?"

희준은 옆에 앉은 김재민이 아니라 경찰관에게 물었다. 경찰관이 답했다.

"처음에는 호기심으로 찍었답니다. 베란다에 널려 있는 여자 속옷이나 걸어가는 여자의 뒷모습, 짧은 치마를 입은 여자의 다리, 이런 걸 찍었다고 하네요. 그걸 같은 반 친구들이 있는 단체카톡방에 올렸더니 반응이 좋았다는 거죠. 친구들한테 주목 받는 게 기분 좋았고 더 센 걸 올리라는 친구들의 요구도 있었고요. 그래서 주로 혼자 사는 여성들의 원룸 창문을 통해 속옷만 입고 누워 있거나 목욕하는 장면을 찍었다고 하네요. 그런데 그 사진들을 음란물 사이트에 올렸다가 돈을 주겠다는 업자와 연결된 모양이에요. 가슴이 나오면 십만원, 전신이 나오면 삼십만원, 지금까지 김재민이 받은 돈이 백이십만원입니다. 업자도 지금 추적중입니다. 곧 잡힐 겁니다."

여자의 몸은 돈이 된다. 세상에서 가장 오래된 돈벌이가 가장 최신의 디지털기술로 진화하고 있다.

"어떻게 잡은 겁니까?"

"김재민이 휴대폰을 잃어버렸어요. 나흘 전에, 무호공원에서. 공원에서 운동하던 주민이 주워서 대리점에 가져다 줬나 봐요. 패턴이 잠겨 있어서 주인을 찾을 수가 없었고 배터리가 얼마 남지 않아 전원이 곧 나가버렸고요. 서비스센터에 맡겼나보더라고요. 수리기사가 경찰서로 전화를 했어요. 패턴을 풀었는데 이상한 사진이 많다고, 이거 범죄 아니냐고. 그렇게 잡힌 겁니다."

"현관문 비밀번호는…"

"아, 그거요? 구희준씨 귀가 시간 맞춰서 계단에 숨어 있었다고 진술했습니다."

센서등이 그냥 켜진 게 아니었다. 희준이 도어락 비밀번호를 누를 때, 인기척이 없는 데도 계단의 센서등이 몇 번 켜지곤 했다. 계단에 몸을 숨긴 채 희준의 손가락을 주시하고 있었을 그 의도를 생각하자, 희준은 쓰디쓴 물이 목구멍으로 올라오는 것을 느꼈다.

"사진을 어디에 얼마나 올렸는지 알 수 있나요?"

"조사 중입니다. 돈을 주고 사진을 산 업자를 잡아야 정확히 어느 사이트에 사진이 올라가 있는지 알 수 있을 것 같습니다. 그런데 학생 말로 구희준씨는 찍기만 했지 아직 인터넷에 올리지는 않았다고 합니다. 업자에게도 아직 사진을 건네주지 않았고요."

"믿을 수 없어요."

희준의 말에 재민이 반응했다.

"누나 건 정말 나만 봤어요."

"그걸 믿으라고?"

"이웃에 사는 누나이고 나한테 잘해줘서 망설여졌어요. 아무래도 그건 아니다 싶어서."

"그래서 내 방에 몰래 들어와 그 짓을 한 거야? 잘해주는 이웃 누나여서 그 정도였어? 망설였다니 네가 한 짓이 못된 짓이라는 건 알고 있었구나? 그걸 아는 녀석이 그래? 넌 죄를 지었어. 그것도 죄질이 아주 나쁜. 빠져나갈 구멍은 없을 거야."

옆에 앉은 여자가 물었다.

"저 놈은 어떻게 되는 겁니까? 이건 명백하게 성폭력 아닌가요?"

"성폭력으로 처벌받을 수는 있습니다. 어디를 찍었는지가 관건이긴 합니다만."

그때 경찰서 입구에서 누군가 서둘러 걸어오는 모습이 보였다. 김재민의 어머니였다. 환절기마다 비염을 앓는 그녀, 아들 재민을 시켜 희준의 약국에서 약을 사가곤 했던 그녀. 그녀는 김재민을 발견하고는 서둘러 다가오더니 소리를 질렀다.

"하라는 공부는 안하고 뭔 짓이야, 핸드폰만 사주면 공부하겠다며? 대체 생각이 있는 놈이야? 커서 뭐가 될래?"

김재민 어머니의 거친 말은 재민을 향하는 것이라기보다는 경찰관과 희준, 여자들을 향한 것처럼 들렸다. 김재민 어머니가 희준을 붙잡고 사정하기 시작했다.

"약사아가씨, 한번만 봐줘요. 우리 재민이가 철이 없어서 그래. 뭘 몰라서 그렇다고. 사춘기 때 그럴 수 있잖아. 그게 나쁜 짓인지 모를 수 있잖아. 성폭력범인가 그걸로 처벌받으면 신상공개 되고 그렇다며. 우리 재민이 아직 어려요. 이제 열여덟 살이야. 앞길 창창한 놈 인생 망치게 생겼으니 한번만 봐줘. 응? 나를 봐서라도 한번만 선처해줘요. 다시는 이런 일 없도록 할 테니까."

희준은 고개를 돌렸다. 자신의 사진에 묻어 있던 진득한 액체가 피부에 닿는 것 같았다. 혐오스러웠고 염증이 났다. 이년 전이나 지금이나 희준 자신의 창창한 앞길을 걱정해주는 이는 아무도 없었다.

옆의 경찰관이 말했다.

"합의하시는 게 어때요? 초범이고 나이가 어리니 기소해도 재판까지 가기는 힘들어요. 본인도 반성하고 있으니 선처하시죠."

김재민 어머니의 팔을 뿌리치며 희준이 경찰관에게 말했다.

"고소하겠습니다. 열여덟 살이면 어리지 않아요. 그리고 잘못인 줄 알면서도 저지른 일이잖아요."

"아가씨, 한번만 봐줘요, 한번만. 제발, 다시는 이런 일 없도록 내가 교육 잘 시킬게요. 재민이 너 뭐해? 빨리 잘못했다고 빌어. 용서를 빌라고."

김재민은 여전히 고개를 숙이고 앉아 있었다. 희준이 경찰관의 눈을 똑바로 쳐다보며 말했다.

"돈을 준 업자라는 사람도 빨리 잡아주세요. 그럼 가보겠습니다."

경찰서를 나오는 희준의 뒤에 김재민 어머니의 소리가 들렸다.

"실수 한번 한 걸 갖고 저렇게 뻣뻣하게 굴 건 뭐야. 착한 아가씨인 줄 알았는데 인정이 없는 사람이었어. 큰일 났네, 이를 어쩌면 좋아. 형사님, 정말 초범이면 기소 안되는 건가요?"

제7장

리벤지

45

기화영은 핸드폰을 꺼내 시간을 확인했다. 핸드폰 액정에 써진 '9'라는 숫자가 기화영의 시선에 응답하듯 '10'으로 바뀌었다. 마치 일을 시작하라는 신호처럼 보였다. 준비는 되었다. 기화영은 누구의 도움도 구하지 않을 작정이었고 당연히 혼자였다. 금요일 밤 열시 십분, 기화영은 목동의 학원 거리를 서성이고 있었다. 거리는 무척 혼잡했다. 밤 열시가 되자 건물 출입구마다 학원 수업을 마친 아이들이 밀물처럼 빠져나왔고, 팔차선 대로변의 두 개 차로를 차지한 차들이 아이들을 싣고 떠났다. 저녁 무렵부터 보슬비가 내렸고 밤이 되자 진눈깨비로 변했다. 사람들은 비에 녹아 있을 미세먼지를 걱정하며 우산을 썼다. 안 그래도 북적이는 밤 열시의 학원 거리는 우산이 더해져 더욱 북새통을 이뤘다.

기화영은 검은 우산을 쓰고 지하철역과 학원 거리를 천천히 왕복하고 있었다. 김세준이 곧 퇴근할 시간이었다. 우연을 가장한 만남이어야 했다. 머리 회전이 빠르고 철두철미한 김세준이었기 때문에 자연스럽게 조우하도록 만드는 게 무엇보다 중요했다. 신해주의 문자가 도착했다. 지금 막 원장 나갔어요. 기선생 조심해요. 복도를 지나 계단을 걸어 내려오는 김세준의 걸음걸이를 추측하면서 기화영은 이십초 간 자리에 서 있다가 학원 건물을 향해 걷기 시작했다. 건물 입구에서 서 있는 김세준의 모습이 보였다. 진눈깨비를 바라보다가 신발을 내려다보는 것이, 비에 젖을 가죽 구두를 걱정하는 것처럼 보였다. 연회색 슈트와 오렌지색 넥타이가 여느 때처럼 말끔해 보였다. 기화영은 김세준에게서 되도록 멀리 떠나고 싶은 마음이 들었다. 그러나 뒤돌아서지 않을 것이다. 기화영은 김세준을 향해 발걸음을 옮겼다. 김세준 앞에 서서 걸음을 멈추었다.

　　"김세준 원장님 아니세요?"

　　"아."

　　김세준은 기화영을 한 눈에 알아보지 못한 듯 일이초간 바라보더니 말했다.

　　"기선생, 기화영씨."

　　기화영은 반가운 표정을 지으면서 과하지 않게 웃었다. 미소를 흘린다는 게 이런 거였구나, 실감했다. 기화영은 우산을 접고 건물 입구로 들어섰다. 김세준은 베이지색 원피스에 카키색 트렌치코트를 입고 있는 기화영을 위아래로 훑어보았다. 무려 두 시간을 공들인 화장과 옷매무새였다.

"여기, 어쩐 일이에요?"

"바람 맞았어요. 친구랑 만나기로 했는데. 따로 봐줘야 할 아이들이 있다고요. 자정에야 끝난다니 마냥 기다릴 수도 없어서…."

기화영은 바람맞은 사람의 허전한 마음이 드러나도록 코끝에 주름을 잡으며 콧소리를 냈다.

"친구도 학원 강사인가 봐요?"

"네. 건너편 작은 학원에서 일해요. 원장님은 지금 끝나셨어요?"

"늘 그렇죠 뭐."

기화영은 다음 말을 어떻게 이어나가야 할지 잠시 생각했다. 김세준이 먼저 입을 열었다.

"출출해서 뭐 좀 먹으러 가던 참인데 같이 갈래요?"

"아, 그럴까요? 밥 생각은 없고, 술 한 잔 하실래요?"

친구한테 바람맞아 밤거리를 서성이는, 예전에 호감을 가진 여자를 그냥 돌려보내지 않으리라는 계산이 맞아 떨어지는 것 같았다. 김세준이 요새 만나는 여자가 없는 것 같다고 신해주는 전해주었다. 두 사람은 횡단보도를 건너 학원 맞은편의 번화가로 들어섰다. 사케를 즐겨 마시는 김세준은 예상대로 이자카야라고 적힌 술집으로 들어섰다. 어두컴컴한 조명과 칸막이로 된 좌석이 두 사람을 기다리는 것처럼 보였다. 김세준은 훈제연어와 날치알 샐러드를 주문하고 자신은 히레사케를, 기화영을 위해서는 아사히 생맥주를 시켰다. 김세준은 어색하지만 앞으로의 시간에 대한 기대감을 숨기지 않으면서 건배를 청했다. 잔을 내려놓으며 김세준이 말했다.

"갑자기 마케팅회사에 취직했다고 해서 서운했습니다. 기선생, 성실하고 능력 있어서 우리 학원에서 잘 크면 좋겠다 싶었는데."

그래, 잘 키워서 잡아먹으려고 했겠지, 라고 기화영은 생각하면서 젓가락으로 연어 조각을 집어 입에 넣고 오물거렸다.

"저도 서운했어요. 근데 마케팅 일은 꼭 해보고 싶었던 거고 지금 아니면 기회가 아예 없을 것 같아서."

"이해 못하는 건 아닙니다. 젊은 나이이니 뭐든 도전해보는 거 좋죠. 청춘의 특권이 그거 아니겠습니까."

"신해주 실장님은 잘 계시죠? 잘해주셨는데 찾아뵙지도 못했네요."

"신실장님이요? 잘 지내시죠. 저한테는 가족 같은 분입니다. 처음부터 제 일을 도와주셔서 편하기도 하고 고맙기도 하고요. 근데 나이가 있으셔서, 강사든 실장이든 요즘은 젊은 사람 원하니까요. 사십대만 넘어가도 설 자리가 별로 없어요. 마흔 넘으면 뭐 해먹고 살아야 하나, 저도 걱정입니다."

"에이, 원장님이야, 유학파에 실력도 좋으신데 걱정할 일이 뭐가 있다고요."

"잘 아시는 분이 그런 말을. 수강생들이 언제 썰물처럼 빠져나갈지 모르는 살얼음판이잖아요. 경쟁도 치열하고. 요새 불황이라서 스펙 좋은 사람들이 죄다 학원가로 몰리고 있으니까. 서울대, 카이스트 박사출신에 미국 유학파들도 발에 치일 정도고. 참 친구분은 어느 학원에 있나요?"

"아, 대형 학원은 아니고 그냥 보습학원이에요. 말씀드려도 모르실 거예요. 개원한지 얼마 안되서."

"기선생처럼 성실한 분이시면 우리 학원으로 스카웃할까 싶네요."

김세준은 요새 학원가에서 뜨는 강사와 교수법에 대한 시시콜콜한 이야기에서 수강생들의 까다로운 취향과 과도한 사교육 문제를 거쳐 학원 운영에 대한 어려움을 토로하기까지, 연어를 안주삼아 사케를 들이키며 이야기를 이어나갔다. 150밀리미터의 히레사케 두병이 비워지고 홍합탕이 추가로 탁자위에 놓여졌다.

"그건 그렇고. 기선생은 어떻게 지내세요?"

"매일이 전쟁이죠 뭐."

기화영은 직장 생활의 애환이라고 할 만한 에피소드들을 너무 장황하지 않게, 그러나 듣고 있는 인생 선배의 입장에서 안타까운 마음이 들도록 적당히 지어냈다. 결정을 번복하는 사이코패스 상사 때문에 삽질은 기본이고, 누구 하나 튀는 걸 못 보는 동료들 때문에 마음껏 역량을 발휘하기도 힘들다, 는 그런 이야기를 마치 선배에게 조언을 구하는 듯한 말투로 풀어놓았다.

"사회생활을 해보니까 원장님이 제게 얼마나 잘해주셨는지 알 것 같아요. 여긴 정말 정글이거든요. 상대를 잡아먹어야 사는."

고백을 하는 듯 아련한 목소리로 제게 얼마나 잘해주셨는지 알 것 같아요, 라고 말하고 나자 기화영의 뱃속에서 연어가 팔딱거렸다. 김세준은 한동안 말없이 사케를 마시고는 잔을 만지작거렸다. 지금 김세준의 머릿속에 떠오르는 게 무엇이든, 그것은 그를 배반할 것이다, 라고 기화영은 생각했다. 그렇게 생각하는 것만이, 지금 이 남자와 나란히 앉아 호감을 연기해야 하는 이 불쾌한 상황을 견딜 수 있는 방법이었다. 불쾌해진 그의 얼굴을 보고 기화영은 입 속에 맴돌고 있는 말을 내뱉어야 할 시간이라는 것을 깨달았다.

"저, 시작해보고 싶어요, 원장님이랑. 아직 제게 마음이 있으시다면."

김세준은 만지작거리던 작은 사케잔을 내려놓았다. 진심이냐는 듯한 얼굴로 기화영을 바라보았고, 기화영은 고개를 끄덕였다. 잠시 후 김세준은 기화영의 긴 머리카락을 만지작거렸다. 기화영은 그의 손을 잡았다. 차가운 손이었다. 사케를 마셔도 손이 이렇게 차가운 사람이었다. 오늘밤 함께 있을래요? 라고 묻는 김세준에게 기화영은 다시 고개만 끄덕였다. 김세준이 일어서서 술값을 계산했고 두 사람은 술집을 나왔다. 김세준의 발걸음은 자연스럽게 번화가 뒤쪽에 즐비해 있는 모텔로 향했다. 얼핏 봐도 고급스러워 보이는 모텔로 들어서기 전, 기화영은 편의점에 들러 유리병으로 된 스타벅스 아메리카노 커피와 비타민C 음료를 샀다. 김세준은 팔만오천원의 모텔비를 현금으로 냈고 엘리베이터에서 키스를 했다. 연어인지 날치알인지 비릿한 냄새에 소름이 돋아 자신도 모르게 으음, 하고 신음소리를 냈다. 김세준은 기화영의 신음소리가 자신이 원하는 그것이라고 생각했는지 허리를 두르고 있던 손으로 엉덩이를 만지기 시작했다. 개자식, 이라는 말을 가까스로 목구멍에 다시 집어넣은 기화영은 잠깐만요, 방에 들어가서, 라고 콧소리를 냈다.

　방에 들어서자마자 김세준은 기화영에게 달려들 태세였다. 기화영은 양치질 먼저, 연어를 먹어서, 라고 말했고 김세준은 머쓱한 듯 화장실로 갔다. 기화영은 창문 앞에 놓인 러브테이블의 의자에 앉아 가방에서 음료수를 꺼냈다. 커피가 담긴 유리병 뚜껑을 열었다. 손이 덜덜 떨려왔다. 대단한 보약이라도 되는 듯 뚜껑을 밀봉하고 있는 얇은 비닐을 먼저 벗겨야 했다. 손에 땀이 나서 잘 벗겨지지 않았다. 간신히 비닐을 떼어낸 후 뚜껑을 열자 탁, 소리가 났다. 그 소리에 기화영은 가슴이 덜컥 내려앉는 것 같았다. 잠시 숨을 고르고 화장품 파우치에 넣어둔 약봉지를 꺼냈다. 가루약을 유리병 속에 넣고 가만히 흔든 다음 뚜껑을 닫았다. 오렌지색 비타민C 음료를 따르다가 오른손 엄지를 살짝 베었다. 피가 났다. 혀로 재빨리 피를 핥고는 똑같은 가루약을 병 속에 넣고 흔들고 있을 때 김세준이 화장실을 나왔다. 비타민C 뚜껑을 채 닫지 못해 기화영은 그것을 살짝 입에 대고 마시는 척을 했다.

　"술 깨는데 커피가 좋던데, 드실래요?"

　김세준은 침대에 앉아 기화영이 건네준 유리병을 받고서 그대로 한 모금 마셨다. 그때 기화영의 핸드폰 벨소리가 울렸다. 액정에 뜬 글자를 슬쩍 쳐다보았다. 기우영이라고 적혀 있었다. 기화영은 핸드폰의 측면 버튼을 눌러 묵음으로 해놓고 김세준을 바라보았다. 김세준은 다시 커피를 한 모금 마시더니 곧바로 기화영에게 키스를 했다. 자신의 입 속에 담긴 커피를 기화영의 입속에 들이밀었다. 그가 무엇을 하려는지 알아차린 순간 기화영은 김세준의 혀를 밀어내고 입을 다물기 위해 안간힘을 썼다. 두 입술 사이로 진갈색의 커피가 흘러내려 기화영의 목덜미를 타고 흘렀다. 김세준이 입술을 떼더니 순식간에 기화영의 등 뒤로 다가와 머리채를 잡아 젖혔다. 손에 들고 있던 유리병을 기화영에 입술 사이로 들이부었다. 기화영은 입을 굳게 다물려고 애썼다. 김세준이 왼쪽 팔로 기화영의 턱을 조이면서 입술을 오므렸고 오른 손으로 커피를 들이부었다. 기화영의 입이 벌어졌다. 컥컥, 소리가 났다. 자신이 내고 있는 소리라는 걸 기화영은 깨달았다.

46

정신이 좀 들어? 침 좀 닦지 그래. 소라넷의 포르노스타가 그런 모습 보이면 안 되지. 그 표정은 뭐야? 일이 왜 이렇게 되었는지 놀라는 거야? 하, 김치년들, 니들은 이렇게 남자를 몰라. 어리석은 거냐, 뇌가 없는 거냐. 한번 당했으면 정신 차릴 만도 한데 그게 안돼요. 천성적으로 학습이 안 되는 종자랄까, 아랫도리 말고는 쓸 데가 없는 무뇌아랄까. 똑똑한 척 지랄발광을 해도 너는 내 손바닥 안이야. 그래서 네가 여신 행세하는 걸레란 말이다. 복수? 어떻게 할 건데. 지옥불에 처넣는다고? 이렇게 침이나 질질 흘리는데 어떻게 복수할거냐고.

이런 걸 배은망덕이라고 하지. 지잡대 출신 주제에 목동 학원가에 입성시켜준 걸 감지덕지하지는 못할망정 뒤통수를 쳐. 기화영 선생 어느 학교 출신이냐고 학부모들이 물을 때마다 내가 쉴드 쳐주느라 고생한 건 모르지. 가정 형편상 인서울 못했을 뿐 실력은 최고라고 치켜세워준 건 몰라. 다 제가 잘난 줄, 제가 능력 있는 줄 착각하지. 고향 떠나 서울 와서 외롭고 힘들겠다 싶어 챙겨줬는데 나를 거절했어. 감히 나를 거절했어. 그러고도 내가 사준 가방은 잘도 들고 다니셨겠다, 스카프 바꿔가며 잘도 매고 다니셨겠다. 페이스북에 가방이며 스카프 사진을 올리는 거, 나 보라고 그러는 거잖아. 나 엿 먹으라고 일부러 그러는 거잖아. 내가 모를 줄 알아? 누굴 병신으로 아나, 호구로 아나. 쥐뿔도 없는 네가 나보다 더 잘난 놈 만날 수 있을 것 같았어? 나보다 더 공주 대접해주는 놈 만날 수 있을 것 같아서 감히 날 거절했어? 쓰레기 같은 년.

그래, 소라넷에 올린 거, 나 말고 누구겠어? 병신 취급당했는데, 호구로 지갑 털렸는데, 가만히 있을 수가 있어야 말이지. 그래서 작정했지. 네가 어떤 여자인지 만천하에 보여주기로. 세 잔의 술 중, 두 잔에 수면제와 최음제를 탔어. 술맛 죽여줬지? 약 빨더니 좋아죽더군. 기억 안난다고? 기억이 정말 안나? 그걸 믿으라고? 나를 원하던 그 얼굴, 표정, 몸, 어떻게 그걸 잊어버릴 수가 있어? 혼자 보기 아까울 정도로 새끈했는데 말야. 좋은 건 나눠가져야 하지 않겠어? 그래서 나눠가졌지. 형님들 계신 그곳에 널 상납했다고. 역시나, 바로 베스트 찍더군. 대한민국에 좆 달린 거의 모든 놈들이 네가 그

짓하는 걸 봤다는 말이야. 어때, 스타가 된 기분이? 걸레 중 대걸레가 된 기분이?

네가 찾아올 줄 알고 있었어. 메두사인지 미친년들이 소라넷을 공격한 그날, 네 글을 봤어. 첫눈에 기화영이 쓴 거라는 걸 알아봤지. 네가 영상을 봤을 거라고는 생각 못했어. 뭐 그런 건 아무래도 상관없었어. 네가 봤다 하더라도 달리 뭘 할 수 있었겠어? 나라는 증거가 하나도 없는데, 무슨 수로 나를 찾아, 안 그래? 모텔 로고도 지우고, 소지품도 치웠지. 오직 네 얼굴, 네 가슴과 엉덩이만 나오도록 찍었으니까. 어떻게 하면 네 몸이 가장 선명하게 나올까 각도 조절해가면서 말야. 그런 세심한 작업 덕분에 베스트 찍은 거야. 그래서 진짜 스타라도 되는 줄 알았어? 그래서 찌질한 놈한테 복수를 하겠다고 선전포고를 한 거야? 것두 소라넷 형님들 앞에서? 하, 돌겠다. 그 용기에 일단 박수는 보내지. 기화영, 용기 있는 여자야. 그 용기가 너를 어디로 데리고 갈 것인지는 차차 구경하도록 하자구.

세상에서 가장 나쁜 년이 누군지 알아? 남자 등쳐먹는 꽃뱀? 덜컥 임신해서 남자 앞길 막는 머저리? 그것들은 나쁜 게 아니라 멍청한 거지. 세상에서 가장 나쁜 년은 말야, 남자 쪽팔리게 만드는 년이야. 남자에게 모욕감을 주는 년이라고. 기화영 네가 나를 쪽팔리게 했어. 그것도 두 번씩이나. 나를 거절했고, 내게 복수하겠다고 글을 썼어. 네 글에 댓글이 폭발한 거 봤지? 소라넷 역사상 걸레가 복수하겠다고 나선 건 처음이라고, 도대체 얼마나 못났으면 몰카 찍힌 여자가 복수하겠다고 공개 선언을 하냐고, 모두가 나를 조롱했단 말야. 내가 얼마나 쪽팔렸는지 알아? 얼마나 치욕스러웠는지 알아? 당한 년이면 당한 년답게 굴어야지, 뭐가 그렇게 당당해, 뭐가 그렇게 뻔뻔해. 나를 쪽팔리게 하는 년이 뻔뻔하기까지 하면 어떻게 해야겠어? 뻣뻣하게 고개 쳐든 년은 아직 쓴맛을 덜 본거잖아. 김세준이라는 남자가 그렇게 만만하지 않다는 걸 보여줘야지. 내가 받은 수치심과 모욕감을 열배 백배로 갚아줘야지. 그런 년은 죽여 버려야 돼. 그래야 세상이 좀 조용해지지.

네가 먼저 찾아와주면 나야 고맙지. 네가 나를 어떻게 할 건지 상상해봤어. 그렇게 어려운 일도 아니었어. 여자들 머리 굴리는 거 뻔하잖아. 원장님이 얼마나 잘해주셨는지 이제야 알았다고? 원장님이랑 시작해보고 싶다고? 생선 썩은 얼굴을 하고서 그런 멘트를 날리는데 어떻게 눈치 못 채겠어? 아직도 나를 병신새끼라고 생각하는거냐. 정말이지 좀 더 근사한 시나리오가 있을 거라 생각했는데 역시나 너를 과대평가했단 말야. 실망이 커.

기화영, 정말 놀라울 뿐이야. 네가 내 손바닥을 벗어날 수 없다는 걸 아직도 모르고 있다니. 선택은 네가 하는 게 아냐, 쌍년아. 너는 그저 내 처분을 얌전히 기다려야지. 너는 언제든 내가 짓밟을 수 있어. 아무리 잘난 척, 똑똑한 척 해도 넌 그저 걸레일 뿐이야. 내가 짓밟으면 꼼짝없이 짓밟힐 수밖에 없는 걸레라고. 넌 그거 말고 뭣도 아냐. 아무 것도 아냐. 아무 것도 아닌 거야.

자, 슬슬 달아오르지? 오늘은 좀 더 쎈 걸 해볼까 해. 진정한 나눔이랄까, 뭐 그런 거. 너도 좋아할 거야. 사진 먼저 찍자. 자, 얼굴을 좀 들고 가슴을 내밀어봐. 오케이.

이제 시작해볼까.

47

지수는 두 팔을 하늘로 치켜들고 기지개를 폈다. 퇴근하고 저녁을 먹는 둥 마는 둥 바로 책상에 앉은 지 두 시간째였다. 소라넷의 게시물은 끝도 없이 올라왔고 캡처할 영상은 엄청났으며 폴더의 파일은 늘어만 갔다. 눈이 뻑뻑해졌다. 잠깐 쉴 겸 메두사에 접속했다. 코벗의 게시글이 올라와있었다. 작고작의 정체, 라는 제목을 달고 있었다.

제보가 있었어.

작고작은 남성이며 일베 유저이자 소라넷의 헤비유저라는 내용이야.

나와 몇 사람은 작고작이 쓴 게시글들을 토대로 그의 트위터 계정을 찾아냈고, 소라넷에 올린 그의 게시글을 확인했어.

우리를 분노케 한 유명한 글, '두 명이 따먹고 강간범 안되는 법'이라는 제목의 글을 기억하지? '가성비 200% 업소녀 해먹는 법'이라는 글 기억나지?

그 글쓴이가 바로 작고작이었어.

이제 작고작의 신상을 밝힐게.

작고작은 광명시에 사는 28살의 김민수라는 남자이며, 메두사를 폭파시키기 위해 잠입한 일베충이야. 헬로붕붕과 루나핸썹도 작고작과 함께 메두사에 잠입한 일베 그룹인 것으로 확인되었어. 자, 우리는 이제 뭘 해야 할까?

지수는 안도했다. 한 일베 유저의 공작에 의해 총대가 매장당할 뻔했으나 다행히 진실이 밝혀졌다. 그리고 놀랐다. 목소리를 내는 여자들을 입 닥치게 만드는 방법의 노련함이. 그러나 이제 여자들도 당하고만 있지 않았다. 메두사라는 땅의 형질을 변질시키려는 모든 침탈에 맞서고 있었다. 메두사 자경단은 다시 소라넷에 집중했다. 일베 유저의 분탕질에 살짝 흙탕물이 튄 분위기를 반전하기 위해서라는 듯 한 유저가 제안했다.

소라넷 자료를 보냈던 국회의원실에서 연락이 왔음.

그 의원이 행정안전위 소속이므로 이번 정기국회때 경찰청장 상대로 질의할 예정이라고 함.

힘내라고 후원금 보내는 거 제안함.

계좌 농협 356-0002-＊＊＊＊ 진선미 의원실.

지수는 글을 보자마자 인터넷뱅킹 사이트를 열어 십만원을 후원계좌로 이체했다. 이체결과를 알려주는 화면을 캡처해 댓글에 올렸다. 지수와 마찬가지로 후원금 보냈다는 인증샷이 폭주했다. 만원, 이만원, 삼만원, 십만원, 삼십만원. 용돈이 넉넉지 않아 만원 밖에 못 냈다는 여자 고등학생에게, 너야말로 우리의 미래, 네가 사는 세상은 조금 더 아름다울 거다, 쪽지 보내면 떡볶이 쏜다, 등의 댓글이 수십개 달렸다. 라오스 배낭여행을 가기 위해 모았던 삼십만원을 투척한 직장인에게는, 이런 게 직딩파워, 멋짐 폭발, 여행사 직원인데 킵 해두었던 항공권 할인해준다 등의 댓글이 달렸다. 소라넷을 폐쇄하기 위해, 정말이지 밤잠을 설치고 지갑을 열고 굿즈를 만들어 팔아 후원하는 이들 모두가 바라는 건 그저 한 가지였다. 여자가 안전해지는 세상. 그러다가 지수는 그제야 김민수라는 이름이 눈에 들어왔다. 28세, 광명 사는 김민수. 지수가 아는 그 김민수인가? 김민수라는 이름이 워낙 흔하긴 한데 나이까지 같은 일베 유저라니. MJ 커뮤니케이션즈의 인턴사원 김민수가 광명시에 사는지 지수는 알지 못했다. 며칠 전 점심시간의 잠결에 들은 유상혁과 김민수의 대화가 떠올랐다. 에이, 아무리 그래도 그가 일베 유저일리는 없지 않을까, 비아냥거리고 조롱하는 게 특기인 재수 없는 사람이지만 일베까지 할 리는 없지 않을까, 하고 불길한 예감을 떨쳐버리려 했다.

지수는 다시 소라넷 사이트로 돌아와 게시판을 훑어보다가 화장실에 가서 뻑뻑한 눈을 씻어내고는 냉장고에서 캔맥주를 꺼내들었다. 책상 앞으로 돌아와 맥주를 한 모금 마시고 여친 게시판을 훑어보다가 발견했다. 긴급, 서울 목동 초대남 모집. 정말이지 끈질기게 올라오는 초대남 모집글이었다. 광란의 카니발은 오늘도 계속되고 있었다. 또 어떤 변태가 날뛰는지 똑똑히 보고 기록해둘 것이라고 중얼거리면서 지수는 제목을 클릭했다.

갤러리 〉여친게시판

제목 : 긴급) 서울 목동 초대남 모집 – 리벤지 전사 환영

작성자 : 핑크성애자

작성일 : 2015.11.14.01:19

이분 아시죠?

지난번 베스트 찍었던 국노 유출 포르노스타.

이분이 글쎄 리벤지를 하겠다고 제게 덤비지 뭡니까.

귀엽잖아요. 그래서 나눔 하려고 합니다.

지금 약에 취해 있구요.

얼굴 기억할 일 없으니 안심하셔도 됩니다.

25세 이하만 받겠습니다. 딱 다섯 분, 밤새 리벤지 해보게요.

댓글 달아주시면 쪽지 드립니다.

게시글과 함께 올라온 사진을 보고 지수는 자신의 눈을 의심했다. 거슴츠레하게 눈을 뜨고서 가슴을 드러내놓고 있는 여자, 그 여자는 기화영이었다. 왼쪽 쇄골의 반점이 낙인처럼 기화영임을 증명하고 있었다. 아악, 기화영이라니, 기화영을 강간할 남자들을 모집하고 있다니, 이게 무슨 일인가. 왜 또 다시 이런 일이 일어나는 것

인가. 지수는 소리를 질렀다. 손이 덜덜 떨려왔다. 핸드폰을 집어들었다. 기화영에게 전화를 걸었다. 받지 않았다. 다시 전화를 걸었다. 받지 않았다. 지수는 희준에게 메시지를 보냈다. 핸드폰에 자꾸 잘못된 글자가 입력되었다.

큰일 났어.

뭐가?

소라넷에 기화영 강간모의 글이 떴어!!!

뭐? 진짜?

어떻게 해? 전화 안 받아.

어디야?

목동. 학원 원장 만났나봐. 핑크성애자, 예전 그 아이디야.

내가 수면제는 안된다고 했잖아. 설마 혼자서 복수한다고 그러는 거야? 네가 좀 말리지 그랬어.

말렸어. 법으로 해결하자 그랬다고.

엊그제 지수를 만난 기화영은 약사 친구에게 부탁해서 수면제를 구해달라고 말했고 지수는 희준에게 기화영의 부탁을 전했었다. 희준이 말했다. 수면제 같은 걸로 일을 해결하려 들지 말라고 해. 당장이라도 그 변태새끼를 죽이고 싶은 마음이야 너무나 이해되지만 사적인 복수를 하다가 오히려 자신이 다칠 수 있어. 똥 네가 기화영을 잘 설득해. 복수하다가 자신이 다칠 수 있다는 희준의 염려가 사실이 되어 버릴까봐 지수는 두려웠다. 자신이 좀 더 단호하게 말렸어야 하는 것 아닌가 하는 자책이 밀려왔다. 그러나 자책조차 한가로웠다. 시간이 없었다. 희준이 메시지를 보냈다.

똥, 잘 들어. 침착해야 돼. 일단 초대남 모집글에 댓글 달아. 초대받고 싶다고, 남자인 것처럼. 그리고 글쓴이에게 쪽지 보내서 어디냐고 물어봐.

쭌, 나 토할 것 같아. 아아악.

정신줄 놓지마. 어딘지만 알면 막을 수 있어.

막아야 해. 막아야 되잖아!!!

그래, 그럴 수 있어. 일단 나는 자경단에 도움 요청하고 목동으로 갈 수 있는 이들 모아볼게. 경찰에도 신고할 테니까 너무 걱정 마.

나도 목동 가.

먼저 위치부터 받아.

응.

지수는 댓글을 달기 위해 키보드에 손가락을 올려놓았지만 무슨 말을 해야 할지 몰랐다. 소라넷을 모니터링 하면서 초대남 모집글에 달린 댓글들을 숱하게 살펴보았지만, 그런 건 아무리 여러 번 보아도 절대 체화될 수 없는 것이었다. 그래도 초대남을 모집한다는 그와 연결되어야 했다. 기화영이 어디에 있는지 알아내려면 게시자의 초대를 받는 수밖에 없었다. 지수는 눈을 꾸욱 감고 키보드를 두드렸다.

로또 맞았네요. 오늘 여친한테 차인 24살입니다. 초대해주시면 리벤지, 확실히 해드립니다.

장소가 서울이라서 그런지 실시간으로 댓글이 달리기 시작했다. 지수가 서둘러 댓글을 달았지만 벌써 세 명이나 게시자에게 초대 요청을 하고 있었다. 지수는 초조하게 기다렸다. 너무 점잖게 쓴 게 아닐까 걱정이 되었다. 다행히 핑크성애자로부터 쪽지가 왔다.

어디신데요?

지수는 잠시 망설이다 목동 근처입니다, 라고 답을 보냈다. 그 후로 한참동안 핑크성애자로부터 답이 없었다. 그 사이에도 초대를 요청하는 댓글이 줄을 이었다. 제발, 기화영이 어디 있는지 알려줘, 제발. 다른 아이디로 더 쎈 댓글을 달아야겠다고 생각했을 때 답이 왔다.

세 번째 초대남으로 낙점 되셨습니다. 목동 근린공원에서 기다리세요. 차례 오면 정확한 위치 알려드릴게요.

제길, 아직은 정확한 위치를 알려주지 않겠다는 것이었다. 지수는 희준에게 메시지를 보냈다.

쭌. 목동 근린공원 근처인가봐. 근데 정확한 위치는 알려주질 않아.
신중을 기하겠다 이거네. 소라넷이 공격당하고 나서 몸을 사리는
거겠지.
어떻게 해?
일단 목동 근린공원에서 만나.
응.

지수는 가방을 챙기고 대로변으로 나왔다. 새벽 한시가 넘은 시각
이라 오고 가는 택시는 많지 않았다. 카카오택시를 불러야 하나 싶
을 때 빈 택시가 지수 앞에 섰다. 지수는 서둘러 택시 문을 열고 뒷
자리에 앉았다. 택시 안은 음악소리가 무척 크게 들렸고 담배 냄새
가 심하게 났지만 지금은 선택의 여지가 없었다. 이제야 새삼 이 나
이에 청춘의 아픔이야 있겠냐만은. 최백호의 '낭만에 대하여'가 흘
러나오고 있었다. 지수는 목동 근린공원이요, 기사님 최대한 빨리
가주세요, 라고 다급히 말했지만, 기사는 잘 알아듣지 못했다. 음악
소리를 줄일 생각도, 흥얼거리는 콧소리를 그칠 생각도 없어 보였
다. 지수는 다시 큰 소리로 말했다. 기사가 룸미러로 지수를 힐끔 쳐
다보았다. 하늘색 유니폼에 흰색 마스크를 한 기사는 머리가 희끗한
것으로 보아 나이가 꽤 들어보였다. 그제야 운전기사가 음악 소리를
줄이고 지수에게 말했다.

"급하게 어디 가나. 이 늦은 시간에, 아가씨 혼자서."

"기사님, 목동 근린공원이요. 최대한 빨리요."

"허, 이것 참. 장거리 뛰어야 되는데 목동을 가자네. 다른 택시 타요."

"기사님, 제발요. 제가 무척 급하거든요."

"아가씨가 급할 일이 뭐가 있어? 남자친구가 기다리나보지?"

"얼른 가주세요. 승차거부 하시면 안되잖아요."

승차거부라는 단어가 지수의 입에서 나오자 기사의 얼굴이 험상 궂어졌다. 무어라 나지막하게 혼잣말을 하면서 기사는 택시를 출발 시켰다.

"어느 길로 가요?"

"기사님이 알아서 최대한 빨리 가주세요."

"가는 길을 지정해주면 서로 편하지. 알아서 가주라고 했다가 자 기가 모르는 길로 갔다고 요금을 안내려는 손님들도 있어서 말야."

"아이 씨, 요금 준다고요, 알아서 가시라고요!"

지수의 입에서 큰 목소리가 나버렸다. 택시기사가 룸미러로 지수 를 바라보았다.

"아이 씨? 그거 지금 나한테 한 소리야?"

기사는 깜빡이도 넣지 않고 핸들을 꺾어 2차선에서 4차선으로 질 주했다. 옆 차선의 승용차가 클랙슨을 울렸다. 기사는 갓길에 택시 를 댔다.

"이런 쌍년이 있나. 내려."

"기사님한테 하는 말 아니었어요. 마음이 급해서 그만."

"나한테 했잖아. 한참 어린년이 아빠뻘 되는 어른한테 아이 씨? 가정교육을 어떻게 받은 거야. 내려, 너 안 태워."

지수는 떠밀리다시피 택시에서 내렸다. 모든 차가 속도를 높여 달리는 도로변에 그대로 버려졌다. 8차선 대로에 버스정류장도 없는 구간이라 택시를 잡을 만한 곳이 아니었다. 지수는 그대로 털썩 주저앉았다. 좆팔, 헬이다, 라고 내뱉고 나니 울음이 터졌다. 기화영에게 어서 가야되는데, 기화영이 뭔 일을 당하기 전에 도착해야 하는데, 차도 없고 태워줄 택시도 없고, 무섭고 외롭고, 세상은 좆같고. 그때 핸드폰이 울렸다. 시형이었다.

"지수야, 소라넷 봤어? 기화영이…"

"알아."

"목소리가 왜 그래? 어디야?"

"지금 기화영한테 가려는데, 택시 기사가 안태워줘서, 뭔 놈의 세상이 이래."

지수는 핸드폰을 잡고 다시 울었다.

"거기서 기다려."

시형은 바람처럼 나타났다. 비상등을 켜고 차를 세우고는 지수에게 다가왔다. 시형은 눈물로 범벅이 된 지수의 얼굴을 잠시 바라보았다. 일단 타자, 라고 말하며 시형이 지수를 일으켜 세웠다. 지수는 비상등을 깜빡거리며 홀로 서 있는 승용차를 바라보았다. 8차선 대로를 시원하게 질주하는 차들 사이로 얌전하게 서서 비상상황임을 알리고 있는 작은 차가 마치 지수의 처지인양 왜소해 보였다. 지수의 마음 같아서는 온 세상에 비상등을 켜고 싶었다. 한 여자가, 자신을 파괴하려 드는 남자에게 복수하겠다고 나선 한 여자가 위험에 처해 있다고, 비상등을 켜고 사이렌을 울리고 싶었다. 그러나 정말이지 아무 일도 일어나지 않은 듯 세상은 무심히 돌아가고 있었다.

시형의 차에 올라타고 나서 지수는 다시 마음을 굳게 먹었다. 소라넷에 접속해 상황을 주시했다. 초대해달라는 댓글이 폭주하고 있었다. 그들은 '국산 노모자이크 유출' 영상의 주인공에 열광하는 중이었다. 세상에서 가장 '더러운' 여자라고 기화영을 씹어대면서도 기화영의 몸에 닿기를 간청했다. 핑크성애자는 댓글을 단 이의 나이와 현재 위치 등을 따지며 초대 여부를 결정하고 있는 듯했다. 지금 기화영은 핑크성애자의 것이었다. 기화영의 몸은 핑크성애자 마음대로 처분 가능한 것이었다. 마치 집에 온 나그네에게 자신의 아내를 내어주던 오래전 이국땅의 가부장처럼, 지갑에서 더 많은 돈을 꺼낼 손님에게 여자를 내어주는 포주처럼, 핑크성애자는 기화영의 몸이 자기 것이라는데 한 치의 의심도 없었다.

메두사 게시판도 뜨거웠다. 소라넷 게시판의 링크를 걸어둔 희준의 글에 실시간 댓글이 달리고 있었다. 목동경찰서의 번호가 떴고 경찰서에 전화해서 신고하는 법까지 올라와 있었다. 그러나 전화를 건 유저들은 경찰관들이 '자작극'이고 '장난'이라며 움직이려 하지 않는다고 성토하고 있었다. 무호역사거리의 초대남 모집글을 신고할 때와 상황은 전혀 달라지지 않았다. 밤마다 욕지기를 하면서 캔맥주를 들이키면서도 뭔가 큰일을 하고 있다는 생각으로 버텼는데, 세상은 조금도 바뀌지 않았다. 지수는 개새끼들, 다 부숴버릴거야, 라고 소리쳤다. 시형이 놀라 브레이크를 밟았다.

　핑크성애자는 지수에게 아직 정확한 위치를 보내주지 않고 있었다. 언제까지 기다리라는 거야. 네가 기화영을 마음껏 써버리도록 기다리라는 거야. 기화영, 너는 도대체 뭘 하려고 했던 거야. 이런 위험이 닥칠 수도 있는데 꼭 그래야만 했던 거야. 지수는 기화영이 원망스러웠다. 더욱 원망스러운 건 자신이었다. 기화영이 위험한 일을 벌이려 한다는 것을 눈치 채고도 완강하게 말리지 않았다. 말리는 척만 했을 뿐, 복수를 꼭 해야 한다면 하는 거지, 라고 너무 쉽게 생각했다. 기화영의 호기로움이 멋지다고도 생각했다. 그런데 여전히 우리는 모르고 있다. 모욕감을 느껴버린 남자들이, 수치스러움을 맛봐버린 남자가, 여자를 향해 어떤 일을 저지를지 우리는 여전히 모르고 있다. 지수는 바짝 말라가는 입술을 혀로 축이고는 다시 댓글로 눈을 돌렸다. 초대받은 이들이 누구인지 살펴봤다. '죽창기술자'라는 닉네임은 "김치년이 겁도 없이 리벤지라, 확실히 썰어줘야겠네요. 저 지금 목동으로 좆 빠지게 달려갑니다. 쪽지 주시길"이라고 적었다. 핑크성애자로부터 초대를 받았는지 '여기 위치 쪽지 드렸습니다'라는 대댓글이 달려 있었다. 지수는 잠시 망설이다가 죽창기술자에게 쪽지를 보냈다.

　저, 초대는 처음인데 꼭 하고 싶어요. 제가 경험이 많이 없어서 기

술자님 솜씨 먼저 보면 안될까요? 관전만 할게요.ㅋㅋㅋ 목동 근린
공원 근처입니다. 정확한 위치 주시면 바로 달려갈게요.

강간하는 장면을 관전만 하겠다며 손가락으로 ㅋㅋㅋ를 누르면
서 지수는 엿 같아, 라고 중얼거렸다. 지금 지수가 원하는 건 하나
였다. 제발, 죽창기술자라는 남자가 남이 보는 데서 하는 걸 즐기
는 변태새끼이길. 스물다섯 해까지 세상을 살면서 이런 쓰레기 같
은 걸 소원이랍시고 빌게 될지 누가 알았겠는가? 하지만 지수는 이
순간 진심으로 빌었다. 죽창기술자가 관전만 하게 해달라는 부탁을
들어주기를.

좋죠. 오늘 골뱅이는 인기가 좋아서 어차피 한번에 한 사람씩 못
할 것 같긴 해요. 목동 근린공원에서 한 블럭 뒤에 GS편의점 있대요.
그 바로 옆 건물 투헤븐모텔 402호. 30분 후에 입실하라니까 그 시간
에 오시면 되겠네요. 전 야구점퍼 입고 있습니다.ㅋㅋ

왔다. 지수는 희준에게 메시지를 보냈다. 정확한 위치 확보했어.

48

단체카톡방에 지수가 초대되고 희준의 메시지가 떴다.

목동 초대남 모집 사건, 지금까지 상황은 다음과 같음.

정확한 위치 확보. 목동 투혜븐모텔 402호.

경찰에 신고했으나 오늘 사건 사고가 많아 빨라야 20분후 도착예정
이라고 답변.

그 사이 도주 우려가 있으니 자경단 출동해 게시자와 초대남 잡을
계획.

초대남 박멸을 다음과 같이 진행하겠음.

1. 모텔 주인에게 상황 설명을 하고 열쇠를 받는다. 열쇠를 주지 않
으면 뺏고 감금한다. - A

2. 도주를 우려해 건물 정문과 후문을 지킨다. - D, E, F

3. 문을 열고 들어가자마자 남자를 잡아 묶는다. 태권도 유단자인 B
와 호신술 강사 C 주축으로 A가 결합한다. - A, B, C

4. 남자의 휴대폰을 확보한다. 휴대폰의 자료를 모두 백업한다. - C

5. 여자를 안전하게 데리고 나온다. - G, H

6. 핸드폰으로 모든 상황을 촬영한다. - C, H

7. 세 명의 자경단이 호텔방에 남아 있다가 나머지 초대남들이 들어
오면 붙잡고 얼굴을 촬영한다. - D, E, F

* 주의사항 - 모자와 마스크 착용할 것. 각자 부여된 알파벳으로 칭
할 것. 서로의 신상을 나타내는 단어는 사용하지 말 것.

알파벳 H를 맡게 된 지수에게는 모텔에서 기화영을 안전하게 데

리고 나오는 일과 모든 상황을 핸드폰으로 촬영하는 일이 부여되었다. 몸싸움에 지수를 빼준 것은 다행스러웠지만, 필요한 상황이 되면 지수 또한 몸을 사리지 않을 작정이었다. 누구를 어떻게 때려눕혀야 되는지 알 리가 없었지만 마음은 그랬다.

시형은 운전하는 내내 말이 없었다. 지수가 핸드폰을 들여다보느라 여념이 없었고, 달리 할 말도 없었다. 이윽고 편의점이 나오고 투혜븐모텔의 간판도 보였다. 시형은 모텔 앞의 소방도로변에 차를 세웠다. 지수는 시형에게 차에서 기다리라고 말했지만, 그는 따라 나섰다. 모텔 후문의 주차장으로 들어섰다. 서성이는 사람은 보이지 않았다. 지수는 모텔 후문 옆에 서서 다시 댓글들을 살펴보았다. 초대남들이 도착했는지는 알 수 없었다. 희준의 작전대로 핑크성애자와 초대남들을 모두 잡아들일 수 있다면 가장 좋겠지만, 기화영을 안전하게 데리고 나오는 것이 무엇보다 중요했다.

지수는 투혜븐모텔이라는 간판을 올려다보다가 삼층 창문에서 누군가 담배를 피고 있는 것을 보고 자신도 모르게 몸을 움츠렸다. 잠시 후 카키색 야상점퍼를 입은 두 명의 여성이 주차장에 들어섰다. 모자와 마스크를 착용한 것으로 보아 자경단인 것 같았다. 지수는 그들에게 살짝 손을 들어보였고 두 사람도 똑같이 했다. 뒤이어 SUV 한 대가 모텔 주차장에 들어섰다. 서둘러 차에서 내린 사람들 중에 희준이 있었다. 지수는 반가워 눈물이 날 뻔 했다. 희준은 손을 들어 지수에게 아는 척을 하고서 지수 뒤의 시형을 보았다. 지수가 상황을 설명하자, 희준은 시형에게 후문에 남아 상황을 살펴주면 좋겠다고 말했다. 그래도 남자가 들어가야 되지 않겠냐고 시형이 말했고, 그 말에 희준과 함께 온 이들이 살짝 웃었다. 당신보다 우리가 낫다, 는 뜻일 거라고 지수는 생각했다. 자경단들은 곧바로 모텔 입구로 향했다. 시형과 나머지 두 사람은 주차장에서 모텔로 통하는 후문에 남았고 지수와 다른 한 사람은 핸드폰을 꺼내 촬영하기 시작했다. 모두들 일사분란하게 움직였다.

모텔은 새로 지었는지 로비의 대리석 바닥이 번쩍거렸고 키 큰 화분들이 곳곳에 놓여 싱그러운 분위기를 냈다. 안내데스크에서 제복을 갖춰 입은 젊은 여자와 남자가 지수 일행을 맞았다. 마스크를 쓰고 몰려든 여자들의 출현에 당황한 기색이 역력했다. 희준은 차분하게 여자를 설득했다. 누군가의 귀한 딸이 이 모텔방에서 강간당할 위험에 처해 있다, 소란 피우지 않고 조용히 남자를 데려가겠다, 협조해주신다면 여자들이 안전한 모텔로 홍보 많이 해드리겠다. 다행히 그들은 열쇠를 건네주었다. 희준은 402호 열쇠를 받아들었다.

다섯 사람은 엘리베이터를 탔다. 모두 말이 없었다. 말은 필요 없었다. 구해야 할 여자가 있었고 할 일은 정해졌다. 희준의 뒤에 서 있는 이는 키카 크고 다부진 체격에 딱 보아도 믿음직한 여자였다. 아마도 태권도 유단자라는 B인 듯싶었다. B 옆의 여자는 호신술 강사인 C가 맞을 것이었다. 떨고 있는 지수와 달리 그들은 대단히 침착해 보였다. B는 무표정했고, C는 가볍게 손을 풀고 있었다. 지수는 자신과 타인을 지킬 줄 아는 체력과 기술을 가졌다는 게 얼마나 멋진 일인지 두 사람을 보고 느꼈다. 당장 내일부터 자기도 호신술을 배우러 다녀야겠다고도 생각했다. 띵, 소리와 함께 엘리베이터가 4층에서 멈췄다. 희준이 먼저 나섰고 나머지가 뒤따랐다. 402호는 복도 끝 가장 안쪽에 있었다. 모두들 발소리를 죽이고 살쾡이처럼 걸었다. 그때 복도 맞은편 비상계단의 문이 열리면서 누군가 걸어 나왔다. 두 사람이었고 젊은 남자들이었다. 그들은 지수 일행을 보자 걸음을 한 템포 쉬었다가 아무렇지 않은 척 다시 걸었다. 그들과 희준 일행이 스쳐지나가는 순간, 지수가 물었다.

"죽창기술자?"

두 남자 중 야구점퍼를 입은 젊은 남자가 멈칫했다. '죽창기술자'라는 무시무시한 아이디에 비해 너무 평범해서 기억도 나지 않을 얼굴과 체형의 남자였다.

"초대남이야!"

지수의 외침에 B가 그들을 막아섰다.

"이 새끼들, 여긴 뭐 하러 왔어?"

"저, 그러니까, 야, 튀어."

두 사람은 엘리베이터를 지나쳐 계단으로 도주하기 시작했다. 우당탕탕, 발자국 소리가 들렸지만 카페트가 깔려 있어 그렇게 크진 않았다. 호신술 강사 C가 빛의 속도로 뛰어갔고 희준이 후문을 지키고 있는 자경단에게 전화를 걸었다. 앞선 남자는 계단으로 빠르게 뛰어 내려갔고 야구점퍼가 뒤따랐다. C가 야구점퍼의 옷깃을 덥석 잡았다. 야구점퍼가 손을 휘저으며 C를 밀쳤다. C는 잠시 뒤로 밀려났지만 곧이어 야구점퍼의 다리를 걸었고 그가 넘어졌다. C는 야구점퍼의 배가 땅에 닿도록 한 뒤 두 손을 뒤로 꺾었다. 생각보다 쉽게 야구점퍼는 제압되었다. C는 주머니에서 수갑을 꺼내 야구점퍼의 손을 채웠다. 수갑은 경찰들만 가질 수 있는 물건인 줄 알았는데 일반인도 살 수 있는 모양이었다. 엎드린 채 손을 뒤로 해 수갑을 찬 야구점퍼는 일어서지 못했다. C가 야구점퍼의 주머니를 뒤져 핸드폰을 확보했다. 핸드폰 내놔요, 라고 소리치는 야구점퍼에게 C가 말했다. 소리 지르지마, 안 그러면 거기 확 잘라버린다. C의 낮지만 단호한 목소리에 야구점퍼는 얌전하게 누워 있었다. C는 정말 그렇게 할 사람처럼 보였다. 나쁜 놈을 향해 진격하고 결국 제압하고야 마는 C를 보며, 여성이 남성과의 싸움에서 지는 이유를 지수는 알게 되었다. 두려움과 망설임이었다. '지면 어쩌지'하는 두려움과 '때려도 되나'하는 망설임이 저항을 봉쇄하는 것이다. C는 상대를 이길 수 있다는 자신감으로 두려워하지 않았고, 나쁜 놈은 벌 받는 게 당연하다고 생각해 한 치의 망설임 없이 진격했다. 단련된 몸이 주는 자신감과 '착한 여자'의 도덕을 벗어던지는 용기가 그것을 가능케 했을 것이다. 지수는 생각했다. 예쁘고 섹시해지기 위해 여자들이 들인 땀과 눈물을, 자신을 지키고 나쁜 놈을 응징할 수 있는 건강한 몸을 만드는데 쓴다면, 세상은 어떻게 바뀔까. 여자들이 근육과 호신술로 무장해 언제든 남자들을 제압할 수 있는 몸을 갖게 된다면, 어떻게 될까. 그런 세상에서도 남자들은 여자를 골뱅이로 만들고 초대남을 모집하면서도 털끝 하나 다치지 않을까. '확 잘라버린다'는 C의 엄포가 공포스러운 건, 그렇게 할 힘도, 의지도 있다는 걸 서로가 이미 알고 있기 때문이다. 여자가 힘을 갖고 있으며 저항할 의지도 있다는 것을 모두가 알고 있다면, 최소한 세상이 지금처럼 헬은 아닐 것이다. 물론 그것이 얼마나 먼 이야기인지, 얼마나 어려운지, 지수도 잘 알고 있었다. 지금 이곳은 여자의 몸이 제 소유물인 것처럼 포주 노릇하는 남자들이 활개치고 다니는 세상이지 않나. 저기 있는 친구 하나 구해내는데도 이렇게 무섭고 두려워하는 자신이지 않나.

일행은 402호 문 앞에 섰다. 그 안에 있는 게 분명한 핑크성애자가 낌새를 눈치 채지는 않았을지 걱정이 되었다. 희준이 열쇠를 꺼내 문을 열려다 귀에 대고 안쪽의 기척을 살폈다. 남자의 소리가 들리는 것도 같았지만 확실치 않았다. 제발, 기화영, 아무 일 없기를. 희준이 구멍으로 열쇠를 조심스럽게 집어넣었다.

찰칵, 소리가 나는 찰나, 희준이 문을 확 열어젖혔다. B와 C가 뛰어들었다. 희준도 따라 들어섰다. 지수는 그들의 뒤통수를 핸드폰으로 촬영하면서 방으로 들어섰다. 뭐야, 니들, 이 미친년들이, 뭐하는 거야. 소리 지르는 남자 앞에 펼쳐진 방 안의 풍경은 생각보다 훨씬 처참했다. 핑크성애자임이 분명한 남자를 제압하려고 B와 C가 달려들었지만 남자도 만만치 않았다. B의 헤드락에 걸리지 않았고 C의 공격도 피해갔다. B가 핑크성애자에게 몸을 던졌고 두 사람이 침대 옆 공간에 쓰러졌다. C가 핑크성애자의 팔을 잡고 몸 뒤로 돌리려 했다. 핑크성애자가 무릎으로 B를 가격하자 B가 C쪽으로 넘어졌다. 한동안 세 사람이 엎치락뒤치락 했다. 희준은 어떻게 달려들어야 할지 갈피를 잡지 못하고 핑크성애자의 머리에 발길질을 몇 번

했다. 핑크성애자가 C의 팔을 물었다. 아악, 이 새끼가. C가 소리쳤다. 그 틈을 타 핑크성애자가 일어서 문 쪽으로 달려왔다. 화장실 입구에서 핸드폰으로 촬영하던 지수는 달려드는 핑크성애자를 막지 못하고 얼떨결에 비켜서고 말았다. 핑크성애자는 문밖으로 도망쳤고 B와 C가 재빨리 뒤쫓았다. C가 조금 더 빨랐다. 계단으로 내려가고 있는 핑크성애자에게 C가 하이킥을 날렸다. 퍽, 소리가 날만큼 강력했다. 핑크성애자의 목이 돌아갔다. 뒤따라간 B가 핑크성애자의 무릎에 발길질을 해 쓰러뜨렸다. C가 핑크성애자의 팔을 뒤로 해 수갑을 채웠다. 미친년들아, 뭐하는 짓이야, 너희들 다 특수폭행으로 고소할 거야. 핑크성애자는 악을 쓰며 버둥거렸다. 그럴수록 욕설과 발길질이 세졌다. 그러는 동안 지수는 기화영의 팔을 묶은 혁대를 풀고 옷을 입힌 뒤 수건에 물을 묻혀 얼굴을 닦아주었다. 눈물이 흐르려는 걸 애써 참았고 손이 떨리지 않도록 손가락에 힘을 주었다. 자경단이 핑크성애자를 데리고 나간 후, 지수는 기화영의 긴 머리를 묶어주며 물었다.

"일어설 수 있겠어?"

기화영이 고개를 끄덕였다.

"여기서, 나갈래."

지수는 기화영을 부축하며 모텔을 나섰다. 경찰관 둘이 모텔 주차장에 도착했다. 경찰관들이 이미 수갑을 차고 있는 김세준을 순찰차에 싣고 떠났고 희준과 자경단도 경찰서로 향했다. 지수는 시형의 차 뒷자리에 기화영을 태우고 자신도 옆자리에 앉았다. 병원으로

가. 시형이 고개를 끄덕였고 차는 곧 출발했다. 지수가 기화영의 손을 잡았다. 기화영은 눈을 감았다.

제8장

오늘도 맑음

49

　메두사가 후원금 인증샷과 지지 댓글로 축제 같은 분위기로 달궈져 있을 때, 2015년 11월 정기국회에서 행정안전위 소속의 새정치민주연합 진선미 의원은 성폭력의 온상인 소라넷을 방치한 책임을 강신명 경찰청장에게 따져 물었다. 경찰청장은 소라넷 폐쇄를 위한 모든 조처를 시행하겠다고 약속했다. 웬만해선 모습을 드러내지 않던 소라넷 운영자는 공지를 통해 경찰의 이 같은 조치에 대해 "폐쇄는 얼토당토 않는 논리이자 코미디"라 평하고, 강간모의, 몰카, 리벤지 포르노 게시물은 운영자 책임이 아니라고 반발했다. 또한 "소라넷 폐쇄를 주장한 메두사와 그에 놀아난 진선미 의원, 위기국면을 빠져나가기 위해 덥석 거짓말을 한 강신명 경찰청장의 멋진 한바탕의 쇼를 받아쓰기 한 언론들이 만들어낸 모두가 윈윈한 멋진 향연"

이라고 비꼬았다. 그리고 해를 넘겨 2016년 4월, 서울지방경찰청은 네덜란드 경찰과 공조해 소라넷 핵심서버를 압수수색, 폐쇄했고, 운영진 60여명을 불구속 입건했다. 2016년 6월 6일, 소라넷의 공식 트위터가 소라넷 사이트의 폐쇄를 발표했다. 소라넷 스스로 소라넷 폐쇄를 알린 것이다. 드디어 소라넷이 폭파되었다!

해냈다, 이겼다. 서버가 해외에 있어서, 운영진이 베일에 가려 있어서, 유저가 100만 명이나 되어서, 조폭들이 뒤를 봐주고 있어서, 그래서 모두가 불가능할 것이라 말했었다. 계란으로 바위치기라 했다. 그러나 해냈다. 자경단들 뿐 아니라 메두사 전체가 하나의 목표를 향해 노력했고 결국 해냈다. 지구 끝까지라도 쫓아가겠다는 마음으로 해냈다. 축제처럼 해냈다.

지수는 MJ 커뮤니케이션즈 사무실에서 소라넷 폐쇄 소식을 알게 되었다. 가슴 저 밑바닥에서 뭉텅이가 솟구쳐 눈을 뜨겁게 만들었다. 승리의 감격이란 게 이런 것이었다. 스물여섯 해를 살아오면서 가장 잘한 일이 메두사 자경단이 된 것이었다. 모니터링을 위해 소라넷 회원 가입을 하던 날, 이런 거 모르고 사는 게 낫지 않나, 라고 생각했었다. 그러나 진실을 외면하지 않은 덕분에 자신이 조금 더 강해졌고 유쾌해졌으며 따뜻해진 것 같았다. 여자가 안전한 세상을 만드는데 작은 도움이 되었다고 생각하니 뿌듯한 마음에 하늘로 날아오를 것 같았다. 이 승리의 감각으로 어떤 일이든 해낼 수 있겠다고 생각했다. 아니, 앞으로는 어떤 장애물을 만나도 최소한 가만히 있지는 않을 것이라 생각했다. 지수는 그 어느 때보다 자신이 좋아졌다. 지수는 희준에게 메시지를 보냈다. 쭌, 한잔 해. 오늘의 감동을 나누고 싶었다. 희준이 바로 답을 해왔다. 안할 수가 없다, 똥.

희준은 먼저 와 있었다. 지수가 앉자마자 희준이 건배를 청했다.

"하용가."

"뭐래냐? 하이 용가리, 뭐 이런 거냐?"

희준이 통쾌한 듯 웃었다.

"하이 용돈 만남 가능? 알지?"

"알지. 빌어먹을."

"그걸 하용가라고 줄임말을 쓰는 거야. 성매수를 제안하는 남자들을 조롱하고 그 문화에 저항하는 의미로 하용가, 하용가 하면서 노는 거지."

하용가, 라는 말을 듣고서 지수는 처용가를 연상했다. 서울 밝은 달 아래 밤새 노닐다가, 라고 노래 부르면서 춤을 추었다는 천년 전의 이방인 남성. 그는 딴 남자랑 바람피운 부인을 보고 조용히 물러나와 춤을 추었다는데 천 년이 흐른 지금 대한민국의 남자들은 어린 여자를 찾아 헤매며 '하이 용돈 만남 가능?'이라고 노래를 부르고 있다. 그리고 더 이상 그를 용인할 수 없는 여자들이 그 남자를 조롱하기 위해 '하용가'를 외친다. 여자들은 이제 가만히 있지 않는다. 당황하지 않고 수치스러워하지도 않는다.

"멋진걸. 마시자, 나라를 구한 전사잖아, 우리."

맥주를 한 모금 마시고 잔을 내려놓을 때 탁자 위에 상자가 놓여 있는 것이 보였다. 희준이 상자를 열어 내용물을 꺼냈다. 타르트, 오렌지치즈타르트였다.

"출시 한달 만인 오늘, 100만 개가 팔렸다는 대박상품. 역사적인 날을 기념하라는 계시가 분명하지. 마케팅의 천재 똥지수의 첫 작품, 탁타르트 되시겠습니다."

희준이 박수를 쳤다. 지수는 감격스러운 눈빛으로 타르트를 바라보며 말했다.

"탁타르트, 작명 죽이지 않냐? 나 정말 천재인가 봐."

지수의 말을 희준이 받았다.

"요절하지는 않을 거지?"

"고독사만 안하면 오래 살아."

"요양원에서 함께 죽기로 했잖아. 고독사는 안하겠지."

희준이 포크로 타르트 한 조각을 집어 지수의 입에 넣어주려다 다시 제 입으로 가져갔다. 고독사나 해라, 고 지수가 말했다.

"정말 탁, 하고 터지네. 이럴 때 울분도 함께 터뜨리라고 했지? 그리고 치즈 맛을 음미하면서 나다운 걸 회복하라, 맞냐?"

"정확해."

"마케팅이 원래 그렇게 복잡한 거였어? 그냥 맛있으면 되는 거 아냐?"

불만을 과장하는 희준의 표정에 지수가 말했다.

"쭌은 약사하길 잘했어. 마케터하면 굶어죽겠는걸."

"자, 신나게 마시자. 탁타르트도 나왔고 빌어먹을 소라넷도 폐쇄됐고."

두 사람은 쨍, 하고 기분 좋게 건배를 했다.

"그게 되는 거였어. 없앨 수 있는 거였어."

"그렇지. 기분은 좋은데 한편으로는 뭔가 좀 억울하지 않아? 세상에 속은 기분이랄까."

희준이 말했다. 지수가 대답했다.

"내 말이. 소라넷, 폐쇄시킬 수 있는 거였잖아? 맨날 해외서버가 어떠니, 운영진을 몰라 수사가 어렵니 하면서 빠져나가더니, 할 수 있는 거였어. 수사할 수 있고 폐쇄할 수 있고 다 잡아들일 수 있는 거였다고."

"근데 핵심 운영자 네 사람은 아직 못잡았어. 그 사람들, 뉴질랜드에서 호주로 오는 공항에서 마주쳤는데 체포는 못했다면서? 입국하는 거 지켜보기만 했다던데."

"왜 못 잡았대?"

"거기 국적을 갖고 있어서 그 나라의 수사권이 발동되어야 하는데, 아직 공조가 안 되었던 거야. 경찰이 기소중지를 내린 상태이고 여권 발급도 제한했는데, 글쎄 이들 중 한 명이 소송을 냈대. 자기 아들이 외국의 중고등학교 입학 준비로 귀국이 힘들고 아들을 포함해 가족 모두 호주에서 치료를 받고 있어서 귀국할 경우 가정이 불안해진다는 거야."

"미친. 자기 아들의 건강과 미래는 중요하다 이거야? 한국의 무수한 딸들의 건강과 미래는 어떻고? 그들은 생명까지도 위협받고 있는 상황이라는 걸 정말 몰랐다는 거야?"

"끝까지 추적해서 잡아야지. 여자들 몸 팔아서 돈 버는 거, 그게 성매매고 포주 노릇하는 거지 뭐야. 성매매업소들이 내는 어마어마한 광고료 챙겨서 호위호식하며 잘 살았겠지. 정말 끔찍해."

돈가스 안주가 나왔다. 희준이 먹기 좋은 크기로 썰었고 지수가 포크를 집어 한입 먹었다. 그 모습을 지켜보던 희준이 물었다.

"김민수는 어떻게 됐어? 작고작이 맞다는 걸 어떻게 확인한 거야?"

"작고작 트위터에 생뚱맞은 글이 하나 올라왔어. 메두사년 취업시키는 MJ 커뮤니케이션즈 폭파할 거라고. 나를 겨냥해서 경고도 했어. 밤길 조심해라, 신상 털면 금방이다. 이런 개소리를 남겼지."

"그놈의 밤길 조심하라는 말, 몇 십년을 라임처럼 우려 먹냐? 질린다 질려."

"내 말이. 여전히 여초사이트들 분탕질 치고 다니는 모양이야. 아주 전설적인 인물이 되셨어. 내가 그 인간 취직하는 회사마다 민원넣을 거야. 일베충 뽑는 회사라면 불매운동 벌이겠다고."

"다른 인턴도 있었잖아? 기화영 일 사내게시판에 올렸다는 남자."

"유상혁? 자기가 왜 정직원 선발에서 탈락했는지 역량평가 보고서를 공개하라고 한참 난리를 피웠지. 근데 MJ 커뮤니케이션즈가 그런 걸 왜 하겠어? 인턴이 뭐라고 이의제기 같은 걸 받겠냐고. 사내 게시판에 장문의 글을 썼는데 바로 강퇴 당했지 뭐. 여기저기 회사 욕을 하고 다니는 모양인데 그러다 업계 전체에 소문나면 자기만 손해잖아."

"안타까운 남자일세. 강필주 팀장은 여전하고?"

지수가 눈썹을 찡그리면서 말했다.

"그게, 내가 이 회사 다니는 내내 주의 깊게 봐야 할 사람 중 하나 잖아. 심증은 있는데 물증은 없다 이거지. 근데 나를 왜 뽑았을까? 책상에서 딱 걸렸는데, 자기 노트북 뒤지고 핸드폰까지 뒤진 걸 모를 리가 없을 텐데 말야. 기화영 일 있었을 때 내게 할 말이 있다고 했는데 그 이야기를 아직 듣지 못했어."

"별로 위협적이지 않아서가 아닐까? 알아봤자 뭘 하겠어, 뭐 이런 거. 너뿐만 아니라 이시형도 뽑았잖아. 그 정도의 카톡 내용이 뭐 별거라고, 이렇게 생각할 수 있어. 남자들한테 그런 거 그저 놀이잖아."

지수가 고개를 끄덕였다.

"그렇지. 어쨌든 당한 여자는 있는데 저지른 놈을 알 수 없으니 답답해. 소라넷은 폐쇄되었지만 가해자들은 아무 일 없이 잘 살고 있다고 생각하면 분통 터져."

그때 지수의 핸드폰에 카카오톡 알람이 울렸다. 시형이었다.

탁타르트 100만개 판매 대박! 어디야? 축하주 한잔 하자.

지금 하고 있어. 너랑은 나중에.

누구랑? 구희준이랑?

그건 알아서 뭐하게? 내일 출장 잘 갔다 와.

만나서 인사해주면 안 돼?

시끄럽고.

"누구야? 이시형?"

"정직원 되더니 너무 들이대. 몰카 찍는 남자 아니면 연애 하자는 말을 한 적이 있는데 희망을 아직 버리지 않은 모양이야."

"찍는 남자 아니다, 그걸 어떻게 믿어?"

"그렇지. 시형이 괜찮은 남자라고 생각했는데 요즘 들어 의문을 갖게 돼."

"똥 너, 요즘 모든 게 의문투성인 것 같아. 좋은 일이야."

희준이 건배를 청했다. 지수가 말했다.

"시형이 여러모로 도움준 건 사실이야. 기화영 일을 도와준 건 정말 고맙게 생각해. 근데 말야, 그건 그냥 적선하는 건 아닐까 싶어. 여자한테 위협적인 걸 별로 심각하게 받아들이지 않는 남자가 과연 좋은 남자일까. 여자를 조롱하는 문화를 공유하고 그에 대해 침묵하는 남자를 과연 믿을 수 있을까."

"이시형, 결국 똥에게서 아웃되겠네."

"시형은 유상혁과 김민수에게서조차 배울 점이 있다고 했어. 나도 처음에는 시형이 인간에 대한 이해의 폭이 넓다고 생각했지. 근데 이젠 생각이 달라졌어. 시형의 그 이해라는 건, 그냥 비겁한 거야. 나쁜 사람이라고 욕먹지 않으려는 소심함인 거지. 뭐, 그렇게 살아도 자기는 별로 손해볼 게 없으니까. 근데 난 아니잖아. 그렇게 살수 없어. 하고 싶은 대로 하며 살 거야. 색안경을 끼고 있는 건 내가 아니라 그들이니까. 그들을 이해하려고 노력하면서 나 스스로가 작아지는 짓은 이제 하지 않을 거야. 대신 그들이 끼고 있는 색안경을 벗겨내도록 할 거야. 그러다보면 사람들 불편하게 하고 쓸데없이 예민한 사람이 되고 나쁜 년이라고 욕도 먹고 그러겠지. 괜찮아, 욕이 배 뚫고 들어오진 않으니까."

"그렇게 동지수는 나쁜 여자가 되었다, 뭐 이런 거야?"

"처음부터 나쁜 여자는 없잖아. 나쁜 여자는 태어나는 게 아니라 만들어진다, 와, 이말 멋지지 않냐? 내가 요즘 너무 멋져져."

"시몬느 드 보봐르가 울고 가겠다."

"모르는 사람이니 괜찮아."

"똥, 공부 좀 해라. 무식이 자랑은 아니잖아."

승리를 축하하는 조촐한 술자리가 끝났다. 희준은 며칠 전부터 챙기기 시작한 길고양이들에게 밥을 줘야 한다며 집으로 돌아갔다. 지수는 혼자 집으로 걸어가다가 취기가 올라오는 것을 느끼고 무호공원으로 걸어가 벤치에 앉았다. 오늘처럼 희준을 만나고 돌아오는 길이면 기화영이 보고 싶었다. 기화영을 만나 처음에는 설렜고 그 다음은 얄미워졌고, 그리고 기화영과 자신이 별로 다른 사람이 아니라는 걸 알게 되었다. 지금은 누구보다 기화영의 삶을 응원해주고 싶은 지수였다. 소라넷 폐쇄 소식을 전해주려고 페북을 열었다. 기화영의 페북에 새로운 사진이 올라와 있었다. 사진을 클릭해 크게 보았다.

아, 아름다웠다. 사람의 몸에 그린 풍경화였다. 바디페인팅을 한 기화영의 몸이었다. 온 몸이 연한 푸른색으로 칠해져 있었고, 노랗고 빨간 아름다운 산호초가 다리 쪽에 피어올랐다. 가슴과 배 위로 검은 줄무늬의 고기 세 마리가 헤엄치고 있었다. 물고기의 눈이 툭 튀어나와 있었다. 기화영의 유두였다. 지수는 하하, 웃었다. 다음 사진은 녹색 풀로 가득 찬 들판이었다. 시커먼 먹구름에서 비가 쏟아지고 있었다. 자세히 보니 쇄골에 난 검은 반점이 구름이 되어 비를 뿌리고 있었다. 기화영의 음모는 풍성한 들풀을 이루면서 바람의 움직임까지 감지하고 있었다. 다음 사진은 커다란 새 두 마리였다. 기화영 말고 한 사람이 더 있었다. 여자였고 기화영처럼 나신에 페인팅을 했다. 기화영은 머리에 휘황찬란한 깃털을 달아 공작새가 되었고 다른 이는 허리를 굽히고 팔을 뻗어 타조로 변해 있었다. 타조의 머리가 공작새의 깃털에 살짝 닿아 있었고 두 마리 새는 상대의 색에 물들기 시작했다. 검은 색 타조는 푸른 빛으로, 푸른 빛 공작새는 검은 빛으로, 서서히 상대의 색깔을 받아들이고 있었다. 아름답고 매혹적인 새들이었다.

기화영과 키는 비슷하고 팔다리는 더 길어 보이는 그 여자는 기화영이 말한 고등학교 단짝 친구인 고영주임이 분명했다. 김세준과의 치열한 법정 싸움을 앞에 두고 바람처럼 나타난 이가 고영주였다. 로스쿨을 졸업하고 변호사로 개업한지 일 년 차라고 했다. 고영주는 기화영을 위해 변론을 했고 재판이 끝난 뒤 둘은 미국으로 갔다. 고영주는 국제변호사가 되기 위한 준비를 한다고 했고, 기화영은 브랜드 네이미스트가 되기 위한 공부를 할 것이라 했다. 지수는 기화영 옆에 배경처럼 서 있는 고영주를 보며, 친구란 사람을 살릴 수도 있는 존재라는 생각을 했다. 내 슬픔을 등에 지고 가는 이, 라는 뜻이 이처럼 아름다운 것인지 마음이 뜨거워졌다. 사진 속에서 고영주는 기화영처럼 화려하게 채색하지는 않았지만 마치 배경처럼 기화영의 옆에 서 있었다.

자기 몸에 가해진 폭력의 감각을 씻어내고 자신을 사랑하기 위해 기화영이 택한 방법이 이것이었다. 때로는 아름다운 바다 속 풍경으로, 때로는 들풀과 구름으로 자신의 몸을 채색해 내면의 풍경을 표현했다. 기화영은 물고기가 되고 나무가 되고 하늘이 되고 새가 되고 구름이 되었다. 기화영은 아무 것도 아닌 게 아니었다. 그 무엇도 될 수 있었고 그 누구도 될 수 있었다. 노랗고 빨간 채색이 어지러울 때면 기화영은 맨몸 그대로 카메라 앞에 섰다. 벌거벗은 몸이 갖는 무한의 가능성 속에서 기화영은 당당하면서도 따뜻하게 세상으로 흐르고 있었다. 기화영의 더욱 깊어진 눈동자를 보며 지수는 알 수 있었다. 이제 그 무엇도 기화영의 몸을 강탈할 수 없다, 그 누구도 기화영을 침탈할 수 없다…….

물론 기화영이 그 모든 일을 잊을 수 있게 된 건 아닐 것이다. 그런 건 잊을 수 없는 일이니까, 이미 자신의 삶 일부가 되어버렸으니까. 그러나 그 일을 기억하는 것이 슬픔과 무기력을 동반하는 고통스러운 일만은 아니라는 것, 그 기억을 품고서도 미래를 꿈꾸고 세상을 향해 나아갈 수 있다는 것, 그럴 수 있는 힘이 기화영 자신 안에 있음을 이제는 의심하지 않는 것, 그것이 생존자로서 기화영의 존재가 일깨워주는 의미였다.

그리고 마지막 사진이 있었다. 메두사였다. 혀를 날름거리는 수많은 뱀을 머리에 이고서, 검은 눈과 검은 손톱으로 세상을 위협하는 메두사가 있었다. 자신을 본 사람이면 돌로 만들어버리는 그 무시무시한 힘은, 기화영의 것이 되어 있었다. 자신의 몸을 자신의 허락 없이 본 사람이면 누구든 용서하지 않겠다는 결기 같은 게 느껴졌다. 섬뜩하고도 강렬한 그 이미지에 지수는 가슴이 심하게 두근거렸다. 사람을 살리는 힘과 사람을 파괴하는 힘, 그 둘이 묘하게 기화영에게 공존하고 있었다. 이제 기화영은 지옥에서 벗어난 것인가. 자신의 지옥을 고스란히 되돌려 주겠다던 기화영은 이제 지옥까지 무력화시킬 메두사의 힘을 갖게 된 것인가. 걸레라는 이름 대신, 메두사라는 이름을 갖게 된 것인가. 아니, 결국 죽임을 당하는 메두사보다 더 강하게 살아남는, 아직 세상에 없는 어떤 이름을 갖게 될는지도 모른다. 이름이란 존재의 모든 것, 지수는 설레는 마음으로 기다릴 것이다, 기화영의 새로운 이름을, 그 이름이 가져다 줄 새로운 삶을.

까악, 하고 까마귀 우는 소리가 들었다. 까마귀 떼가 소나무 숲의 어둠 속으로 날아가는 것이 보였다. 그때 핸드폰의 알람소리가 들렸다. 메두사 게시판에 '긴급 제안'이라는 말머리가 붙은 글이 올라와 있었다. 취기가 싹 가시는 것 같았다.

긴급 제안) 다시 화력을 모아야할 때
소라넷이 폐쇄된 오늘,

소라넷 백업 사이트가 다수 발견되고 있어.

소라넷에 올라가 있던 대부분의 이미지와 동영상이

이 사이트들에 게시되어 있단 말야.

인터넷 사이트뿐만이 아냐.

트위터와 웹하드, 텀블러에도 몰카 영상이 퍼지고 있어.

우리의 승리가 얼마나 작은 것인지를,

승리를 쟁취한 이날 깨닫게 되는 것, 엿 같은 일이야.

이제 우리는 더 큰 목표를 향해 나아가야 한다고 생각해.

1. 음란물 사이트와 웹하드, 텀블러, 페이스북, 트위터 등 모든 인터넷 공간에 대해 불법촬영물이 게시되어 있는지 전수조사를 실시하라. 서버가 외국에 있어 수사가 어렵다는 그딴 개소리 집어치우고 국가의 모든 역량을 투입해 조사하라.

2. 불법촬영물이 올라오는 모든 사이트를 영구히 폐쇄시키고 촬영자와 게시자, 유포자 모두 성폭력 범죄자로 엄중히 처벌하라. 여성의 몸으로 돈을 버는 디지털 카르텔을 철저히 단속하라.

3. 성폭력 범죄의 기준을 성적 수치심이 아니라 가해자의 범죄행위에 초점을 맞추어 개정하라.

다시 화력을 모으고 제2, 제3의 소라넷 폐쇄를 위해 나아가자고.

난 준비 되었어. 지구 끝까지 쫓아가서 박살낼 준비.

너는 어때? 여러분은 어떤 거야?

지수는 일어섰다. '오늘도 맑음'인 건가, 라고 생각했다. 바람이 불어오는 유월의 오늘밤, 하늘은 맑았고 달은 밝았다. 그리고 그들은 건재했다. 맑음, 이라고 말머리를 붙이고서 유출, 이라는 단어로 지옥임을 증명하는, 그들은 건재했다. 그렇단 말이지, 라고 지수는 중얼거렸다. 지구 끝까지라도 쫓아가서 잡아야지. 맑음, 이 아름다운 단어를 훼손한 이들에게서 그 의미를 빼앗아올 때까지, 하이 용돈 만남 가능? 이라고 감히 주절거릴 수 없을 때까지, 끝까지 싸워야지, 자신을 침탈한 자를 돌로 만들어버리는 메두사의 가공할 힘으로, 끝까지 간다. 그것 말고 다른 방법은 없다. 까마귀 수십 마리가 지수의 머리 위에서 원을 그리며 까악, 하고 울어댔다.

여자들은 결코 먼저 시작하지 않는다. 그러나 한번 시작하면 좀처럼 멈추는 법이 없다는 것을, 그들은 아직 모른다. 남자들은 여자를 모른다. 그러나 이제 여자들은 남자를 알아버렸다. 그리고 두려워하지 않게 되었다. 가슴을 채운 분노를 쏟아내는 것을 두려워하지 않게 되었다. 초여름 밤의 기세 좋은 바람이 지수의 머리카락을 흩날리고 지나갔다. 밝은 달이 손에 닿을 듯 두둥 떠올라 있었다.

끝.

작가의 말

얌전하게 살지 않기로 결심한 여자들은 안다. 결심의 순간부터 그 삶은 세상과의 마찰이고 체제와의 불화이다. 그리고 체제, 구조는 결국 사람의 얼굴을 하고 있으므로, 타인들, 가장 친밀한 타인과도 예전의 평화로운 관계를 지속할 수 없게 된다. 그래서 얌전하게 살지 않기로 결심한 여자들은 마음의 평온을 빼앗는 마찰음을 견디고 내 곁의 사람과 불화해야 하는 극강의 불편함, 어쩌면 파국까지도 감수해야 한다. 결국, 삶은 위태로워진다.

그러나 싸워본 여자들은 안다. 세상이 말하는 답은 내 것이 아니다. 싸워본 자들만이 나의 답을 찾을 수 있다. 내가 세상과 무엇을 주고받을 것인지는, 내가 결정한다. 이 소설은 결국 그런 답을 찾게 된 여자들의 이야기일 것 같다.

소라넷의 '초대남 모집'을 처음 접했을 때, 나는 분노했다. 분노는 소설을 쓰는 내내 옅어지지 않았다. 옅어지다니, 소설을 쓸수록 분노는 슬픔이 되고 좌절감을 낳았으며 지독한 염증으로 이어졌다. 소라넷 유저들의 언어를 소설에 그대로 옮길 수가 없었다. 소설은 영원히 현실을 따라가지 못할 거라는 말을 실감했다. 며칠간 글을 쓰지 못했다. 이렇게 충격적인 현실을 문학이라는 이름으로 독자에게 들이미는 게 과연 의미가 있을까, 여성으로서 내가 느낀 모욕감을 세상으로 확장시키는 것이 작가의 역할일까, 회의가 들었다. 그러다가 불법촬영물 피해자의 자살 소식을 접한 남성 유저들의 댓글을 읽게 되었다. 유작이라니, 어쩐지 더 꼴리더라니. 나는 다시 책상 앞에 앉았다. 더 이상의 주저함은 사치였다. 가열차게 소설을 써나갔다. 키보드가 부서지는 것 같았다. 손가락 관절이 부어올랐다. 그래도 멈추지 않았다. 이 참혹한 현실을 외면하는 대가가 무엇일지, 댓글들을 보며 깨달았기 때문이다.

그리고 세상과의 불화를 두려워하지 않는 여자들이 있었다. 메갈리아, 익명의 여성들, 그들이 바로 소라넷을 폐쇄시킨 장본인들이었다. 이 놀랍도록 용감하고 유쾌한 익명의 여성들이, 100만 유저를 거느리고 천문학적인 수익을 거두며 여성의 몸을 사고 팔아왔던 소라넷을 폐쇄시켰다. 메갈리아는 이미 사라졌지만, 나는 그 눈부신 승리의 역사를 기록하고 싶었다. 승리의 경험이 모든 여자들의 혈관을 타고 흐를 수 있도록, 오랫동안 각인된 여성 패배의 서사를 바꾸는 일에 더 많은 여자들이 함께 할 수 있도록, 그래서 마침내 우리 모두가 각자의 답을 손에 쥔 '이기는 여자들'이 될 수 있도록.

지금 우리 여성들이 그 승리를 기억해야 하는 이유는 또 있다. 소라넷은 폐쇄되었지만 디지털 성폭력은 날이 갈수록 지능화되고 제2, 제3의 소라넷도 여전히 건재하다. 수많은 남성들이 거리낌 없이 여성의 몸을 몰래 촬영하고 유포하고 있으며, '화끈한 국산 야동'을 보유하고 있다며 회원을 모집하는 사이트는 널리고 널렸다. 여전히 가해자를 잡아들이는 건 쉽지 않고 처벌은 미흡하며, 피해자를 향한 2차 가해와 낙인도 멈추지 않고 있다.

그러나 건재하다고 철옹성은 아니다. 소라넷 폐쇄가 그것을 증명했다. 한번 이긴 여성들은 다시 이길 수 있다. 그리고 여성들이 다시 이기기 위해 거리로 나서고 있다. 불법촬영 범죄를 근절하라는 여성들의 목소리가 2018년 여름을 뜨겁게 태우는 중이다. 홍익대 남성 누드모델을 촬영하고 유포한 여성에 대한 편파수사 논란에서 촉발된 '불법촬영 편파수사 규탄시위'에는, 4차 시위(2018년 8월 4일)까지 누적 인원 십팔만 명이 넘는 여성들이 참여했다. 이 '붉은' 시위는 여성 피의자에 대한 편파수사로 촉발되었지만, 피해자 대다수가 여성인 불법촬영 범죄를 방관하는 정부에 대한 비판과 여성의 일상을 앗아가는 디지털 성폭력의 카르텔을 고발하고 있다. 싸움은 시작되었고 우리는 이겨야 한다. 소라넷을 폐쇄시킨 것처럼, 불법촬영 범죄를 근절시켜야 한다. 바라건대, 여성의 몸이 저주가 되지 않는 세상으로 나아가는데 이 소설이 작은 땔감으로라도 불태워졌으면 좋겠다.

소설을 쓰면서 많은 이들의 도움을 받았다. 이미 폐쇄되어 접근이 불가능한 소라넷 사이트의 실상을 파악하는 데는, 디지털성폭력아웃(DSO)의 소라넷 모니터링 자료들이 큰 도움을 주었다. 여성에게 가해지는 디지털 성폭력을 대면하고 기록했던 그들의 헌신이 없었다면, 여성을 제물로 삼는 남성 성문화가 제대로 드러나기 힘들었을 것이다. 또한 2015년 가을, 당시 메갈리아 사이트에서 익명의 유저로 소라넷폐지운동에 참여한 이들이 기꺼이 자신의 경험을 들려주었다. 세상을 바꾼 그들의 열정에 가슴이 뜨거워지는 건 나만이 아닐 것이다. 이 소설이 그에 대한 작은 헌사가 되길 바란다.

도움 받은 자료들은 다음과 같다.

| 김보화(2011), 「성폭력 가해자의 '가해행위' 구성 과정에 관한 연구」, 이화여자대학교 석사학위논문.

| 김익명 외(2018), 『근본없는 페미니즘 : 메갈리아부터 워마드까지』, 이프북스.

| 김채윤·서승희(2017), 「사이버성폭력의 실태와 문제점」, 사이버성폭력 근절을 위한 입법정책의 개선방향 토론회 자료집.

| 김현아(2016), 「성폭력 범죄의 처벌 등에 관한 특례법상 카메라 등 이용 촬영죄에 관한 연구」, 이화여자대학교 법학전문대학원 박사학위논문.

| 디지털성폭력아웃(DSO), 「소라넷 : 신상유출부터 집단강간까지 심각한 성범죄의 온상」, DSO 홈페이지 자료.

| 서승희(2017), 「사이버성폭력 피해의 특성과 근절을 위한 대응방안 : 비동의유포 성적촬영물을 중심으로」, 『이화젠더법학』 제9권 제3호.

| 전선미, 하예나(2017), 「디지털 성폭력의 구분과 실태 종합 분석」, 디지털 성폭력 근절을 위한 정책 마련 토론회 자료집.

| 최란(2017), 「'이미지착취' 성폭력 실태와 판단기준에 대한 여성학적 고찰」, 성공회대학교 NGO 대학원 석사학위논문.

| 한국여성민우회 성폭력상담소(2014), 「성폭력 피해를 구성하는 '성적 수치심' 이대로 괜찮은가?」, 기획포럼 자료집.

| 하예나(2017), 「한번의 클릭, 한번의 가해」, 『반성폭력이슈리포트』 11호.

하용가

정미경 페미니즘 다큐소설

1판 1쇄 펴냄 2018년 8월 24일
1판 2쇄 펴냄 2018년 10월 11일

지은이 정미경
발행인 유숙열
편집인 조박선영
디자인 영롱한디자인
일러스트 물밭

펴낸곳 이프북스
등록 2017년 4월 25일 제2017-000108
주소 서울 마포구 독막로 18길 5
전화 02-387-3432
메일 ifbooks@naver.com
팩스 02-3157-1508
홈페이지 http://www.onlineif.com
SNS https://www.facebook.com/books.if
오디오팟캐스트 http://www.podbbang.com/ch/9490

© 정미경, 2018
ISBN 979-11-961355-4-6 (23810)